La capilla de la muerte

Stephen Dobyns

La capilla de la muerte

Traducción de
Gabriel Zadunaisky

CÍRCULO de LECTORES

Para Toby y Catherine Wolff

PRÓLOGO

Así estaban: tres chicas muertas sentadas, erguidas, en sendas sillas de respaldo recto. La de catorce años estaba en el centro. Era media cabeza más alta que las otras dos. Las dos de trece años estaban a ambos lados. Las tres tenían el pecho cruzado por una cuerda en forma de equis que pasaba sobre sus hombros, bajaba hasta la cintura y se sujetaba detrás. Las tres estaban descalzas y tenían los tobillos atados a las patas de las sillas. Las cuerdas no se habían apretado mucho, más para sostener a las jóvenes que para impedir que se soltaran, lo cual significaba que las habían atado después de muertas.

Yo no fui testigo del suceso. Sólo vi las fotografías que me enseñó mi primo. Había muchas. Y me dijo que la policía tenía un vídeo de todo el desván, pero yo no lo vi.

Las sillas estaban aproximadamente a medio metro una de otra. Debido a la sequedad del desván, las chicas parecían mayores. Tenían un aspecto huesudo, como de mujeres de setenta años. Un gran aparato de aire acondicionado había estado funcionando día tras día y había eliminado toda la humedad de sus cuerpos. Estaban resecas y su piel parecía papel oscuro arrugado. Pero no estaban secas por igual, porque las habían matado en momentos diferentes, de modo que la muerta más reciente era la que parecía más joven. Sus cabezas estaban inclinadas hacia atrás o caían a un costado. La del centro tenía el cabello rubio. Le caían largos mechones por la cara. La otra lo tenía castaño. Las tres lo llevaban largo, hasta la mitad de la espalda, lo cual quizá significara algo. Les daba un aspecto virginal. Aunque en aquel momento parecían tan viejas que más que virginal se habría dicho monjil, de solteronas. Cuando les hicieron las fotografías, el pelo se les había cubierto de polvo. Estaban demacradas, al menos dos, como si no les hubieran dado de comer. Pero quizá fuera efecto de la sequedad del ambiente. Toda vitalidad había desaparecido de su piel. Los hoyuelos de sus mejillas eran como surcos profundos y las encías de los dientes habían retrocedido de manera impresionante.

¿Cómo estaban vestidas? No llevaban su ropa. Se la habían quitado. Llevaban túnicas hechas a mano, de terciopelo grueso. La de la chica del centro era verde oscuro, con mangas largas y dobladillo que le llegaba casi hasta los tobillos. La de la derecha llevaba una túnica rojo oscuro y la de la izquierda otra azul. Pero hablar de los colores es no decir nada. Las túnicas llevaban cosidas, fijadas con alfileres, incluso pegadas, estrellas, lunas y soles de tela blanca o amarilla. Pero también animales, o más bien su perfil: perros y osos, caballos y peces, halcones y palomas. Y había números que parecían escogidos al azar (cincos, sietes, cuatros) esos números brillantes que se pueden comprar en las ferreterías y que se ponen en los buzones. No parecía haber ningún dibujo intencionado. Y había bisutería barata prendida del terciopelo y que colgaba sobre los números, las estrellas y los animales: pulseras, collares y pendientes. Al estar tan cubiertas de números, joyas y trozos de tela, se tardaba en descubrir el color de las túnicas.

¿He mencionado las palabras? En algunos retales había cosas escritas, pero nada que tuviera sentido, «ño», «ta», «er», «da». Fragmentos de palabras, principios y finales de palabra. ¿Qué significaban? También había en la tela campanillas y espejitos, pedazos de metal y bolas de vidrio multicolor.

Cabía presumir que aquel abigarrado conjunto de retales y joyas, palabras y números, se había prendido de las túnicas cuando las chicas ya las llevaban puestas y estaban atadas a las sillas, porque no tenían nada en la espalda ni debajo de sus nalgas huesudas. Parecía claro que habían colocado a las chicas en las sillas y las habían decorado después de muertas. Y la labor debió de durar varios días, porque nada estaba hecho de forma atropellada.

¿Y las sillas? Eran de respaldo recto, pero no compradas en ninguna tienda. Las había hecho un aficionado, con listones de carpintería, y estaban torcidas. Pero no se advertía enseguida, porque casi toda la superficie estaba cubierta de tapas de botes metálicos, de reflectores rojos redondos de los que se ponen en las bicicletas y de culos de botellas de vidrio. Muchas chapas estaban clavadas, pero los culos de botella estaban sujetos por clavos doblados sobre los bordes.

Las sillas brillaban y, ¿cómo explicarlo?, parecían devolver la mirada del observador. No estaban quietas. Su color y su brillo las dotaban de movimiento, incluso de agresividad. Las patas estaban envueltas en papel de plata y los círculos de metal y vidrio y los reflectores estaban pegados en él. Pero también aquí se advertía que lo habían hecho con las chicas ya sentadas, porque donde éstas se inclinaban o donde tocaban los asientos, la madera estaba intacta.

¿Y el desván? Era una habitación grande con techo en ángulo. Quizá tuviera una altura máxima de cuatro metros, pero bajaba hasta medio metro por ambos lados. El espacio tenía unos diez metros por quince, con una ventana con cortinas en cada extremo. El aire acondicionado se había instalado en una claraboya del centro y cerca del punto más alto del techo. Pero yo no vi el conjunto, sólo distintos ángulos, combinando las fotografías. Entre los travesaños había tiras de cinta aislante de reverso fosforescente, de modo que toda la habitación centelleaba y debía de dar una impresión de gran viveza a la luz de las velas. También había cientos de tiras de oropel colgando del techo. Quizá se mecieran con la corriente del aire acondicionado. Y cómo centellearían.

Porque las velas eran otra historia. Muchas eran sólo cabos, pero reemplazados una y otra vez, así que quienquiera que las hubiera encendido había ido al desván muchas veces. En las fotografías, las velas no ardían. Uno tenía que imaginárselas, imaginar sus reflejos en el envés de la cinta aislante, sus reflejos en los vidrios, los reflectores rojos y los discos metálicos que adornaban las sillas, en la bisutería de los vestidos de las chicas. Qué animado debió de estar aquel desván a la luz de aquellas velas y con cada vela en cientos de reflejos. Las paredes, las sillas, la ropa: un diálogo de luz, un resplandor de iglesia. Y cómo debían de brillar los rostros de las tres chicas. La combinación de luces y sombras seguramente avivaría sus rostros, como si no estuvieran muertas, como si nunca lo hubiesen estado.

Pero todo esto hay que imaginárselo. Sé a ciencia cierta que las autoridades no encendieron las velas. Simplemente hicieron las fotos, retiraron los cadáveres y desmantelaron el tinglado. No sé si lo guardan en alguna parte o si lo han destruido. Uno puede imaginarse a gente sin escrúpulos tratando de robarlo, planeando exhibir aquellas sillas para que otros paguen por verlas. A lo mejor pondrían maniquíes en las sillas y los vestirían como las chicas. Tanto daba que lo llamasen capilla de la muerte como guarida del monstruo.

Porque no hay duda de que quien mató a las chicas fue un monstruo, un monstruo que había vivido entre nosotros.

Nuestro pueblo no es grande. Esa persona iba y venía, se ocupaba de sus asuntos, tenía conocidos, incluso amigos cercanos. Nadie la miraba y pensaba «monstruo». Quizá fuera ése el aspecto más inquietante del asunto, que la persona, al menos por fuera, no tenía nada de anormal y nadie percibía los síntomas de su anormalidad. ¿Cuáles habrían sido esos síntomas? ¿No deberían llamar la atención la maldad o la monstruosidad?

Y sin embargo, esa persona tenía un lugar en la comunidad. ¿Cómo creen que nos sentíamos después, cuando se supo todo? Si uno que parecía inocente tenía unos secretos tan horribles, ¿qué pasaba con los demás? ¿Cuáles eran sus secretos? ¿Me miraban a mí también? Por supuesto que sí.

Tres chicas muertas en tres sillas de respaldo recto, sujetas con cuerdas, las cabezas inclinadas, los pies descalzos en el suelo de madera, con más aspecto de patas de animal que de pies humanos. Las bocas levemente abiertas, los labios estirados hacia atrás. Se podía ver sus pequeños dientes, imaginar la oscura sequedad de sus lenguas, la oscuridad de sus gargantas mudas. Cómo debían de haber brillado sus dientes a la luz de las velas. Y también sus ojos medio abiertos, como si las chicas estuvieran dormitando.

Pero hay algo más. Les faltaba la mano izquierda. A cada chica le habían cortado la mano izquierda. Se veían los huesos. Y los muñones debían de haber brillado también. En las fotos, aquellos huesos tenían una sorprendente blancura lechosa. La piel y la carne habían encogido, de modo que los huesos sobresalían del muñón de la muñeca. Su blancura y redondez me hizo pensar en ojos, en ojos ciegos, porque los huesos no ven.

¿Y la mano que les faltaba? Las tres manos no estaban en el desván ni en la casa.

PRIMERA PARTE

1

Luego dijeron todos que aquello comenzó con la desaparición de la primera chica, pero había comenzado antes. Siempre hay incidentes que preceden a una infamia y que parecen irrelevantes o ajenos. Toda una red de incidentes, cada uno relacionado imperceptiblemente con el siguiente. Pensemos en un hombre que se corta el cuello. ¿No es verdad que el médico forense encuentra siempre cortes de prueba, como si el occiso hubiera querido saber cuánto le dolería? En el caso de nuestro pueblo, aun antes de la desaparición de la primera chica, sin duda hubo varios hechos equivalentes a dos o tres cortes en la piel por encima de la yugular.

Por ejemplo, la mañana de un martes de comienzos de septiembre, justo después del comienzo de las clases, se encontró una bomba en la ventana del aula de séptimo curso del Colegio Central Albert Knox. Parecían tres cartuchos de dinamita atados con una cinta plateada. Dos cables verdes bajaban de la dinamita a una bolsa de papel que había en el césped. Un alumno se la señaló a la profesora de Lengua, la señora Hicks, y ésta hizo sonar la alarma. A veces tenemos alertas por bombas, pasa en todos los colegios. Son bromas retorcidas y nunca se encuentra ninguna bomba. Generalmente, cuando cierran el colegio durante todo el día por una alerta de bomba, hay un ambiente festivo. Nadie cree en la amenaza y se puede oír a los alumnos reír y parlotear mientras salen a toda prisa del edificio.

Pero aquel día de comienzos de septiembre se difundió rápidamente la noticia de que había una bomba de verdad. Los alumnos estaban asustados. Sarah Phelps, una alumna de octavo, fue derribada en las escaleras cuando corría para salir del edificio. Otros alumnos resultaron contusionados. No salimos de forma ordenada. Los profesores más diligentes, como Lou Hendricks y Sandra Petoski, se quedaron al frente de sus alumnos y mantuvieron la situación bajo control. Sin embargo, otros no se desenvolvieron bien y en algunas aulas (por ejemplo en la de la señora Hicks) cundió el pánico. La señora Hicks es una mujer nerviosa, que se emociona fácilmente, y debió de sentir que por fin había encontrado algo por lo que estar genuinamente emocionada.

El edificio estaba cerrado y todos salimos de manera atropellada al aparcamiento. Yo llevé a unos cuantos de mis alumnos de Biología, de décimo curso, pero la mayoría de los que estaban a mi cargo desaparecieron. Harry Martini, nuestro director, había ido a ver la bomba y volvió corriendo. Llevaba una camisa blanca de manga corta en la que se podían ver manchas en forma de media luna bajo las axilas a causa del sudor. Harry es más bien robusto y le cuesta correr. Nos hizo trasladarnos al otro extremo del aparcamiento y a los campos de deportes, que estaban llenos de barro. Tenemos seiscientos alumnos y enseguida se formó una multitud. Afortunadamente, no llovía.

Ryan Tavich, a quien habían ascendido recientemente a teniente, fue el primero de los policía locales que llegó, seguido pronto por tres coches patrulla. Ryan se hizo cargo de la situación. Iba vestido de civil (un traje gris, por lo que recuerdo), con una gorra de mezclilla echada hacia atrás. Pusieron una barrera. Entonces nos dispusimos a esperar a que llegara la brigada de explosivos de la policía del estado desde su cuartel de Potterville. Los alumnos daban vueltas. Cuando se hizo evidente que el colegio quedaría cerrado todo el día, algunos alumnos que tenían coche se fueron y se llevaron a otros. Pero los más prefirieron quedarse para ver si de verdad habría una explosión.

Aquella mañana presencié los hechos en medio de una tranquila inconsciencia. No había desaparecido ninguna chica. El pueblo estaba intacto y el alcalde podía decir que había un sentido de comunidad. Ahora veo la misma escena a través del filtro de otros hechos y encuentro fragilidad donde creí que había capacidad de adaptación, transitoriedad donde creí que había permanencia. Era una mañana calurosa y sólo unos pocos arces habían comenzado a amarillear. Graznaban los cuervos desde los cedros de más allá del campo de béisbol. El cielo tenía ese azul profundo de comienzos del otoño, con dos o tres pequeñas nubes fugaces. El colegio estaba en el límite norte del pueblo y sobre los árboles se veía la aguja de la iglesia de Saint Mary y parte del tejado rojo del edificio Weber de cuatro plantas, el más alto de la zona. Un perdiguero rubio salió de una casa vecina y corrió de un grupo de alumnos a otro, deteniéndose lo suficiente para que le rascaran las orejas o le dieran palmadas en el lomo.

Los veo juntos. Meg Shiller, con su largo cabello castaño, hablando con el tímido Bobby Lucas, a quien yo había incorporado al club de ajedrez. Bonnie McBride, con su habitual montón de libros; Hillary Debois, con su estuche de violín. Sharon Malloy, que se pasaba los dedos por el pelo rubio una y otra vez. Debía de haber alumnos cuyos nombres ignoraba, pero parecía como si los conociera a todos. En algunos casos había sido compañero de estudios de sus padres. Unos muchachos empezaron a pasarse un balón de rugby. Otros dos se lanzaban un disco. Los profesores los miraban con impaciencia, como diciéndoles que no estábamos allí para divertirnos.

Los alumnos van mejor vestidos en septiembre: ropa nueva, zapatos nuevos, cortes de pelo nuevos. En septiembre, hasta los profesores se sienten optimistas. Harry Martini se paseaba entre los estudiantes y la policía local, haciendo su propia barrera. Me temo que nunca me cayó simpático; andaba con los pies abiertos, como un ganso, arrastrando el peso de su enorme barriga con el movimiento de las piernas. Los profesores parecían gallinas cuidando de sus polluelos. No era la primera vez que se me ocurrían tales comparaciones.

La brigada de explosivos de la policía del estado tardó media hora en llegar y entonces ya habían llegado la mayoría de los autobuses escolares para llevar a los estudiantes a sus casas. Muchos querían quedarse, pero Harry Martini no lo permitió. La cosa que había en el alféizar de la ventana parecía algo terrible y no se sabía el daño que podía causar. El Colegio Central era un edificio de dos plantas construido con ladrillos amarillos a mediados de los cincuenta, y era posible imaginar ladrillos volando por el aire como si fueran virutas. A Harry, como es lógico, le aterrorizaba hacer algo que le pudiera crear problemas con el Consejo Escolar.

Decidí quedarme a ver qué pasaba, aunque Harry me dirigió una mirada furiosa. Desde donde estaba yo, junto a la barrera policial, la bomba era una forma plateada pegada a la

ventana. Se quedaron otros veinte profesores y llegó alguna gente del pueblo. Estaba Franklin Moore, del periódico *The Independent*, y entrevistó a Ryan Tavich. Eran amigos, jugaban al baloncesto los jueves por la noche en el gimnasio del colegio y a menudo pasaban el fin de semana juntos. Los dos parecían muy serios. Ryan se quitaba la gorra para alisarse el pelo. Franklin era alto y delgado, y estaba en mitad de la treintena. También entrevistó a la señora Hicks, que repetía:
–Hemos tenido suerte de que no nos matara.
Lo dijo con distintas entonaciones una docena de veces, como si practicara para que le saliera bien.
La hija de Franklin, Sadie, había sido alumna mía de Ciencias de séptimo curso, y era una chica bonita de pelo castaño y piernas largas que se movía como una bailarina. Cuando llegó su padre, ya se había ido a casa en el autobús. La madre había muerto de cáncer de mama hacía dos años y supongo que Sadie se dirigió a una casa solitaria, como tantos alumnos cuyos padres trabajaban. Un mes más tarde ya no se permitiría que los niños estuvieran solos en las casas.
Por la manera en que se comportaba el capitán de la policía, yo esperaba que la bomba estallara en cualquier momento. La policía desplazó sus barreras aún más lejos por el aparcamiento, obligándonos a pasar a los campos de deportes. Aunque Ryan Tavich estaba formalmente encargado del asunto, el capitán de la policía estatal se puso al mando inmediatamente. No oí lo que dijeron pero la expresión del rostro del capitán era severa, como si Ryan hubiese hecho algo malo, lo que desde luego no era cierto.
Se llevaron los coches a la parte posterior del colegio para que no los alcanzara la explosión. Dos artificieros llevaban trajes acolchados y cascos plateados que les daban aspecto de astronautas. Observaron la bomba y la bolsa de papel con prismáticos un buen rato, y a continuación se aproximaron con gran cuidado, llevando algo que parecía un gran cubo de basura blanco.
Contuvimos el aliento. En realidad, la mayoría de nosotros pensaba que aquellos hombres de trajes blancos volarían en pedazos. Uno avanzó, estirando el cuello para mirar dentro de la bolsa. Hizo una pausa, miró hacia abajo, y luego le hizo una seña impaciente a su compañero, que se acercó rápido y

también miró en la bolsa. A pesar de la ropa que llevaban, percibí su alivio. Dentro había un ladrillo con los cables enrollados. No podía haber estallado. Con todo, los hombres pusieron con gran cuidado la dinamita, o lo que parecía ser dinamita, dentro del cubo de basura blanco. Después pusieron el cubo en la caja de un camión blanco y se fueron.

La policía empezó a quitar sus barreras. Franklin Moore entrevistó al capitán de la policía del estado. Después supimos que no había detonador, a pesar de que la bomba sí tenía dinamita. Sólo la habían puesto en el alféizar para asustar a la gente. Aquella misma tarde, Phil Schmidt, nuestro jefe de la policía, reconoció que era la segunda bomba que habían encontrado. Se había puesto otra unos días antes en la escuela primaria Pickering. Fue un descubrimiento inquietante y nuestro pueblo atrajo un poco la atención. Vinieron unidades móviles de televisión de Syracuse y Utica. Todos se preguntaban dónde aparecería la siguiente bomba. La policía del estado dejó un coche patrulla extra en el pueblo las veinticuatro horas del día y el departamento de policía contrató otro agente.

Se oyeron muchas conjeturas sobre quién había puesto las bombas. ¿Había sido una sola persona o un grupo? ¿Era una broma o tenía una intención más retorcida? Por ejemplo, los miembros de la Iglesia Baptista Ebenezer habían estado reclamando con insistencia el restablecimiento del rezo en los centros docentes. Oí a gente preguntarse en voz alta si algún feligrés de la Iglesia no se habría pasado de la raya y habría querido hacer una advertencia. Se oían muchas teorías por el estilo. Un padre enfadado. Un profesor o empleado despedido. Estas teorías hacían más daño que las mismas bombas. Creaban sospechas que podían dirigirse contra cualquiera, según sucedieran las cosas. Y no era poco si se considera lo que pronto sucedería.

Nuestro pueblo, Aurelius, tiene siete mil habitantes, dos mil menos que a principios de siglo. El pueblo se fundó en 1798, en tierras concedidas a soldados después de la guerra de independencia. La capital del condado, Potterville, está a quince kilómetros al sur. Utica, a sesenta kilómetros al noroeste, es la ciudad grande más cercana. Antes de que se construyera el canal Erie, Aurelius quedaba al sur de la principal carretera al oeste y, hasta la época que ha pasado a la historia con el nombre de neohelenística, por la arquitectura de las casas, se llamó Loomis Corners. Entonces, en 1843, adoptó el nuevo nombre. Tenemos todavía varios buenos ejemplos de arquitectura neohelenística, grandes casas blancas con columnas también blancas. Pero cuando empezó el tráfico en el canal, Aurelius se estancó mientras los pueblos que había junto a éste iniciaron un crecimiento ininterrumpido. A algunos, esto les pareció malo; a otros, bueno.

Después los cambios fueron menores. Se erigió frente al ayuntamiento un monumento conmemorativo de la Guerra de Secesión: una columna alta con un soldado de bronce empuñando un mosquete. Se construyó una estación de tren que duró cien años, vivió su decadencia y renació como pizzería. Talaron los olmos, lo que dejó desguarnecida Main Street. La Universidad de Aurelius, que comenzó siendo una escuela para chicas, en los años veinte fue centro de estudios secundarios, en los cincuenta pasó a ser un colegio universitario femenino y en los setenta se hizo de régimen mixto. Tiene un buen programa sobre caballos y unos pocos graduados van directamente a la facultad de veterinaria de Cornell.

Se construyó un centro comercial en el límite del pueblo con una sucursal de la cadena Ames, un supermercado Wegmans, una casa Napa de recambios para coches y una farmacia Fays. Unas cien personas trabajan en Utica y viven en el pueblo. Otras trabajan en Potterville o en la empresa farmacéutica que hay en Norwich. Hay una fábrica de cables en el límite del pueblo y una pequeña empresa de electricidad que pertenece a la General Electric. Muchos agricultores cultivan coles para hacer chucrut, que se procesa en Potterville. En otoño se elige a la Reina del Chucrut. Tenemos un pequeño hospital y un cine llamado Strand. Ahora hay tres videoclubes.

La biblioteca está bien y puede traer libros de bibliotecas más grandes de Potterville o de más lejos. Tenemos dos concesionarias de automóviles; Jack Morris Ford y Central Valley Chevy. La Ford también vende Volkswagen. La Chevy también vende Toyota. Y las dos venden camiones, claro. Ya hace años que son más los que se van del pueblo que los que vienen. Siempre veo casas en venta. El Club de Lectores sigue reuniéndose una vez al mes en la biblioteca, igual que cuando yo era joven. Los Terriers, el equipo de rugby del Colegio Central, fueron los campeones del distrito el otoño pasado, pero perdieron las finales del estado con Baldwinsville. Durante un tiempo todos tuvieron esperanzas. El equipo de rugby de la universidad, los Romanos, quedó tercero en su liga, mientras que los de Hamilton fueron los primeros. El servicio ferroviario entre Utica y Binghamton se interrumpió hace cuarenta años. El de autobuses dejó de funcionar hace ocho. El teatro no ha representado un espectáculo desde *Li'l Abner* en 1958. A menudo se oye hablar de planes de renovación, pero nunca se traducen en nada. Tenemos dos moteles: el Gillian's y el Aurelius. El gran hotel del centro del pueblo se incendió cuando yo estaba en la universidad, en Buffalo, en los años sesenta. En ese lugar hay ahora un pequeño Banco Key. Tenemos dos restaurantes italianos, más un McDonald's, un Dunkin' Donuts y un Pizza Hut. La librería, Dunratty's, se ha convertido poco a poco en una casa de artículos de oficina y regalos, pero se pueden encargar libros. La ferretería Trustworthy se mantiene firme, igual que la panadería Weaver's. Tenemos dos pensiones con desayuno, en las que a menudo se alojan visitas en otoño para ver el verdor del paisaje y también padres de alumnos de la universidad. Tenemos seis iglesias. La anglicana de Saint Luke's era la más grande, y Saint Mary la segunda, pero ambas han sido superadas por la iglesia evangélica de la Buena Hermandad, que funciona en el almacén del viejo A&P. Además de Phil Schmidt, el jefe de policía, tenemos diez agentes a tiempo completo y entre cuatro y seis de media jornada, según el mes. Tenemos cuatro coches patrulla. Los bomberos son en su mayoría voluntarios, aunque el jefe, Henry Mosley, cobra un sueldo.

En el centro hay edificios de dos o tres plantas de ladrillo rojo. La mitad superior (las cornisas, los pilares y los frisos simples que representan el Progreso y la Libertad) tiene algo de encanto. El edificio Weber, en el cruce de Main Street con State, tiene ventanas con frontones redondos en la última planta. De vez en cuando se pide que lo declaren monumento nacional. Las plantas inferiores del edificio, sin embargo, se han modernizado con formica, plástico y aluminio, vidrieras y puertas metálicas. Eso se hizo en los años cincuenta. Las grandes cadenas comerciales que se encargaron de la renovación (Western Auto, Monty Ward, Rexall) se han ido y los edificios tienen ahora un aspecto ruinoso.

El edificio del ayuntamiento está frente al edificio Weber y es más gótico que clásico, con sus torreones y ladrillos rojos. Veinte escalones de mármol blanco conducen a una gran puerta partida. La madera es oscura y las ventanas están cubiertas de polvo. La mezcla de majestuosidad y mala calidad le da a nuestro centro una calidad ambivalente, y siempre hay edificios vacíos en venta.

Debe de haber cientos de pueblos como el nuestro en el este. Los llaman somnolientos. A veces alguno tiene un equipo de rugby o de baloncesto que destaca. En los alrededores de Aurelius hay colinas que forman cadenas de norte a sur y estrechos valles con pequeños ríos y lagos intercalados. Las granjas prósperas están en los valles; las más pobres, en las colinas. Al oeste, hacia los lagos Finger, cultivan manzanas. El río Loomis atraviesa Aurelius y en primavera hay truchas. Bastante gente va a acampar a los lagos en verano o a pescar en el hielo en invierno.

Antes de que aquel otoño empeoraran las cosas, mis colegas del Colegio Central decían que llevaban una vida cómoda. A veces una pareja o una familia se iba a Nueva York a dar una vuelta o a ver un espectáculo, pero la mayoría se quedaba en Aurelius. No diré que estuvieran satisfechos, pero lo cierto es que no le encontraban sentido a ir a otro lugar. La universidad organizaba conferencias y de vez en cuando venía un cuarteto de cuerda de Syracuse, aunque poca gente del pueblo iba a oírlo. Ocasionalmente alguien organizaba un viaje en autobús a Syracuse para ver un partido de rugby o de baloncesto. Muchos hombres salían de caza en otoño y se oían los disparos en las colinas. La gente tendía a votar por los republicanos, pero un demócrata que consiguiera despertar entusiasmo obtenía votos.

En realidad, lo más emocionante que pasó en el pueblo en años fue algo provocado por el *Independent*, y eso se debió a su director, Franklin Moore. Algunas personas pensaron que Franklin tendría que haber buscado un empleo en un periódico de Utica o de Syracuse después de la muerte de su esposa, lo que habría permitido a muchos en el pueblo seguir durmiendo tranquilos, aunque el hecho de que su periódico publicase ciertas noticias evidentemente no lo hacía responsable de sus consecuencias. Otros creían que se tenía que haber vuelto a casar, lo que significaba que debería haber hecho algo para estar ocupado y dejarnos en paz.

2

Franklin Moore no era originario de Aurelius. Eso no le atribuye ninguna responsabilidad especial en lo que sucedió, aunque algunos sostuvieron que si Franklin hubiera sido del pueblo habría actuado con más cuidado. Quizá lo de ser un forastero te lleve a obrar sin ese sentido de pertenencia que se puede encontrar en alguien que tenga relaciones más estrechas con la comunidad. La gente dijo que Franklin no tenía nada que perder, no estaba casado con Aurelius; podía irse si quería; no tenía ningún vínculo real con el pueblo. Pero eso no era cierto. Tenía a su hija.

    Franklin vino aquí desde Rochester hace cinco años con su esposa, Michelle, y Sadie, que entonces tenía ocho años. En Rochester había sido periodista del *Chronicle*. Anteriormente había estudiado Periodismo en Cornell y, antes de graduarse, había escrito para el *Sun* y se había convertido en uno de sus primeros redactores. Procedía del área de la ciudad de Nueva York.

    A Franklin lo nombraron redactor jefe asociado del *Independent* con el acuerdo de que sería el director en el plazo de dos años. Pero al año de trasladarse a Aurelius, a su esposa le diagnosticaron un cáncer de mama. No había cumplido aún treinta años. Creo que era fotógrafa en Rochester y hacía trabajos por su cuenta para el *Independent*. Su enfermedad terminó con eso. El avance de la enfermedad fue algo tristemente conocido: una mastectomía, quimioterapia y radioterapia, metástasis, más operaciones y terapias, y finalmente la muerte. Por entonces llevaban tres años viviendo en Aurelius. Como sucede en los pueblos pequeños, nos involucramos en su historia y la vimos empeorar poco a poco. A Michelle la enterraron en el cementerio Homeland y su familia vino de Bronxville para el funeral.

Durante los dos años que duró la enfermedad de su mujer, Franklin llegó a ser, efectivamente, director del periódico y trabajó con ahínco, aunque su atención y gran parte de su tiempo los dedicaba a su esposa. Ella era una mujer notablemente hermosa de pelo oscuro, que tuvo que soportar no sólo la enfermedad, sino todas las humillaciones consecuentes; la mastectomía, la piel pálida, la caída del cabello. Soportó todo esto con una fuerza que impresionaba a todos los que la conocían.

La conocí cuando su hija, Sadie, estaba en clase de Ciencias de séptimo curso y ella y su madre fueron al colegio para asistir a una reunión de padres y profesores. ¿Trabajaba bien Sadie? ¿Prestaba atención en clase? La madre me aseguró que no tenía que preocuparme de que fueran excesivas las tareas que le daba a Sadie, porque era muy aplicada. Entonces Michelle Moore estaba muy delgada y llevaba peluca, pero era una peluca atractiva. Sin embargo, la salud simulada que irradiaba la peluca y la gruesa capa de cosméticos ya le daba el aspecto de un ser moribundo, aunque fuera de tiros largos, disfrazado de mujer viva y vibrante.

Se sentó junto a mi mesa, en mi clase, instándome a ser exigente con su hija, no por mezquindad sino para hacer de Sadie una alumna mejor. Evidentemente, era una mujer a la que no le quedaba mucho tiempo de vida y sin embargo no hizo ninguna referencia a su enfermedad y casi me desafió a que la notase. Tenía un gran orgullo, un rasgo también visible en Sadie, y hablaba de que su hija a la larga estudiaría Veterinaria o Medicina. En un pueblo en que muchos jóvenes dejan la enseñanza secundaria a medias y sólo la mitad de los que acaban llegan a la universidad, sus ambiciones sobre Sadie eran dignas de mención. Michelle Moore estaba sentada muy erguida en su silla, hablando con voz tranquila; se tocó la barbilla con el dedo, se arregló varias veces el pañuelo que llevaba al cuello y todo el tiempo mantuvo sus oscuros ojos fijos en mí. Si sentía dolor, no lo manifestaba.

Tres semanas más tarde, a finales de octubre, me enteré de que había muerto. Sadie no vino al colegio durante una semana y después volvió. Busqué señales de dolor en su rostro y vi la palidez, la profunda seriedad, pero nunca mencionó a su madre ni lo que había visto. Su madre murió en su casa, al desplomarse en la cocina. Franklin llamó al médico, pero era demasiado tarde. La gente dijo que habían tenido suerte de que hubiese sucedido tan rápido, pero ¿qué sabe la gente? Cuando dicen esas cosas, ¿no se está hablando de la propia muerte? ¿Quién sabe si es mejor de una manera o de otra?

Seis meses después de la muerte de la esposa de Franklin, se empezaron a apreciar cambios en el *Indepedent*. Se volvió más agresivo, más consciente de los problemas sociales en sus editoriales. Había más entrevistas con residentes locales. Según la gente, Franklin estaba muy cambiado después de la muerte de su esposa, pero yo creo que tenía más tiempo y quería distraerse de su pena. Dicho de modo más simple, publicaba varios artículos más en el periódico cada semana, junto con sus editoriales y columnas. Además de Franklin, el periódico tenía un informador a tiempo completo, otro para la sección de deportes, un fotógrafo y una mujer que hacía de recepcionista, se encargaba de la oficina y corregía las galeradas. Sin aumentar de tamaño, el periódico se hizo más compacto; había menos artículos de relleno.

Pero quizás era algo más que tener energía y necesidad de distraerse. Franklin me decía:

—A la gente hay que despertarla.

Hasta parecía conducir más rápido. Tenía un Ford Taurus azul y siempre se le veía doblando las esquinas a toda velocidad. En aquella época, Franklin tenía treinta y cuatro años. Medía algo más de metro ochenta y cinco, estaba muy delgado y tenía el pelo castaño claro, casi rojizo, que llevaba largo y peinado hacia atrás. Cuando andaba se inclinaba hacia delante, de modo que la parte de arriba de su cuerpo, la parte llena de intenciones, llegaba antes que la mitad inferior. Hablaba rápidamente y un poco fuerte, y si se tardaba en contestarle una pregunta, ofrecía varias alternativas para poder elegir. En su cara delgada se apreciaban unas pecas que le daban un aspecto juvenil. Tenía una especie de inocencia. Si se dice así cuando alguien cree que los demás comparten su pasión por el mundo.

A mucha gente le resultaba un poco prepotente, pero Aurelius es un pueblo pequeño y su ritmo natural es lento.

Franklin parecía moverse rápido, aunque quizás ésa era la velocidad normal a la que se movía el mundo. Era enérgico y solícito. Asistía a todas las reuniones de padres y docentes y hablaba con pasión de su hija. Lo único extraño, y quizás estoy equivocado al pensar que eso fuera extraño, era que no mencionaba a su esposa. Atribuyo esto a su esfuerzo por superar el dolor. No obstante, al hablar de su hija y su infancia, Franklin daba la impresión, estoy seguro de que no intencionadamente, de que siempre había sido un padre soltero, que Michelle nunca había existido.

Otro cambio fue que Franklin vendió la casa de campo que tenía en las afueras de Aurelius y se trasladó al centro, a Van Buren Street. Compró una casa separada de la mía sólo por otra, una construcción blanca de estilo victoriano que parecía demasiado grande para Sadie y él. Todas las casas de Van Buren Street habían sido construidas poco después de la Guerra de Secesión, excepto la casa Sutter, que era la granja original de aquella área. La casa en que vivo sólo es la casa en la que nació mi madre y a la que volvió después de que su marido, mi padre, muriera en la Guerra de Corea. La gente dijo que Franklin quería estar más cerca del periódico, pero también parecía que quería escapar del recuerdo de su esposa muerta. Incluso vendió su Taurus y compró un cinco puertas Subaru.

Yo le veía fuera pintando, cortando el césped o barriendo las hojas. Lo hacía todo deprisa, casi con impaciencia. Sadie tenía una bicicleta de montaña de color violeta con marcas amarillas que semejaban rayos. Si me veía cuando pasaba montada en su bicicleta, me saludaba. Era muy delgada y su cabello castaño ondeaba sobre su espalda.

He oído decir que después de la muerte de su esposa, Franklin perdió todo sentido cívico en cuanto a la manera en que debía dirigir el periódico en relación con el pueblo. La gente llegó a decir que la actitud del periódico hacia Aurelius se estaba haciendo cada vez más hostil. Por ejemplo, en sus editoriales Franklin empezó a sostener que el ayuntamiento tenía que aprobar un plan de cinco años de inversiones, que no se asfaltaban sistemáticamente las calles y que el sistema de cloacas de la ciudad se hallaba en mal estado. Afirmaba que si el Ayuntamiento adoptaba un plan específico, los votantes tendrían una idea exacta de lo que había que hacer y la ciudad determinaría un método claro para canalizar sus recursos en vez de sufrir una pequeña calamidad tras otra.

Franklin también se enfrentó con el Consejo Escolar porque éste rechazó una propuesta de aumentar a los empleados administrativos y profesores el sueldo en un siete por ciento y darles cobertura odontológica. El principal problema era esto último. Dado que casi todo el condado no tenía cobertura sanitaria, el Consejo no veía por qué los empleados y profesores habían de tener cobertura odontológica además de la sanitaria.

Franklin arguyó que el colegio debía tener un nivel de excelencia, tanto en el alumnado como en sus profesores, que Aurelius sólo podría contar con docentes de primer nivel si ofrecía un buen sueldo y un buen conjunto de beneficios. En estos editoriales, Franklin llegó a sugerir no sólo que el ayuntamiento y el Consejo Escolar eran en cierto modo retrógrados, sino también que los profesores y directores del colegio no tenían un nivel óptimo.

Quizá fuera comprensible que mucha gente estuviese contenta con la vida que llevaba. Conocíamos a los miembros del ayuntamiento y del Consejo Escolar. No eran mala gente. Cumplían su mandato y luego eran reelegidos o reemplazados. Los artículos, editoriales y columnas de Franklin no llegaron a causar indignación, pero era como si alguien le echara a uno arena en la cama. Cuando la gente lo veía venir, lo eludía. Supongo que si no hubiese sido buen mozo, si no hubiese enviudado recientemente teniendo una hija pequeña, habría sido aún más impopular. Era afable y trataba a la gente con respeto. Sin embargo, para aquellos a los que aludía en sus artículos, se convirtió en una cruz. No le deseaban ningún mal pero querían que se fuera. Porque la gente empezó a prestarle atención. Notaron cosas que antes no veían. Aunque no estuvieran de acuerdo con Franklin, es posible que comenzaran a pensar que Aurelius era menos perfecto de lo que suponían.

Las entrevistas semanales de Franklin eran aún más molestas que sus editoriales. Conseguía que la gente dijera cosas sobre sí misma que los demás no querían saber. Una de las primeras fue con Herb Wilcox, un agente local de fincas y seguros que había estado en el ayuntamiento durante veinte años. Todos conocían a Herb y a su esposa, Betty. Habían visto crecer a sus tres hijos. Dos estaban en la universidad y el joven Bobby trabajaba en la oficina de su padre. En la entrevista, Herb dejó claro que en Aurelius todo iba muy bien.

«He visto otros pueblos, me gustan otros pueblos, pero ninguno tiene lo que tenemos aquí. Tenemos escuelas de primera, un buen hospital. No entiendo por qué se va la gente. Por ejemplo, mis hijos Bruce y Mary Lou. Los dos tenían becas para la Universidad de Aurelius, pero Bruce se fue a Albany y Mary Lou a Cortland State. Ahora Bruce está en Cohoes. ¿Qué clase de lugar es ése?»

La cosa seguía así y los lectores comprendieron que Herb no hablaba de las perfecciones o imperfecciones de Aurelius sino de la partida de sus dos hijos mayores, su amor por ellos y su desilusión. Franklin sacó a la luz la vulnerabilidad de Herb. De algún modo lo empequeñeció, si es eso lo que sucede cuando una persona se hace de pronto más humana.

A la semana siguiente, Franklin le hizo una entrevista a Will Fowler, el administrador del pueblo. Tenemos un alcalde y un administrador. El alcalde es elegido pero no cobra, aunque tiene secretaria, una cuenta de gastos y un pequeño fondo que administra a discreción. Por lo general, es un hombre de la comunidad al que le gusta estrechar la mano de la gente. El administrador es distinto. Lo contrata el ayuntamiento y a menudo es de fuera de la comunidad. Nuestro actual alcalde, Bernie Kowalski, dice que Fowler es su látigo.

–Tengo un látigo, y el látigo logra que se hagan las cosas –dice Bernie a menudo.

Franklin le pidió a Will Fowler su opinión sobre Aurelius.

–Es un pueblo agradable lleno de gente agradable.

¿Le parecía perfecto?

–Es menos que perfecto –respondió.

¿Y qué hay del ayuntamiento?

–Ellos también son menos que perfectos.

¿Fowler tenía alguna queja específica al respecto?

–Quizás algunos estén desde hace demasiado tiempo.

¿Qué pensaba Fowler sobre la necesidad de aprobar un plan de inversiones de cinco años?

–Potterville lo tiene. Cualquier pueblo del tamaño del nuestro generalmente lo tiene. El problema es que un plan de ese tipo hace que el ayuntamiento tenga que rendir cuentas públicamente. Quizá no quieran eso.

–Una última pregunta. Usted vino aquí hace seis años de Albany. ¿Echa de menos Albany?

–Sin duda. Es una ciudad más grande.

Los que habían leído la entrevista con Herb Wilcox la semana anterior pensaron que Herb quedaba como un tonto. Al cantar tantos elogios le hacía daño a Aurelius, mientras que su afirmación de que el pueblo era perfecto sonaba a excusa para no trabajar con más ahínco. En cuanto a Will Fowler, Aurelius parecía no gustarle nada. Preferiría estar en Albany.

–Cree que somos campesinos –dijo uno de mis colegas.

Y quizá fuéramos campesinos, pero no nos importaba. Igual que con Herb Wilcox, sentimos que sabíamos más de Will Fowler de lo que queríamos.

–¿Quién se cree que es? –oí quejarse a un profesor.

Fowler era el hombre contratado para hacer funcionar el pueblo. La gente quería que se sintiera afortunado de vivir en un lugar tan bonito. En aquel momento sabían que no era así.

Claro que la mayoría de las entrevistas semanales de Franklin no tenían tanta repercusión. Aun así, descubríamos cosas de los demás. Resultó que Tom Henderson, que dirigía la ferretería Trustworthy, construía modelos de barcos dentro de las botellas. Margaret Debois, una enfermera del hospital, tocaba el piano en el club de jazz Tiny's, de Utica. Lu Fletcher, de Fletcher's Feeds, era detective aficionado y ahorraba para hacer un recorrido por el Londres de Sherlock Holmes. Algunas personas se negaron a que les entrevistaran, como el jefe de bomberos, Henry Mosley, o el farmacéutico, Donald Malloy. Y yo también me negué.

–¿Por qué? –me preguntó Franklin. Fue hace más de un año, y yo estaba pasando el rastrillo por el jardín de delante de mi casa. Me vio y se acercó.

–No me considero interesante.

—Trabajaste en Nueva York como científico y luego volviste a Aurelius. Eso es interesante.

—Yo sólo era técnico. De todos modos, sea o no interesante, no quiero conceder ninguna entrevista.

No quería ser grosero, pero después de decir que no quería ser entrevistado, debió de aceptarlo. No era que yo le resultara interesante. No sabía nada de mí excepto lo que pudiera haberle dicho su hija. Lo más probable es que estuviera pensando en la entrevista de la semana siguiente y me vio pasando el rastrillo en el jardín. Y muchas de las personas que entrevistó no eran interesantes: mecánicos de coches, empaquetadores de Wegmans, un fontanero. Sin embargo, debo decir que en la mayoría encontró algo pintoresco, motivo por el que quizá me negué a acceder a la entrevista. No quería que la gente me mirara y pensara:

—¡Ajá, yo sé algo de usted!

Sea como fuere, me pareció que Franklin me respetó por rechazarlo. Empezamos a vernos más a menudo. No como amigos aunque sí como conocidos que se llevaban bien. A veces venía a mi casa y yo le ofrecía una taza de té, o yo pasaba por la suya y él sacaba unas cervezas. Como he dicho, vivíamos a una casa de distancia.

Sorprendentemente, la entrevista que tuvo el mayor impacto no fue con una persona corriente del pueblo sino con un profesor de Historia contratado a última hora por la Universidad de Aurelius para el segundo semestre. Lo contrataron a toda prisa. Digo esto porque si hubiese habido una búsqueda convencional, aquel individuo no habría conseguido el puesto. No es que fuera incompetente o estúpido. Ni mucho menos. Pero era marxista y argelino. Además era extrovertido. Antes de la entrevista, todo lo que sabíamos sobre él era que conducía un pequeño Citroën que había traído de Kingston, Ontario, donde había estado viviendo. Primero vimos su coche, el Citroën rojo. Luego supimos su nombre: Houari Chihani.

3

Franklin entrevistó a Chihani en su despacho de la Universidad de Aurelius. El campus, que data de 1870, tiene edificios de ladrillo rojo situados en torno de un terreno cuadrado con arces y robles. Los edificios tienen ebanistería blanca y hiedra, columnas blancas y amplias escaleras de granito. Desgraciadamente, debido a limitaciones del presupuesto, los edificios están un poco deteriorados, con trozos de pintura desconchada y ladrillos rotos. El césped y los arbustos están un poco descuidados. En cuanto a los estudiantes, tienden a ser un conjunto desigual. Algunos cursos, como el de estudios ecuestres, atraen a buenos alumnos, pero en los demás los niveles son bajos.

En el estado de Nueva York hay muchos centros universitarios, y el de Aurelius no es la primera elección de nadie. Así que la universidad tenía cursos especiales para estudiantes con problemas de aprendizaje, cursos para dislécticos, cursos de inglés como segundo idioma. Algunos estudiantes eran jóvenes inteligentes procedentes de familias de escasos recursos, pero muchos estaban en Aurelius porque ninguna otra universidad los aceptaba por un motivo u otro. Y si les iba más o menos bien, tendían a cambiar de centro después del primer año.

Se podría decir que los estudiantes conocían poco más que los videoclips de la televisión por cable y la revista *People*. No pensaban en el pasado ni hacían conjeturas sobre el futuro. Para la mayoría no tenía importancia. No iban a ser filósofos y toda la cuestión de los problemas de aprendizaje y la discapacidad mental era sólo paja para ocultar que no eran muy brillantes. Pero algunos estudiantes eran brillantes y sólo estaban esperando a que apareciera la persona indicada. Como una esponja seca espera una gota de agua. Podía haber sido cualquiera. Por desgracia, fue Houari Chihani.

Era un hombre de más de cincuenta años, de cincuenta y cinco para ser precisos, que se había criado en Argelia y después, ya adolescente, había ido a París durante la guerra de liberación argelina. Su padre era médico; su madre, profesora. A lo mejor se sentían más cerca de sus amos franceses que de sus hermanos musulmanes. Y durante aquella guerra, los rebeldes atacaron a los musulmanes moderados tan ferozmente como a los franceses. Durante unos años, Houari Chihani estudió en la Sorbona, y después se fue a Montreal, donde ingresó en la universidad. Fue en la Sorbona, alrededor de 1960, donde se hizo marxista. Es paradójico que tantos intelectuales marxistas procedan de clases privilegiadas. Se han criado en medio de comodidades que quieren negar a los demás mientras ellos siguen viviendo cómodamente. Aunque quizás eso no fuera cierto en el caso de Chihani, pues parecía de naturaleza ascética.

Chihani permaneció en Montreal tres años, y luego se le admitió en la Universidad de Chicago, donde obtuvo el doctorado en Historia. Su brillantez nunca se puso en entredicho. Pese a su acento, era un profesor excelente y persuasivo. El problema es que no era sólo un docente. Sino un proselitista de fe casi religiosa. En consecuencia, allá donde diera clases fundaba o se hacía cargo del club marxista de la universidad o del grupo de lectura. Quizás habría sido más juicioso tener algo de antigüedad antes de llamar tanto la atención en el campus; por otro lado, su imprudencia sólo daba prueba de su integridad. Ponía claramente de manifiesto cuál era su postura. Y hay que decir que, para muchos, las polémicas que provocó en el departamento eran sanas. Pero el resultado seguía siendo que, tras dos o tres años en una universidad, siempre se iba. Michigan State, Carnegie-Mellon, Windsor, Cleveland State, Lafayatte, Oliver, hasta que terminó enseñando historia en un pequeño colegio universitario de Kingston, Ontario. Y había perdido aquel puesto o más bien no lo habían vuelto a contratar para el siguiente otoño. Le quedaba sólo un semestre.

Sin embargo, en diciembre, Max Schnell, un profesor de Historia muy querido en la Universidad de Aurelius, murió en un accidente de coche. El claustro de profesores necesitaba un sustituto enseguida y se autorizó al decano, Roger Fielding, a iniciar la búsqueda.

Fielding publicó un anuncio pidiendo alguien especializado en Historia Europea Moderna, y Houari Chihani presentó su solicitud de empleo. En los papeles parecía bueno: el doctorado de Chicago, los muchos trabajos publicados, las alabanzas de sus estudiantes. Incluso eran buenas las recomendaciones de las universidades donde había enseñado. A menudo tales recomendaciones no son veraces, especialmente si se escriben para alguien que la universidad quiere que se vaya a otra parte. El decano de la universidad X quería que Chihani se fuera, así que le escribió una carta de recomendación entusiasta. Y hay que reconocer que Roger Fielding y Priscilla Guerthen, la secretaria académica, soñaban con Aurelius a lo grande. Tal vez se dejaron llevar por la impresión y vieron en Chihani a alguien que podía dar prestigio a su pequeña comunidad. A fin de cuentas, ¿no dirían sus libros y demás publicaciones que daba clases en la Universidad de Aurelius? Así se le ofreció el puesto a Chihani.

Chihani no tuvo escrúpulos en dejar Kingston College antes de finalizar el año. Le habían dicho que no querían que siguiera, de modo que, si podía, les devolvería el favor. Empaquetó los libros, los mandó a Aurelius, cogió su Citroën rojo y a principios de enero ya estaba viviendo en el pueblo. Tenía tres clases: Civilizaciones Occidentales, Movimientos Políticos Europeos del Siglo XIX y Capitalismo y Trabajo. A comienzos de febrero ya había formado un pequeño grupo de lectura, con menos de media docena de estudiantes, al que llamó Investigaciones sobre la Justicia, un título bastante vago. Fue entonces cuando Franklin Moore lo entrevistó.

El despacho de Chihani estaba en Douglas Hall, el edificio de Humanidades, al lado de secretaría. Era una habitación de la tercera planta, con un tragaluz, y Franklin dijo que no había suficientes estantes para los libros de Chihani, por lo que había cajas de cartón amontonadas junto a las paredes. Franklin describió a Chihani como un hombre alto y apuesto, cuya cara hacía pensar en un ave de rapiña. En efecto, recuerdo que tenía una nariz larga y delgada con una pronunciada curva en su mitad. Tenía los pómulos altos, una barbilla prominente y el pelo negro rizado y grueso. Su piel me hacía pensar en la terminación de cedro de una mesa o escritorio. Tenía las manos largas y delgadas, como las de un jugador de baloncesto, aunque no le interesaban los deportes. Siempre llevaba un traje oscuro, camisa blanca con corbata y a veces una boina.

Un detalle que Franklin no mencionó es que la pierna izquierda de Chihani era más larga que la derecha, de modo que su zapato derecho tenía una suela extragruesa, de por lo menos ocho centímetros. Y andaba cojeando, balanceando su pie derecho, que chocaba contra el suelo con un sonido fuerte. A menudo usaba un bastón. A veces lo oía en la librería Carnegie del pueblo, rebuscando en las estanterías, y sabía que era Chihani por el sonido de aquel zapato pesado golpeando el suelo de madera.

Durante la entrevista, Chihani estuvo sentado detrás de su escritorio, que sólo tenía un bloc de papel blanco, una pluma de oro cara y el teléfono. Franklin se sentó frente a él. Le preguntó si le molestaba que grabara la conversación y Chihani prefirió que no lo hiciera. Así que Franklin tomó notas. Al principio supuso que Chihani estaba contento de encontrarse en la Universidad de Aurelius. Sin embargo, enseguida entendió que Chihani consideraba que la universidad era afortunada al tenerlo a él. Chihani no era hombre que supiera reírse de sí mismo. Se veía como un cerebro privilegiado y como alguien con un mensaje que transmitir a la humanidad. Y quizás el único motivo por el que aceptó ver a Franklin quince minutos fuera para dar algo de aquel mensaje.

Franklin empezó preguntándole si le gustaba Aurelius, una pregunta trivial para la que esperaba una respuesta trivial. Buscaba una forma de empezar la entrevista. Chihani dijo:

—Es un pueblo pequeño como tantos otros: peculiar, pintoresco e ignorante.

Franklin le preguntó qué es lo que producía aquella ignorancia.

—No tienen conocimiento del mundo, no tienen noción del pasado, no tienen noción del futuro.

Chihani estaba en mangas de camisa con los codos apoyados en el escritorio y los dedos de las dos manos haciendo una especie de tienda.

—¿Hay que conocer el mundo –preguntó Franklin– para vivir feliz?

—No necesariamente, pero si uno quiere estar por encima de las vacas y las ovejas, necesita conocimiento. Estará de acuerdo en que las vacas y las ovejas viven contentas. Yo diría que su ignorancia las conduce al sacrificio. Las acciones tienen consecuencias. La ignorancia sobre la naturaleza de esas acciones no libera a una persona de la responsabilidad de las consecuencias.

Franklin advirtió que estaba pisando terreno poco seguro. Entrevistar a Chihani no sería como entrevistar a un dentista o al panadero local. De modo que Franklin interrogó a Chihani sobre su pasado: su juventud en Argelia, sus estudios en París, las universidades de Montreal y Chicago. Chihani estaba divorciado y no tenía hijos. Ni hermanos. Sus padres estaban muertos. Dijo que no sabía cuánto tiempo se quedaría en Aurelius, pero que mientras tuviera sus libros no le importaba dónde viviera. Había alquilado una casa en el pueblo. No pensaba comprar ninguna casa porque no creía en la propiedad de la tierra.

Franklin dijo que Chihani hablaba lentamente pero sin pausas ni vacilaciones. No le faltaban ideas. Ni suavizaba su mensaje con diplomacia.

Franklin dijo que era una lástima que el puesto vacante en la universidad fuera resultado de una tragedia.

—No fue una tragedia –dijo Chihani–. Quizás una lástima, incluso una gran pena. Pero la muerte accidental de un ser humano en sus ocupaciones diarias nunca es trágica.

—Dejó una mujer y dos niños pequeños –señaló Franklin.

—Entonces es aún mayor la pena, pero no es trágico.

Franklin le preguntó a Chihani qué pensaba de sus alumnos de Aurelius.

—Es natural que la juventud sea ignorante. Es una definición de juventud: carencia de conocimientos. Se supone que a los jóvenes se les puede enseñar. Aquí los estudiantes no son sólo ignorantes, sino también apáticos. Sin embargo, en cualquier situación hay algunos estudiantes dispuestos, y esa disposición misma crea inteligencia o una actitud que pasa por ser inteligencia. Y esos pocos estudiantes pueden convocar a otros. Donde haya unos gramos de paja, se encuentran unos cuantos granos de trigo. Aquí hay mucha paja.

¿Y los colegas del señor Chihani en Aurelius?

–En su ignorancia son como los estudiantes, pero sus mentes están calcificadas. En el mejor de los casos pueden impartir información que el sentido común considera útil. El grado en el que los estudiantes digieren este sentido común depende del grado en que el profesor lo hace agradable. Pero el verdadero conocimiento no depende de la seducción. La capacidad de razonamiento de quien escucha es lo único que se requiere para convencer de la verdad.

¿Y por qué se dedicaba Houari Chihani a la enseñanza?

–Enseño para ayudar a los jóvenes a asumir responsabilidades en el mundo y hacerse responsables unos de otros. Tiene que haber una consecuencia de la educación. Por lo general se considera que la consecuencia es la capacidad de ganar dinero. Esto es una quimera que va unida a otra quimera: el crecimiento ilimitado. Yo considero que la consecuencia de la educación debe ser la responsabilidad y el cambio.

¿Al decir «cambio» Chihani quería decir «revolución»?

–Ésa es una palabra melodramática. Yo quiero decir asumir responsabilidad ante el mundo. Desde una perspectiva histórica, vemos que una pequeña fracción de la población se aprovecha de la mayoría, convirtiendo a esa mayoría en consumidores ignorantes. Trabajan con ahínco en empleos sin sentido para comprar ropa, coches y juguetes que creen que los harán felices. Se endeudan, se convierten en una forma de esclavos asalariados y buscan distraerse con la violencia y los acontecimientos deportivos. Se minimiza la educación, se desacredita a las artes. La alternativa es una sociedad que valore a todos sus miembros por igual, una sociedad que se haga responsable de su gente y que funcione a partir de este sentido de responsabilidad, una sociedad que trabaje para reducir la avaricia, la ignorancia y la naturaleza más vil de sus miembros en lugar de alentarlas.

–¿Llama a eso marxismo? –preguntó Franklin.

–Se encuentran muchas de estas ideas en Marx, pero del mismo modo que las teorías de la evolución han ido más allá de Darwin, también las teorías de la economía van más allá de Marx.

—Pero, ¿usted no enseña a Marx?
—Sus ideas fueron un punto de partida. Se puede argumentar que estas ideas también existen en el Nuevo Testamento. Nuestra tarea es preparar a la gente joven para el siglo XXI; es una tarea más complicada que enseñar marxismo.

¿Y qué pensaba el señor Chihani de los habitantes de Aurelius?

—Están dormidos. Es la situación que prefieren. Temen al mundo y dormir es una manera de responder al miedo. Algún día despertarán. Quizá pase algo horroroso. Efectivamente, no hay mejor invitación al horror que la ignorancia, es decir, el sueño.

4

La entrevista de Franklin a Chihani no contentó a nadie. Se consideró que Roger Fielding y Priscilla Guerthen habían cometido un error al contratar a Chihani, lo que llevó a la gente a recordar errores del pasado. Cuando apareció el periódico el jueves, el tercer jueves de febrero, el presidente de la Universidad de Aurelius, Harvey Shavers, llamó a Roger y a Priscilla a su oficina y les leyó la entrevista en voz alta. Personas que pasaban por el pasillo decían haber oído la voz de Shavers. Era un hombre corpulento y tenía una voz sonora, acostumbrada a hablar en público. Shavers era ante todo un hombre dedicado a reunir fondos y sabía lo difícil que era conseguir dinero en la comunidad si alguien del centro universitario local decía en una entrevista que la gente de la comunidad era idiota. Para Shavers, lo importante era la apariencia de calidad más que la calidad misma. Había descubierto que los individuos brillantes raramente ocultan sus virtudes, lo que quiere decir que hablan demasiado y crean publicidad adversa. Es más cómodo tener mediocres silenciosos que simulan tener algo de calidad que disponer de lo real y verdadero.
 Entre los profesores se habló de exigir explicaciones. ¿No se había dudado de la credibilidad de los docentes? Robinson Smart, catedrático del departamento de Inglés, dijo que tendría dificultades para enfrentarse a sus alumnos a menos que Chihani se disculpara públicamente. Se barajaron estas ideas una y otra vez hasta que se decidió que sería un error darle a Chihani una tribuna para hacer más comentarios. En cambio, el consejo universitario acordó la posibilidad de emitir un voto de censura si Chihani volvía a meterse con su capacidad docente.
 Los estudiantes llegaron más lejos y mandaron una delegación de tres representantes a Chihani para exigir una explicación.

–¿Niegan que son ignorantes? –preguntó Chihani.

Siguió un debate sobre la palabra *ignorancia* que no implicaba capacidad, potencial o inteligencia. Por ejemplo, Chihani se confesó ignorante del japonés.

–Debieran alegrarse de su ignorancia –dijo Chihani– porque les permite aprender.

Estaban sentados en su despacho. Aquel febrero nevó mucho y hubo sólo dos días en que no hizo mal tiempo. Fuera había más de un metro de nieve. Parecía que cada vez que miraba por la ventana veía una ventisca de nieve.

–Lo que me molesta –dijo Sharon McGregor, que era vicepresidenta de los estudiantes– es que usted crea que necesito saber historia rusa para ser veterinaria.

–*Absolument pas* –dijo Chihani–, sólo es necesario para ser una *buena* veterinaria.

La reacción fuera de la universidad no fue tan fuerte pero sí provocó cierto encono. Siempre ha habido una división entre la comunidad agrícola (los cultivadores de coles y los explotadores de vaquerías) y la gente del pueblo. Los campesinos tienden a sentir cierto desprecio por el pueblo y aún más por el centro universitario. Que Chihani hiciera comentarios ofensivos confirmaba su opinión. La universidad estaba llena de idiotas y allí había un idiota concreto que lo demostraba. El hecho de que fuera extranjero, no cristiano y marxista, empeoraba aún más el asunto. Para los pocos agricultores a los que les importaba la cosa, Chihani no era del todo humano. Su pequeño coche rojo, su boina y su piel color de cedro se salían demasiado de lo normal. Se habló un poco de él en los escasos bares donde se reúnen los agricultores, y al poco tiempo dejó de prestarse atención al tema. El estiércol olía, y a Chihani se le había notado el olor.

Entre la gente del pueblo la reacción fue más dura. Muchos pensaban que Aurelius era un buen lugar, y según aquel marxista, tenía menos cultura que el polo Norte. En las tabernas, las quejas contra Chihani tendían a la violencia: alguien le debería dar una patada en el culo. En los círculos más refinados se dijo que Chihani ignoraba los valores de la comunidad. Los doctores, los abogados y los hombres de negocios hablaron de la urdimbre y la trama que tejen la amistad y las relaciones, que permiten que el pueblo viva sin sobresaltos. Incluso en el Colegio

Central Albert Knox los profesores hablaron de enviar una carta de censura a Chihani, aunque no se hizo nada al respecto.

Si Houari Chihani advirtió su impopularidad, no dio señal de ello. Siguió enseñando como siempre, defendiendo sus posiciones con su voz seca y desapasionada. Se lo vio en el centro y en la zona comercial. Chihani era una de esas personas que no parecen quitar nunca la vista del lugar adonde van, que no miran con curiosidad a la gente y las cosas. Miraba hacia delante, como si lo rodeara un espacio vacío. A menudo se veía su Citroën rojo yendo por la nieve hacia su casa, luego otra vez al campus, y después por el pueblo haciendo sus recados; al supermercado Wegmans, a la ferretería Trustworthy. Habría sido mejor que hubiera tenido un coche más convencional porque su pequeño Citroën era como sal en las heridas cívicas. En efecto, cinco días después de que se publicara la entrevista en el *Independent*, Chihani salió de Wegmans una tarde y encontró su parabrisas hecho añicos y una gran piedra en el asiento delantero. Puso las bolsas de la compra en el maletero, volvió a la tienda y llamó a la policía. Chuck Hawley, un primo mío, atendió a la llamada. No había ni rastro del culpable y estaba claro que Chihani había llamado a la policía sólo para cobrar la póliza del seguro.

–Ni siquiera estaba enfadado –dijo Chuck–. Entraba nieve en el coche pero el tipo ni se dio cuenta. Hizo su declaración, firmó y eso fue todo. Le pregunté si había visto a alguien o si tenía enemigos. Por supuesto que yo había leído la entrevista. Dijo que no había motivo para que tuviera enemigos. Entonces se metió en el coche y se fue con la nieve en la cara. Se debió de congelar.

Al día siguiente, Franklin vino por la tarde a mi casa con Sadie y les ofrecí una taza de té. En un estante de la entrada yo tenía los libros que mi madre leía de pequeña y Sadie se acomodó y se puso a leer *Understood Betsy*. Se sentó con las piernas encogidas debajo del cuerpo en el viejo sillón de respaldo ancho. Su pelo castaño le caía enmarcándole el rostro. Era la imagen de su padre, larga y huesuda. También saqué una bandeja de galletas. Sadie cogía una y se iba metiendo pedacitos en la boca. Salvo «hola», «gracias» y «buenas noches», creo que no dijo nada más.

Franklin estaba intranquilo y no quiso sentarse. Aunque se sentía culpable por haber publicado la entrevista, su culpa misma lo irritaba, como si sentirse culpable indicara que no era tan buen periodista como debía serlo.

–No cambié ni exageré nada –me explicó–. Si algo hice fue suavizar lo que me dijo. No quería que pareciera un fanático.

Franklin llevaba un viejo abrigo de piel de cordero que le llegaba hasta las rodillas. Le ceñía el cuello una de esas bufandas que usan los universitarios británicos, azul con dos franjas rojas. Llevaba en la mano un sombrero de pescador irlandés y lo golpeaba contra su pierna, sacudiendo gotas de lluvia. Debía de tener calor, pero no dio señales de ello. Calzaba botas de suela Vibram y mientras se paseaba dejaba pequeñas cuñas de nieve sobre la alfombra turca de mi abuela Francine. Estoy seguro de que quería un cigarrillo, pero yo no dejo que nadie fume en mi casa. De vez en cuando, Sadie le sonreía con cariño y volvía al libro.

–En el pueblo vive toda clase de gente –dijo Franklin–. Si todos se comportan de la misma manera, ¿qué sentido tiene eso? El mero hecho de que exista esta discusión demuestra que el pueblo no está dormido.

Pero no parecía que hubiera discusión sino sólo ira y resentimiento. La mayor parte del resentimiento iba dirigido contra Chihani, pero la gente también sabía cuál había sido el medio para que se difundieran sus ideas. Si Franklin no hubiese hecho la entrevista, nadie se habría enterado de la presencia de aquel marxista entre nosotros.

Franklin lanzó la bufanda sobre el sofá. Parecía un gesto ponderado, ni del todo artificial ni del todo espontáneo. El acto de un hombre que no está seguro de su identidad y por tanto imita un ademán que considera apropiado para la ocasión.

–Mi tarea como periodista es hacer que la gente piense. Podría escribir cosas bonitas a las que no prestarían atención, pero entonces no estaría haciendo mi trabajo.

Le pregunté qué haría en relación con el parabrisas roto.

–Escribiré un editorial.

Y eso es lo que hizo. Cuando salió el periódico el primer jueves de marzo, incluía un editorial de Franklin atacando a quienquiera que hubiese roto el parabrisas de Chihani, así como a la gente que pensaba que aquel acto de vandalismo era merecido.

«Si alguna riqueza tiene nuestro pueblo –escribió– debe ser su diversidad. Somos distintos unos de otros, esto no sólo es nuestra riqueza, también debiera ser nuestro orgullo... La persona que destrozó el parabrisas del coche de Houari Chihani ataca esa riqueza... Debemos considerar la presencia de Chihani como una virtud. Nos ayuda a vernos, y vernos es mejorarnos.»

Dudo que aquel editorial apaciguara a nadie. Como oí decir a alguien en la sala de profesores:

–Franklin nos está apuntando con el dedo otra vez.

Habría sido mejor dejar el asunto y que la gente se olvidara de Chihani, pero Franklin hizo todo lo contrario. Como temía que lo consideraran cobarde o, empleando sus propias palabras, no profesional, Franklin empezó a pedir la opinión de Chihani sobre distintos asuntos, tanto relacionados con el pueblo como con el mundo en general. No lo hizo regularmente, pero de vez en cuando había un artículo que incluía una opinión de Chihani. La mayoría eran inocentes. Por ejemplo, durante un debate sobre la reforma del sistema sanitario, apareció la opinión de Chihani de que cualquier país que pretendiera ser civilizado tenía que cuidar de sus ciudadanos. Pero, en algunos casos, los comentarios de Chihani fueron turbadores y a la larga llegaron a ser más turbadores que todos lo que había vertido en su primera entrevista.

Sería un error sugerir que los comentarios de Chihani fueron repudiados universalmente. Un grupo diminuto los aplaudió. Fue el grupo de lectura de Chihani. En aquel momento, Investigaciones sobre la Justicia tenía cinco miembros. Quizá todos podamos recordar grupos marginales de este tipo en la universidad. Viendo a sus miembros juntos, se nota más la psicología que el credo intelectual. Los tímidos, los que tienen acné, los resentidos; da la impresión de que se han reunido para estar en contra y no a favor de algo.

Por ejemplo, había dos hermanos, Jesse y Shannon Levine, de segundo y primer año respectivamente, nihilistas del monopatín cuyos radiocasetes despedían una música en la que las interferencias eran parte fundamental. Llevaban barbita rubia con perilla y eran flacos como juncos, lo que hacía que sus rodillas y codos pareciesen gruesos como melones. Y lucían tatuajes caseros de estilo carcelario en las manos y los brazos: pequeños mensajes de amor y odio, anarquía y descontento. Invariablemente llevaban vaqueros, camisetas y grandes zapatillas de baloncesto con los cordones desatados. Su padre enseñaba psicología en la universidad del estado, en Cortland. Habían estado a punto de ser expulsados antes de aterrizar en una clase de Chihani. Chihani logró que se concentraran lo suficiente para aprobar. También concentró su resentimiento. En vez de estar sólo cabreados, ahora tenían un argumento intelectual para convalidar sus emociones. Esto convertía su rebelión en un acto racional, en un itinerario vital lógico.

Yo veía a Jesse y Shannon en el centro de la ciudad. Su nuevo credo les daba una cobertura que los liberaba de estar a la defensiva y les permitía sentir una especie de superioridad. Empezaron a mirar a la manera de Chihani, con los ojos fijos hacia delante, como si siempre estuvieran solos. Hicieron a un lado sus monopatines y en su lugar tomaron los libros que Chihani les explicaba. A los demás nos veían como gente engañada, culpable, avariciosa. Su lenguaje se convirtió en una jerga que formaba una barrera entre ellos y los no iniciados. Creían que la entrevista de Chihani era un ataque contra los complacientes y anticipaban futuras batallas. Se veían como soldados y empezaron a vestir vaqueros y camisetas oscuras que tenían un vago aire militar. Hasta se ataron los cordones del calzado deportivo.

Otro miembro de ISJ era Leon Stahl, un joven obeso que dormía de día y leía y discutía toda la noche. Parecía no faltarle nunca una botella de Coca-Cola de tamaño familiar. Tenía una cara redonda cubierta de acné y un pequeño bigote negro. Llevaba camisas blancas con el cuello sucio y zonas descoloridas en la espalda donde se le habían reventado los granitos. Celebraba su fealdad como un golpe contra el convencionalismo, aunque si hubiera perdido treinta kilos habría sido bastante apuesto. Leon jadeaba horriblemente y tenía la llave de un ascensor reservado para los profesores y los discapacitados. Antes de conocer a Chihani, su libro favorito era *The Golden Bough*. Después leía los libros y artículos de Chihani y podía recitar pasajes enteros de memoria. Una vez discutió con otros dos estudiantes acerca de los males de la propiedad privada durante veintiséis horas. En su primer año ingresó en el club de debate, en el segundo lo eligieron presidente del mismo y en el tercero lo echaron. Usaba gafas gruesas con marcos color carne y los cristales siempre mostraban marcas de sus dedos en la superficie. Procedía de Dunkirk, al sur de Buffalo, donde sus padres eran profesores.

Un cuarto miembro era Jason Irving, un joven alto y delgado que en un principio me pareció homosexual, aunque más tarde él afirmó que era asexuado. Fumaba y tomaba café sin cesar. Jugaba al ajedrez con reloj. Jason se vanagloriaba de su largo cabello y se lo peinaba todo el rato. Le gustaba sentarse en McDonald's a leer *Das Kapital*. Era muy amable, siempre decía «por favor» y «gracias», pero fuera de eso nunca hablaba. Lucía anillos baratos en todos los dedos, incluso los pulgares. Jason era buen estudiante y quería licenciarse en Historia. Antes de ingresar en ISJ se había aprendido de memoria la frase «El pequeño conejo negro robó la bicicleta amarilla del jorobado gordo» en veintiséis idiomas, incluyendo el farsi. Ése había sido el alcance de su ambición intelectual, que luego trocó por el marxismo.

El quinto miembro era una joven, Harriet Malcomb. Era una chica de primer año oriunda de Binghamton, tenía el cabello castaño, largo y suelto, y se la consideraba realmente hermosa. Estaba delgada hasta el punto de parecer anoréxica y nunca sonreía. Su rostro tenía una palidez acentuada por cosméticos color tiza, con lo que parecía un personaje de la familia Addams. La gente decía que un primo había abusado de ella cuando era niña. Cuando pregunté cómo lo sabían, me dijeron que la propia Harriet había contado la historia. Aunque decía que era feminista radical, se vestía de forma provocativa, enseñando los muslos y los pechos. A menudo coqueteaba con chicos, y cuando éstos respondían, ella los rechazaba. Parecía dispuesta, y cuando el joven trataba de acercarse, ella se cerraba. Y criticaba al joven por abordarla, como si aquello fuera una muestra de su machismo, incluso de su bestialidad.

Daba la impresión no sólo de tener mala opinión de los hombres, sino de manipular las cosas para que parecieran peor de lo que eran. Era íntima amiga de Jason Irving y a menudo usaban la misma ropa, camisas de seda roja y pantalones holgados color caqui. Leon Stahl creía que estaba enamorado de ella y la seguía, jadeando. Por lo general, ella lo trataba bien y le encargaba que le comprara cigarrillos y chicles, probablemente el único ejercicio que hacía el pobre muchacho. Los dos hermanos, Jesse y Shannon, parecían inmunes a sus encantos.

Estos cinco estudiantes formaban el grupo de lectura. Se reunían cada semana en la pequeña casa de Houari Chihani en Maple Street para discutir lo que Chihani les había dado: por lo general textos marxistas básicos. Cuando se publicó la entrevista, Chihani llevaba en la universidad unas siete semanas, y era admirable que ya tuviera seguidores aunque fueran pocos.

El ISJ estaba exultante por la entrevista. Eran jóvenes cuyas expresiones faciales iban de la crítica al desprecio. Entonces parecían contentos. El público entendería que eran una fuerza que habría que tener en cuenta. Y cuando atacaron el Citroën de Chihani estaban dispuestos a montar un piquete frente al ayuntamiento hasta que Chihani los persuadió de que no lo hicieran.

Durante la semana posterior a la entrevista se sumaron cinco miembros más a ISJ. Cuatro eran de la universidad: Barry Sanders, un estudiante de Biología que se crió en Aurelius; Bob Jenks y Joany Rustoff, estudiantes de Teatro que eran novios desde que iban al instituto de Utica, y Oscar Herbst, un estudiante de Historia de Troy. Estaba en su segundo año y decía que el marxismo no era suficientemente valorado. Los cuatro eran jóvenes, inseguros y personas corrientes con una insatisfacción vaga que los hizo adherirse con entusiasmo al grupo de Chihani. El quinto miembro era completamente distinto. En primer lugar, no era de la universidad. Aunque había nacido y se había criado en Aurelius, había ido a la Universidad de Buffalo. En segundo lugar, era un poco mayor, de unos veintitrés años, y había vuelto a Aurelius después de estar fuera del pueblo algo más de un año. Se llamaba Aaron McNeal, y su padre, Patrick, había sido profesor del colegio, igual que yo.

5

Cuando Aaron McNeal volvió a Aurelius, sentí que había un desencanto generalizado. Habíamos seguido su historia enrevesada a lo largo de toda su vida. Conocíamos la deprimente historia de sus padres y el terrible fin de su madre. Ver a Aaron era recordar esas historias.

La madre, Janice, dejó a su esposo cuando Aaron tenía seis años. En vez de marcharse de Aurelius, compró una casa a dos manzanas de Hamilton Street para estar cerca de su hijo; o, por lo menos, eso fue lo que dijo. Patrick consiguió la custodia de Aaron debido a la promiscuidad sexual de su esposa, que ella no disimulaba en absoluto. Entre sus relaciones estaban algunos de los ciudadanos más eminentes de Aurelius, incluyendo al juez Marshall, que se excusó de la causa de la custodia, que tuvo lugar en Potterville. Incluso se dudaba de la paternidad; un chiste muy conocido era que Patrick McNeal era probablemente el único hombre de Aurelius con quien Janice no tenía relaciones sexuales.

Janice era la segunda esposa de Patrick. Él era mayor que ella y había estado casado en Utica con una mujer cuyo nombre no recuerdo si era Rachel o Roberta. De todos modos, habían tenido una hija, Paula, que, por lo que sé, a menudo se hacía cargo de Aaron. Algunas personas sostenían que Janice se comportaba mal por celos de la ex esposa de Patrick y por resentimiento hacia Paula, pero no sé si Janice necesitaba alguna excusa. Tenía mucha energía y consideraba a su marido soso y aburrido, aunque puede ser que sintiera hacia él un cariño de tipo fraternal.

Una vez separada de su marido, Janice siguió teniendo muchos amigos. Trabajaba como especialista en la empresa farmacéutica de Norwich y, afortunadamente, muchos de sus amantes eran de allí, lo que significaba que estaban fuera del alcance de nuestro chismorreo. Aaron vivía en las dos casas, aunque Patrick era su responsable legal. La propia Paula no se quedaba nunca con su madrastra, lo que parecía confirmar los argumentos de los que decían que Janice no la quería. Yo veía a Patrick a menudo en el colegio y me daba lástima. Los estudiantes estaban enterados de la infidelidad de Janice y le hacían la vida imposible al chico. Incluso decían que tres alumnos del último curso habían visitado a Janice una noche y habían merecido sus favores. Por lo menos eso es lo que afirmaban. En un pueblo pequeño como el nuestro algo que no ha pasado pero se rumorea es más o menos lo mismo que algo que realmente ha pasado. Posiblemente aquellos jovenzuelos nunca habían estado con Janice, pero para las habladurías eso era lo de menos.

Se podría pensar, dada la atención que recibía, que Janice era una gran belleza; pues no era el caso. Era bajita y un poco gorda, y tenía la boca grande. Cuando reía, se le veían todos los dientes. Tenía unos ojos extraños, inclinados hacia arriba y verdosos. La nariz era algo regordeta; la barbilla, un poco cuadrada. Tenía el pelo corto y oscuro y se le rizaba bajo las mandíbulas. Quizá yo sea mal juez de la belleza femenina, pero me sorprendía que resultara atractiva a los hombres. Se vestía bien, andaba con elegancia y sin duda tenía cierto aire de dignidad, pero, con todo, yo la encontraba algo regordeta.

Si Patrick hubiese podido olvidar a su ex esposa, su vida habría sido más tranquila, pero sin duda él la adoraba y las habladurías sobre Janice lo atormentaban. Mi primo policía, Chuck Hawley, encontró una vez a Patrick en la puerta de la casa de Janice a las dos de la madrugada. Se ofreció a llevarlo a casa pero se negó. Chuck contó que Patrick estaba llorando. Hacía bromas sobre eso. Le pregunté si Patrick estaba bebido, pero me respondió que no.

—Estaba sobrio como un juez —dijo.

La gente esperaba que Patrick o Janice se fueran de Aurelius, pero no lo hicieron. Se tenía la impresión de que, aunque estuvieran divorciados, la que mantenían seguía siendo su principal relación, como si ella disfrutara atormentándolo y él necesitara que ella lo atormentara, aunque estoy seguro de que ambos lo habrían negado.

Si Aaron sintió dolor por la relación de sus padres, no dio señales de ello. Por lo menos al principio. Quizá esto se debió en parte a su hermanastra, Paula, que parecía tratarlo con cariño. Aaron era un niño sociable que saludaba amablemente por su nombre a todos los que pasaban por la calle. Se vestía bien y parecía muy limpio, con su pelo rubio peinado hacia atrás y su cara llena de pecas, brillante y sonriente. Cuando aún estaba en la escuela primaria empezó a repartir los periódicos que llegaban de Utica y Syracuse, montado en bicicleta y con su perro de aguas, *Jefferson*, corriendo detrás. Daba la impresión de que tenía pocos amigos, pero también de que no los necesitaba. Esto no era cierto, por supuesto, porque todos necesitamos amigos, pero parecía contento con la compañía de su perro, así que nadie se preocupaba mucho por él, o, en todo caso, la preocupación duraba poco. Más tarde, cuando la gente recordó su soledad, trataron de usarla como argumento, como una especie de prueba.

Evidentemente, Aaron sabía lo de su madre porque ella hablaba muy abiertamente de sus amigos, y los otros niños se burlaban de él por tener una madre de moral dudosa. Yo tuve a Aaron en dos clases: la de Ciencias de octavo curso y la de Biología en décimo. Era muy inteligente, el tipo de joven entusiasta que siempre levanta la mano y se ofrece para hacer trabajo extra. Tuve la sensación de que llegaría a conocerlo bien, pero nunca superé el nivel del primer día de clase.

A los dieciséis años, Aaron alcanzó su estatura máxima de un metro setenta y cinco. Su pelo rubio se había vuelto castaño claro. Era delgado sin parecer delicado; más bien tenía un cuerpo de gimnasta, aunque no le interesaban los deportes, salvo montar en bicicleta. Habría sido apuesto si no hubiera tenido los ojos tan juntos, lo que hacía que su expresión se asemejara a la de un pez. También tenía una cicatriz en forma de L en la mejilla izquierda, donde lo había mordido su perro. Aaron estaba repartiendo periódicos cuando el perro esquimal de Lou Hendricks se soltó y atacó a su perro de aguas. Aaron, que entonces tenía trece años, se interpuso y su perro se asustó tanto que lo mordió. Aunque le pusieron puntos de sutura, la cicatriz no se borró y se notaba especialmente cuando se enojaba. Cuando empalidecía, la cicatriz en forma de L se ponía roja.

Una vez, cuando Aaron estaba en octavo curso, su madre asistió a una reunión. No diré que coqueteara conmigo, pero me puso nervioso. Me miraba fijamente con sus ojos oblicuos, hasta que yo me veía obligado a hacer lo propio. Desde luego que yo ya estaba al tanto de la reputación de Janice. Era una de esas reuniones escolares en las que los padres conocen a los profesores de sus hijos y hablan unos minutos con cada uno. A Janice parecía interesarle poco la trayectoria de Aaron en el colegio y, después de saber que no tenía problemas, me preguntó qué tal se vivía en Nueva York. Alguien le había dicho que yo viví allí.

–Pero ¿por qué volvió a Aurelius? –me preguntó varias veces.

Me sentí aliviado cuando se fue y el siguiente padre se acercó. Janice no asistió a ninguna de las reuniones de padres y profesores del décimo curso. En todo caso, yo veía a Patrick a menudo, y él sabía que su hijo iba bien en los estudios.

La adolescencia es un período espantoso. Tendemos a fijarnos en los jóvenes que se comportan mal y llaman la atención, pero hay otros que se sienten igualmente desgraciados y no reciben ayuda porque son callados. Supongo que Aaron se sentía tan desgraciado como cualquiera, pero no fue hasta su último curso de secundaria cuando nos enteramos de lo que alguna gente veía como su lado oscuro. Quizá tampoco nos habríamos dado cuenta si no hubiera sido por otro chico, Hark Powers, que era desde hacía tiempo uno de los que atormentaba a Aaron.

Hark Powers era uno de esos jóvenes buenos para los deportes y para nada más que no fuera hacer de matón. Quizá Hark envidiara la capacidad intelectual de Aaron. Quizá se sintiera realmente ofendido por la conducta de la madre de Aaron. Sea como fuere, cuando estaba en décimo curso, Hark empezó a provocar a Aaron. Los dos estaban en mi clase de Biología y tuve que sentarlos a la mayor distancia posible uno de otro. Aaron tuvo las mejores notas, y Hark las peores. Habría suspendido si el entrenador Pendergast no me hubiese convencido de que lo dejara pasar de curso para que pudiera jugar al rugby.

Hark Powers pesaba quince kilos más que Aaron. Pertenecía a una familia de agricultores, el menor de cinco hermanos que pasaron por el colegio sin pena ni gloria. Hark lucía pantalón y cazadora vaqueros, llevaba el pelo castaño largo y sucio, y calzaba botas negras de motorista con cadenas en el empeine. La conducta de la madre de Aaron le parecía la cosa más graciosa que se pudiera imaginar. El hecho de que el padre de Aaron fuera profesor lo incentivaba más. Incluso tuve que castigarlo en mi clase de biología de décimo curso por cantar «me pregunto quién la estará montando ahora», siguiendo la melodía de la canción *Otra vez en la montura*.

Entre Hark y Aaron tuvieron lugar muchos incidentes. Una vez Hark dejó caer una colilla encendida en la vuelta de los pantalones de Aaron y se los quemó. En el comedor le tiró varias veces comida encima. Estoy seguro de que hubo incidentes todas las semanas: provocaciones o guiños, notas que se pasaban por la clase diciendo que alguien era una puta. Podría dar muchos ejemplos sórdidos y típicos de esta clase de abusos. Aaron incluso tuvo que dejar de ir al colegio en bicicleta porque Hark se la estropeaba.

Aaron nunca respondió. Se limpiaba la comida de la camisa, apagaba con agua el fuego de sus pantalones y hacía caso omiso de las provocaciones como si no lo tocaran. Y el hecho de que Aaron no respondiera hacía que otros muchachos también lo provocaran, aunque la mayoría no lo molestaba, no por bondad sino porque, con su silencio, Aaron resultaba demasiado raro. Estos abusos continuaron varios años y nunca fueron lo bastante violentos para atraer la atención de las autoridades ni lo bastante insignificantes para olvidarlos.

En Aurelius hay una cafetería, Junior's, donde van los estudiantes después de clase a jugar a videojuegos, comer galletas saladas y tomar refrescos de cereza. Allí venden revistas y hay una máquina de discos. A veces llega a haber en Junior's hasta treinta chicos. Hark se pasaba casi todas las tardes allí, pero Aaron nunca iba, ni siquiera para comprar una revista.

Una tarde de mayo de su último curso de secundaria, Aaron entró en Junior's alrededor de las cuatro. Había habido otro incidente aquel día en el comedor; Hark había volcado zumo de naranja en el plato de fideos de Aaron. Eso parece trivial y Hark había hecho cosas peores, pero ya hacía mucho que se comportaba así. Más tarde oí a la gente decir que Aaron se había acostumbrado, como si uno pudiera acostumbrarse a ser una víctima.

Cuando vio a Aaron, Hark gritó:

–¡Eh, hijo de puta!

Estaba sentado a una mesa con su amiga, Cindy Loomis, y otros dos jóvenes, que querían que los divirtiera.

Aaron llevaba una camisa blanca y pantalones caqui, cosa que es importante por lo que sucedió. Cindy me dijo después que Aaron estaba sonriendo, con una sonrisa no particularmente amistosa pero nada ofensiva.

–Cuéntanos cómo lo hace tu madre con los marineros. –Hark se rió. Estaba fumando y tiró la ceniza al suelo.

Aaron se acercó con actitud tranquila y Cindy dijo que todos esperaban que dijera algo, quizá responder con un chiste. Cuando llegó junto a la mesa, Aaron le guiñó el ojo a Hark y se inclinó para hablarle en privado. Hark se sorprendió, pero se inclinó hacia delante para que Aaron pudiera hablarle al oído. Aaron nunca le había hablado. Si no, lo más probable es que Hark no se hubiese inclinado hacia delante de aquel modo.

En vez de hablar, Aaron mordió a Hark en la oreja. Hark gritó. Golpeó la mesa con los pies, tirando los vasos al suelo. Hark se asió de la camisa de Aaron, pero el dolor debía de ser atroz. Aaron retrocedió, levantando a Hark de la silla. Tenía la mayor parte de la oreja de Hark en la boca. Hark trataba de golpear a Aaron, pero tropezaba y gritaba. Junior se acercó rápidamente desde el mostrador. Aaron tiró de Hark y lo mordió de nuevo. Entonces apretó los dientes y empujó a Hark. Éste se tambaleó por el restaurante, tapándose la oreja sangrante con la mano. Aaron estaba junto a la puerta, se metió la mano en la boca y sacó algo. Era por lo menos tres cuartos de la oreja de Hark.

Junior gritó a Aaron:

–¡Devuélvesela!

Seguramente creía que se podía coser. Todos los demás gritaban.

Aaron volvió a meterse la oreja en la boca y empezó a masticarla. Su camisa blanca estaba cubierta de sangre de Hark. Hark estaba tirado en el suelo, con las piernas encogidas, chillando. Cindy estaba con él, pero la mayoría de los chicos miraban a Aaron mientras masticaba la oreja de Hark. Entonces Aaron la escupió y la oreja hizo ¡plaf! sobre el suelo de mármol blanco. Uno de los muchachos explicó que parecía los labios postizos de cera que se usan en la noche de Halloween;: un objeto rosado, sin forma, tirado en el suelo de mármol blanco y medio montada encima de una pajita verde de plástico que alguien había tirado.

Aaron se pasó la lengua por el interior de la boca y miró en torno suyo con perfecta calma. Junior llamó a la policía.

Aaron pasó varias horas en la cárcel antes de que su padre pagara la fianza. En los últimos años de secundaria parecía despreciar a su padre. Nunca estaban juntos, y en el colegio Aaron pasaba junto a él sin saludarlo siquiera. Y Chuck Hawley me dijo que, cuando Patrick fue a buscar a su hijo a la comisaría, Aaron se negó a mirarlo.

Aunque a Aaron lo acusaron de agresión, el asunto nunca terminó en juicio. Mucha gente hablaba de cómo Hark había fastidiado a Aaron. Seguramente estaba claro que a Aaron no lo condenarían. En cambio, se decidió que tendría que recibir ayuda psicológica. No volvió al colegio, sino que estudió en su casa e hizo exámenes especiales. Era un estudiante del más alto nivel y ya lo habían aceptado en la Universidad de Buffalo. Era cuestión de tenerlo fuera del colegio porque era seguro que su presencia produciría una conmoción.

Hark tampoco volvió al colegio. No fue posible que le cosieran la oreja de nuevo. Aaron la había destrozado. La oreja se puso en formol para guardarla como prueba. Chuck Hawley me dijo que era un detalle que llamaba mucho la atención en la comisaría. Alguaciles de otros pueblos y hasta agentes federales fueron a verla.

Aaron fue a la universidad. Patrick continuó enseñando. Janice trabajaba en Norwich y tenía sus amigos. Una vez, en verano, vi a Hark en la calle. Llevaba una venda en el lugar donde había estado su oreja. Más adelante le quedó una cicatriz rosada. Hark se dejó el pelo largo para taparla. No sé si le podrían haber fabricado otra oreja con cirugía plástica o si él decidió quedarse tal como estaba. Naturalmente, Patrick habría pagado la operación.

Aaron se fue por tres años. Supongo que podría no haber vuelto si no hubiera sido por la muerte de su madre. No es nada original decir que un pueblo es como una familia. Incluso los extraños comparten las experiencias que uno vive. Uno va por las mismas calles, compra en las mismas tiendas. Nadie podría ser más forastero en su propio pueblo que yo, pero la muerte de Janice también invadió violentamente mi vida. Afectó a mi visión del mundo, a la forma en que contemplaba a mis vecinos. Si eso es lo que me hizo a mí, a otros los debió de afectar de manera aún más drástica. Y desde luego no fue simplemente una muerte, sino un asesinato.

6

El cuerpo de Janice fue descubierto por Megan Kelly, que iba a limpiar a su casa todos los miércoles a las diez de la mañana. Era a mediados de octubre y estaba encendida la calefacción. La casa estaba caliente. Los tres gatos de Janice, dos negros y uno con manchas blancas, habían enloquecido. Se les había acabado la comida y estaban famélicos. La gente se sorprendió de que los vecinos no se hubieran dado cuenta de que algo pasaba por el ruido que hacían los gatos, sus maullidos. Pero los vecinos dijeron que estaban acostumbrados a oír ruidos en la casa de Janice.

La señora Kelly era una mujer robusta que ya pasaba de los sesenta. Supo que algo había pasado en el mismo momento en que abrió la puerta. Era evidente que los gatos se comportaban de manera extraña, pero la señora Kelly dijo que también había un leve hedor dulzón, algo descompuesto. Uno de los gatos se escapó de la casa inmediatamente, los otros dos se restregaron de tal modo contra las piernas de la señora Kelly que casi la hicieron caer. La señora Kelly colgó su abrigo en el ropero de la sala y sacó la aspiradora. Primero la pasó por la sala. Los gatos se quedaron cerca de ella, cosa que la sorprendió porque aborrecían el ruido del aparato. Janice era una de esas mujeres que pensaba que una habitación debía ser «luminosa», y las paredes tenían un empapelado rosa y amarillo, cubierto de reproducciones de pintores franceses con muchas flores y luz: Matisse y Bonnard, especialmente Bonnard. Había también muebles pesados con tapetes pálidos y floreados, y una alfombra con dibujos triangulares violetas y amarillos.

Cuando la señora Kelly llevó la aspiradora al salón, vio allí el cadáver. Janice yacía de espaldas, entre el sofá y la chimenea, con una bata de toalla azul que debió de haber sido de uno de sus amigos más corpulentos. La bata estaba abierta, por lo que la señora Kelly vio su piel desnuda. La cara de Janice tenía un color azulado. Sus ojos oblicuos estaban abiertos y saltones, vueltos hacia atrás como si tratara de ver algo en el dintel de la chimenea. La habían estrangulado, pero eso no era lo peor. Lo peor, según la señora Kelly, era que le habían cortado la mano izquierda a la altura de la muñeca y el hueso sobresalía «como si fuera un palo en un charco de sangre». La señora Kelly pensó al principio que los gatos se le habían comido la mano, pero resultó que no era así.

La señora Kelly corrió a la casa de al lado, donde vivían los Washburn, para llamar a la policía. En diez minutos llegaron tres coches patrulla, creando mayor conmoción de la que había habido en décadas en Hamilton Street. El agente encargado del caso era Ryan Tavich. Tenía entre cuarenta y cincuenta años y la gente lo quería. El problema era que él también, no hacía mucho, había sido amante de Janice.

Y esto se convirtió en un problema. Los amantes de Janice. Porque una vez que empezó el caso y no se encontró al asesino en veinticuatro horas, la atención se dirigió hacia aquellos hombres. Algunos tenían familia y se veían con Janice en secreto. De pronto sus vidas quedaron patas arriba. Eran sospechosos, al menos potencialmente. Y no todos eran conocidos, por lo que podían haber tenido relación con Janice hombres de los que nadie tenía sospecha alguna. Sobre esto hubo muchas conjeturas y exageraciones.

El jefe Schmidt llamó al *sheriff* de Potterville. Entonces llamaron a la policía del estado. Ryan fue muy mal tratado o por lo menos así le pareció a él. Era un hombre grueso, rectangular, un levantador de pesas cuyos hombros, pecho y caderas parecían tener el mismo grosor. Y tenía una cara ancha con una mandíbula cuadrada, pelo negro corto y ojos oscuros, casi hoscos. La clase de ojos que daban una sensación de desilusión. Inició la investigación y realizó las primeras entrevistas, en su mayoría con los vecinos y el ex marido de Janice, Patrick. Entonces Phil Schmidt habló con el alcalde, que a su vez habló con el administrador de la ciudad; decidieron que lo mejor era apartar a Ryan del caso.

Vinieron periodistas de Utica y Syracuse, incluso de Albany. Y las agencias difundieron la noticia por todas partes. El hecho de que a Janice le faltara la mano izquierda le dio una notoriedad especial a todo el asunto. Durante unos días se vieron unidades móviles con cámaras en el ayuntamiento. Y, por tanto, la relación de Ryan con Janice, aunque ella la había interrumpido el verano anterior, se consideró un problema para todos menos para el propio Ryan. Él nunca había ocultado que salía con Janice. Era soltero, en realidad estaba divorciado, y se los había visto juntos, saliendo a cenar o al cine. Su relación con Janice hizo que Ryan deseara atrapar a quien la hubiera matado. Para los demás, eso lo convertía en sospechoso. Y, desgraciadamente, la oficina del *sheriff* y la policía del estado solían tratar a los policías de los pueblos pequeños con poco respeto, aunque sólo fuera porque a los policías de los pueblos les pagaban menos. Conocían a Ryan y quizá les caía bien, pero a sus ojos no era suficientemente profesional.

Ryan habló con Franklin de esto. Fue poco antes de que muriera Michelle, si bien todos pensaban que viviría más. Sadie tenía entonces once años. Ryan fue a la casa de Franklin, no la que estaba cerca de la mía, sino la del campo, en Jackson Street. Michelle tenía una cama en la habitación que había sido el estudio. La casa olía a medicina y la mantenían templada, a unos veintisiete grados centígrados. Ya en sus últimos días, Michelle siempre se sentía helada y le pedía a su hija que subiera la temperatura.

Los dos hombres tomaron un par de cervezas en la cocina. Cuando estaba sana, Michelle había sido un ama de casa enérgica pese a su trabajo de fotógrafa, pero a causa de su enfermedad la casa estaba desatendida. No es que Franklin fuese perezoso o que no supiera pasar la aspiradora. Simplemente estaba aturdido por la enfermedad de su mujer y le costaba hacer cualquier cosa que no fuera su trabajo en el periódico.

Ryan no fue a ver a Franklin por el asesinato de Janice sino porque eran amigos y por interés en la enfermedad de Michelle. Tales cosas no requieren muchas palabras, por lo que su conversación era más que nada trivial; lo bien que le iba al equipo de rugby del colegio y las posibilidades que tenían los Buffalo Bills de ganar el próximo partido. No obstante, Fran-

klin entendió que Ryan también estaba desconsolado. Hacía menos de una semana que había muerto Janice.
—¿La querías? —preguntó Franklin.
Ryan se acomodó en la silla.
—Se te metía en la cabeza.
—¿Quién terminó la relación?
—Me dijo que me estaba apegando demasiado a ella.
Franklin esperó a que Ryan dijera algo más, pero éste raspaba con la uña la etiqueta de la botella de Budweiser.
—¿Te enfadaste cuando rompió contigo?
—Por supuesto, pero sabía que ella tenía razón. ¿Me estás hablando como reportero? —Ryan intentó sonreír.
—Sólo quería saber cómo te sientes.
—Pensaba en ella todo el día. Y cuando llegaba a su casa por la noche, casi ni la saludaba. Simplemente la tocaba y la besaba. Me mordía el labio. Me dolía. Hasta una semana después de separarnos me seguía doliendo. No quería perder esa sensación.
—¿Cuánto tiempo estuvisteis juntos?
—Tres meses. Y ella salía con otro al mismo tiempo. No me importaba. Por lo que sé, pudo haberse acostado con un par de tipos. Más poder para ella.
—¿Tenéis alguna idea de quién la mató?
—En la autopsia creyeron que poco antes había tenido relaciones. Entonces tendrían el ADN a menos que él hubiese usado condón. Pero no había rastro de nada. Así que tal vez la mató otra mujer. Una esposa celosa o algo así.
—¿Y qué pasa con lo de la mano? —preguntó Franklin.
—No hay explicación. Es algo increíble.
—¿Y te han apartado del caso por completo?
—La policía del estado se encarga de la investigación. Creen que no conviene que yo esté relacionado con el caso. Tuvieron que buscar bastante para encontrar tipos que *no* hubieran tenido relaciones con ella. Había estado en la oficina del *sheriff*. Desde luego, los policías del estado no reconocen nada.
—Tenía buen apetito.
Ryan miró al suelo.
—Se puede decir que sí.
—¿Fue sólo por el sexo por lo que la seguiste viendo?

—Si fuera sólo eso ya la habría olvidado. Era una mujer maravillosa: graciosa y llena de energía. ¡Joder!, me habría gustado verla, aunque no nos hubiéramos metido en la cama.

—Pero ¿te vas a mantener fuera del asunto?

—No me la puedo quitar de la cabeza. Tenía una marca rojiza justo debajo del ombligo. La veo todo el tiempo. No haré nada para que Schmidt se enfade pero seguiré pensando en el asunto. Si la mató alguien de Aurelius, lo voy a averiguar.

—¿Y qué vas a hacer al respecto?

—Tengo que tranquilizarme. Cuando entré en su casa aquella mañana, no había estado allí desde hacía meses. Reconocí los olores y por encima había ese otro olor, su olor de muerte. Ella estaba en el suelo y tenía la cara azulada y los ojos vueltos hacia atrás. Yo había besado esa cara. No sé si te puedes imaginar así la cara de la mujer que quieres. Lo horrible de su cara muerta. —Entonces Ryan recordó que Michelle estaba en el cuarto de al lado, se sintió avergonzado y se calló.

Aaron vino de Buffalo para el funeral. Estaba en su último curso del ciclo básico de la licenciatura de Matemáticas. No se alojó en la casa de su padre sino en el motel Gillian's. Esto sorprendió a la gente. Podría haberse quedado en la casa de muchas personas, pero prefirió quedarse en el motel. Y lo hizo de manera patente. No es que debiera ocultarlo pero se lo mencionó a unos y a otros como si quedarse en Gillian's fuera una forma de expresar un punto de vista.

Paula también vino y se quedó con su padre. Yo no la veía desde hacía varios años y se había convertido en una mujer muy bonita. Sin duda antes ya era atractiva, pero había madurado de adolescente bonita a mujer. Era alta y delgada, y el pelo negro y ondulado le caía más abajo de los hombros. Y llevaba gafas de grandes cristales redondos. Se había licenciado en Binghamton y trabajaba para la IBM.

El funeral se celebró en la iglesia anglicana de Saint Luke's. Patrick se sentó delante, con Paula. Aaron se sentó cruzando el pasillo y unas filas más atrás, con un primo que había venido de Scarsdale. La iglesia estaba atestada. Como era de esperar, vinieron los colegas de Janice de la empresa farmacéutica en Norwich, así como algunos parientes y varios vecinos. Pero mucha gente vino por curiosidad. Junto a Ryan Tavich, que se sentó con Franklin, había en la iglesia una gran cantidad de hombres, algunos solos, y era imposible no imaginarse que aquellos hombres habían tenido relaciones con Janice.

Ésta había sido incinerada y en una tarima al frente de la iglesia había una pequeña caja de cartón blanca, del tamaño adecuado para guardar un ramillete de flores. Era sorprendente pensar que su contenido había sido lo suficientemente poderoso para volver locos los corazones de tantos hombres. En torno a la tarima había áster, lilas y rosas, cientos de rosas. La floristería de Mchugh's de Jefferson Street había agotado sus existencias y se habían enviado flores hasta de Utica. Incluso esto era sorprendente, que el volumen de las flores excediera el volumen de la pequeña caja blanca en una proporción de mil a uno. Y era difícil no pensar que la caja no contenía sus cenizas sino su corazón.

El padre John dirigió el oficio religioso y Eunice Duncan tocó el órgano. Creo que era algo de Bach. El padre John habló de la carrera de Janice como científica, de que era una mujer activa en las fronteras de la medicina aunque, como dije, no era más que una técnica de laboratorio.

Habló de la tragedia de que Janice hubiese sido arrancada de la comunidad de modo tan violento. Habló de su energía y su buen humor. Habló de su espíritu cálido y amoroso. En realidad ése fue el único comentario que, con un gran esfuerzo de imaginación, se pudo interpretar como una referencia a sus amigos.

Había cierta tensión por la sospecha de que el asesino de Janice pudiera estar en la iglesia en aquel momento. Ryan miró alrededor y advirtió que había policías de civil, incluso uno junto al órgano con Eunice Duncan. ¿Esperaban que el asesino de pronto se delatara, al verse frente a aquella triste y pequeña caja de cartón o al oír las palabras dolidas del padre John? Sospecho que mucha gente pensó que pasaría algo espectacular, y creo que éste fue en parte el motivo por el que asistieron. Pero la verdad es que no pasó nada.

Terminó el oficio religioso y la gente fue hasta el cementerio Homeland en una procesión de coches con las luces encendidas encabezada por el cadillac de la funeraria Belmont. Llovía, las hojas habían caído de los árboles y el otoño no estaba ya en su momento más colorido. Quizá la mitad de la gente que estaba en la iglesia fue al cementerio. Entre ellos Ryan Tavich y Franklin, así como varios policías de civil. El padre John habló al grupo de gente que se reunió junto a la tumba, que acabó rodeada de paraguas.

Homeland es un lugar bonito, con grandes cedros y bastantes lápidas del período victoriano, dríadas llorosas y ángeles. La gente hizo un semicírculo, Aaron permaneció de pie a un lado de la tumba, y su padre y su hermanastra hicieron lo propio en el otro. Era una pequeña tumba para una caja pequeña y había una montaña de flores, especialmente rosas, que habían sido trasladadas de la iglesia. La tumba pronto tendría una gran lápida, pagada por Patrick. Alguien dijo que la lápida era tan grande que podría haber tenido un cajón para guardar la caja de cenizas. Otros pensaban que comprar semejante lápida, de casi un metro ochenta de alto, era un gesto de desafío por parte de Patrick. A otros les pareció de mal gusto, como si Janice no debiera tener una lápida, como si sus cenizas debieran haberse esparcido por el río Loomis.

No pasó nada extraordinario. Terminó el oficio religioso y la gente se fue, dejando rastros de barro en la hierba mojada. Antes de fin de mes algunas de esas mismas gentes se reunieron en el funeral de Michelle Moore, y aquella vez Franklin y la pequeña Sadie fueron los principales deudos. Fue un funeral mucho más pequeño, con muchas menos flores pero con un ataúd grande. El único policía presente fue Ryan Tavich.

7

Me enteraba de la marcha de la investigación por varias fuentes, incluyendo a mi primo. Todo se complicaba porque había demasiados sospechosos (todos los amantes de Janice) y ninguna pista: nadie había visto nada. Muchos de los amantes de Janice fueron identificados. Se investigaron sus coartadas. Esto vino acompañado de cierto escándalo, ya que algunos estaban casados, tenían relaciones con otras mujeres o eran conocidos en la comunidad, como el juez Marshall, de Potterville. Y era probable que existieran otros amantes que no habían sido identificados. También existía la posibilidad de que el asesino fuera una mujer. Y, por supuesto, era posible que el asesinato no estuviera relacionado con la vida amorosa de Janice.

Era difícil resistirse a hacer conjeturas sobre la mano izquierda que le habían cortado a Janice. Presumiblemente estaba en alguna parte. Su volumen debía equivaler al contenido de la caja de cartón blanca. ¿Por qué se la habían cortado? Matar a Janice en un rapto de celos quizá fuera comprensible; cortarle la mano era cosa de locos...

Mi primo me dijo varias veces que la policía estaba a punto de detener a alguien, pero no pasó nada. Algunos de los hombres relacionados con Janice no tenían coartadas o eran muy malas, pero esto no los hacía culpables. Interrogaron a Patrick y le pidieron a la policía de Buffalo que determinara dónde estaba Aaron en el momento del crimen. Hasta se estudiaron los movimientos de Paula.

Con el paso de los días tomamos poco a poco conciencia de que tardaría en haber respuestas. Se empezó a oír más a menudo que el asesino era alguien de fuera del pueblo, alguien desconocido. El asesino debía de ser de Utica o de Syracuse, tal vez de Norwich. La policía del estado se había hecho cargo por completo de la investigación, aunque la oficina del *sheriff* seguía teniendo un agente ocupado en el caso. Pero la policía del estado contaba con recursos que el condado no tenía. En cuanto a nuestra propia policía, sólo Ryan Tavich se seguía ocupando del asunto, pero fuera de su horario de trabajo y en general discretamente. A fin de cuentas, él mismo era uno de los sospechosos.

Se determinó que Janice había fallecido el domingo por la noche a una hora avanzada o a primera hora de la mañana del lunes. Sus vecinos dijeron que había estado fuera de casa toda la noche y seguramente había regresado después de que ellos se fueran a la cama. No había ninguna pista sobre el lugar en que había estado, aunque a eso de las once se había detenido a poner gasolina en la Cumberland Farms, en el lado norte del pueblo. Pero no apareció nadie que dijera que había estado con Janice. Por la tarde había barrido con un rastrillo las hojas caídas en el jardín delantero de su casa. Los interrogantes eran: ¿dónde pasó la noche? ¿Cuándo volvió a la casa? ¿Volvió sola? Cuando pasaron dos semanas sin respuestas, empezó a desvancerse el interés.

De todos modos, poco después del funeral el interés por el asesinato de Janice fue eclipsado en parte por la conducta de su hijo, Aaron. Supuestamente pensaba volver a la universidad, pero en vez de irse después del entierro, se quedó en el pueblo. Acababa de cumplir los veintiún años y se le vio en varios bares del pueblo.

Había una camarera, Sheila Murphy, que trabajaba en la taberna de Bud, una mujer pelirroja, más o menos un año mayor que Aaron. La tuve de alumna en mi clase de Ciencias y era de buen carácter, aunque muy mediocre. Sheila trabajaba en Bud's desde que había dejado el colegio. Su padre trabajaba con la brigada del ayuntamiento que arreglaba las calles. Creo que la madre no hacía otra cosa que jugar al bingo.

Hasta dos semanas después del funeral de Janice nadie se dio cuenta de que Aaron salía con Sheila. Tal vez no salía con ella en el sentido corriente del término, sino que sólo la veía en la taberna. Daba la impresión de que no habían tenido una relación previa o, mejor dicho, que su relación había comenzado con absoluta naturalidad.

Lo que pasó es lo siguiente. En torno a las dos y media de la mañana, hubo gritos de dolor e ira que despertaron de pronto a una docena de personas del motel Gillian's. Por lo menos eso es lo que los testigos le dijeron a Franklin. Era gente que estaba de paso (vendedores, viajantes); quizás hubiera algunos hombres del pueblo en menesteres secretos, aunque generalmente para esto se van a Potterville o aún más lejos.

Varios hombres corrieron al vestíbulo, subiéndose los pantalones o acomodándose el pijama. En aquel momento se abrió de golpe la puerta de la habitación de Aaron, y Sheila Murphy salió corriendo. Llevaba unos vaqueros y nada más. Había mucha sangre en sus pechos. Digo «mucha» porque los testigos no coinciden en cuanto a la cantidad, pero incluso una pequeña cantidad hubiese sido terrible y por supuesto ella estaba gritando. Tenía los pechos grandes y se hizo evidente que el izquierdo estaba sangrando. Salpicó de sangre la alfombra e incluso aparecieron manchas en la pared. Uno de los hombres la llevó a su cuarto de baño. Otro llamó a la policía. Aaron apareció en la puerta. Se dijo que estaba sonriente, no una sonrisa feliz sino como si estuviera alardeando de algo. Iba sin camisa y no tenía anudado su largo pelo en una coleta como solía hacerlo, sino que lo llevaba suelto. Varios hombres mencionaron la cicatriz en forma de L de la mejilla izquierda de Aaron, que se veía roja sobre la piel pálida.

Resultó que Aaron había mordido a Sheila, casi arrancándole un pedazo de su pecho izquierdo. La lastimó hasta tal punto que tuvieron que aplicarle puntos de sutura. Mi primo fue el policía que respondió a la llamada. Aaron se negó a hablar. En realidad, Chuck tuvo que protegerlo de varios de los hombres del motel que querían golpearle allí mismo.

Sheila había dejado de gritar y estaba en el vestíbulo con una toalla manchada de sangre apretada contra sus pechos, diciéndole a Aaron que era un animal y un pervertido. Desde luego, en aquella parte del motel todos estaban bien despiertos y los dueños, Jimmy y Kate Gillian, se sentían muy mal. La gente pensaba que Aaron estaba borracho. Chuck se lo llevó esposado a la comisaría. Llegó una ambulancia para llevar a Sheila al hospital. A pesar de que dijo que no la necesitaba, que podía ir en su coche, finalmente se fue en la ambulancia. Alguien recogió el resto de su ropa. Los Gillian trataron de calmar a la gente y al final todos volvieron a sus habitaciones.

A nadie se le escapó el hecho de que tres años antes Aaron le había arrancado la oreja a Hark Powers con los dientes. La gente llamaba a Aaron «El Vampiro». Sus actos eran horribles, pero también tenían un aspecto cómico, aunque no para los afectados. Aaron y Sheila habían estado bebiendo y habían vuelto a Gillian's después de que cerrara Bud's. Sheila dijo que Aaron quería que ella se quitara los vaqueros y ella se negó. Discutieron, empezaron a forcejear. Sheila era una chica grande y sus años en la taberna la habían acostumbrado a la peor conducta de los hombres. Ella se resistió. Fue entonces cuando Aaron la mordió y no la soltó hasta que Sheila lo golpeó con la rodilla entre las piernas. Pero Aaron ya le había hecho daño.

Aaron sostuvo que estaba borracho, pero esa excusa fue insuficiente. Se formularon las acusaciones y se fijó una fecha para ir al juzgado. Una vez más Patrick rescató a su hijo de la cárcel y se aceptó que saliera bajo fianza con la condición de que viviera en la casa de su padre. Ryan Tavich habló con Sheila y el juez. Se tuvo en cuenta que habían enterrado a la madre de Aaron hacía dos semanas. Aunque Sheila estaba furiosa, era de buen corazón. El resultado fue que Aaron pagó los gastos médicos y le dictaron una sentencia de condena condicional y un año de libertad vigilada. También tuvo que hacer terapia. La hizo en Buffalo. Y al comienzo del segundo semestre estaba otra vez en la universidad.

La gente estaba sorprendida de que Aaron pudiera librarse de la cuestión tan fácilmente y algunos, como Hark Powers, llegaron a sugerir que había habido una confabulación a favor de Aaron, pero no había pruebas de ello. Todos comprendimos que Aaron había sido afortunado. Y nos alegramos cuando se fue del pueblo. Parecía la última página de una historia desagradable.

Con el paso de los meses la gente dejó de pensar en Aaron. Hark Powers se empleó como mecánico en la concesionaria Ford de Jack Morris. Cuando lo veía, que no era muy a menudo, me acordaba de lo que Aaron le había hecho, porque, aunque Hark llevaba el pelo largo, todos sabíamos que le faltaba una oreja. Y no había cambiado. Seguía siendo vocinglero y prepotente. Si lo que buscaba Aaron era darle una lección y bajarle los humos, no lo consiguió, aunque quizá desde entonces tenía más cuidado y miraba con quién se metía. Durante un corto tiempo salió con Sheila Murphy, lo que parecía apropiado ya que los dos tenían las marcas de los dientes de Aaron, pero la relación no duró. Sheila dijo que Hark le había pegado y la gente comentaba que era una de esas mujeres destinadas a que los hombres abusaran de ellas. Sin embargo, una vez fui a la taberna de Bud para verla y parecía muy agradable, aunque era vulgar y fumaba demasiado.

Nadie vio a Aaron durante más de un año. Se graduó e hizo un curso semestral de posgrado en informática.

Seguramente tenía contacto con su padre y su hermanastra, pero tampoco lo sabíamos a ciencia cierta. Como dábamos clase en el mismo centro, yo veía a Patrick a menudo, pero él se había vuelto más retraído y no mantenía relaciones con la gente. Se decía que estaba buscando trabajo en otra ciudad. Y en el otoño posterior al asesinato de Janice, se trasladó a vivir a Utica. Aquello coincidió con el regreso de su hija a su trabajo de consejera en el despacho del decano de asuntos estudiantiles de la universidad. Incluso la gente que pensaba que Aurelius era el mejor pueblo del mundo no entendía por qué había vuelto. El hecho es que se fue a vivir a la casa de su padre.

No creo que nadie se diera cuenta de que Aaron también había vuelto al pueblo, aunque su hermana y otros sí lo sabían, pues Aaron evitaba los bares y no parecía salir demasiado. Había vuelto en diciembre, había alquilado un apartamento cerca del ayuntamiento y trabajaba como analista para una empresa de bases de datos de la ciudad de Nueva York, lo que significaba que trabajaba en casa con un ordenador. Este hecho me pareció lo más extraño de todo. Aaron tenía un empleo que le permitía vivir en cualquier lado, pero eligió vivir en Aurelius. Pero ¿acaso no había vuelto también su hermana, como si los dos necesitaran estar cerca de las cenizas de Janice? Aunque quizás eso sea demasiado melodramático.

En cuanto al asesinato de Janice, la policía no había avanzado nada desde el día de su muerte. A menudo, en estos casos se saben cosas, aunque no hay pruebas concretas para llevar el caso ante un jurado. La policía tiene sospechas, incluso certezas, de las que se habla. Pero en ese caso no había nada. Se suponía que Janice se había encontrado con alguien que pasaba por el pueblo. Obviamente habían investigado a todos los que pararon aquella noche en moteles, incluso moteles que están a setenta y cinco kilómetros de distancia.

Las teorías dominantes eran las más fáciles de creer: el asesino era alguien que había venido de muy lejos. Se oían expresiones de incredulidad si alguien sugería que el asesino podía ser una persona que veíamos habitualmente, un profesor de cualquiera de nuestros centros docentes o alguien que trabajara en una tienda. En nuestras mentes, el caso estaba cerrado. Incluso había expresiones mojigatas sobre la muerte de Janice: que la clase de vida que llevaba, su promiscuidad sexual, había sido la causa de su fallecimiento.

Pero también habíamos creído que el caso de Aaron McNeal estaba cerrado y aquí lo teníamos otra vez.

8

Además de Aaron, yo conocía a otro miembro de Investigaciones sobre la Justicia, Barry Sanders. Lo había tenido en tres clases: Ciencias, Biología y Biología avanzada. Acabó estudiando Biología en la Universidad de Aurelius. Traté de que fuera a una de las buenas universidades del estado, pero él decidió quedarse para estar cerca de su madre, que decía estar enferma, aunque yo creo que exageraba mucho su enfermedad. Barry había sido uno de mis mejores alumnos y si podía hacer la carrera de Biología gran parte del mérito sería mío.

El motivo por el que tal vez Barry no habría podido acabar la carrera de Biología no era su inteligencia sino su propia naturaleza insegura. Incluso me costó convencerlo de que viniera a las clases de Biología avanzada que yo impartía en mis horas libres.

A veces pensamos en el camino que recorre la gente en la vida. Para algunos todo parece sencillo. No dudan. Son gente inteligente, de buen aspecto, y la vida se abre a su paso como el mar Rojo se abrió ante Moisés. Pero incluso en la vida de aquella gente puede aparecer una sombra. Por ejemplo, Franklin era una persona que tenía asegurado el progreso en la vida, pero ¿quién habría anticipado la muerte de Michelle? Yo oía a la gente decir que no era justo, pero ¿quién dice que la vida es justa? Sin embargo, algunas personas parecen pasar por la vida sin tropiezos. Viven felices y dejan hijos felices tras sí.

Otros mantienen una lucha constante. Son tímidos o de aspecto raro. Tartamudean. No son buenos deportistas. Nunca dejan de sentirse inseguros. Tropiezan y sueltan una risita cínica que parece tonta. Hablan cuando no deben y se callan cuando deberían hablar. Cuando oyen risas suponen que se ríen de ellos. Aunque son inteligentes, se sienten estúpidos. Aunque son creativos, se sienten aburridos. Su camino por la vida se asemeja al de una persona que avanza con el barro hasta la cintura. Y muchos parecen haber nacido así. Eso de que la vida de alguna gente parezca un castigo casi me lleva a creer en la reencarnación. ¿Castigo por qué cosa si no es por algún pecado anterior?

Barry Sanders era albino: pelo blanco, piel blanca y ojos rosados a lo conejo, que se entrecerraban y parpadeaban continuamente detrás de los cristales oscuros de sus gafas. También tenía exceso de peso: no era exactamente obeso aunque sí víctima del abuso de los dulces (galletas, bizcochos de chocolate, cremas) que su madre le hacía, lo cual era su manera de pedirle perdón por haberlo hecho tan distinto de los otros niños. Y Barry era bajo. Fue bajo todo el tiempo que pasó en el colegio y cuando alcanzó la estatura máxima medía un metro sesenta. Y era tímido, lo que es una condena muy particular para alguien que llama tanto la atención.

En la escuela primaria llamaban «Clavelito» a Barry. Aunque no destacaba por las notas que sacaba, era bastante brillante. La ansiedad era lo que le impedía conseguir notas más altas, porque Barry siempre se sentía inseguro. Es como si siempre estuviera mirándose por fuera, en el aula o en el perímetro del patio, viendo lo que lo diferenciaba de los demás.

Vivía solo con su madre, Mabel Sanders, en Birch Street. El padre había desaparecido cuando Barry tenía dos años. Mabel era jefa de una oficina de la compañía de seguros State Farm. Creía que Barry era de complexión frágil, opinión que no comparto, y lo trataba como si se pudiera romper en cualquier momento. En los días de primavera, cuando los otros niños se quitaban la cazadora, Barry permanecía abrigado. No lo dejaba salir con los demás la noche de Halloween. No lo dejaba hacer deporte.

Barry fue el mejor estudiante de mi clase de Ciencias de octavo curso y no dijo una palabra en todo el año. Se sentaba a un lado del centro del aula y mantenía la cabeza gacha. Era tan tímido que yo mismo me sentía incómodo al dirigirme a él. Le hablaba de vez en cuando después de la clase, pero incluso eso le resultaba una tortura, especialmente cuando lo elogiaba por haber hecho algo bien. Obligué a los chicos que lo llamaban *Clavelito* a que dejaran de hacerlo.

En la clase de Biología de décimo curso estaba mejor, pero seguía sin decir palabra. Sin embargo, unas pocas veces habló después de la clase y para fin de año incluso él llegó a comenzar conversaciones. Desde luego, nuestras conversaciones se referían a la ciencia. Yo no sabía nada de su vida fuera del colegio, aunque conocía a su madre y sabía dónde vivían. Le prestaba ejemplares de la revista *Scientific American* cuando ya los había leído y llegó a esperar estos préstamos con interés.

En la primavera del último curso me di cuenta de que Barry era homosexual. Estaba en mi clase de Biología avanzada y le iba bien. La clase se hacía al final del día y a menudo se quedaba un rato más, por lo menos una vez a la semana. Tardé varios meses en llegar a la cuestión de la homosexualidad de Barry, pero finalmente reconoció que había tenido una breve relación con un hombre en el pueblo, aunque no me dijo quién era. Cuando intenté averiguarlo, se retrajo casi por completo. No parecía temerme a mí, sino al hombre con el que había tenido la relación. El otro elemento de información fue que Barry llamaba a esta persona «un profesional», como para indicar que no iría con cualquiera. Entonces resultó que así se refería el hombre a sí mismo. Aunque conocía a algunos hombres abiertamente homosexuales, no creí que fuera ninguno de ellos. Esto se convirtió para mí en otro de los pequeños misterios de Aurelius. El tema también me hacía sentir un poco incómodo. No la cuestión de la homosexualidad sino quizás el interés de Barry por mí al ser un hombre soltero. Nunca llegamos al punto de que tuviera que decirle que no me interesaba tener relaciones con él, pero supongo que Barry lo percibió. Cuando empezó la universidad, me sentí aliviado. Al menos no tendría que verlo todos los días.

Durante el primer año vivió en su casa. Las relaciones con su madre, sin embargo, fueron tensas. No es que Barry fuera rebelde, pero sí depresivo y, en mi opinión, resentido, como si su madre tuviera la culpa de que él fuera como era. Ella lo envolvía como una vieja manta, obligándolo a tomar pastillas cuando no estaba enfermo e insistiéndole en que no cogiera frío. Ni siquiera le dejaba cortar el césped, diciendo que estar fuera era malo para él. Le pagaba a un chico del barrio para que lo cortara. Unas cuantas veces Barry me contó que se sentaba junto a la ventana de delante de la casa, viendo a Sammy McClatchy cortar la hierba y deseando ser él quien lo hiciera en su lugar. Era una historia realmente patética.

Sin embargo, en la Universidad de Aurelius, Barry empezó a tener amigos. No muchos, sólo dos o tres, pero ellos le dieron un mundo que contraponer al de su madre. Con la excusa de pedirme prestados mis ejemplares de *Scientific American*, seguía visitándome en el colegio y me hablaba de jóvenes que parecían estar totalmente aburridos excepto por su interés por el ajedrez, la ciencia ficción y el juego de Dragones y Mazmorras. Pero durante el segundo semestre de su primer año, Barry inició una relación con un estudiante de piano de Wilkes-Barre. No duró y el resultado fue que Barry se sintió aún más resentido, no por ser homosexual, por su madre o por ser albino, sino por lo desagradable de la vida, por el hecho de que uno nace, avanza con dificultad y terminan arrastrándolo hacia la salida contra su voluntad, mientras grita y patalea.

Bueno, aquello no tenía nada de raro. Barry estaba cansado de ser un bicho raro y buscaba echarle la culpa a la gente o al sistema. Por eso se fue a vivir a los dormitorios de la universidad en su segundo curso, aunque eso lo obligó a trabajar quince horas a la semana sirviendo en el comedor. La gente tímida es rara, nunca aprende a hablar, nunca se siente cómoda con palabras en la boca. Barry enunciaba cada palabra lo más brevemente posible y el resultado era un habla un poco espasmódica. Hablaba más que nada de sus estudios, de su madre y de cómo le iba, cosas generales. Al final del primer semestre de su segundo curso seguía buscando algo que lo liberara de su inseguridad. Entonces fue cuando llegó Houari Chihani a la Universidad de Aurelius.

Barry no tuvo a Chihani de profesor aquella primavera, aunque tuvo noticias de él. ¿Cómo podía ser de otro modo? Pero también se enteró de la existencia del grupo de lectura porque era amigo, o al menos conocido, de Jason Irving, ya que los dos eran miembros del club de ajedrez. Al igual que otras personas, Barry tal vez supuso que Jason era homosexual, aunque, como dije antes, daba la impresión de que Jason aborrecía a ambos sexos. Al principio, Barry no habría ingresado en ISJ. No le gustaba en absoluto llamar la atención. Pero después de que Franklin publicara su entrevista con Chihani, a Barry le entró curiosidad. Entonces, cuando ingresaron los estudiantes de Teatro, Bob Jenks y Joany Rustoff, Jason empezó a presionar a Barry para que él también lo hiciera.

No sé si Jason habría persuadido a Barry si Aaron McNeal no hubiese ingresado justo en aquel momento. Barry tenía tres años menos y no conocía a Aaron personalmente. Pero se enteró de su historia en la versión cada vez más exagerada que corría por ahí. Sin duda había sido dramático que Aaron le arrancara la oreja con los dientes a Hark Powers, pero cuando Barry conoció la historia ya había sido elevada al nivel de gran ópera. Incluso el ataque de Aaron contra Sheila Murphy se convirtió en una historia en la que Aaron salía bien parado, aunque sobre todo entre los jóvenes sin suerte para los que Sheila era inalcanzable.

Barry ingresó en Investigaciones sobre la Justicia a finales de marzo. Estaba orgulloso de su decisión. Se movía por algo importante, aunque nunca pudo expresar el significado exacto de aquella cosa importante. Pero me habló de eso. Cada quince días pasaba por el colegio y me visitó un par de veces en mi casa, aunque a menudo disuado a alumnos o ex alumnos de que hagan estas visitas. Después de todo, la gente chismorrea.

Al principio, ISJ se reunía los lunes por la noche en una sala de seminarios en Webster Hall. Chihani hablaba del ascenso de la clase media después de la Revolución francesa, de la naturaleza del imperialismo y de la explotación de los trabajadores. El grupo leía y analizaba a Marx, pero también a Veblen y novelas como *Las uvas de la ira*, porque el objetivo de Chihani no era sólo enseñar a sus discípulos sino también que sintieran indignación. Evidentemente, Chihani controlaba la discusión con su voz fría y distante; la voz de la razón, habría dicho él. Aquellos jóvenes no sabían nada de Historia, así que incluso lo que aprendieron sobre la intervención en América Latina los conmovió. En el colegio, la historia de Estados Unidos había sido un cuento de hadas; Chihani les contaba cuentos de miedo.

Si ISJ se hubiese reducido a estas reuniones de los lunes habría sido una empresa relativamente inocente, pero pronto Chihani empezó a invitar al grupo los viernes a su casa. Éstas eran reuniones sociales, aunque para Chihani ninguna reunión era puramente por diversión. Por ejemplo, si tocaba música, podían ser cosas de Paul Robeson y les contaba a sus alumnos la historia del hombre frustrado. O podían ver un vídeo, como la historia de Woody Guthrie, *Bound for Glory*. Chihani siempre estaba enseñando algo, incluso cuando parecía estar organizando un acto social. Y gran parte de lo que decía era cierto. No necesitaba inventar nada acerca de las maldades del capitalismo. Había muchas historias reales a mano.

Al sumarse más gente a ISJ, las reuniones se hicieron más de debate que de lectura. Los miembros discutían sobre lo que habían leído, sobre Marx y sobre lo que funcionaba mal en Aurelius. Nosotros éramos la comunidad para la prueba de laboratorio de ISJ. Éramos una muestra de todo lo que podía funcionar mal. Los jóvenes que habían sido miembros durante más tiempo (Jesse y Shannon Levin. Leon Stahl, Jason Irving y Harriet Malcomb) se convirtieron de hecho en cuadros medios. Se sentían con derecho de propiedad sobre Chihani y discutían con los nuevos miembros. La dificultad era que Aaron era mayor y había leído más. Se convirtió en el líder de los miembros nuevos. Aunque no discutía con Chihani, sí lo hacía con Harriet y el gordo Leon Stahl por cuestiones de interpretación. Los miembros nuevos y viejos competían por los favores de Chihani. Chihani advirtió eso y lo alentó. A fin de cuentas, quería conversos y no amigos.

También se reunían en otras ocasiones. Cuando nevaba, dos o tres miembros de ISJ limpiaban con palas la acera y la entrada al garaje de Chihani. Cuando mejoró el tiempo, se solían sentar todos en el patio de atrás de Chihani el viernes por la noche y discutir bebiendo interminables vasos de té helado.

Esto era obvio para los vecinos e incluso los más tolerantes desconfiaban. A veces se alzaban las voces y se oían risas.

En abril, los cinco miembros nuevos se reunían todos los jueves en el apartamento de Aaron en el centro. No creo que se consideraran enfrentados a los otros, pero Aaron repasaba lo que discutirían la semana siguiente, orientándolos para que pudieran defender sus argumentos contra Leon y Harriet. Barry se entusiasmó con estas reuniones y empezó a enamorarse de Aaron, haciéndole recados y siguiéndolo a todas partes. Aaron no sentía atracción sexual por Barry, pero sus atenciones le halagaban. O aunque no se sintiera exactamente halagado, a Aaron le gustaba ejercer su poder, el poco que tenía. Le gustaba mandar a Barry a hacer recados. Incluso empezó a llamarlo *Clavelito* aunque, al parecer, de modo afectuoso. Al menos no permitía a nadie más llamarle así.

En las reuniones de los lunes, la principal competencia se daba entre Aaron y Harriet. Aunque Leon Stahl leía mucho, por su gordura parecía más bien cómico. Se sentaba en el suelo y necesitaba ayuda para ponerse de pie. Jesse y Shannon lo levantaban, mientras los otros se reían. Para Chihani ser tan gordo tenía algo de corrupto. Indicaba falta de disciplina y, aunque Chihani no se burlaba de Leon, le habló de adelgazar. Creo que Leon sí redujo su dosis de Coca-Cola o al menos se pasó temporalmente a la Coca-Cola *light*. Leon era el más inteligente de los estudiantes, pero su obesidad y los diversos elementos cómicos que la adornaban, como su pasión por Harriet Malcomb, le impedían ser un líder intelectual. Eso reducía la competencia a Harriet y Aaron.

Según Barry, los dos se despreciaban, pero no era tan simple y puede que ni siquiera fuera cierto. A su manera, Harriet era bastante depravada. Su belleza, su pelo negro brillante, su palidez, su diminuta cintura y sus grandes pechos: éstas eran sus armas. En el colegio llevaba faldas cortas y jerséis, y fuera del colegio, vaqueros y camisetas, todo muy ceñido. Aaron parecía indiferente a su aspecto. En las reuniones le hablaba con amabilidad, pero con condescendencia y siempre con frases breves, como si quisiera dirigir su atención a otra persona. Ella le hablaba en tono sarcástico y él escuchaba al parecer sin emoción, con la salvedad de alguna que otra leve sonrisa.

A mediados de mayo, Aaron le dijo a Barry: «Me voy a meter a Harriet Malcomb en el bolsillo». Barry supuso que haría quedar mal a Harriet en el grupo, lo cual era una suposición errónea. Estaban comiendo en Junior's. Aaron pidió una hamburguesa. Barry había resuelto ser vegetariano y pidió una ensalada. Estaban sentados en la barra. Aaron comenzaba a tener entradas en el pelo, lo que le daba un aire distinguido. Seguía llevando coleta.

Barry le preguntó qué quería decir con que se iba a «meter a Harriet Malcomb en el bolsillo».

–Quiero que sea mi soldado. –Aaron alzó una ceja como para sugerir que Barry entendía lo que quería decir.

–¿Cómo vas a hacer eso?

–La haré mi puta.

A Barry no le gustaba hablar de sexo y llegó a la conclusión de que las conversaciones de este tipo eran intrínsecamente malas. Claro que sabía que Harriet era guapa, pero se sentía orgulloso de ser inmune a sus encantos. Empezó a tartamudear.

–¿Qué... qué piensas hacer?

–Quiero que le lleves una carta. –Y Aaron sacó un sobre de su bolsa de lona.

Entonces Barry entendió que el día, la comida, la hora, todo había sido preparado con la idea de enviar la carta. A fin de cuentas, la carta ya estaba escrita. Era jueves y Harriet no tenía clases. Ella había hecho saber que se reservaba los jueves para sus lecturas de ISJ.

–¿Qué dice la carta?

Aaron le entregó la carta y luego cogió a Barry semiafectuosamente de la nuca. Barry no estuvo seguro de si Aaron quiso acariciarlo o alzarlo como un gatito.

–La invita a hablar. Halaga su intelecto.

9

Barry entregó la carta. Eran las dos de la tarde de un día de mayo, un día ventoso de primavera en que el cielo lo mismo estaba despejado que cubierto por oscuras nubes. Volaba la arena arrojada a la nieve en las calles durante el invierno. Algunos jubilados rastrillaban las hojas muertas debajo de los rododendros. Barry conducía un Ford Fairlane oxidado, que había sido de su madre, un coche con la suspensión rota, que se bamboleaba como un barco en alta mar. Del espejo retrovisor colgaba una bolsita desodorizante con forma de pino.

Harriet Malcomb vivía en el altillo de una casa de Adams Street, a dos manzanas del campus. Barry aparcó delante de la casa y fue arriba. Pese al asesinato de Janice McNeal, en nuestro pueblo nunca se cierran con llave las puertas de las casas. Ella no pareció contenta de verlo, sino exasperada y desdeñosa, pero seguramente él pensó eso en alguna medida debido a su propia ansiedad. Harriet llevaba pantalones cortos y una camiseta con la marca Colgate. Barry le dio la carta y ella empezó a «cerrarme la puerta en la cara», en palabras de Barry.

Barry contuvo la puerta con la mano.

–Tengo que esperar tu respuesta.

–Entonces espera –contestó ella, cerrando la puerta.

Barry se quedó en el pasillo. Lamentaba no haber llevado nada para leer, no para leer realmente sino para parecer ocupado cuando reapareciera Harriet, para dar a entender que no estaba simplemente esperando, sino que también leía, que se había olvidado de la espera. La ventana del pasillo daba al campus y Barry veía la cúpula blanca y la campana del edificio de las oficinas. Un perro ladró abajo. A lo lejos oyó el cambio de una moto.

Diez minutos después Harriet abrió la puerta. Seguía llevando los pantalones cortos pero había sustituido la camiseta por una blusa blanca. A Barry no le gustaba la blusa porque le daba un aspecto recatado, y desconfiaba de eso. Llevaba el pelo negro hecho una trenza atada con una banda elástica roja. También llevaba un collar de cuentas azules.

–Estoy lista –anunció ella.

Como Barry no sabía qué decía la carta, no estaba seguro de lo que quería decir pero le molestaba que lo vieran confuso.

–Tengo el coche ahí fuera –le indicó.

Bajaron las escalera. Barry no le abrió ninguna de las puertas, ni la de la casa, ni la del coche. Camino del edificio de viviendas que había junto al ayuntamiento, trató de pensar en algo que decirle. Harriet miraba al frente y Barry pensó que imitaba a Houari Chihani.

El complejo de edificios se llamaba *Belvedere Apartments*. El edificio donde vivía Aaron tenía cuatro apartamentos y en el centro un vestíbulo que llegaba hasta el techo de la segunda planta, de donde colgaba una lámpara de aspecto barato. El apartamento de Aaron estaba en la planta superior. Harriet siguió a Barry arriba y éste golpeó la puerta dos veces y después una más, lo que era su señal privada, aunque Aaron no pedía ninguna señal.

Cuando Aaron abrió la puerta, no pareció sorprendido de ver a Harriet.

–Adelante –dijo.

El apartamento tenía un salón grande frente a State Street, un dormitorio y una pequeña cocina. El lugar de trabajo y el ordenador de Aaron estaban en el dormitorio. En las paredes del salón colgaban carteles de Emiliano Zapata y Pancho Villa sobre la palabra *«¡Huelga!»*. Había una biblioteca llena de libros, un estéreo, varios sillones y un sofá modernista, largo y bajo. También se advertía una alfombra trenzada.

Aaron le dijo a Barry:

–¿Por qué no esperas en el dormitorio?

Barry entendió que era una especie de juego adulto.

–Desde luego –dijo, y fue a la habitación, cerrando la puerta.

No había cerradura por la que espiar y aquello lo desilusionó. Sobre la cama individual había un cuadro de Vermeer, el retrato de la mujer con pañuelo amarillo. El brillo de sus ojos, su deseo de vivir, contrastaba con el carácter ascético del cuarto. Paredes blancas, suelos blancos, una mesa hecha con una puerta blanca, un ordenador Compac, teléfono y fax, una impresora Hewlett Packard. El único adorno que había en el escritorio era una fotografía enmarcada de una joven con los ojos inclinados hacia arriba y la boca grande, un rostro que a Barry le recordaba el de una rana. Cogió la foto y al cabo de un instante advirtió que era Janice McNeal, la madre de Aaron. Quizás habría adivinado esto antes si la mujer de la fotografía no hubiera parecido tan joven, no mucho mayor que el propio Aaron.

Barry fue junto a la puerta. Oyó hablar a Aaron pero no entendió lo que decía. El tono era insistente. Barry supuso que hablaban de sus discusiones con Chihani, pero entonces oyó a Harriet decir «no» en voz bien alta y oyó que Aaron se reía. Derribaron una silla. Barry puso la mano en el pomo de la puerta. Pensó en la disposición de Harriet a ir con él y lo que eso podía significar.

Barry se sintió cada vez peor. Fue hasta el teléfono y quiso hablar con alguien, pero no sabía con quién. Se sentía inquieto y no sabía lo que pasaba. De pronto, la voz de Aaron se oyó más fuerte e insistente. Barry se acercó nuevamente a la puerta y oyó una bofetada. Luego otra y un grito de Harriet. Nuevamente, Barry llevó la mano al pomo de la puerta. Un instante después oyó a Aaron pronunciar la palabra «imbécil», casi con afecto.

Barry fue rápidamente junto a la ventana. Tenía diecinueve años y muchas cosas lo asustaban, especialmente las que no entendía, que eran muchas. Parpadeó mirando la luz del sol. Vio el Citroën rojo de Houari Chihani doblando por Monroe Street. Reconoció a muchas de las personas que vio, aunque no sabía cuáles eran sus nombres.

Al rato oyó que Aaron lo llamaba.
–¡*Clavelito, Clavelito*!
Barry fue rápido hasta la puerta.
–¡*Clavelito*, ven aquí!
Barry abrió la puerta. Harriet estaba tirada en la alfombra trenzada. Ya no llevaba los pantalones cortos y la piel de sus caderas era muy blanca. Aaron estaba encima de ella con sus

pantalones de color caqui caídos en torno a sus tobillos. Harriet miraba fijamente al techo, luego volvió lentamente su mirada hacia Barry. Éste pensó que había algo raro en aquella mirada. Entonces Harriet dijo con voz muy suave.

–*Clavelito*.

Aaron se sostenía con las manos apoyadas en el suelo a cada lado de los hombros de Harriet. No sonreía; más bien parecía mirar con furia a Barry, que dio un salto hacia atrás y cerró la puerta del dormitorio. Poniendo su espalda contra la puerta, Barry se tapó los oídos con las manos y se deslizó hasta quedar sentado en el suelo. Se quedó allí. Vio los cordones de sus zapatillas con doble nudo. Apartó las manos de los oídos y oyó un grito. Nuevamente se tapó los oídos con las manos. Se sentía solo. Miró las sombras moverse por el suelo y subir a la cama individual de Aaron. Miró la ventana e imaginó que se tiraba, pero sabía que sólo se lastimaría. Pronto, sin embargo, sintió necesidad de ir al cuarto de baño, que estaba en la otra habitación. Mantuvo las manos sobre los oídos. Pronto las sombras cubrieron por completo la cama de Aaron.

Entonces sintió un empujón en la puerta contra su hombro. Luego un puño golpeó tres veces. Barry se puso enseguida de pie. Aaron estaba frente a la puerta, Harriet un metro detrás. Los dos estaban vestidos.

–Vamos a comer pizza –dijo Aaron–. ¿Quieres venir?

Barry iba a responder que no tenía hambre, pero no dijo nada. Asintió. Pero aún tenía que ir al baño. Fue y cerró la puerta. Cuando se enjuagaba las manos, vio un pedazo de papel en el suelo. Era la nota que había llevado a Harriet. Se la metió en el bolsillo.

Cuando Barry llegó a casa aquella noche, sacó la nota y la leyó. «Tenemos mucho que darnos el uno al otro. Necesito tu ayuda. Ven con *Clavelito*.» No entendió por qué la nota había convencido a Harriet de que fuera a casa de Aaron o qué quería decir Aaron con lo de «ayuda». Se sintió traicionado por el hecho de que Aaron se había referido a él como *Clavelito*.

A la semana siguiente Barry no fue a la reunión de ISJ, ni fue a la casa de Aaron el jueves, ni a la reunión del siguiente lunes, el último lunes de mayo. El martes, Aaron lo llamó.

–Ven a mi casa el jueves por la noche –le dijo. Y cortó.

Barry tenía continuas fantasías sexuales con Aaron. Se imaginó en el suelo donde había estado Harriet, con Aaron encima de él y penetrándolo. Al principio Barry trató de detener estas fantasías, pero finalmente se entregó a ellas y empezó a masturbarse. En cuanto a Harriet, la detestaba. Se imaginaba tontamente que, si no hubiese sido por Harriet, Aaron le habría prestado más atención a él, es decir, atención sexual. Leía una y otra vez la nota que había mandado Aaron: «Tenemos mucho que darnos el uno al otro».

Cuando Barry fue al apartamento de Aaron el jueves, encontró a todos los miembros de ISJ. Aaron estaba en el sofá y Harriet junto a él. Aunque se tocaban, no se acariciaban ni se manifestaban afecto.

Desde aquel momento Aaron se convirtió en el líder no oficial de Investigaciones sobre la Justicia. En cuanto a Chihani, era el consejero del grupo. No dirigía ISJ; más bien los miembros iban a él en busca de guía. Y era Aaron el que los llevaba a Chihani, o al menos ésa era la impresión. En las discusiones de los jueves en el apartamento de Aaron repasaban las lecturas asignadas y Aaron era el que cuidaba que se entendieran. Los viernes por la noche muchos iban a la casa de Chihani para tomar café y debatir, pero Aaron a menudo no participaba. Tenía una relación amistosa con Chihani pero con reservas. No lo idolatraba como otros, especialmente Jason Irving, que seguía a Chihani como un perro. Aaron mantenía cierta distancia, aunque intelectualmente siempre se identificaba como discípulo de Chihani. Y cuando Chihani le pedía un favor, que le consiguiera o arreglara algo, Aaron lo hacía con eficacia. Pero no pasaba mucho tiempo en la casa de Chihani.

Aaron y Harriet estaban juntos a menudo. Ella pasaba algunas noches en el apartamento de Aaron y era difícil no imaginarse lo que pasaba en la estrecha cama de éste. Esto era un tormento para Barry. En público Aaron y Harriet no se mostraban afecto. A veces se cogían de la mano, pero incluso eso parecía un gesto frío, como si accidentalmente se les hubiesen enredado los dedos, por el viento o las circunstancias. Pero en privado eran apasionados, incluso ruidosos, porque un profesor del colegio, Martin Tyson, tenía un piso en el edificio de Aaron y contó que solía oír ruidos de vidrios rotos y muebles volcados. Una vez golpeó en la puerta de Aaron para ver si estaba todo bien.

La gente recordaba a Sheila Murphy y miraba con cuidado a Harriet, para ver si tenía alguna marca o si estaba triste. Pero su piel estaba limpia y pálida como siempre. Si Aaron le dejaba marcas, no se veían. Probablemente no las había. Pero dada la historia de Aaron, la gente casi deseaba ver marcas, distinguir una manifestación externa de que su historia peculiar continuaba, tal como sabían que sucedería. Sheila Murphy seguía trabajando en la taberna de Bud y era escéptica.

—Tú espera y verás —repetía.

10

Quizás es sólo en los pueblos pequeños donde las historias de la vida de las personas se cruzan continuamente. Alguien es parte de la existencia diaria de uno por un tiempo, después se va alejando y finalmente vuelve. Se ve a la misma gente en las calles y las tiendas. Se tiene conversaciones breves y uno se entera de cosas de sus vecinos. Incluso yo, que llevo una vida recluida, no puedo ir de compras a Wegmans el sábado por la tarde y no hablar con cuatro o cinco personas. Me enteré de que la señora Dunratty tuvo gripe, de que la hija de Tom Henderson, Midge, se gradúa en Cortland State y de que la vieja señora Howster atropelló a un ciervo con su Dodge Caravan. Me gustan estas charlas. Y prefiero comprar mi *Independent* y mi *Syracuse Post Standard* en la farmacia Malloy a que me los manden por las breves conversaciones que tengo cuando lo hago.

Por esta vía indirecta me entero de muchas cosas. Y, por supuesto, el resultado es que me siento más integrado en la comunidad de lo que lo estoy realmente. Me preocupo por la señora Howster y me alegro por Tom Henderson, aunque se podría decir que este tipo de contacto me permite sentirme integrado y al mismo tiempo mantener mi aislamiento.

Durante más o menos un año después de la muerte de su esposa, Franklin Moore se mantuvo muy recluido. Cuidó de Sadie. Mantuvo su amistad con Ryan Tavich. Trabajó mucho en el periódico. Pero estaba en la mitad de la treintena y era razonable que le interesen otras mujeres. Dado el tamaño del pueblo y las pocas disponibles, probablemente fuera inevitable que volviera los ojos hacia la hermanastra de Aaron, Paula.

Paula tenía treinta años y era soltera. La gente decía que había vivido con un hombre en Binghamton durante cuatro años, pero que él bebía y la cosa acabó mal. Se contaba que hasta tuvo que conseguir una orden del juez que prohibiera al hombre acercarse a ella, y también que ésta era una de las razones por las que regresó a Aurelius. Quizás otro motivo fuera que la casa de su padre estaba disponible y vacía. Supongo que Patrick quería venderla dado que había decidido seguir enseñando en Utica y definitivamente no volvería al pueblo. Pero cuando Paula volvió a Aurelius, Patrick le alquiló la casa por una pequeña suma. Eso era típico de Patrick. No podía darle la casa gratis. Tenía que establecer una restricción que pusiera distancia entre él y su propia hija, aunque nunca oí que Paula se quejara del arreglo. Pero Patrick siempre se sentía más cómodo si había papeles y abogados, que era algo por lo que su ex esposa se burlaba de él, diciendo que usaba los abogados como otros hombres usaban condones. Casualmente, Henry Swazey, el abogado de Patrick, había sido uno de los amantes de Janice.

Hacía varias semanas que Paula estaba en Aurelius cuando yo me enteré de que había vuelto. Se recluía y rara vez salía. No obstante, era difícil saber adónde ir en Aurelius si no era a jugar a los bolos o al bingo y si no se pertenecía a una iglesia o alguna fraternidad. Varias veces asistió a actos culturales en la universidad, conferencias o grupos de música de cámara. Estoy seguro de que la mayoría de la gente no tenía ni idea de que Paula había vuelto, aunque si hubieran prestado atención la habrían visto por la noche paseando a su perro, *Fletcher*, un animal grande, pardo y negro, medio labrador y medio pastor.

Pero el puesto de Franklin como redactor del *Independent* le daba acceso a todo lo que pasaba. Así que era inevitable que visitara el despacho del decano de asuntos estudiantiles y que allí viera a Paula.

Ella se había cortado el pelo negro ondulado que entonces le llegaba hasta la línea de la mandíbula y se le había rizado bastante. La primera esposa de Patrick, Rachel o Roberta, era judía y la mezcla de judía y escocesa hacía que Paula tuviera un aire exótico atractivo. Por ejemplo, sus ojos eran de un tono azul claro. Por otro lado, era un poco anticuada en su ropa y sus maneras, lo que es más común de la gente de los pueblos pequeños. Y sus gafas le daban una apariencia de seriedad acorde con su puesto en la universidad.

Paula y Franklin hacían buena pareja. Franklin, con sus pantalones de color caqui y sus chaquetas de mezclilla; Paula, con sus faldas escocesas y sus blusas blancas. La gente deseaba que les fuera bien. Sus historias de infortunio, la primera esposa de Franklin muerta de cáncer, la madrastra de Paula asesinada, probablemente los ponía a salvo de la pátina de maldad que hay en el chismorreo. No es que Franklin y Paula mantuvieran un gran romance en público. Eran demasiado discretos para eso. Pero se los veía juntos en el cine o en un restaurante, y a veces el cinco puertas blanco estaba aparcado frente a la casa de Patrick McNeal a altas horas de la noche.

Ryan Tavich también podría haber salido con Paula si no hubiese tenido relaciones con su madrastra. Ryan era quisquilloso con respecto a aquellas cosas. Pero como Ryan y Franklin eran amigos, los dos hombres y Paula a veces bebían juntos en la taberna de Bud o iban a hacer esquí de fondo en la reserva boscosa que bordeaba el parque Lincoln. Ryan también salía pero nunca con una sola mujer. La gente decía que seguía aferrado al recuerdo de Janice. A veces salía con Patty McClosky, que era la secretaria del jefe Schmidt, y a veces con Ronnie Glivens, una enfermera diplomada que trabajaba en el hospital.

A quien no le gustaba Paula era a Sadie, aunque quizás eso no sea exacto. Le habría gustado Paula si ésta no hubiera tenido una relación con su padre. Los chicos de trece años tienen la mente complicada, pero, en algunos aspectos, rudimentaria. Después de la muerte de su madre, Sadie se quedó muy apegada a Franklin. Iban juntos a todas partes. Cuando Franklin empezó a verse con Paula, ya no podía pasar tanto tiempo con su hija. A menudo Franklin y Paula llevaban a Sadie al cine o a pasear por el parque, pero, aunque Sadie no era mal educada, tenía un semblante triste y silencioso.

A veces Franklin hablaba de esto cuando venía por mi casa.

–Ella cree que estoy faltando a la memoria de su madre.

–Está celosa de que no le dediques todo tu tiempo –le contestaba yo.

Sadie sentía que la traicionaba a ella, no a su madre. Sintió que estaba siendo reemplazada, lo que era ridículo, pero sólo tenía trece años. Y Sadie había oído las historias, terriblemente exageradas, sobre Janice y su asesinato y se imaginaba que Paula debía tener la misma maldad, es decir, la promiscuidad, aunque las dos mujeres no fueran parientes. Lo paradójico del caso es que cuando el padre de Paula, Patrick, salía con Janice, veinticinco años antes, Paula había sentido los mismos celos hacia Janice, aunque en ese caso quizá Patrick debiera haber prestado atención a aquel aviso.

Sadie empezó a castigar a su padre, aunque él no lo veía así. Ella comenzó a bajar su rendimiento en el colegio e irse de la casa sin decirle a Franklin adónde iba. Esto preocupaba mucho a Franklin. Sadie siempre había sido responsable y, como padre soltero, Franklin dependía de que ella lo fuera, por el hecho de que a veces se quedaba sola. Franklin tenía una mujer que hacía la limpieza, Megan Kelly, la misma que había encontrado el cadáver de Janice McNeal. Y los lunes, martes y miércoles la señora Kelly cocinaba para Franklin o más bien para Sadie, porque el trabajo en el *Independent* aquellas noches obligaba a Franklin a quedarse hasta tarde.

A menudo, cuando Sadie se iba de la casa sin decir adónde iba, me visitaba a mí y por supuesto Franklin sabía esto, porque yo se lo decía, aunque nunca le dije a Sadie que le iba con el cuento a su padre. Desde que ella tenía once años entretuve a Sadie mostrándole los especímenes que tenía en jarros de formol, a los que yo llamaba *punkis en escabeche*. Había varias ranas, una rata, una serpiente de cascabel, un feto humano con los ojos cerrados que heredé de un profesor de Biología, diez globos oculares de vaca y un feto de cerdo. Reuní esta colección a lo largo de los años para usarla en las clases de Ciencias Naturales. El formol los ha vuelto a todos del mismo color oscuro y a la rata se le ha caído casi todo el pelo. Los ojos de las vacas muestran una inteligencia pesarosa y el feto de cerdo parece triste. A Sadie también la fascinaba el feto humano, y se preguntaba quiénes podían ser sus padres, cómo habría sido si hubiese podido crecer. Se ponía filosófica.

Pero otras veces Sadie se iba a dar largos paseos sola a pie o en bicicleta, especialmente si Franklin quería llevarla a algún lado o simplemente quería saber dónde estaba. Sadie tenía varias amigas cercanas de su propia edad, incluyendo la pobre Sharon Malloy, y a menudo estaba en la casa de ésta. Pero los padres de Sharon no eran tan atentos y no siempre hacían saber a Franklin cuándo su hija los visitaba.

A veces Paula intentaba salir con Sadie pero ésta se negaba o, si accedía, permanecía en silencio. Esto duró seis meses y a mí me impresionó la persistencia de Paula. Pero a Sadie no le gustaba estar con Paula, o sencillamente era testaruda. El resultado fue que Franklin empezó a pasar más tiempo con Paula sin Sadie, lo que empeoró las cosas.

Franklin esperaba que el problema desapareciera sin más. Al fin y al cabo, Paula era buena, contaba historias graciosas y le compraba cosas bonitas a Sadie; Franklin no se imaginaba que Sadie no llegara a quererla. Sin embargo, las cualidades de Paula creaban desconfianza en Sadie.

–¿Por qué me trae regalos? –preguntaba Sadie–. El domingo me trajo un jersey, es azul de cuello redondo.

–Quiere congraciarse contigo –respondí.

–No quiero llevarme bien con ella.

–¿Qué has hecho con el jersey?

–Se lo he dado a Sharon. ¿No te parece que Paula sonríe demasiado?

En un adulto esa conducta es neurótica, pero un adolescente puede combinar la neurosis con la normalidad en un mismo paquete. Yo ayudaba a Sadie con sus deberes y sus calificaciones mejoraron aunque sus repentinas desapariciones continuaron, y para el fin de la primavera Franklin habló de llevarla a un psicólogo en Hamilton. Debió de sugerirlo Paula, ya que ella se dedicaba a esto. Desde luego, Ryan Tavich alertó a los otros miembros del departamento de policía de que Sadie se iba por ahí, y varias veces alguno de los agentes la había llevado a casa, lo que producía murmuraciones entre los vecinos.

Me habría preocupado más la conducta de Sadie si no me hubiera beneficiado de ella. Aunque no deseo tener una familia, había algo dulce en la presencia de Sadie. Yo mismo me sentía tonto y adolescente y me regañaba a mí mismo tan pronto como se había ido, aunque estos encuentros eran perfectamente inocentes. Aun así, no me habría gustado que se supiera en el colegio que me había pasado una tarde entera haciendo galletas de chocolate con Sadie Moore. No es que hiciéramos galletas todos los días, quizá sólo una vez al mes, pero yo disfrutaba con ello. Aunque sabía que debería tratar de convencer a Sadie de las buenas intenciones de Paula, no quería molestarla ni que desconfiara de mí. Y éste fue mi error, que me importaran más sus visitas que su relación con Paula.

Ryan Tavich también se interesaba por Sadie y, me imagino, trataba de conseguir que aceptara a Paula. Él y Sadie fueron a esquiar juntos en invierno y a pescar truchas en primavera. Ryan no hablaba mucho, pero describía los distintos árboles y las flores silvestres, explicaba cómo viven las truchas y qué hacen en distintos momentos del día. Era un hombre práctico sin mucha imaginación y le daba información a Sadie sobre el mundo.

Así que Sadie y yo hacíamos galletas de chocolate y mirábamos seres muertos en frascos y Ryan Tavich la llevaba a pescar. Hasta entonces no había sucedido nada que llamara la atención sobre el hecho de que una adolescente estuviera con un adulto. Pero había otro hombre en la vida de Sadie que causaba más preocupación: Aaron McNeal. Hasta Franklin estaba inquieto por la amistad de Sadie con él, dado su historial. Sospecho que Sadie estaba enterada de la ambivalencia de su padre y en alguna medida (desde luego, de forma inocente) la manipulaba. Franklin estaba con Paula y por tanto Sadie estaba con el hermanastro de Paula. A Sadie le debe de haber parecido algo justo.

La relación de Paula con su hermano era complicada. Había ayudado a criarlo y a menudo se había hecho cargo de él cuando era pequeño. Pero Paula no había querido a su madrastra y Aaron se le parecía. Tenía los mismos ojos levemente inclinados hacia arriba. Incluso tenía algunos de sus ademanes, la manera en que Janice se encogía de hombros o se tapaba la boca cuando reía.

¿Y cuáles eran los sentimientos de Aaron hacia su hermana? Después del divorcio de Patrick y Janice, Paula no sólo ocupó el lugar de la madre de Aaron sino que se interpuso entre Janice y él. Paula lo cuidó y lo aisló. Era Paula quien daba libros a Aaron y lo llevaba a la biblioteca del pueblo. Incluso trató de protegerlo de Hark Powers cuando éste iba a la casa a provocarlo. Y quizás alentó a Aaron a responder, aunque por supuesto no a morderle la oreja a Hark. Las relaciones familiares son casi imposibles de entender con claridad. Como las mentiras sumadas al rechazo, el amor sobrepuesto al egoísmo. Y la envidia, el resentimiento, la ira. Toda la mezcla puede ser un problema. Me siento afortunado de no haber tenido hermanos y sólo a uno de mis padres, pero no logro interpretar claramente mi relación con mi madre, especialmente en los últimos años anteriores a su muerte.

Cuando Franklin empezó a salir con Paula, Aaron aún no había vuelto al pueblo. Unos tres meses después, en diciembre, llegó y pasaron la Navidad juntos, lo que debió de ser una pesadilla. Sadie criticó los regalos de Paula: aquel jersey tenía un color feo, aquella blusa era demasiado pequeña. Y Aaron estaba distante con Franklin, aunque Franklin lo trataba bien, incluso con bondad. Se podía pensar que Aaron se sentía solidario con Franklin por la muerte de Michelle, pero la verdad es que estaba tan enredado con su propia historia que no se creía el dolor de los demás. Y quizá le provocara resentimiento lo fácil que le resultaba la vida a Franklin. Éste tenía una vida estable. No estaba desorientado. Y, evidentemente, Paula lo quería, cosa que podía provocar celos en Aaron, porque deseaba que Paula le prestara atención a él.

En ese sentido, Aaron y Sadie eran parecidos, y aquella Navidad jugaron a juegos de mesa y con la nieve, tirándole bolas de nieve a Franklin. Sin embargo, fue después de la entrevista de Franklin con Houari Chihani y de que Aaron ingresara en ISJ cuando él y Sadie empezaron a estar juntos, lo que hizo temer a Franklin que pudiera haber algo más de por medio. Aaron le hacía a Sadie pequeños regalos: pendientes y a veces algún libro. Franklin no confiaba en Aaron, aunque quería hacerlo. Pero Paula, la hermanastra de Aaron, tampoco confiaba en él.

–Nunca se sabe lo que Aaron hará –me dijo Franklin–. En general es como cualquier persona, pero de repente hace algo perverso, como darle una bebida alcohólica al perro de Paula o esconder mis llaves por diversión. Con la mayoría de la gente se tienen dos conversaciones al mismo tiempo. Está la conversación oculta debajo de lo que se dice. Se advierte el temor, el orgullo o la vanidad de alguien, que es como un segundo tema. Con Aaron nunca veo qué hay oculto. –Franklin se rió–. Está demasiado oculto. Y al no saberlo, nunca sé lo que va a hacer o por qué hace lo que hace. No veo cómo funciona su sentido de causa y efecto. Es como la superficie de una laguna. Abajo algo se mueve, pero no sé qué es.

No es que Sadie pasara mucho tiempo con Aaron, pero a veces se la veía en su coche o llamaba a su padre desde el apartamento de Aaron pidiendo que la fuera a buscar, aunque Aaron vivía a sólo ocho manzanas. A veces se los veía juntos en Junior's comiendo helados. Parecían llevarse bien, pero Aaron tenía veintitrés años y Sadie trece y todos conocíamos la historia de Aaron.

Sadie también conocía la historia de Aaron, pero ella lo idealizaba. Lo veía como una víctima. Y sabía que su amistad con Aaron molestaba a su padre y en algún lugar de su alma adolescente eso le daba placer. Una vez cogió un lápiz rojo y se hizo una marca en L en la mejilla izquierda, igual que la cicatriz de Aaron. Cuando Franklin la vio, quiso obligar a Sadie a limpiarse, pero no dijo nada.

11

Es significativo el hecho de que ninguno de los diez miembros de Investigaciones sobre la Justicia se fuera de Aurelius aquella primavera cuando terminaron las clases en la universidad. La mayoría consiguieron empleos de verano en el pueblo. Harriet Malcomb trabajaba de recepcionista en la posada Pine Cone Inn. Leon Stahl era oficinista en Ames. Jesse y Shannon Levine consiguieron trabajo en la brigada de mantenimiento de la universidad. Oscar Herbst consiguió empleo en el Aserradero Aurelius Lumber. No sé nada de los demás. Pero el grupo siguió viéndose dos o tres veces por semana. Leían los libros que Chihani les indicaba y se reunían en el apartamento de Aaron para discutirlos y definir la jerga, aunque no la llamaban así. Era más parecida a un vocabulario sagrado. Los viernes por la noche aparecían algunos por la casa de Chihani, donde discutían en un ambiente más convencional. Jesse y Shannon cortaban el césped de Chihani, pues hacían lo propio en el campus de la universidad. Joany Rustoff cuidaba de la casa, pasando la aspiradora y limpiando, pero Chihani le pagaba por hacerlo.

Los miembros del ISJ se habían convertido en creyentes, algunos más que otros. En el caso de Barry existía el gran deseo de creer en *algo*. Entonces llegó Chihani. Y eso parecía valer para todos excepto para Aaron: el deseo de creer precedía al objeto de la fe. Cada uno de los diez miembros de ISJ sentía una carencia, que a la larga tuvo por respuesta ISJ, pero nadie sabe si aquel vacío podía haberse llenado yendo a bailar, ingresando en Greenpeace o comprando un perro. Si yo le hubiese sugerido esto a Barry, se habría sentido insultado. Cada miembro creía que su carencia tenía un tamaño y una forma específica que sólo ISJ era capaz de cubrir.

La excepción era Aaron. Dudo que fuera un creyente; más bien era un nihilista renuente en busca de alternativas al nihilismo. Pero tenía un sentido del humor particular (dudo si llamarlo humor) que se expresaba como un espíritu de contradicción. Esto lo hacía más problemático que los demás, porque cuando había divisiones entre los miembros de ISJ, a Aaron le divertía el espíritu de contradicción también en eso. Es más, solía alentar tales divisiones. Pero yo me equivocaba al pensar que Aaron se movía por caprichos. Tenía una pasión única que orientaba con certeza todos sus actos. Pero me estoy adelantando.

Era una lástima que Aaron casi nunca fuera los viernes por la noche a casa de Chihani, porque se convirtieron en sesiones de autocrítica. Me conmovía la manera en que Barry le contaba al grupo sus sentimientos por ser albino y bajo. Incluso admitió que aborrecía que lo llamaran *Clavelito*. Eran jóvenes bastante típicos y estúpidos, y merced a la intervención de Chihani empezaron a ver algunos de sus defectos: su envidia, su indolencia. Leon Stahl tuvo que enfrentarse con su glotonería. Jason Irving habló de su temor al sexo. Bob Henks y Joany Rustoff reconocieron que usaban su relación para alejar a los demás. No puedo creer que Jesse y Shannon Levine dejaran de creerse superiores, pero bajo la tutela de Chihani llegaron a entender cómo anteponían sus propios puntos de vista a los del resto de la gente. Y si no había nada de malo en que Chihani creara conciencia en sus seguidores, quizá fuera un error compensar sus debilidades con su propia versión del marxismo.

Al igual que Aaron, Harriet Malcomb parecía no tener interés en la autocrítica. Decía que aquellas noches tenía que trabajar en el Pine Cone Inn, pero quizás Aaron no quería que fuera a las sesiones de Chihani. A lo mejor temía que disminuyeran su control sobre ella. Era difícil saber cuánto control tenía Aaron sobre Harriet, especialmente después de que ella empezara a salir con Ryan Tavich. Ryan la había visto en el Pine Cone Inn, donde había llevado a cenar a Ronnie Glivens. Harriet le llamó.

—Sí, estoy saliendo con ella —respondió Ryan cuando Franklin se lo preguntó un jueves por la noche, después del baloncesto—. Si una mujer hermosa quiere estar conmigo, sería ridículo no aceptar.

—Le llevas más de veinte años —señaló Franklin.

—Sé contar –dijo Ryan–. Si a ella no le molesta, ¿por qué me tengo que preocupar?

Harriet era más alta que Ryan, pero él era musculoso porque hacía pesas, y no era feo. Parecía raro que salieran juntos, pero no habíamos llegado aún al punto en que lo raro provocara inmediatamente sospechas.

—¿De qué habláis? –preguntó Franklin.

—De cosas de polis. Le gustan mis batallitas.

Las reuniones en la casa de Chihani se mantuvieron bajo su estricto control. Y cuando Aaron participaba, era alguien diferente, estudioso y respetuoso.

En una reunión celebrada un lunes de julio en casa de Chihani, los miembros de ISJ debían haber leído *La elite del poder* de C. Wright Mills. El salón de Chihani era bastante espartano: dos plataformas con futones que hacían de divanes y varias sillas de respaldo recto. El único elemento decorativo era una alfombra roja y azul argelina que había en la pared; en el suelo había otra alfombra de distintos tonos de marrón y ocre. No había libros, música, ni fotografías. Chihani tenía muchos libros, pero en el piso de arriba. Servía té con menta sin azúcar y galletas canadienses de trigo.

Se sentaba en una silla; los demás estaban desparramados por la habitación.

—¿Y a qué llamáis justicia? –preguntó Chihani–. Puede contestar cualquiera.

—¿Lo que es bueno para la mayoría? –preguntó Leon. Estaba sentado en el suelo con las piernas cruzadas, pero éstas eran demasiado gordas para cruzarlas con comodidad y tenía que agarrarse de las canillas para impedir que se le abrieran.

—Entonces ¿qué es bueno? –preguntó Chihani. Tenía una voz seca y recortaba sus palabras de modo que todas las sílabas parecían de la misma extensión.

—Lo que es bueno es lo que resulta equitativo –dijo Harriet. Estaba sentada en un futón, con Aaron, que hojeaba una revista francesa.

—De cada cual según su capacidad, a cada cual según su necesidad –indicó Leon, citando a Marx.

–¿Y eso por qué es justo? –preguntó Chihani–. ¿Esta idea de justicia se basa en las exigencias morales de un sujeto?

–Se basa en una teoría de la historia –contestó Leon.

–Explícalo –dijo Chihani.

–La historia es progresista –prosiguió Leon–. Avanza hasta alcanzar un orden social mejor.

–Nuevamente pregunto: ¿qué es mejor? –dijo Chihani.

–La emancipación de la humanidad –respondió Shannon.

–¿Por qué es mejor? –preguntó Chihani.

–La explotación del hombre por el hombre crea fricción dentro de la sociedad –contestó Harriet–. No todos se esfuerzan por el bienestar de la humanidad. Cualquier grupo marginado es un grupo explotado, un grupo que a la larga se volverá contra los que tienen el poder.

Leon levantó la mano y empezó a leer un pasaje de Marx. «Cuando una gran revolución social haya conquistado los resultados de la época burguesa, el mercado mundial y las modernas fuerzas productivas, y las haya sometido al control común de los pueblos más avanzados, entonces el progreso humano dejará de parecerse a aquel horrendo ídolo pagano que sólo bebía néctar en los cráneos de los inmolados.»

–Me gusta la parte de los cráneos de los inmolados –dijo Oscar. Llevaba un aro de oro en el labio inferior. –Cuando escuchaba, le gustaba pasar la lengua por encima, como si probara algo dulce.

–Lenin afirmó que lo moral es cualquier cosa que ayude a destruir la vieja sociedad explotadora y a unir a los trabajadores en la creación de una nueva sociedad comunista –dijo Harriet.

–¿Eso no abona la idea de que el fin justifica los medios? –preguntó Barry. Estaba orgulloso de haber hablado; casi nunca hablaba.

–¿Y eso qué tiene de malo? –preguntó Oscar.

–Cuando se usa lo malo para lograr el bien ya no es malo –dijo Aaron.

–Es una filosofía discutible –dijo Leon.

–A veces sí –contestó Aaron– y a veces no.

–¿Qué hay de la policía? –preguntó Leon.

–Leon le tiene miedo a la policía –dijo Oscar. Era la clase de hereje que quería pruebas y a quien le interesaba poco la teoría. Era como un mecánico de garaje que no veía motivo para discutir filosóficamente los problemas de un coche. Pero eso no es exacto. Oscar no era alguien a quien le gustara arreglar cosas. Lo que lo entusiasmaban eran las demoliciones. Él quería desmantelar.

Aunque los inviernos en Aurelius eran fríos, nevados y largos, los veranos eran una delicia, soleados y no demasiado calurosos. Aquel verano fue particularmente agradable. Recuerdo una semana de julio en la que todas las noches llovía un rato, pero los días estaban despejados. Parecía que la naturaleza se hubiera arreglado durante un breve periodo. Aunque tengo un gran jardín, yo mismo cortaba el césped. Me gusta que los vecinos me vean trabajando en el patio, como si esto me hiciera uno más de ellos. Sadie a veces me ayudaba y yo le pagaba una pequeña suma para que cuidara de mis flores, con el resultado de que tenía geranios, miramelindos y lilas. También me ayudó a pintar el garaje de blanco con el marco verde. Llevaba pantalones cortos y camiseta. Con gran desilusión mía, se hizo evidente que pronto sería una mujer.

Como he dicho, ISJ siguió reuniéndose en verano, pero sus componentes estaban intranquilos y había tensiones en el grupo. No puedo creer que Chihani alentara esto, sino que seguramente no lo advirtió. Según Barry, era Aaron quien lo provocaba. Él despreciaba las superficies lisas. En julio pasó varios días con Joany Rustoff, llevándola al cine y a nadar. Quizá trataba también de convertirla en soldado suyo, más allá de lo que ello pudiera significar. Esto molestó a Harriet y a Bob Jenks. Luego Aaron dejó de verla, lo que fastidió a Joany. No creo que tuvieran relaciones sexuales, pero al principio pareció que ella le gustaba y después se mostró indiferente. Joany era rubia y bonita y llevaba vaqueros ajustados y blusas sin espalda. Tenía una pequeña nariz respingona, como las actrices de cine de los cincuenta, y se enorgullecía de ella igual que otros se enorgullecen de su inteligencia. Rara vez usaba maquillaje, pero sí se puso los días en que Aaron la rondaba. Cuando se acabó, Joany volvió con Bob.

También había tensión entre Barry y Oscar Herbst. Oscar

despreciaba a Barry. No le gustaba que Barry fuera albino y homosexual, porque Barry admitió ser homosexual en una de las reuniones de autocrítica de Chihani. A Oscar no le gustaba que Aaron tratara a Barry como si fuera su mascota personal. Quizás Oscar quería ocupar su lugar, pero lo que hizo fue tratar de separar a Barry de Aaron.

Jesse y Shannon se comportaban de manera irresponsable, emborrachándose en los bares y molestando con sus gritos. ¿Y cómo se podía explicar la aventura de Harriet con Ryan sino como algo irresponsable? Cuando se los veía en la calle o paseando en el Escort de Ryan ella estaba literalmente colgada de su cuello. En efecto, se evidenció una conducta extravagante en todos ellos a lo largo del verano.

Por ejemplo, Aaron organizó una fiesta a principios de agosto en el cementerio Homeland, en los límites del pueblo. No estoy seguro de que los demás, excepto Oscar Herbst, realmente quisieran ir. Leon Stahl, al que no le gustaba pasear, y menos por un cementerio, dijo varias veces que no era «un ser festivo». Barry no quería ir, pero tampoco quería quedarse en casa. Supongo que Joany y Bob Jenks fueron para dar constancia de que no los había afectado el coqueteo de Aaron con Joany de unas semanas antes. Harriet acudió tras cancelar una cita con Ryan. Al final hasta Leon decidió ir y dijo que si se protegía las rodillas estaría bien. Tal como fueron las cosas, mejor habría hecho quedándose en su casa.

El grupo llevaba un pequeño radiocasete, así como vasos de cartón, un botellón de zumo de naranja y un litro de vodka. Y seis *packs* de latas de cerveza y galletas saladas.

–¿Y globos? –pregunté después a Barry.

–Basta –me contestó.

Barry dijo que imaginaba constantemente que una mano huesuda salía de una tumba para cogerle la pierna o que salía de la tierra y le cogía el dobladillo del pantalón. Por eso trató de quedarse en el centro del grupo y chocó continuamente con los demás hasta que se enfadaron. Quizá todos estuvieran nerviosos. A fin de cuentas, estaban en una propiedad ajena y era medianoche. Sólo había un cuarto de luna, pero Aaron llevaba una linterna, al igual que Shannon y Bob Jenks. Barry no se había acordado de llevar una.

Cerca del centro del cementerio había una losa de granito delante de un obelisco de cinco metros de alto. Era la parcela familiar de Hyram Peabody, un banquero de Aurelius del siglo XIX. La lápida era de cuatro metros por tres y rezaba: «El espíritu de progreso fue su permanente tarea». A cada lado del obelisco había lápidas más pequeñas, las de Hyram Peabody, su esposa, y las de sus hijos e hijas, varios de los cuales murieron siendo niños. Los cedros de aquella parte del cementerio eran bastante viejos y cerca del obelisco había cinco o seis tumbas de mármol muy elegantes, con columnas griegas. Una tumba, perteneciente a Cyrus Tucker, era del tamaño de una pequeña choza.

Cuando hice el bachillerato, a finales de los cincuenta y comienzos de los sesenta, se decía que había parejas que tenían relaciones sexuales sobre la tumba de granito de Hyram Peabody, y varios compañeros de clase dijeron haber visto condones en la hierba o sobre la misma lápida. Pero quién sabe si decían la verdad.

La losa de granito era el destino elegido por Aaron. Bailarían sobre ella. Beberían combinados de vodka con naranja, serían obscenos y hablarían sobre Marx. Mientras avanzaban entre las tumbas, Aaron asustaba a los demás preguntando «¿qué es eso?» o «¿habéis oído eso?». Entonces se apretaban unos contra otros.

Shannon dejó el radiocasete en la base del obelisco. Aaron puso música de los Doors. Oscar preparó las bebidas. Bob y Joany bailaron la canción de *Mahagonny* sobre la luna de Alabama: «Indícame el camino de la whiskería más cercana». Bailaban espasmódicamente, con ironía. Jason dio la espalda a los demás, luego cruzó los brazos, poniéndose las manos sobre los hombros y doblando el cuerpo, de modo que parecía abrazar a una persona aún más flaca que él.

—Dásela —dijo Shannon

—Yujuuu —dijo Jesse.

Barry se quedó lo más cerca de Aaron que pudo sin tocarlo. Tenía miedo de sentarse, se imaginaba que la tierra se abriría y se lo tragaría. No sabía por qué había aceptado ir. Por donde mirara, veía algo potencialmente espantoso.

—¿Cuál es la diferencia entre dialéctica epistemológica, dialéctica ontológica y dialéctica relacional? –preguntó Oscar–. Al que dé la respuesta correcta, Joany le chupa la polla.

–Cállate –respondió Joany indignada.

–Entonces se la chupa Harriet –dijo Oscar.

–Leon podría responder –dijo Barry, considerando que debía defender al único suficientemente inteligente para no participar.

–Por eso no queríamos que viniera –contestó Oscar.

–Tendría que chupársela a Leon –dijo Harriet. Se rió y Aaron se rió con ella.

Barry sintió una ola de terror al pensar que Joany o Harriet podían acercar la boca a su pene. Cogió su vaso. No notaba el sabor del vodka, pero sabía que estaba allí. Las linternas describían figuras de luz sobre el suelo.

–¿La gente muere porque merece morir? –preguntó Jason.

–Se mueren porque están viejos y enfermos –respondió Harriet.

–Se mueren de aburrimiento –añadió Aaron.

La luna brillaba entre las hojas de los cedros. Harriet había puesto seis velas a cada lado del radiocasete. Aunque no parecía haber viento, las velas se movían como si siguieran la música.

Aaron y Bob Jenks empezaron a discutir sobre la pauperización y la diferencia entre la pobreza relativa y absoluta. Los dos habían tomado varios vasos de alcohol. Los dos decían que la pobreza estaba confinada más que nada a los países periféricos del Tercer Mundo.

Oscar Herbst dijo:

–¡Vamos a joder a un pobre!

–Eh –replicó Shannon–, los pobres son nuestra gente. Jodamos a un capitalista.

–Un capitalista muerto –añadió Jesse.

–Apuesto a que podemos apartar algunas lápidas –propuso Oscar. Empujó el obelisco, pero no se movió.

–¡No hagas eso! –exclamó Barry.

–Eh –dijo Oscar–, *Clavelito* no quiere molestar a los capitalistas dormidos.

–¡Au, au, au! –aulló Jesse.

–Cállate –le ordenó Harriet–. Avisarán a la policía.

—Esta lápida está suelta —dijo Shannon.

—Ésa es pequeña —dijo Aaron indignado—. Sin duda perteneció a una persona pobre, a uno de los expoliados.

Oscar empezó a mover una lápida mayor, de Wilhelm Bockman, que había sido dueño de una fábrica de tejidos en Aurelius.

—Vamos —llamó Oscar.

Jesse y Shannon se acercaron. Movieron la lápida atrás y adelante. Barry se tapó los oídos. Estaba seguro de que pasaría algo terrible. La losa medía cerca de dos metros. Bob y Jason se sumaron; Joany también empujaba. La lápida se tambaleó y cayó con un golpe en tierra.

—Le dimos su merecido al hijo de puta —dijo Oscar.

—¿A quién le toca ahora? —preguntó Shannon.

—Tiremos el obelisco —contestó su hermano.

Empezaron a empujar, pero no se movió. Aaron ayudó. El obelisco seguía sin moverse.

—Vamos, *Clavelito* —le ordenó Aaron.

—No.

—Haz lo que te digo.

—No quiero —contestó Barry. Le dio la espalda a los demás, pero entonces se sintió solo, así que se dio la vuelta nuevamente.

—Putos capitalistas —dijo Oscar—. Vamos a derribar más lápidas.

En la siguiente media hora derribaron diez lápidas. Barry se quedó parado junto al obelisco, solo. La voz de Jim Morrison le resultaba algo reconfortante, pero la canción lo asustaba. «Cuando termine la música, apaga la luz.»

De pronto Harriet se le acercó.

—Eres un marica —le dijo. Pero el tono de su voz era amistoso.

—Ya lo sé. Lo siento.

—No se lo digas a la policía. —Su rostro era un círculo pálido en la oscuridad.

—Yo nunca haría eso.

—Como revolucionario das risa, *Clavelito*.

—No quiero ser un revolucionario —contestó.

Al rato los demás volvieron al obelisco Peabody. Oscar se tiró al suelo y pareció dormirse. Shannon y Jesse bebieron cerveza. Aaron preparó varios combinados de vodka y se los dio a Harriet, Jason y Bob.

Barry quiso tomar uno.

—A ti no te toca —le dijo Aaron—; te has portado mal.

Oscar estaba tumbado sobre su estómago.

—Malo, malo, malo —dijo.

«Cancelad mi suscripción para la resurrección», cantaba Jim Morrison.

Aaron miró alrededor, luego a un lado y después a otro.

—Mi madre está enterrada aquí —comentó.

—La señora asesinada —contestó Bob Jenks.

—Creo que está allí —continuó Aaron.

Echó a andar por la izquierda. Harriet lo siguió. Los otros miraban. Oscar se puso de pie y los siguió. Shannon y Jesse también.

A Barry lo dejaron solo. Miró alrededor y después corrió tras Jesse.

—Esperad —los llamó.

La tumba de Janice McNeal estaba en una parte de Homeland recién construida; su lápida alta y rectangular aún parecía nueva. Había flores y Barry se preguntó quién las habría puesto. Aaron, Bob y Shannon iluminaron la lápida con sus linternas.

—¿La tiramos? —preguntó Oscar.

—Ni lo intentes —le contestó Aaron.

—¿Cómo era? —preguntó Harriet.

Al principio, Aaron no contestó. Después dijo:

—Le gustaba que se la follaran.

Nadie dijo nada.

—Le gustaba masturbar a los hombres y que el chorro saltara al aire.

—¿Te lo contó ella? —preguntó Harriet.

—No, otros hombres —contestó Aaron—. Pensaban que yo debía saber cómo era mi madre. Si voy a la taberna Bud siempre aparece algún borracho que dice: «A tu madre le gustaba hacerme pajas».

Pasó un coche por la calle.

—Hijos de puta —dijo Shannon. La luz de su linterna bailó sobre la tumba de Janice.

Aaron parecía que se enfadaba por momentos.

–¿Tiene algo de malo hacerle una paja a alguien? Quizá le gustaba. Le gustaban muchas cosas.
–¿Qué piensas de su muerte? –preguntó Barry. Quería saber si Aaron sospechaba de alguien.
–¿Qué hostias te parece que puede pensar? –exclamó Jason.
–Me parece –dijo Oscar– que *Clavelito* ha hecho muchas travesuras esta noche.
–Vergüenza debería darte, *Clavelito* –añadió Shannon.
–No ha ayudado a tirar las lápidas capitalistas –comentó Jesse.
–Creo que estaríamos honrando la memoria de Janice McNeal si le diéramos los pantalones de *Clavelito* –propuso Oscar.

Shannon se rió.
–Muy bien –dijo.
–Y los calzoncillos –añadió Oscar.

Barry dio un paso atrás, pero inmediatamente lo cogieron y lo tiraron al suelo. Shannon le puso las rodillas sobre los hombros mientras Oscar y Jesse comenzaron a quitarle el cinturón. Los otros se quedaron mirando y luego Bob Jenks se sumó a ellos. Barry se resistió.

–¡No! –exclamó, y Shannon le tapó la boca con la mano. Le quitaron las zapatillas y después comenzaron a tirar de los pantalones. Mientras se retorcía, vio a Aaron y Harriet de pie, mirándolo hacia abajo. En el rostro de Harriet se dibujaba una pequeña sonrisa. El de Aaron era inexpresivo.

Después de quitarle los pantalones y los calzoncillos, Shannon y Jesse lo siguieron agarrando. Oscar se incorporó y apuntó su linterna a los genitales de Barry.

–Ahora entiendo por qué te llaman *Clavelito* –comentó.
–Eh, Barry –le preguntó Shannon–, ¿cuándo te parece que te empezará a crecer?

Continuaron haciendo bromas sobre su pene.
–Quizá necesita vitaminas –sugirió Joany.
–O fertilizante –añadió Bob.

Aaron no dijo nada. Miró a Barry y a continuación desvió la mirada. Barry apretó los ojos; le habría gustado desaparecer.

Oscar colgó los pantalones de Barry sobre la tumba de Janice.

—Querida nuestra que nos has dejado –dijo–, ponemos este tributo en tu tumba para que tengas conocimiento de nuestra devoción sin fin.

Iluminaron la lápida con las linternas. Colgando, las perneras de los pantalones de Barry hacían un V invertida en medio de la cual quedaba el nombre de Janice.

—Vámonos de aquí –dijo Aaron–. Estoy aburrido.

Oscar cogió los pantalones y se fue corriendo hacia la calle. Lo siguieron Jesse y Shannon. Los otros los siguieron. Barry se quedó en el suelo con las manos sobre los ojos. Advirtió que estaba sobre los restos de Janice. No se movió. La oscuridad se hizo más profunda. Cantó un pájaro nocturno. Un momento después ya no oyó nada.

Barry mantuvo sus manos sobre los ojos.

—*Clavelito* –dijo en voz alta–. *Clavelito*.

En el silencio era como si gritara. Ya no oía a los demás, pero percibió el ruido de los neumáticos de un coche. Seguía pensando que se lo tragaría la tierra y terminaría junto a los muertos, pero en aquel momento quería que eso pasara de verdad.

No sucedió nada. Barry se quedó allí casi una hora; después sintió demasiado frío. Llegó hasta la calle. También se habían llevado sus zapatillas. En su reloj eran las tres y media de la mañana. Pisó grava y se lastimó los pies.

—*Clavelito* –dijo en voz alta.

Cuando llegó a la calle se quedó detrás de un árbol. No había coches y los edificios estaban oscuros. Hasta su casa había un kilómetro y medio. La casa de su madre estaba más cerca, pero no podía ir allí. Barry se imaginó cruzando el pueblo sin pantalones. Lo verían. Quería quedarse en el cementerio y no irse jamás. Pensó que los muertos tenían suerte.

A eso de las cuatro y media oyó un coche. Se escondió detrás del árbol. El coche se acercó a la verja y se abrió una puerta.

—¡Barry!

Era Aaron.

Barry salió de detrás del árbol.

Aaron estaba junto a la verja. Tenía los pantalones de Barry. Lo miró, luego le tiró los pantalones.

—Sube –le dijo.

12

Aaron le llevaba diez años a Sadie, seguramente demasiados para considerarlos coetáneos, aunque tengo amigos diez años mayores o menores que yo y los veo como coetáneos. Pero Sadie tenía trece años. Nadie aprobaba su amistad y a Sadie se le advirtió en contra de ella. Se consideraba que el mero hecho de que Aaron se mostrara interesado por Sadie era señal de que había algo malo. Y ésa era otra cuestión: ¿Por qué estaba interesado Aaron en Sadie? ¿Por qué quería estar con ella? Una de las complicaciones de la vida es que nada se hace por un solo motivo. Puede haber muchos, tantos conscientes como inconscientes. Mi silla favorita para leer es la misma en que mi madre solía leerme en voz alta. Sin embargo, cuando volví a esta casa, no me di cuenta de que era la misma silla, aunque probablemente me había sentado en ella varias horas cada noche. Le habían cambiado el tapizado marrón oscuro por uno azul claro con flores amarillas. Ni siquiera era la silla más cómoda del salón; los brazos estaban magullados y el asiento hundido. No obstante, algo hizo que la eligiera como silla de lectura. Psicológicamente, era la silla más cómoda para mí. Es un ejemplo de motivo inconsciente.

A Aaron tal vez le gustaba Sadie porque no estaba corrompida y miraba al mundo con asombro. Sin duda ése era uno de los motivos por los que me gustaba a mí; su visión aún no estaba distorsionada. Además tenía energía y entusiasmo, era amable y bonita. Y tenía sentido del humor, un gusto por lo levemente peculiar que me resultaba encantador, así como las historias que inventaba sobre mi feto de cerdo o la rata pelona del tarro con formol, a la que llamaba *Tooslow* y para la que inventaba aventuras en las que todo salía mal.

Aaron debía de tener otros motivos. Dados sus antecedentes, conocía el lado oscuro de la vida. En Sadie no había ningún lado oscuro, o quizás ella era un lado preoscuro. Incluso el idealismo del ISJ, tan bobo como parecía, se basaba en la esperanza de que se pudiera eliminar el lado oscuro de la experiencia humana cambiando las instituciones humanas, aunque estoy seguro de que esta idea habría sorprendido a algunos de sus miembros. Aquel idealismo, sin embargo, era uno de los motivos por los que Aaron se sumó al grupo, aunque tuviera media docena de razones más para hacerlo. La inocencia de Sadie nos atraía a los dos. Por otra parte, yo nunca habría hecho nada que hubiera puesto en peligro a Sadie, aunque en el caso de Aaron esto no parecía del todo así.

Diez días después del incidente del cementerio, Aaron llevó a Sadie a nadar al embalse de una presa situada a varios kilómetros al este de Aurelius. Era propiedad privada y la oficina del *sheriff* lo vigilaba porque a lo largo de los años se habían ahogado en él tres o cuatro personas. También había máquinas viejas bajo el agua o visibles sobre la superficie: metal retorcido, oxidado o deteriorado, cuya función original era imposible de imaginar. Franklin se habría preocupado de haber sabido que Aaron llevaba a Sadie a un lugar tan peligroso, pero no tuvo noticia de ello hasta más adelante.

Por lo que sé, Sadie le había estado diciendo a Aaron todo el verano que la llevara, por lo que a lo mejor él no tenía toda la culpa. Por otro lado, probablemente fue él quien le habló de la presa y probablemente la presentó como algo atractivo. Cuando yo era pequeño, la gente iba a nadar allí y ya entonces se sabía que era peligroso. Yo nunca fui por temor a que mi madre se enfadara.

Aaron aparcó su Toyota bajo unos árboles como a un kilómetro y medio, y los dos fueron andando por los campos de maíz y pasando por un tramo de bosque hasta el borde de la presa. Llevaban bocadillos de salami que Sadie había preparado y latas de Pepsi-Cola en una nevera portátil. Estábamos a mediados de agosto y hacía calor. Un día azul sin nubes. Se oía cantar a las cigarras. No había llovido desde hacía más de una semana y todo estaba seco. Salieron de Aurelius a eso de las diez y llegaron a la presa una hora más tarde. Sadie quería llevar a su perro, *Shadow*, un cócker negro al que no le gustaba moverse, pero Aaron le había dicho que no lo llevara.

El incidente en el cementerio Homeland había causado mucha conmoción, pero no se acusó a nadie ni se averiguó quiénes habían sido los responsables. Apareció un artículo en el *Independent* y Franklin escribió un editorial afirmando que el carácter del presente se podía juzgar por el respeto hacia el pasado. Habían tirado una docena de lápidas y una estaba rota por la mitad. Se encontraron muchas latas de cerveza. Se creyó que los responsables habían sido estudiantes de bachillerato. Nadie parecía sospechar de ISJ, aunque algunos seguramente sí lo hicieron. Unos meses después, ISJ sería sospechosa de todo, desde robar perros hasta tirar basura en las calles. Un grupo local de *boy scouts* se ofreció voluntariamente para limpiar el cementerio y la policía patrulló más asiduamente.

Cuando Sadie le mencionó a Aaron lo del cementerio, él admitió haberlo hecho.

—¿Arrancaste lápidas? —preguntó Sadie.

—Un par. Eran pesadas.

Habían llegado a la presa y seguían un camino de tierra que había al borde del agua. El embalse tenía unos ciento treinta metros de orilla a orilla y una forma ovalada irregular. Cuatro muchachos saltaban al agua desde la rama de un árbol del otro lado y un perro ladraba.

—¿No tenías miedo de meterte en problemas?

—No lo pensamos. A los muertos no les importa y los vivos no andaban cerca.

—¿Por qué lo hicisteis?

—Supongo que porque estábamos aburridos.

Eligieron un lugar abierto del terreno donde tres troncos hacían un triángulo. Alguien había hecho fuego en el centro, por lo que había quedado una zona chamuscada y oscura. Más allá de los troncos, un peñasco se erguía unos siete metros sobre el agua. En la orilla crecían plantas de zumaque. Aaron y Sadie estaban directamente enfrente de los cuatro muchachos, que se hallaban al final de una senda por donde aparecían de vez en cuando agentes de policía. El perro seguía ladrando. Uno de los muchachos le tiró una piedra, pero no lo alcanzó.

Aaron, que a menudo era reservado con la otra gente, hablaba mucho con Sadie. No estoy seguro de que fuera realmente diferente con ella, pero parecía estar menos en guardia, menos irónico. Él también había crecido en Aurelius y había sido un niño feliz. El cambio sobrevino en su adolescencia. A primera vista, se le podría echar la culpa a Hark Powers, pero éste simplemente representaba el mundo. También se podía atribuir el cambio de Aaron a la llegada de la pubertad y a que tomara conciencia de la vida de su madre. Y, con respecto a eso, también de la de su padre.

Aaron le hablaba a Sadie de lo que leía, los libros de historia, de filosofía y ficción social que le daba Chihani, pero también de sus años de infancia en Aurelius, cuando repartía los periódicos con su perro, y de sus excursiones a la presa cuando era aún más pequeño que Sadie.

Habló de irse de Aurelius.

–No enseguida. Pero he estado pensando que quiero una moto para ir por el sur de México, Chiapas y Yucatán, donde están tratando de hacer esa revolución.

–¿Qué revolución? –preguntó Sadie.

Habían sacado los bocadillos y estaban empezando a comer. Aaron se había quitado la camisa y llevaba un pantalón de baño negro que le llegaba hasta la mitad de sus flacos muslos. Estaba sentado en el suelo, contra una roca. Sadie estaba sentada en un tronco. Llevaba vaqueros con las perneras cortadas sobre un traje de baño verde. Tenía las piernas largas, mucho más que su torso. En las rodillas tenía marcas de cicatrices de años anteriores por haberse caído patinando.

–Las revoluciones buscan una redistribución del poder –dijo Aaron–. Un tipo tiene un palo y lo usa para darle a la gente, hasta que alguien se lo quita. Entonces otro tiene el palo por un tiempo, y *él* golpea a la gente. En el sur de México son los indios contra los terratenientes.

–¿Siempre tiene que haber una revolución?

–No necesariamente. Lo que uno quiere es quitarle el palo al tipo que le está pegando a uno. La revolución es lo último que uno intenta.

–¿Podrías trabajar allí?

–Sí, si hay una línea de teléfono.

–¿Qué haces como analista? ¿La gente te cuenta sus problemas?

Aaron rió.

–Yo sólo analizo datos. Cosas muertas. Ahora estoy analizando la base de datos de un hospital de Nueva York para ayudar a determinar si les conviene expandir su departamento de obstetricia y ginecología. Sadie arrugó la nariz.

–Eso no parece interesante.

–Te sorprendería lo pacífico que es. Cada pequeño elemento de información encuentra su lugar.

–¿Y qué piensas hacer después de la revolución?

–Quien haga planes para después de la revolución es un reaccionario. Al menos eso es lo que dice Marx.

Aaron cogió una lata de Pepsi-Cola del refrigerador portátil, la abrió y se la dio a Sadie.

–Si un tipo tiene un palo, lo usa para pegar a la gente que tiene alrededor, a menos que haya leyes que se lo impidan. Eso lo hacían en la época de las cavernas y lo seguirán haciendo cuando la gente viaje en cohete.

–Entonces son prepotentes –dijo Sadie.

–Todos somos prepotentes en alguna medida. –Aaron se detuvo a pensar si eso era cierto–. Por lo menos eso creo. –Se tocó los pies descalzos. Eran pies grandes con dedos largos. Podía coger guijarros con ellos.

–¿Yo también soy prepotente en alguna medida? –preguntó Sadie, un poco en broma.

–Quizá. Primero tienes que conseguir un palo.

–¿Mordiste a Hark Powers porque era prepotente?

–Le mordí porque yo estaba enfermo.

–¿Y qué hay de Sheila Murphy?

–Estaba enfadado con ella, pero entonces también estaba enfermo.

–¿Estabas enfadado con ella porque no quería... ya sabes?

–Me enfadé porque no contestaba a mis preguntas.

–¿Qué clase de preguntas?

Preguntas, nada más.

–¿Sigues enfermo?

Aaron se rascó la cabeza.

–No estoy seguro.

Sadie iba a decir algo, se contuvo, y luego preguntó:

–¿A qué sabía su oreja?

Aaron tomó un sorbo de Pepsi-Cola y lo retuvo en la boca.

–Tenía un sabor como a cera –dijo–, como un pedazo de salami cerúleo. No lo recomiendo.
–¿Qué quiere decir eso de estar enfermo?
–Significa que uno sabe que no debería hacer algo, pero igualmente lo hace.
–¿Volviste a Aurelius porque estás enfermo?
–No, tenía motivos claros para volver aquí.
–¿Aprender sobre la revolución? ¿Ingresar en ISJ?
–Había decidido volver antes de eso.
–¿Volviste por tu madre?
–En parte. Quiero saber quién la mató.

Sadie bajó la voz.

–¿Tienes idea de quién fue?
–Uno de sus amantes; y es alguien que sabe ocultarse. Quizás un cura, un médico, un policía.
–¿Así que tienes una lista de gente?
–Por supuesto. –Aaron se puso de pie–. Eh, ¿no vamos a nadar?
–¿Y qué hay de Harriet? –preguntó Sadie, que no había agotado sus preguntas.

Aaron tenía el agua a la altura de los tobillos.

–¿Qué hay de ella?
–¿La quieres?
–Es una amiga –respondió–. Es mi soldado.
–¿Tienes más amigas?
–Muchas.
–¿Tienes relaciones sexuales con todas ellas?

Aaron sonrió; después se puso serio.

–Con casi todas. –Se tiró al agua y nadó unos diez metros; luego se volvió y nadó a lo perro llamándola–: ¿Vienes? –Sacudió la cabeza para sacarse el pelo de los ojos.
–¿Hay serpientes?
–¿Crees que te van a molestar?

Sadie también se tiró. Aaron nadaba con la cabeza fuera del agua. Sadie nadaba como le habían enseñado en el equipo de natación. Aaron trató de alcanzarla, pero ella era más rápida. Él se puso de espaldas y retrocedió hasta la orilla. Su piel era muy blanca. Era delgado y se le notaban las costillas. Sadie nadó tras él.

Aaron salió del agua y comenzó a subir por el camino de tierra hasta la cima del peñasco.

–¿Vas a tirarte desde ahí? –exclamó Sadie.

–¿Por qué no?

El peñasco no era completamente vertical, así que Aaron tuvo que correr para tomar impulso y llegar con el salto hasta el agua. Su pelo largo se abrió como un abanico. Recogió las piernas al caer y dio en el agua a unos tres metros de la orilla. Salpicó en todas direcciones. Nadó hasta la orilla. Cuando llegó otra vez a la cima del peñasco, Sadie lo espiaba desde allí.

–Me asusta –dijo ella. La caída parecía de la altura de una casa pequeña y había peligro de no saltar lo suficientemente lejos.

–Sólo si uno lo piensa.

–¿Hay suficiente agua?

–Sí. –Aaron retrocedió unos diez metros y corrió. Al saltar, abrió los brazos y gritó. Dio en el agua y no reapareció hasta pasados unos treinta segundos, cuando asomó la cabeza unos metros más allá de donde se había hundido.

–No lo hagas si no quieres –le gritó. Volvió nadando a la orilla. Sadie miraba desde el borde.

–Es un salto grande –dijo ella.

–Por eso es divertido –contestó Aaron–. Sólo tienes que asegurarte de saltar lo bastante lejos. Se sentó en una piedra para mirarla.

Sadie retrocedió y Aaron esperó. Entonces, de pronto, ella fue corriendo y voló por el aire, blanca y delgada. Chilló y mantuvo el cuerpo erguido y los pies hacia abajo. Cayó al agua a unos tres metros de la orilla.

Cuando salió de la superficie, Aaron vio por su expresión que pasaba algo malo.

–Me he dado un golpe con algo –exclamó ella– Me duele.

Aaron saltó del peñasco y se metió en el agua para ayudarla. Perdió el equilibrio y se hundió. Salió a la superficie escupiendo agua. Sadie nadó hasta la orilla. Él la cogió del brazo y subieron al peñasco. La pierna izquierda de Sadie sangraba.

–Por ahí hay algo que me ha rozado –dijo ella con los dientes apretados.

Aaron se arrodilló para mirarle la pierna, tratando de limpiar la sangre para ver el tamaño de la herida. Seguía sangrando. Cogió agua con sus manos y le lavó la pierna. Era un rasguño profundo que iba desde el muslo hasta la rodilla.
–¿Puedes levantarte?
–Duele.
Aaron cogió su toalla, la empapó y la envolvió en el muslo de Sadie.
–Voy a buscar a un médico. –Empezó a ponerse las zapatillas.
Sosteniéndola a medias, llevó a Sadie por el campo hasta el coche. Pesaba muy poco, por lo que Aaron podía haberla cargado fácilmente.
Sadie no decía nada. Trataba de no llorar. Apretaba los labios. Aaron tampoco decía nada. Si se sentía responsable, no lo dijo.
Aaron pensaba llevarla al servicio de urgencias del hospital, pero cuando llegaron al pueblo el rasguño había dejado de sangrar.
–No necesito ir al hospital –dijo Sadie.
Lo discutieron. Finalmente decidieron ir a la farmacia y curar ellos mismos la herida.
En Aurelius había dos farmacias. Fays Drugs, en la zona comercial, y Malloy's, en Main Street. Donald Malloy había venido a Aurelius desde Buffalo hacía algunos años, después que su hermano, Allen, médico y padre de la amiga de Saide, Sharon. Donald Malloy era un hombre grueso de entre cuarenta y cincuenta años, con el pelo rubio rojizo y la cara colorada. Llevaba un guardapolvo blanco con su nombre en el bolsillo del pecho en letras rojas. Estaba solo en la farmacia. Trabajaba con él una mujer llamada Mildred Porter, pero había salido a comer.
Malloy instó a Aaron a llevar a Sadie al médico.
–Ha dejado de sangrar –señaló Aaron–. Podemos curarla nosotros mismos.
–Déjame ver –dijo Malloy. Tenía una voz aguda. Sadie comentó que tenía el aliento dulce, como si hubiese estado comiendo pastillas de menta.
Sadie se sentó en el mostrador, junto a la vieja caja registra-

dora. Malloy le quitó la toalla de la pierna. El rasguño medía unos treinta centímetros.

–Se ve feo –dijo–. Tienes que ponerte la vacuna antitetánica. –Limpió la herida con alcohol, lo que hizo que Sadie le apretara la mano a Aaron–. Eres una chica valiente. ¿Cómo te llamas?

–Sadie Moore.

Malloy le dijo que conocía a su padre; a continuación se dirigió a Aaron.

–Estoy seguro de que te conozco pero no recuerdo de qué.

–Aaron McNeal.

–Ah, ya –dijo Malloy. Siguió limpiando el muslo de Sadie con un algodón.

–¿Es tan mala mi reputación? –preguntó Aaron, queriendo hacer una broma–. Probablemente también conocía a mis padres.

–Sí –respondió Malloy–. Los recuerdo a ambos.

Parecía a punto de decir algo más, pero cambió de idea. Tenía unas manos rosadas grandes y sus uñas exhibían una manicura perfecta. Cogió ungüento de un tubo y con él cubrió la herida. Luego, con mucha precisión, puso una gasa cuadrada encima del rasguño. Hizo una pausa y después señaló un anillo en el dedo medio de la mano derecha de Sadie, un anillo de plata barato, que tenía grabada una paloma. Se lo había regalado Aaron.

–¿Por qué llevas este anillo? –preguntó Donald.

–Es bonito. Me lo dio un amigo.

–¿Sabes qué significa?

–¿Tiene que significar algo?

–Todos los seres significan algo. Por ejemplo, un león puede significar coraje o la gran bestia del Apocalipsis.

–Supongo que una paloma significa paz y amistad –indicó Sadie–. Incluso amor. Se le enrojecieron un poco las mejillas.

–Ésos son algunos de sus significados –dijo Donald. Empezó a pegar la gasa con esparadrapo.

–¿Qué más quiere decir? –preguntó Aaron. Estaba junto a Sadie, con una mano sobre su hombro.

–Podría significar la víctima divina o incluso la esperanza.

–¿Qué representan los perros? –preguntó Sadie.

–Depende de la raza. La mayoría simplemente representan la fidelidad –dijo Donald. Cuando terminó de pegar el esparadrapo le dio una palmadita a Sadie en la rodilla–. No te olvides de la antitetánica. Te la puede poner mi hermano o su enfermera. Id ahora y llamadlo.

Sadie tocó el vendaje, que estaba bien puesto en su pierna con tiras de esparadrapo verticales y horizontales, como en un juego de tres en raya.

–Qué bien me ha vendado. Usted debería ser médico –le dijo Sadie agradecida.

–Mi hermano llegó primero –dijo Donald; y luego sonrió.

–¿Cuánto le debo? –preguntó Aaron.

Malloy sacudió la cabeza.

–Es mi buena acción del día.

La farmacia estaba llena de exhibidores de postales, revistas y refrigeradores con bebidas y helados. Cerca de la puerta había una gran cesta con pelotas de voleibol y baloncesto. Junto a él, había cajas con juegos de bádminton.

–¿Quieres algo? –le preguntó Aaron a Sadie. Pensó que debían comprar algo por la amabilidad de Malloy.

–Íbamos a comprar una pelota de voleibol –dijo Sadie.

–Buena idea –dijo Aaron. Eligió una y se la tiró a Sadie. Luego la pagó.

–¿Tu padre no se trasladó a Utica? –le preguntó Malloy a Aaron después de devolverle el cambio.

–Da clases en la secundaria allí. –El tono de Aaron sugería que hablaba de alguien a quien apenas conocía.

–Y si no me equivoco tienes una hermana.

Aaron rió.

–Es la novia del padre de Sadie. La cosa se pone incestuosa, ¿no?

Cogió a Sadie por la cintura y la ayudó a salir de la tienda. Malloy los miró mientras se iban.

Aaron llevó a Sadie al médico para la antitetánica y después la acompañó a casa. Aquella noche, cuando Franklin vio la pierna vendada de su hija, preguntó qué había pasado. Al contárselo, Sadie no ocultó nada. Al fin y al cabo, había sido una aventura.

13

Ryan Tavich vivía solo en un chalet de ladrillo en Jackson Street, de donde no se había movido desde que se trasladó a Aurelius a finales de los setenta. En el jardín delantero tenía dos arces, y no había patio trasero. Conocía a uno de sus vecinos, Whitey Sherman, quien decía que a menudo daba la impresión de que no vivía nadie en la casa de Ryan, que parecía vacía. Podría haber sospechado que había algo extraño, pero Franklin había estado en casa de Ryan y decía que allí todo era muy normal. La única peculiaridad era que las dos sillas del salón de Ryan estaban hechas jirones por los arañazos de su gato.

Ryan tenía una colección de discos de jazz y en el sótano había instalado sus pesas. Las paredes estaban desnudas salvo encima de la chimenea, donde había colgado un cuadro de un faisán sobrevolando un campo de maíz. Y había una pequeña estantería de libros, aunque Ryan sacaba la mayoría de la biblioteca municipal; de todos modos, no leía mucho. El estante de arriba estaba ocupado por un equipo estéreo y un juego electrónico de ajedrez. En el rincón se advertía un armario de madera con cerradura en el que Ryan guardaba sus rifles y escopetas de caza. Había tenido varios perros, la mayoría setters, pero había acabado por no tener ninguno porque no quería molestar al gato.

Cuando se iba por la mañana, gritaba:

–Cuida la casa, *Chief*.

Y cuando volvía por la noche preguntaba:

–¿Qué hay de nuevo, *Chief*?

Mientras tanto, *Chief* echaba a perder los muebles.

Ryan Tavich era de Oneonta, pero se fue cuando tenía dieciocho años e ingresó en el Ejército. A pesar de que era plena guerra de Vietnam, lo enviaron a Corea donde, según le contó a Franklin:

—Se me congeló el culo.

Franklin le había hecho una entrevista varios años antes. No fue de las mejores, sea porque Ryan ocultó todo o porque tenía poco que decir acerca de sí mismo. Después del servicio militar, trabajó en Albany como guardia para una compañía de seguros, fue a la academia de policía y entonces trabajó como agente en Cohoes, antes de conseguir el puesto en Aurelius. En los pueblos pequeños la policía cobra poco y los puestos los ocupa gente que no consigue nada mejor o quiere quedarse en el pueblo por alguna razón especial. Ryan no correspondía a ninguna de las dos categorías. Era bueno en lo suyo y podía trabajar en cualquier lugar del país. En cambio, se quedó en Aurelius, por suerte para nosotros, pero a mí me daba pena la manera en que corrían los chismes sobre él, como si hubiera algún secreto en su pasado.

Aparte de Franklin, Ralph Belmont, el encargado de la funeraria, y Charlie Kirby, de la Asociación de Jóvenes Cristianos, tenía pocos amigos, pero les era muy leal. Basta pensar, por ejemplo, en la cantidad de horas que pasaba con Sadie, llevándola a pescar e incluso de caza. Yo suponía que aprovechaba esas ocasiones para hablar bien de Paula McNeal o para convencer a Sadie de que era inofensiva; pero, según Sadie, él nunca habló de Paula.

Aunque Ryan salió con un cierto número de mujeres, nunca lo hizo con ninguna durante mucho tiempo. A veces era él quien cortaba la relación, y a veces lo hacía la mujer, pero, si lo hacía ella, era porque sabía que la relación no tenía futuro, que Ryan no se acomodaría a la vida de pareja. La excepción fue Janice McNeal. En opinión de Franklin, lo que hacía diferente a Janice era su sexualidad. Era la clase de mujer que controlaba completamente al hombre con el que estaba, y quizás eso le gustara a Ryan.

Franklin contó que Ryan seguía hablando de ella y de su sexualidad.

—Ella me decía que el semen de cada hombre tenía un sabor diferente —le explicó a Franklin—. A veces era dulce, otras era insípido, y otras el sabor era amargo. Le pregunté por el mío y me dijo que era entre dulce e insípido.

¿Y quién creía Ryan que la había matado?

—Estoy seguro de que fue alguien del pueblo. Alguien que llegó a su casa a pie y se fue andando.

¿Pudo ser una mujer?

—Una mujer no la habría estrangulado.

A veces Ryan me parecía duro de mollera, que no tenía imaginación, que no se había casado ni encontrado compañía porque era feliz con su propia compañía. Pero yo también estaba celoso de su relación con Sadie y no debo criticarlo injustamente. A veces no parecía más que un tronco oscuro, pero quizá eso se debía a que no era muy alto y porque sus ejercicios con pesas lo habían hecho tan cuadrado. Debo decir que era alguien con quien yo hablaba poco.

Pero daba la impresión de haber sufrido pérdidas, de tener secretos, y era fácil imaginarse que algo le había pasado en la niñez o incluso cuando hacía el servicio militar en Corea. Franklin dijo que los padres de Ryan habían muerto, pero tenía una hermana en Corning. Creo que estaba casada con un hombre que trabajaba para una empresa de la industria del vidrio. Lo más probable es que Ryan fuera como una planta que no llega a desarrollarse. Le falta el toque final que hace que una persona se vincule con la vida, se haga parte del flujo de la vida. Y quizá yo no estuviera muy cómodo con él porque se podía decir lo mismo de mí.

Yo deseaba a menudo que la gente tuviera pequeñas pantallas en el pecho, pequeños monitores de televisión que se pudieran encender para ver a través de ellos su vida interior. No me refiero a la sangre fluyendo y los pulmones bombeando, sino a aquello en lo que piensan, que les preocupa o que aman. Porque, si no, todo es conjetura y observación de sus actos para llegar a descubrir unas cuantas posibilidades que tratamos de llevar al reino de las probabilidades.

Durante cinco semanas de julio y agosto, Ryan salió con Harriet Malcomb y la vio con frecuencia. Yo suponía que lo que los unía era puramente sexual, porque ¿de qué podían hablar? Pero luego descubrí que no era enteramente así. Entonces Ryan la dejó, sobre todo porque ella había tenido que ver con los actos vandálicos en el cementerio Homeland. No la denunció, aunque entendía que ello lo hacía cómplice de los hechos. Parece que no se sentía seguro de Harriet también por otros motivos. Como le dijo a Franklin:

–Hace demasiadas preguntas sobre Janice.

Tres semanas después de que Ryan dejó de ver a Harriet, encontraron la bomba falsa en el Colegio Central Albert Knox. Desde un principio, Ryan hizo su propia investigación como agente de la policía de Aurelius. Digo esto porque la policía del estado también estaba investigando. Sin embargo, desde la muerte de Janice, Ryan no tenía buena relación con la policía del estado. Aunque trabajó con ellos en cien cosas más, no podía olvidar cómo lo habían apartado del caso McNeal. Sabía que desde un punto de vista profesional, la conducta de la policía del estado había sido acertada, pero en lo personal le resultaba imperdonable. Pero ésa era otra característica de Ryan: tenía muy buena memoria. No se puso furioso con la policía del estado, simplemente recordaba lo que le habían hecho, con el resultado de que si había un caso que les interesara podía llegar a no decirles todo lo que sabía.

La mañana de un viernes, diez días después de que encontraran la bomba en el Albert Knox, Ryan salió de su oficina a eso de las nueve sin decir adónde iba. No era nada raro, pero Patty McClosky, la secretaria del jefe Schmidt, dijo que vio cómo verificaba su pistola y ponía un par de esposas en su bolsillo. En privado, Patty lo llamaba «el Viejo Callado».

Ryan cogió un coche de policía sin identificación, un Ford Taurus gris, y fue hasta la Universidad de Aurelius, que había estado funcionando desde finales de agosto. Era uno de aquellos días frescos de verano que hacen que uno se dé cuenta de que el verano se va y llega algo distinto. Los chicos estaban en el colegio y las calles estaban tranquilas.

Ryan aparcó en Juniper Street, cerca de la esquina con Spruce, a pocas manzanas del campus de Aurelius. Cerró el coche, miró un papel que cogió del bolsillo, y a continuación recorrió media manzana, hasta el 335 de Juniper, donde había una casa victoriana blanca que se había dividido en seis pisos que se alquilaban a estudiantes. La casa necesitaba una mano de pintura, el suelo de la galería se hundía, y el jardín delantero era una mezcla de selva y páramo con marcas de neumáticos de automóvil. En la galería había dos latas vacías de cerveza Budweiser.

Ryan Tavich entró en la casa. Oscar Herbst tenía alquilado un apartamento de la segunda planta. Ryan miró el número de la puerta, comprobó que era el del papel y llamó.

Al cabo de un instante, Ryan oyó una voz ahogada.

—¿Quién es?

—Policía —dijo Ryan.

Esperó. Volvió a llamar, más fuerte. Hizo una pausa y escuchó desde la puerta. Rápidamente dio un paso atrás y dio un puntapié a la cerradura. La puerta se abrió. Ryan entró corriendo. Empezó a sacar la pistola; pero ya no tuvo que tomarse la molestia.

Oscar, en camiseta y vaqueros, pero descalzo, estaba saliendo por la ventana. Ryan lo asió del cinturón y lo arrastró al interior de la estancia. Oscar cayó al suelo. Le lanzó una mirada Ryan, después se puso de pie y corrió hacia la puerta. Ryan lo agarró otra vez, ahora con algo más de brusquedad.

—Basta —dijo Ryan.

Oscar intentó otra vez correr hacia la puerta.

Ryan lo sujetó, le dio una bofetada y le puso las esposas. Oscar medía unos diez centímetros menos que Ryan.

—Vamos a la comisaría —dijo Ryan—. ¿Quieres tus zapatos?

Oscar lamió el aro de su labio.

—Vete a la mierda —contestó.

De todas formas, Ryan cogió los zapatos.

En la calle, Oscar trató de correr nuevamente, pero Ryan lo agarró de la nuca.

—¿Quieres que te lleve en brazos? —soltó Ryan.

Puso a Oscar en el asiento trasero del Taurus y a continuación se dirigió al cuartel de la policía.

—¿Sigues tirándote a Harriet? —preguntó Oscar, a su espalda.

Ryan no se molestó en contestar.

—Deberías tenerme miedo —dijo Oscar.

En el cuartel, Ryan llevó a Oscar a su despacho y cerró la puerta.

Patty McClosky vio todo esto. Unos minutos más tarde, cuando Phil Schmidt salió de su despacho para ir a jugar a pelota en la Asociación de Jóvenes Cristianos, Patty le dijo:

—Ryan tiene a un estudiante universitario en su oficina. Lo tiene esposado.

Schmidt se apoyó en un pie y luego en el otro. No le gustaba llegar tarde a los partidos de pelota. En aquel momento Ryan salió de su oficina con Oscar.

—Este chico ha confesado haber puesto las bombas —dijo.

Ryan registró a Oscar en el libro de entradas y lo metió en una celda. Le dejó a Phil Schmidt la tarea de llamar a la policía del estado.

Aunque Oscar confesó, también sostuvo que lo había hecho solo. Un hombre que paseaba su perro por la mañana temprano lo había visto cerca del Albert Knox, y otro testigo afirmó haber visto a Oscar junto a la escuela primaria Pickering la semana anterior.

—No eran bombas reales —dijo Oscar—. Era una broma.

Aquel mismo viernes y durante el fin de semana, Ryan habló con los otros miembros de Investigaciones sobre la Justicia, incluyendo a Houari Chihani. Todos afirmaron no saber nada de lo que había hecho Oscar.

El problema era Aaron. Ryan estaba seguro de que sabía más de lo que decía, pero Ryan tenía una relación complicada con Aaron. A fin de cuentas, seguía enamorado de su madre muerta.

—No sé nada de las bombas —dijo Aaron—. Oscar debe de haberlo hecho él solo.

—¿Nunca dijo nada sobre eso? —preguntó Ryan.

—A mí no. —Le hablaba a Ryan con frialdad, como si le cayera mal.

Aaron tuvo a Ryan de pie todo el rato en el pasillo, fuera de su apartamento. Ryan se preguntó si Harriet estaría con él e imaginó su cuerpo desnudo en la cama de Aaron. Ella también le había dicho a Ryan que no sabía nada de las bombas.

Franklin entrevistó a Oscar en la celda. Debido a que fue detenido un viernes y el periódico no salió hasta el jueves siguiente, todos estaban enterados de la detención por los periódicos de Utica y Syracuse mucho antes de que se imprimiera el *Independent*.

Oscar le dijo a Franklin:

—Tienen suerte de que no fueran bombas de verdad. —Después dijo–: ¿Por qué no escribe un artículo sobre un policía que se va a la cama con una estudiante a la que dobla la edad? –Y añadió que Ryan era un «lacayo capitalista».

–¿Qué es un lacayo? –me preguntó Sadie cuando salió el periódico.

–Un empleado doméstico secundario –le contesté.

–¿Como un criado?

–En términos técnicos, creo que es un empleado a las órdenes del mayordomo de una mansión.

Oscar pasó el fin de semana en la cárcel. El lunes su padre llegó de Troy para sacarlo bajo fianza. Después de hablar con el juez, el señor Herbst sacó a su hijo de la Universidad de Aurelius y se lo llevó a casa. Habría audiencias previas al juicio y otras visitas a Aurelius antes del juicio, pero, fuera de eso, Oscar se quedaría en Troy.

La noticia de que Oscar había puesto las bombas era sorprendente y, al tratar de explicárselo, la gente oyó hablar mucho de Investigaciones sobre la Justicia. En la universidad y el ayuntamiento se planteó la posibilidad de prohibir el grupo.

También hubo un intento de echar a Houari Chihani de su puesto en Aurelius, pero Chihani estaba acostumbrado a esa clase de cosas y tenía un abogado. Estaba en el segundo semestre de un contrato de tres años y, a menos que se pudiera probar que había hecho algo ilegal, pensaba quedarse hasta el último minuto. Desde luego, no tenía expectativas de que le prorrogaran el contrato, pero a esas alturas la cuestión era irrelevante.

Ryan habló con Chihani en su casa. ¿Quizás había alentado a Oscar y a los demás?

–¿Por qué haría tal cosa? –dijo Chihani–. Soy un filósofo. No un revolucionario.

–¿No predica la revolución?

–Le enseño a la gente a ver las cosas con claridad. Yo predico una visión clara.

–¿No siente ninguna responsabilidad?

–No, ninguna.

–¿Qué habría pasado si hubiese sido una bomba real?

–Pero no lo fue.

–Oscar Herbst fue alumno suyo.

—Es de naturaleza nerviosa. Ésa es una cuestión genética más que de educación. Haría bien en hablar con sus padres.

—¿Sabe lo que es conspiración? —preguntó Ryan.

—Es algo que hay que demostrar en un tribunal de justicia —contestó Chihani.

Franklin también habló con Chihani.

—La educación —dijo Chihani— da a los jóvenes información acerca del mundo. Si esa gente joven reacciona ante esa información, no podemos culpar a sus maestros, como no podemos culpar a los periódicos de las noticias que publican. Soy simplemente el medio para un tipo particular de información.

—¿No se siente responsable de Investigaciones sobre la Justicia? —preguntó Franklin.

—Es un grupo de estudio, nada más. Leen libros y se reúnen para discutirlos.

—¿No cree que uno de estos libros fue lo que llevó a Oscar Herbst a hacer lo que hizo?

—Volvemos la naturaleza de la información. Es posible que Oscar fuera llevado a la acción por algo que leyó. Es entusiasta. Al conocer la naturaleza del mundo se indigna. Eso no es ninguna sorpresa, ¿verdad? No obstante, lo que me preocupa, señor Moore, es que usted piensa en la posibilidad de castigar al libro y al profesor.

—Le aseguro que no tengo tal intención.

—Entonces no entiendo adónde quiere llegar con sus preguntas.

A alguna gente le parecía improbable que Ryan Tavich hubiese podido deducir la responsabilidad de Oscar sin que hubiera un confidente en ISJ. Sobre eso se oyeron muchas conjeturas. Harriet juró que ella no le había dicho nada. Después de todo, habían dejado de verse semanas antes de que se encontraran las bombas.

En la mañana del domingo siguiente a la detención de Oscar, Barry iba camino del apartamento de Aaron. El día estaba templado y algunos arces habían empezado a amarillear, con ramas de hojas de color anaranjado en árboles predominantemente verdes. Cuando Barry iba por la acera de delante del edificio de Aaron oyó que un coche se arrimaba al bordillo. Al volverse, vio a Jesse y Shannon bajando de su Chevy. Reconoció sus coletas rubias antes de ver sus caras. Como Aaron había dicho que no iría nadie más, Barry se sintió desilusionado. Entonces advirtió que Jesse y Shannon estaban enfadados. Barry se apresuró hacia la puerta del edificio de Aaron.

Jesse lo tiró al suelo antes de que Barry recorriera la mitad de la distancia. Cuando trató de ponerse de pie, Jesse le dio una bofetada que hizo volar sus gafas.

—Tú le delataste —lo acusó Jesse.
—¿Delaté a quién? —preguntó Barry.
—A Oscar —contestó Jesse.
—No, juro que no.

Barry se quedó sentado en el suelo, frotándose la cara con una mano y apretando las gafas con la otra. Se había roto el puente y sujetaba los dos pedazos en la palma de la mano. No dejaba de parpadear. Sin sus gafas todo parecía brillante y distorsionado.

—Mientes —dijo Shannon.

Barry oyó que se abría la puerta del edificio de apartamentos y a continuación la voz de Aaron:

—No lo molestéis.
—Él delató a Oscar a la policía —dijo Shannon.
—*Clavelito* no le dijo nada a nadie —replicó Aaron.
—Apuesto a que puedo hacer que confiese —respondió Shannon.

Aaron puso una mano en el brazo de Shannon:
—¿Has oído lo que he dicho?

Barry no podía ver muy bien y los ojos le dolían por el sol. Apenas podía distinguir las perillas rubias que llevaban Shannon y Jesse. Los hermanos se miraron; Jesse se encogió de hombros.

—Vamos —dijo Shannon. Volvieron a su coche.

Destacando de sus flacas espaldas, sus omóplatos parecían alas incipientes bajo las camisetas.

Barry se puso de pie. Se frotó la cara donde lo habían golpeado.

—Yo no lo delaté, de verdad.
—No lloriquees —contestó Aaron. Cogió a Barry del brazo y empezó a conducirlo a la puerta—. Ya sé que tú no lo delataste.

14

La detención de Oscar dio la sensación de cosa terminada: se había hecho una locura y un loco había resultado responsable. Se habló mucho de que Oscar llevaba un aro dorado en el labio. Lo que no habría tenido sentido es que él o los culpables hubieran sido adolescentes normales que todos conocieran desde hace años, aunque se temió eso. Lo único que se lamentaba es no poder relacionar al resto de ISJ con las bombas. Sin duda, los diez miembros estaban involucrados y Chihani los había alentado. Por lo menos eso se dijo. Como se sabía que Franklin salía con Paula McNeal, se suponía que Franklin protegía a su hermanastro. Y todos conocían la relación de Ryan Tavich con la madre de Aaron. Se habló mucho de una conspiración de silencio entre estos hombres, y el que más habló de conspiración fue Hark Powers. En la taberna de Bud hablaba de que Chihani y Aaron eran sin duda los responsables de las bombas falsas. Evidentemente, como Aaron le había arrancado la oreja a Hark, éste tenía poca credibilidad. Pero, por lo que hablaba la gente, parecía improbable que Oscar hubiese actuado solo.

Los rumores sobre la complicidad de Franklin y Ryan se hicieron tan comunes que una mañana Phil Schmidt llamó a Ryan a su despacho. Schmidt era el jefe de policía desde hacía veinticinco años y consideraba Aurelius como su propiedad privada. Era un hombre grande, con una gran barriga, y le gustaba apoyar sus manos sobre ella cuando hablaba. Lucía traje en vez de uniforme, pero eran trajes que parecían uniformes: azules y brillantes. Su esposa, Gladys, trabajaba en correos, y entre los dos parecían saber todo lo que fuera digno de saberse en Aurelius.

–No quiero ofenderte, Ryan –dijo Schmidt–, pero necesito hacerte una pregunta.

Ryan sabía de qué se trataba.

–No estoy tratando de proteger a Aaron McNeal –contestó.

–¿Crees que tuvo que ver con esas bombas?

–Aaron lo niega y Oscar dice que lo hizo solo.

–¿Les crees?

–No hago las cosas según lo que creo, sino según las pruebas. –Ryan controló su creciente irritación y tomó aire–. No sé más de lo que he puesto en mi informe. Y Franklin tampoco sabe más que yo, dicho sea de paso.

–¿Eres amigo de Aaron?

–¿Me tomas el pelo? Parece que me aborrece.

Si Phil Schmidt se dio por satisfecho, otros no. El rector de la universidad, Harvey Shavers, interrogó a Chihani. Su secretaria contó que oyó la voz resonante de Shavers y la voz seca de Chihani mientras discutían durante una hora. Por fin, Shavers se dio por vencido, al parecer sin haber averiguado nada nuevo.

El Comité de Buena Conducta de la universidad interrogó a los miembros de ISJ que eran alumnos. Como no los habían descubierto haciendo nada malo, no los podían castigar, pero Barry dijo que se les recordó la gran tradición de la universidad.

–Donde ustedes vayan –les dijo el decano Phipps–, la gente no ve a Jason Irving, a Harriet Malcomb o a Bob Jenks. Ve a la Universidad de Aurelius.

Shannon Levin imitó gruñidos de cerdo audibles a medias, tapándose la boca con la mano, aunque Barry dijo que Shannon estaba asustado. Si se hubiera sabido que fueron ellos los que habían protagonizado los actos vandálicos en el cementerio, los habrían expulsado. Todas las semanas el *Independent* publicaba cartas indignadas sobre el acto vandálico, y cada semana el jefe Schmidt decía que continuaba la investigación.

El temor a la conspiración puede ser insidioso. El hecho de que ISJ proclamara su inocencia no tenía valor. La gente creía que tramaban algo. La creencia misma se convirtió en una especie de prueba. Poca gente creía que lo de las bombas hubiera terminado allí y la mayoría esperaba nuevas transgresiones. En realidad, las deseaban.

Entonces sucedió algo que casi borró a Oscar Herbst y sus bombas falsas del recuerdo de la gente. Sin embargo, no los borró por completo, y eso fue parte del problema.

Megan Kelly vivía en una pequeña casa blanca en un extremo de Aurelius, la última casa de Jefferson Street antes del cruce con Adams, que en aquel tramo tiene la tienda de neumáticos Hapwood y varios depósitos. La primera casa de Adams Street saliendo del pueblo es una granja, la de los Bell, a medio kilómetro del pueblo. Megan Kelly tenía unos sesenta y cinco años. Su marido, Winfred, había trabajado como ayudante del gerente en la Ferretería Trustworty pero había muerto de un ataque cardíaco cinco años antes. Tenía cuatro hijas y todas se habían ido del pueblo. Para complementar la exigua suma que recibía por su jubilación, la señora Kelly limpiaba casas.

La señora Kelly había trabajado para mí varios meses. Venía a limpiar todos los jueves. Pero me resultó un poco entrometida y no la hice venir más. Tenía demasiada curiosidad sobre mis hábitos y estaba excesivamente dispuesta a darme consejos acerca del modo en que debía vivir mi vida. Traté de aceptar el hecho de que la señora Kelly probablemente se sintiera sola y por tanto se interesara mucho por la gente para la que trabajaba. Nunca pensé que hubiera nada malicioso en su interés o que fuera una chismosa, pero tenerla metida en mi vida era algo que yo no necesitaba. Esto se debía, en parte, a mi propia sensibilidad.

El lunes 18 de septiembre por la tarde, la señora Kelly estaba limpiando su salón.

–Estaba arreglando los almohadones –fue lo que explicó más tarde.

Eran un poco más de las tres, y a las cinco y media tenía que estar en casa de Franklin Moore, que quedaba más o menos de cinco minutos en coche. Por la ventana de su salón. La señora Kelly vio que Sharon Malloy iba en su bicicleta por Adams Street, saliendo del pueblo. Supuso que Sharon iba a casa de los Bell, cuya hija, Joyce, era de la edad de Sharon. Ésta llevaba vaqueros y un jersey de cuello redondo. Llevaba a la espalda una mochila de lona roja. Montaba una bicicleta de montaña roja y azul. Las clases habían terminado quince minutos antes.

Sharon Malloy tenía catorce años y estaba en noveno curso. Su familia se había trasladado a Aurelius desde Rochester a mediados de los ochenta. La señora Kelly había ido a ver al doctor Malloy por problemas de reumatismo. Aunque le gustaba, prefería médicos que fueran de Aurelius. El doctor Malloy era un extraño y la señora Kelly se sentía incómoda cuando la tocaba. Aunque siempre fue educado.

La señora Kelly advirtió que pasaba Sharon Malloy, eso fue todo. Pasaron varios coches, pero el único que reconoció fue el Citroën rojo de Houari Chihani. La señora Kelly conocía aquel coche (todos lo conocían) y pensó en lo que había leído en el *Independent* acerca de un amigo del señor Chihani, o tal vez era un alumno, que había sido detenido por poner aquellas bombas en la escuela primaria y en nuestro colegio central. Para la señora Kelly aquello era una prueba de la corrupción que avanzaba en las ciudades, de la decadencia y la degradación de las costumbres, que era una frase que le gustaba.

Un minuto después, la señora Kelly fue a la cocina a prepararse una taza de té. La ventana de la cocina daba atrás y desde allí también se veía Adams Street, pero hacia el sur y no hacia el norte. A lo lejos veía el silo que se alzaba por encima de la granja de Frank Bell. Esperaba ver a Sharon Malloy en su bicicleta, pero la chica no estaba allí. La señora Kelly observó el reloj y después de nuevo miró por la ventana. Abrió la puerta de la cocina y salió fuera bajando el escalón de atrás.

La señora Kelly no era una persona desconfiada, pero desde que descubrió el cadáver de Janice McNeal casi dos años antes, ante cada suceso esperaba lo peor. Si no hubiese encontrado el cadáver de Janice, probablemente no habría vuelto a pensar que no veía a Sharon. Pero en la mente de la señora Kelly el mundo se había vuelto un lugar más malvado y más peligroso desde que encontró el cadáver de Janice. La señora Kelly pensó que un momento antes había visto a Sharon y en aquel momento no la veía. Pero ¿no tendría que estar Sharon allí? La señora Kelly volvió a mirar su reloj y, acto seguido, se puso de puntillas para ver mejor. Estaba segura de que sólo habían pasado unos minutos. No entendía cómo podría haber llegado Sharon a la casa de los Bell.

La señora Kelly volvió a la cocina y, mientras esperaba que hirviera el agua, pensó en Sharon Malloy. Si la chica ya había llegado a la casa de los Bell, eso significaba que ella había perdido la noción del tiempo, cosa que la preocupaba. Tenía una prima en Munnsville que había perdido la memoria, y en los últimos años de su vida su propia madre se había vuelto olvidadiza. La señora Kelly se enorgullecía de que su mente se mantuviera aguda y aquel aparente descuido la preocupaba. Pero también pensó en Janice McNeal, no de una manera siniestra sino como un ejemplo de algo inesperado. Y quizá la señora Kelly estaba un poco aburrida y la perspectiva de un enigma la entretenía.

Cuando el hervidor empezó a silbar y la señora Kelly vertió el agua sobre la bolsa de té en su taza, se dirigió al teléfono a llamar a los Bell. Silvia Bell a menudo la llevaba a misa en su coche, y la señora Kelly había cuidado algunas veces de Joyce cuando era más pequeña. En el alféizar de la ventana que había sobre el fregadero de la cocina se alineaban media docena de tomates que le había llevado Silvia el día anterior.

Joyce contestó al teléfono.

–¿Ha llegado Sharon? –preguntó la señora Kelly sintiéndose como una tonta.

–Todavía no –dijo Joyce–, pero la espero en cualquier momento. ¿Quiere que le diga que la llame?

La señora Kelly sintió un escalofrío.

–Te lo agradecería –contestó. Y luego cortó.

La señora Kelly cogió la chaqueta y salió por la puerta de atrás. Fue hasta la esquina y dobló hacia el sur por Adams. Hacía viento y la tarde se había vuelto fría. Volaban hojas que cruzaban la calle. Desde el lago Ontario se acercaban nubes cargadas; más tarde llovería. La señora Kelly trató de no tener temores extravagantes. Pensó en el paro cardíaco de su marido y en que lo había encontrado en el patio trasero todavía con una pala en la mano. Y recordó a Janice McNeal tirada en su salón, estrangulada, y en el aspecto de su cara.

Después de recorrer treinta metros, la señora Kelly distinguió algo en la hierba crecida al lado del camino: algo de color, inesperado. Al acercarse, vio que era la bicicleta de Sharon. La tocó con el pie. Se le había salido la cadena. La señora Kelly miró hacia la casa de los Bell, pero no había ni rastro de Sharon. Pasaron varios coches. La señora Kelly cogió la bicicleta y la movió unos metros; las ruedas giraban sin problemas. Pensó en llevarla a su casa, pero la dejó en el suelo. Se volvió y anduvo rígidamente hasta su casa, moviéndose lo más rápido que pudo.

El hecho de que la cadena se hubiese salido o roto era una explicación de que no hubiera visto a Sharon al mirar por la ventana de la cocina, pero ¿por qué Sharon no había llevado la bicicleta hasta la casa de los Bell, que estaba cerca? Quizás un amigo se detuvo para llevarla en su coche.

Al llegar a su casa, la señora Kelly llamó de nuevo a la de los Bell.

–¿Ha llegado ya Sharon? –preguntó.

–No –contestó Joyce–. ¿Pasa algo malo?

La señora Kelly lo pensó.

–No lo sé –respondió, y luego colgó. Pensó en lo que podría pasar de malo. En el teléfono tenía una etiqueta con los números de los bomberos, la brigada de rescate y la policía. La señora Kelly cogió el teléfono y llamó a la policía.

Ryan Tavich no estaba en la comisaría de policía cuando llamó Megan Kelly. Estaba en la concesionaria Ford de Jack Morris, arreglando los frenos de su Escort. El coche estaba en un elevador, y Hark Powers le había quitado la rueda izquierda. Hark Powers usaba sus herramientas con torpeza, golpeando la rueda con el taladro neumático y apretando con fuerza el gatillo de modo que el ruido era ensordecedor. Cuando cesó el zumbido, Ryan advirtió que su buscapersonas estaba sonando. Eran las tres y media. Fue al despacho del taller a llamar a la comisaría.

–Hemos recibido una llamada de Megan Kelly –dijo Chuck Hawley–. Cree que le ha pasado algo a Sharon Malloy, la hija del médico. –Explicó lo de la bicicleta y que la ventana del salón de Megan Kelly miraba al norte y la de la cocina al sur, pero Ryan no entendió nada. Por la ventana de la oficina, vio que bajaban el Escort al suelo.

–Iré a echar un vistazo –dijo.

Una hora más tarde, después de cerciorarse de que Sharon no estaba en casa de los Bell, de que no había vuelto a casa y de que no estaba con media docena de amigos a los que llamó, Ryan Tavich avisó a la policía del estado. Seguía pensando que Sharon aparecería, pero quería ayuda. No era más que precaución. Cuando el operador de Potterville transmitió por radio el aviso a los agentes estatales, éste fue recibido por aparatos privados en todo el condado, incluyendo el de la redacción del *Independent* en Aurelius. Franklin Moore no estaba en su despacho. Aquella noche tenía que cubrir la información sobre una reunión del ayuntamiento y se había tomado la tarde libre. Frieda Kraus, la recepcionista, responsable de la oficina y correctora, llamó a Franklin a casa.

Debido al disgusto de Sadie por la relación de su padre con Paula, Franklin y Paula a menudo se encontraban en la casa de Franklin cuando Sadie estaba en el colegio. Aquel lunes por la tarde en particular se suponía que Sadie no llegaría hasta las cinco y media. Había dicho que iría a visitar a una amiga. Paula había ido a las dos y media.

Franklin y Paula estaban en la cama.

Poco después de las cuatro y media sonó el teléfono. Franklin trató de pasarlo por alto. El teléfono estaba en una mesita, junto a la almohada.

Paula se separó y se sentó.

–Es mejor que contestes.

Antes de contestar, Franklin ya sabía que era Frieda Kraus. Era la única que dejaría sonar el teléfono veinte veces. Y probablemente sabía que estaba en la cama con Paula. Seguramente bromeó consigo misma sobre eso.

La voz de Frieda era seria.

–La policía cree que le ha pasado algo a Sharon Malloy. Creí que lo querrías saber.

En aquel momento se abrió la puerta del dormitorio y Sadie se quedó parada allí. Tenía una pelota de voleibol en la mano y llevaba vaqueros y una camiseta Hamilton varias tallas más grande. Se quedó con la mirada fija en su padre y Paula.

«Tenía los ojos como pelotas», me contó Franklin. Paula se tapó los pechos desnudos con la sábana.

–Enseguida me ocupo de eso –le dijo Franklin a Frieda. Luego cortó.

Franklin miró a su hija, que tenía la vista fija en la ropa desparramada por el suelo.

–Creí que no vendrías hasta las cinco y media –dijo Franklin tratando de controlar la voz.

Sadie estaba pálida. Llevaba el pelo largo recogido en una trenza a la espalda.

–Aaron debía encontrarse conmigo después de clase –dijo–, pero no ha aparecido.

Entonces su rostro adquirió una expresión de enfado. Con las dos manos alzó la pelota de voleibol y se la tiró a su padre. La pelota dio en la pared y rebotó.

SEGUNDA PARTE

15

Conocemos sólo la parte superficial de las mentes de los demás y por ello conocemos sólo la parte superficial de su conducta. Vemos la parte amable, la parte pública, y sólo podemos hacer conjeturas acerca de lo que existe debajo. Pero, generalmente, si la parte superficial es convencional y educada, suponemos que el resto también lo es. Pero ¿qué quiere decir eso? ¿Cómo podemos suponer que la vida secreta de una persona es convencional y educada por igual? Si la vida pública de una persona es inofensiva como resultado del temor, entonces sería admisible que la vida privada de dicha persona fuera cualquier cosa.

No hace mucho un alumno me enseñó un artículo de la revista *Rolling Stone* y advertí por casualidad los anuncios por palabras de la parte de atrás, donde había dos páginas de teléfonos con el prefijo 900. Estos números estaban listados bajo el encabezamiento de «Entretenimientos telefónicos» y ofrecían todas las combinaciones sexuales que uno pudiera imaginar. No me impresionó tanto que la revista publicara tales números sino que hubiera más de doscientos disponibles. «¡Come botas! ¡Sólo para hombres!», decía uno, «Experimenta la pasión del cuero», «Amas de casa bisexuales», ofrecía otro. «Dulces Chicas de Fraternidad Universitaria», prometía un tercero. Eso indicaba que mucha gente sentía placer al llamar a estos números del prefijo 900. Yo nunca he llamado a ninguno, me daría vergüenza. No obstante, ninguno de mis conocidos ha confesado que lo hace, aunque me imagino que algunos habrán llamado.

Supongo que mucha gente que llama a estos números esconde a sus vecinos sus inclinaciones. Es un ejemplo de conducta oculta a la que hacía referencia. No lo llamaría inmoral, pero sugiere una variedad de deseos incumplidos dentro de la sociedad. Mirando otras revistas además de *Rolling Stone*, se encuentran otros muchos números. ¿Cuántas personas llaman? ¿Miles? ¿Más de un millón?

Tendemos a pensar que las pasiones no satisfechas llevan al abismo y tenemos miedo de que, si cedemos a ellas, exijan satisfacciones cada vez más atroces. No estoy seguro de que eso sea verdad. Pero incluso yo, que llevo una vida recluida, siento que, si me expusiera a la tentación, me conduciría a una larga caída en la perdición.

Entre mi casa y la de Franklin está la blanca casa victoriana que pertenece a Pete Daniels y su esposa, Molly. A veces hablamos, pero no somos amigos. Tampoco nos tratamos con hostilidad. Yo vigilo su casa cuando salen del pueblo y ellos hacen lo mismo por mí. Eso es simplemente cordialidad de pueblo pequeño. Ellos me ven como un profesor de Biología soltero, maduro, de hábitos algo quisquillosos, que de vez en cuando se queja de que su terrier le estropea las plantas.

Pete Daniels es un electricista de cierto prestigio, pero yo nunca lo he llamado. No lo quiero dentro de mi casa porque ya sabe demasiado sobre mí, aunque esto, de hecho, es muy poco. Molly trabaja en la farmacia Fays de las galerías comerciales. El resultado es que si necesito comprar algo que sea mínimamente embarazoso, incluso pastillas para dormir o un laxante ocasional, no voy a Fays sino a la farmacia Malloy del centro. Donald Malloy es amable y el hecho de que su hermano sea médico siempre me induce a pensar que sabe un poco más.

Pete y Molly tienen tres hijos. Los dos mayores, Dennis y Jenny, tienen casi treinta años. Dennis está casado y trabaja con su padre. Jenny se casó con un afinador de pianos y se instalaron en Oneonta. Cuando los dos tenían nueve y once años, Molly tuvo a la pequeña Rosa, que nació ciega. Esto fue un gran tormento, pero Rosa era inteligente y la única ventaja de nacer ciego en vez de perder la vista con posterioridad es que uno se adapta mejor a la situación. Y Pete y Molly querían hacer lo que debían, así que Rosa pasó varios años en la Escuela Perkins para ciegos, de Boston. En realidad, de Watertown.

Yo había hablado con Rosa. Ella tenía dieciocho años y pensaba ir a la universidad el otoño siguiente. A menudo usaba gafas oscuras porque sus ojos en blanco tenían un movimiento continuo; su rostro no estaba del todo bajo su control. Cuando sonreía se le hacía una mueca, apretaba los dientes y dejaba la boca abierta cuando debía cerrarla. Pero ella no se podía ver, nunca se había mirado al espejo.

Menciono esto porque reconozco algo que me avergüenza. La ventana del cuarto de Rosa estaba en el segundo piso de su casa, a menos de seis metros de la mía, o mejor dicho, de la que había sido la ventana de mi dormitorio. Sea como fuera, a menudo la había visto desvestirse y hacer también otras cosas. Volvía de darse una ducha llevando una bata marrón y nada más. Le gustaba sentarse en un sillón delante de la ventana. Se echaba hacia atrás, se abría la bata y empezaba a tocarse. Quizá no la miré a menudo, tal vez sólo una docena de veces. Desde luego, la cosa ha mejorado desde que me cambié de dormitorio. Las cortinas de Rosa por lo general estaban abiertas, y ella no pensaba que pudiera haber nadie mirando. Después de todo, cerraba la puerta de su habitación.

No es que su conducta me excitara realmente. Al principio me resultaba repulsivo y tenía que obligarme a mirarla, aunque eso parezca extraño. Uno podría pensar que yo evitaría mirar o incluso le diría a su madre que corriera las cortinas. Pero no hice nada de eso, aunque, como he dicho, después de unos meses me cambié de dormitorio. Evidentemente me sentía culpable por mirarla, pero superé la culpa hasta que eso se convirtió en algo así como un narcótico y yo esperaba en la ventana de mi dormitorio a que ella subiera al suyo. Si lo que hacía me hubiera resultado excitante sexualmente, quizá me habría sentido más turbado, pero parecía que lo que veía no era sexualidad sino más bien su naturaleza más profunda.

Y entonces pensé: «¿Y si estuviéramos en la situación inversa? ¿Qué sucedería si yo fuera el observado? Yo también me toco en algunas ocasiones, mucho más a menudo cuando tenía la edad de Rosa. Y aunque soy muy reservado y no pasa a menudo, he llevado compañías sexuales a mi casa. ¿Qué contorsiones resultan visibles en mi rostro? ¿Mi rostro o mi rostro interior, si así lo puedo llamar, es menos expresivo?

Después de ver a Rosa por la noche, a menudo me la encontraba al día siguiente. A veces la veía en su jardín y le hablaba. Buscaba en su rostro las expresiones de éxtasis que exhibía la noche anterior. Pero, por supuesto, no había ni rastro. En cuanto a sus pensamientos, probablemente fueran pensamientos que yo también había tenido. Rosa era una joven normal. Era sólo el accidente de su ceguera lo que hacía observables sus acciones. En nuestras actividades diarias vemos las partes superficiales de la conducta de los demás y quizás hagamos cábalas acerca de lo que existe debajo. ¿Acaso no hacemos esto porque nos preguntamos adónde podrían llevarnos nuestras pasiones? Si se me pudiera asegurar un secreto absoluto, ¿no llamaría alguna vez a uno de esos números con prefijo 900? Pero éstas no son sólo conductas sexuales. Todas nuestras emociones, amor, odio, envidia, avaricia, orgullo, tienen niveles públicos aceptables y, luego otros niveles, niveles privados donde pueden llegar al exceso. ¿Acaso no he sentido envidia? ¿No he sentido demasiado orgullo de mis capacidades? Y cuando estoy en un restaurante con amigos y la camarera trae la comida, ¿acaso no miro a ver a quién le ha tocado el trozo más grande?

Aún así, tengo una noción de los límites. En algún punto me digo que ya es suficiente o controlo mi apetito. Digo que no. La perdición, el abismo, la falta de autocontrol... Imaginemos una persona sin ningún sentido del límite. ¿No es un monstruo, una criatura cuyos placeres y excesos no tienen restricción? Nos sometemos a lo que parece una cosa pequeña y pronto se vuelve inmensa, nos domina. Imaginemos una persona así viviendo entre nosotros una vida aparentemente convencional. ¿Cómo es cada uno detrás de una puerta cerrada, sea hombre o mujer? ¿Cómo es una persona con las cortinas corridas? ¿Qué puede pasar allí? Imaginemos que empezamos a ver los pasos de esa persona, los efectos del apetito, los restos y los huesos limpios del terrible festín. ¿Cómo nos afectará esto? ¿No podría crear un sentido de permisividad que tiene consecuencias propias? Al igual que con Rosa Daniels, cuanto más miraba, más me fascinaba, sintiendo a la vez repugnancia por mi propia fascinación. Su placer se volvió mi placer. Aunque yo seguía siendo un observador, quería conocer cada recoveco de su conducta. Pronto se alteró mi sentido del límite.

Y en Aurelius también sucedieron hechos que alteraron nuestro sentido del límite. Pasó algo horrible y se necesitaron cosas horribles para detenerlo. Era la voz de la moral lo que hablaba, el superyó. Pero ¿no hay un cierto placer en el hecho de que entonces se permitían cosas horribles? No quiero decir que las personas normales se vieran conducidas de forma natural a cometer acciones malvadas, pero quizá la maldad que observaban o imaginaban que sucedía alimentaba su propio sentido de permisividad, su sentido de licencia. Podían justificar sus acciones llamándolas reacciones. Podían hacer algo espantoso y llamarlo castigo, venganza o retribución, pero seguía siendo espantoso. Sus tentaciones interiores se transformaron en conducta abierta, y también esas personas pasaron a compartir las características del monstruo. Por lo menos así sucedió en mi pueblo.

16

Sharon Malloy había desaparecido, pero veinticuatro horas después la gente seguía esperando que apareciera o llamara por teléfono. Incluso que su secuestrador, si es que lo había, llamara. Pero no ocurría nada. Y con el paso de los días la esperanza de la gente se fue desvaneciendo.

A la mañana siguiente, la foto y la descripción de Sharon se habían distribuido por todo el país. En la foto estaba de pie, delante de la puerta blanca de un garaje, con un guante de béisbol en las manos. Tenía la barbilla levantada y sonreía. Exhibía un rostro alerta, ovalado, con aparatos de ortodoncia que brillaban en medio de su sonrisa. Llevaba el mismo jersey azul que cuando desapareció. El pelo rubio le caía suelto por los hombros. Tenía las rodillas ligeramente dobladas y los pies separados. Su rostro era muy bonito, con una mirada de expectación y entusiasmo que sugería que no estaba simplemente esperando que alguien le tirara una pelota sino que esperaba a la vida misma. Esto le daba una expresión de gran inocencia, como si deseara con pasión lo que estuviera por venir. ¿Y qué le esperaba? Nadie lo sabía, pero eso sólo empeoraba las cosas.

En una semana, la foto de Sharon estuvo en todas partes: en los escaparates de las tiendas, en correos, en los bancos, en postes de teléfono, en los peajes de la autopista, pegada en el cristal trasero de los coches. Se podía ver el bonito rostro de Sharon muchas veces al día, con su expresión de entusiasmo y esperanza. Y siempre estaba la dicotomía entre lo que esperaba y lo que pudo haber recibido. ¿Y esto no llevaba a la gente, incluido yo, a pensar en los giros inesperados de nuestras vidas? Sharon llegó a representar la promesa traicionada, la promesa que todos sentimos alguna vez, de lo que la vida parecía ofrecernos y lo que en realidad nos ofrecía.

Desde el principio, la investigación se desarrolló en dos niveles: uno, el del mundo, y el otro, el de Aurelius. Las comisarías de policía de todo el este empezaron a buscar a Sharon. La policía del estado, el FBI, todos los agentes y policías llevaban su foto. El informativo de la noche de la NBC dio la noticia y la CNN le dedicó diez minutos. Vinieron periodistas y equipos de los medios desde cientos de kilómetros de distancia. Los miembros de la familia de Sharon estaban conmocionados y en un principio se negaron a hablar con los periodistas, pero a Megan Kelly la entrevistaron cincuenta veces. Joyce Bell habló de su temor cuando Sharon no llegó a su casa aquella tarde. Los profesores y amigos de Sharon también hablaron, incluso Sadie. Mucha gente soltó discursos preparados, aunque estoy seguro de que no los veían así, para decir lo maravillosa que había sido Sharon. Así lo dijo Junior, del comedor Junior's, que casi no la conocía. En realidad, muchos que dijeron ser amigos suyos probablemente sólo habían hablado con ella una o dos veces antes de que desapareciera.

Es difícil hablar de esto sin un punto de cinismo. La desaparición de Sharon le dio a mucha gente la posibilidad de una publicidad benigna. Harry Martini, el director del Albert Knox, apareció en la televisión de Syracuse y Utica hablando de los peligros de que los chicos fueran y vinieran solos al colegio. Y describió a Sharon como una de las brillantes estrellas del noveno curso. Harry se daba todo el bombo que podía, parecía desolado y se secaba las lágrimas de los ojos. Estoy seguro de que se creía sincero, pero también estoy seguro de que apenas se acordaba de quién era Sharon. Era una buena alumna, con un promedio de ocho sobre diez, pero también había sido tímida y no le gustaba llamar la atención. Dada la publicidad y la forma en que la gente hablaba de ella, se habría podido pensar que era la alumna más inteligente y más popular del colegio.

No es que la gente mintiera. Creían que decían la verdad, pero era como si al vincularse con ella, al hablar de ella a la prensa o a las autoridades, se apropiaran de algo de su importancia: la importancia de su desaparición. Si yo hubiera hablado de esto con Harry Martini, se habría indignado. Y cuando le pregunté a Ruth Henley (la profesora de inglés de Sharon) en el comedor de los profesores si había conocido bien a Sharon, se puso un poco a la defensiva y dijo, injustamente, que sin duda yo lamentaba que Sharon no hubiera sido también alumna mía.

En realidad no lamentaba que Sharon no hubiera sido alumna mía, aunque sus hermanos mayores, Frank y Allen Junior, sí habían estado en mi clase de Biología. Pero lo que resultaba desagradable era eso de ponerse bajo los reflectores, que la gente se apresurara a anunciar que estaba relacionada con ella. Desde la ventana de mi aula, yo veía los equipos de televisión filmando el colegio. O aparecían en los pasillos hablando con los estudiantes, los profesores o el personal administrativo. Destacaban mucho por sus luces y máquinas. Incluso dieron permiso a Herkimer Potter, un alumno con problemas de aprendizaje que ha estado en el Colegio Central Albert Knox desde siempre, para que saliera de clase y contara a un periodista de la televisión de Albany que una vez dio un chicle a Sharon y ella se lo agradeció.

Llegué a considerar como algo maligno que tanta gente quisiera atraer la atención. Representaba una de sus pasiones secretas. Pero cuando hablé de esto con Franklin, se encogió de hombros.

–Te facilita el trabajo de periodista. El noventa y nueve por ciento de la gente quiere hablar.

–Quieren parecer importantes –señalé.

–Quieren que se reconozca que existen.

–Harry Martini busca algo más que eso.

–Reconocimiento y justificación –dijo Franklin–. Es una prueba de que están vivos.

Sin embargo, yo no podía dejar de pensar que las personas revelaban aspectos desagradables de sí mismas.

El segundo nivel de la investigación, el nivel local, no llamaba tanto la atención. Aunque la policía del pueblo participaba, especialmente Ryan Tavich, la investigación fue dirigida por la policía del estado. El capitán encargado del caso era Raymond Percy. Entonces yo no lo conocía, aunque Franklin y mi primo, Chuck Hawley, me hablaron bien de él. Percy se distinguía por un profesionalismo del que parecía eliminado todo rastro de personalidad. Vivía en Norwich y había sido ascendido a capitán hacía poco. Había estado ocho años en el Ejército, más que nada como sargento de la policía militar. Era alto y muy elegante y en su pelo oscuro se veían algunas canas. Su nariz larga y muy estrecha me hacía pensar en el filo de un hacha. Lucía trajes oscuros y corbatas de tonos apagados. Debía de tener poco más de cuarenta años. No se le veían defectos de carácter y era diligente, si bien tampoco evidenciaba ninguna emoción. No estoy seguro de lo que habría preferido, aunque me habría gustado que de vez en cuando hubiera maldecido o sonreído. En realidad, debo de parecer inconsecuente al quejarme de los vicios secretos de algunos y al mismo tiempo de que otros den la impresión de no tenerlos.

En apariencia, Raymond Percy quería ser una máquina; quizás ése fuera un vicio secreto suficiente. Su vida interior estaba oculta, lo cual me empujaba a buscar pruebas de que había vida interior. Tal vez ésa era mi propia debilidad, el deseo de ver lo que había bajo la superficie, la creencia de que Raymond Percy era un hombre distinto a las cuatro de la mañana, cuando se despertaba y miraba al techo.

Ryan Tavich estaba a menudo con él.

—Pero ¿cómo es? —preguntó Franklin.

—Minucioso.

—¿Qué quieres decir?

—Produce mucho papeleo, habla con mucha gente, pide muchos informes.

Franklin y Ryan estaban sentados a la mesa de la cocina de Franklin. Era una hora temprana de la noche durante la primera semana de la investigación y estaban tomado cerveza. Pensaban que Sadie estaba en su habitación haciendo los deberes del colegio, pero ella estaba sentada en la escalera oyendo.

—¿Habla de rugby alguna vez? —preguntó Franklin.

—No habla nunca de nada que no tenga que ver con el caso.

—¿Alguna vez le has visto manchas de comida en la camisa?

—Vamos, ¿qué quieres decir?

—Quiero saber cómo es. ¿Cómo puedo escribir sobre el tipo si es un pedazo de madera?

Una vez pasé con el coche por delante de su casa. Norwich es un pueblo lleno de hermosas casas victorianas, pero el capitán Percy vivía en un edificio nuevo situado en una esquina, pintado de blanco y con contraventanas negras de plástico. Un jardín rodeado de una verja, ningún aro de baloncesto en la entrada al garaje, ni bicicletas ni juguetes tirados en el césped y las cortinas corridas. Era difícil no pensar que la casa del capitán Percy se parecían al propio capitán Percy. ¿Y por qué no? Sabía que tenía esposa y dos hijos adolescentes, pero desde el exterior no se advertían indicios de ello.

Ryan Tavich tomó declaración a Megan Kelly una hora después de que ella llamara a la policía. El capitán Percy le habló a la mañana siguiente en el ayuntamiento. A la señora Kelly le hicieron repetir varias veces su relato de que vio a Sharon por la ventana de delante y que luego no la vio por la ventana de atrás. La señora Kelly admitió que en aquel momento pasaron varios coches, aunque no había mucho tráfico en Adams Street, pero el único coche que recordaba con claridad era el Citroën rojo de Houari Chihani.

Más tarde, aquella mañana del martes 19 de septiembre, Ryan y el capitán Percy fueron a la Universidad de Aurelius para hablar con Chihani. El argelino estaba dando su clase de Historia Europea del siglo XIX, y el capitán Percy le pidió que saliera del aula. Ryan dijo más tarde que él no habría hecho eso, que no parecía tener sentido provocar comentarios sobre Chihani. Percy llevaba consigo a un sargento, además de un chófer. Su visita no tuvo nada de discreto. Megan Kelly ya le había dicho a algunas personas que había visto el Citroën de Chihani y algunos expresaron sorpresa de que Chihani no estuviera ya en la cárcel, de que no lo hubieran detenido el día anterior.

El sargento uniformado y un secretario de la universidad acompañaron a Chihani desde el aula. Ryan y el capitán Percy lo vieron en un despacho vacío en el edificio de las oficinas. Ryan dijo que lo podían oír cojeando rápidamente por el pasillo, el paso suave y después más fuerte. Chihani lucía un jersey de cuello alto bajo la americana gris y llevaba puesta la boina. También tenía su bastón. No estaba contento.

–Yo me encuentro con los alumnos de esa clase veintiséis veces en el semestre. Ustedes han interrumpido una de esas veces. Ahora tendré que fijar otra clase.

–Siéntese –dijo el capitán Percy.

–No quiero sentarme.

–Le pido que se siente.
–¿Con qué autoridad?
El capitán Percy explicó quién era.
–Nada de eso me hará sentar si decido no hacerlo –insistió Chihani.

Así que Chihani se quedó de pie con el bastón apoyado en su pierna derecha.

El capitán Percy también se quedó de pie. En realidad, los cuatro se quedaron de pie aunque había suficientes sillas. Chihani y Percy eran de la misma estatura, algo más de un metro ochenta. Los dos eran delgados, pero mientras que Percy era musculoso, Chihani era flaco y anguloso.

–Lo vieron ayer pasando en su coche por Adams Street después de las tres. ¿Adónde iba? –preguntó Percy.
–¿Por qué es necesario esto?
–Es parte de una investigación en curso.

Chihani miró al suelo, al parecer sin ninguna disposición a contestar. Finalmente habló:

–Iba al Huerto Henderson, donde pensaba comprar manzanas, cidra y un frasco de miel.

Tenía una expresión de desprecio, como si se burlara de que la policía tuviera interés en sus compras de manzanas.

–¿Al dejar el pueblo vio una chica en bicicleta?
–No vi a nadie.
–Pensaba comprar manzanas –dijo Percy–. ¿Las compró?
–En el camino reparé en que no llevaba suficiente dinero, así que volví a casa. Pienso ir esta tarde.
–¿Volvió a Aurelius por Adams Street?
–Giré en Drake Street para ir al banco.
–¿Llegó hasta el huerto y después dio la vuelta? –preguntó Ryan.
–Di la vuelta antes de llegar. ¿Por qué es importante esto?
–La chica llevaba un jersey azul y una mochila roja –dijo Percy–. Su bicicleta es azul y roja.
–No la vi.
–¿Dónde está su coche ahora?
–Está en el aparcamiento reservado para los profesores.
–Me temo que tendré que llevarlo al centro –dijo Percy.
Por primera vez, Chihani parecía sorprendido.

–¿Por qué va a hacer eso?
–La chica ha desaparecido.
–Pues quiero llamar a mi abogado –respondió Chihani.

Percy hizo llevar el Citroën de Chihani con una grúa hasta el depósito de la policía del estado en Potterville. Ya había conseguido órdenes judiciales de registro del coche y de la casa de Chihani.

En el ayuntamiento, Chihani no dijo nada que no hubiera dicho en la universidad. No había visto a la chica. Se había vuelto antes de llegar al huerto. Su abogado era una mujer, Agnes Whitehead. Ella dejó claro que había que formular acusaciones en contra de su cliente o dejarlo en libertad. Mientras Chihani estaba en la comisaría de policía, un equipo de investigaciones de laboratorio de la policía del estado registró su casa. Después de retenerlo todo el tiempo posible, Percy dejó a Chihani en libertad a última hora de la tarde. En su casa no se encontró ninguna señal de Sharon. La policía del estado se quedó con su coche otro día más, pero tampoco encontraron nada que indicara que Sharon Malloy hubiera estado en él.

–El problema –le comentó Ryan a Franklin– es que es improbable que Chihani pueda haber eliminado todo rastro de ella. Había rastros de otra gente, incluso mujeres, pero no de Sharon.

–¿Qué mujeres? –preguntó Franklin.

–Miembros de ISJ. Por ejemplo Harriet Malcomb y Joany Rustoff. –Nuevamente estaban sentados a la mesa de la cocina de Franklin. En la otra habitación Sadie practicaba escalas en el piano.

–Así que Chihani seguramente no limpió su coche.

–Exacto. Además, es imposible limpiar selectivamente, eliminar los rastros de una persona y no los de otra.

–¿Hay algún indicio de que Chihani hablara alguna vez con Sharon?

–Ninguno.

Franklin llamó a Sadie y le preguntó si Sharon había hablado alguna vez con Houari Chihani.

–¿Quién? –preguntó Sadie. Practicar el piano era algo que hacía por obligación y a Sadie no le molestaba que la interrumpieran.

–Es profesor en la universidad y tiene un Citroën rojo.
–¿Ese coche rojo? Lo he visto, pero no sabía de quién era. ¿Qué clase de nombre es ése?
–Argelino.
–¿Nació allá?
–Supongo que sí –contestó su padre.
–Eso queda lejos de Aurelius –comentó Sadie.

Aunque liberaron a Chihani, éste seguía siendo un sospechoso potencial. Los agentes del estado y los ayudantes del *sheriff* hablaron con la gente en Adams y Fletcher Street para saber si lo habían visto. Muchos se acordaban del Citroën rojo, pero no estaban seguros de haberlo visto la tarde de aquel lunes.

Pronto corrió la voz de que habían llevado a Chihani al ayuntamiento y su coche a Potterville con una grúa. Apostaría a que todos los que pensaron en Chihani también pensaron en la detención de Oscar por poner las bombas. Y la gente pensaba en ISJ en general. Sin duda, algunos empezaron a preguntarse si el grupo no había tenido que ver en los actos vandálicos del cementerio Homeland, que la policía seguía investigando. No existían pruebas de que hubiera un vínculo entre el vandalismo y las bombas, pero Aurelius era un pueblo pequeño y la cantidad de gente dispuesta a infringir la ley no era mucha. Así, se pensó que también podía haber una relación entre ISJ y la desaparición de Sharon. Franklin recordó que Aaron debía encontrarse con Sadie el lunes por la tarde y no había aparecido. ¿Dónde estuvo? Evidentemente, Franklin le transmitió esta información a Ryan Tavich.

Ryan debió de haberse sentido descontento consigo mismo. Aunque sabía que ISJ era responsable de lo del cementerio, había decidido no decir nada al respecto. No lo veía como una prueba de que protegía al hijo de su amante muerta o a Harriet Malcomb. Tan sólo quería evitar problemas a unos cuantos estudiantes más bien inofensivos. Dada la impopularidad de Chihani y las sospechas sobre ISJ, el hecho de que sus miembros hubieran arrancado las lápidas de algunos de los muertos más notorios de Aurelius se habría convertido en algo de una importancia desproporcionada. Así que no dijo nada.

17

Ryan había tratado de encontrar a Aaron el lunes que Sharon desapareció. Fue a su apartamento cuatro veces. Pasó dos veces por el de Harriet. Se habían distanciado mucho desde agosto. A Ryan le irritaba no poder verla sin desearla y también que en las cinco semanas que salieron juntos nunca supo lo que ella sentía hacia él. Ryan también visitó a los demás miembros de Investigaciones sobre la Justicia, incluyendo a Barry, que más tarde declaró.

–Parecía enfadado. Creí que me quería pegar.

Ryan no podía dejar de pensar en la violencia de Aaron contra Hark y Sheila Muphy. También pensó en el hecho de que Aaron se viera con Sadie. Quizás hasta estuviera celoso. Cuando llevaba a Sadie a pescar quizá consideraba que así compensaba la influencia de Aaron. Pero al margen de lo poco que Aaron le gustara a Ryan, éste no podía dejar de ver la imagen de la cara de su madre cuando se encontraba con él, con aquellos ojos levemente inclinados hacia arriba.

Ryan debió haberle dicho a Percy que no encontraba a Aaron, pero no lo hizo. El lunes por la noche y el martes por la mañana lo siguió buscando, para lo que despertó a los miembros de ISJ y fue dos veces a ver a Paula McNeal por si había sabido algo de su hermanastro. Pero nadie sabía nada.

Paula había salido de la casa de Franklin hacia las cinco, poco después de que Sadie los encontrara juntos en la cama. Lamentaba que Sadie se sintiera mal, pero también estaba enfadada con Franklin por comportarse como si hubiera traicionado a su hija. Sin embargo, era hábito de Paula quedarse callada cuando algo la molestaba, tragárselo, y así a los demás les resultaba fácil creer que no pasaba nada malo. La noticia de la desaparición de Sharon aplacó su resentimiento, pero no lo eliminó. De modo que fue a su casa y Franklin se quedó un par de horas con Ryan Tavich antes de ir a la reunión del ayuntamiento. Dejó a Sadie en mi casa porque la señora Kelly seguía ocupada con la policía.

Me llamó la atención que Franklin la trajera personalmente en vez de dejarla pasear. Al fin y al cabo, yo vivía a dos casas de distancia. Fue la primera indicación que tuve de los cambios que sobrevendrían debido a la desaparición de Sharon.

Sadie estaba preocupada por Sharon, pero aún no había asimilado del todo la noticia. Estaba más preocupada por haber encontrado a Paula con su padre.

–¿Por qué le gusta? –preguntaba una y otra vez–. ¿No ve que sólo lo está engañando?

–¿Por qué habría de engañarlo? –pregunté.

–Porque no es sincera. –Sadie me miró con ferocidad desde debajo del flequillo. Después se rió de su propia seriedad.

–Pero ¿qué crees que quiere de él? –le pregunté.

–Quizá su dinero, quizá nuestra casa. Quizá me odia y trata de herirme.

–A lo mejor lo ama.

–Él no necesita esa clase de amor –replicó Sadie.

Siempre tenía un par de cajas de macarrones con queso por si venía, y aquella noche compartimos una. Sadie hizo sus deberes y luego vio la televisión mientras yo corregía informes de laboratorio. El noticiero de las once comentó la desaparición de Sharon y mostró su fotografía delante del garaje.

–Es mi jersey –dijo Sadie–. Es el jersey que me dio Paula.

Ryan Tavich encontró por fin a Aaron hacia las ocho de la mañana del martes. O más bien Ryan estaba aparcado delante del edificio donde vivía Aaron cuando miró por el espejo retrovisor y lo vio andando por la acera. Era una mañana fría, pero Aaron iba en mangas de camisa. Ryan bajó del coche.

–Te he estado buscando –dijo Ryan.

Aaron no constestó. Llevaba el pelo suelto y le caía por los hombros. Tenía grandes ojeras.

–¿Dónde has estado?

–Fuera –contestó Aaron.

–¿Dónde?

–Fuera.
–¿Por queé no pasaste ayer a buscar a Sadie después del colegio?
–Estaba ocupado.
–¿Sabes algo de Sharon Malloy?
–Vi algo en el informativo de anoche. ¿La han encontrado? –Aaron sacó una goma del bolsillo trasero del pantalón y empezó a hacerse una coleta en el pelo.
–¿Dónde estabas ayer por la tarde a eso de las tres?
–Estaba ocupado.
–Tienes que ser más específico.
Aaron pensó un momento.
–Eso es todo lo específico que voy a ser.
Así que Ryan llevó a Aaron al ayuntamiento y se lo entregó a Percy. También le contó a Percy la historia de Aaron y de ISJ y dejó entrever que sospechaba que el grupo era responsable de los destrozos en el cementerio. Chuck Hawley, que estaba a cargo de lo de los destrozos, oyó la conversación.
–¿Por qué no me lo dijo antes? –preguntó Percy, más sorprendido que enfadado.
Ryan iba a hablar, pero se encogió de hombros. Chuck me dijo después que Ryan se había puesto un poco colorado.
Percy llamó a la policía de Troy y pidió que detuvieran a Oscar. También hizo traer a los otros miembros de ISJ al ayuntamiento. Entonces él y Ryan visitaron la universidad, donde hablaron con Chihani antes de llevarlo también a la comisaría. Nada de esto pasó inadvertido. Hacia mediodía, la mayoría del pueblo sabía que los miembros de ISJ habían sido detenidos. Y se comentaba en todo el colegio, aunque en una versión un poco distorsionada. Se dijo que Jesse y Sahnnon habían tratado de resistirse y que habían sido golpeados. Leon Stahl había sufrido algo así como un infarto. Jason Irving había tratado de salir por la ventana de atrás, pero lo habían cogido. Harriet estaba oculta en su ropero. A Joany Rustoff y Bob Jenks los encontraron desnudos juntos y los llevaron abajo en ropa interior. Barry había llorado. Nada de esto era cierto, aunque quizás hubiera un gramo de verdad en cada historia. Por ejemplo, Barry me dijo que se había sentido turbado, pero me juró que no había llorado. No importaba dema-

siado. Ésas eran las historias que circulaban. No parecía inverosímil que aquel grupo marxista de la universidad hubiera secuestrado a Sharon. ¿No habían intentado ya volar el colegio?

Poca gente estaba convencida de que ISJ fuese totalmente culpable, si bien pocos creían que sus miembros fueran completamente inocentes. Sin duda habían hecho algo malo; después de todo, los habían detenido. Luego supimos que habían acusado a todos los miembros de ISJ de vandalismo, excepto a Leon Stahl, y la gente recordó las lápidas derribadas en el cementerio Homeland. Y los que nunca habían sospechado de ISJ se sorprendieron de sí mismos o así lo dijeron al menos, porque ¿no era lógico pensar que el grupo lo había hecho?

El temor y las conjeturas en caliente son una combinación poco recomendable. Al final de la jornada escolar, los alumnos hablaban de satanismo y brujerías. Hasta oí a la señora Hicks, la profesora de inglés, haciendo cábalas sobre si Sharon podía ser víctima de un sacrificio humano. En aquel momento Sharon llevaba veinticuatro horas desaparecida. Mucha gente seguía pensando que finalmente aparecería, pero la presencia de los periodistas, la policía y varios desconocidos produjo muchas conjeturas. Y estaba el asunto de la detención de los miembros de ISJ. El hecho de que no se los hubiera acusado de nada que tuviera que ver con Sharon no importaba. La gente tenía una idea vaga de sus antecedentes, una idea vaga de los hechos, y con estas vaguedades inventaron una historia.

En el comedor de los profesores, Sandra Petoski, una mujer generalmente razonable, elucubró acerca de Barry Sanders, diciendo que siempre se había preguntado si no era un desequilibrado emocional. Otros respondieron también con historias sobre Barry y Aaron, hasta que parecía que la desaparición de Sharon era algo que debía suceder de manera inevitable. Y el colegio era sólo un microcosmos del propio pueblo, porque las conjeturas eran las mismas que en todas partes. Investigaciones sobre la Justicia tenía que estar involucrada, se decía, y el cerebro responsable de la conducta del grupo era Chihani. Y en cuanto al motivo que podía tener para querer que arrancaran las lápidas en el cementerio, bueno, ¿no era musulmán?, ¿no era comunista? Incluso el hecho de que tuviera un coche rojo se consideraba un pecado. Pensé que la policía debería haber obrado con más discreción, pero era muy ingenua y en situaciones como éstas tenía sólo un sentido rudimentario sobre causas y efectos. No podía predecir el efecto de estos sucesos en el pueblo.

El martes por la tarde llevaron a los miembros de ISJ al tribunal de Potterville. Se los presionó para que admitieran su relación con la desaparición de Sharon, y las acusaciones de vandalismo fueron un instrumento para hacerlos hablar. Mientras tanto, se obtuvieron órdenes de registro de sus apartamentos, operación que realizó la policía.

Llevaron a Barry a un despacho donde lo hicieron esperar. Pronto entraron dos policías de paisano y le dijeron que podía ir cinco años a la cárcel por vandalismo. ¿Había habido narcóticos? Barry no lo recordaba. Sólo podía pensar en lo que su madre diría y en lo mucho que se enfadaría. Aunque sabía que Sharon había desaparecido, no tenía ni idea de que su detención tuviera alguna relación con eso. Uno de los hombres de paisano le dijo a Barry que quizá se podrían pasar por alto las denuncias por vandalismo si contaba lo que supiera de Sharon. Barry había conocido a uno de los hermanos de Sharon, pero no estaba seguro de haberla visto alguna vez a ella, al menos recientemente.

–¿Qué significa para ti el número 666? –le preguntaron a Barry.

Barry lo pensó mucho. ¿Era como el número de teléfono de urgencias o había sido el de su armario en el colegio?

–No lo sé –contestó. Se quedó muy quieto, parpadeando.

Los hombres de paisano le preguntaron a Barry cómo había pasado las últimas veinticuatro horas y dónde se encontraba el lunes a las tres de la tarde. Barry había estado en la universidad, y por la tarde, con su madre. Había pensado en ver a Aaron por la noche, pero éste no estaba en su casa.

–¿Cómo sabes que no estaba? –preguntó el hombre de civil.

–Llamé y no contestó.

–¿Dónde crees que estaba?

–No tengo ni idea...

–¿Y cuándo viste al señor Chihani por última vez?

–En la reunión del viernes por la noche.

Los dos hombres se alternaban para preguntar a Barry.

—¿Y de qué se habló?

—Del libro *Economía marxista* de Desai. El señor Chihani habló del libro y nosotros lo analizamos. —Barry no quería que le preguntaran de qué trataba porque tenía una idea muy vaga.

—¿Alguien mencionó a Sharon Malloy?

—No que yo recuerde.

—¿Crees que es bonita?

—No la recuerdo.

—¿Te gustan las adolescentes?

—Supongo que sí —contestó Barry. No era verdad que le gustaran las adolescentes, pero no quería decir nada fuera de lugar—. No tienen nada de malo, pero no he visto muchas desde que, bueno, desde que era pequeño.

Ryan logró separar a Harriet de los demás y habló con ella en un despacho pequeño.

—Creí que no le ibas a contar a nadie lo de Homeland —dijo ella.

Ella se había quitado las lentes de contacto y llevaba gafas con montura transparente. Su pelo negro le caía a los dos lados de la cara. Lucía una camiseta con la leyenda «Colgate» que ocultaba su figura. Ryan no podía ver ninguna traza de los pechos que en un tiempo lo sorprendieron. Parecía tener doce años y tenía un granito en la barbilla. Ryan se sintió conmocionado al pensar que había tenido relaciones sexuales con ella.

—Tenía que saberse —contestó.

—Yo les contaré a todos que me follabas.

Ryan descubrió que no podía mirarla.

—Haz lo que quieras —contestó.

—Crees que me gustaba, ¿verdad? Pues sólo lo hice porque Aaron me dijo que lo hiciera. No eres más que un viejo enano.

—¿Aaron? —preguntó Ryan—. ¿Por qué?

Pregúntale a él si quieres saberlo.

—Supongo que tendré que hacerlo —respondió Ryan, sin mirar a Harriet a los ojos y concentrándose en el grano de su barbilla. Y se preguntó si sólo se acostaba con las mujeres para tratar de quitarse a Janice McNeal de la cabeza.

Ninguno de los miembros de ISJ tenía nada que decir sobre Sharon. Varios, como Leon Stahl y Joany Rustoff, afirmaron que no sabían que había desaparecido. Aaron dijo que la recordaba vagamente, al igual que Barry, pero los demás afirmaron no saber quién era. En cuanto a los lugares donde habían estado en las últimas veinticuatro horas, se pudieron verificar la mayor parte de sus movimientos. Habían tenido clases, habían ido al centro. Habían pasado por la taberna de Bud a tomar una cerveza. Unos habían hecho una cosa, otros otra, pero había un período para el que ninguno tenía coartada.

A Leon lo dejaron en libertad y Ryan lo llevó a Aurelius.

–Qué contento estoy de haberme quedado en casa esa noche –repetía una y otra vez Leon–. Querían que fuera al cementerio, me llamaron varias veces. Es la primera vez que ser gordo me ha servido de algo.

A los demás se les acusó de vandalismo; pero todos menos Aaron quedaron en libertad condicional. A Aaron lo metieron en la cárcel y fijaron la fianza en 25.000 dólares. Llamó a su hermanastra y ella se puso en contacto con el abogado de su padre, Henry Swazey, que intentaría que liberaran a Aaron el miércoles. La policía del estado había investigado a Oscar Herbst en Troy y llegó a la conclusión de que no podía haber secuestrado a Sharon, pues había tenido cita con el dentista el lunes a última hora de la tarde.

El miércoles por la tarde, Franklin fue a la Universidad de Aurelius a hablar con Houari Chihani, a la espera de tener algo para publicar en el *Independent* del día siguiente. Encontró a Chihani en su despacho de la tercera planta de Douglas Hall. No había información nueva sobre Sharon, aunque la policía tenía muchas pistas. La mayoría parecían falsas, gente que creía haber visto a Sharon en lugares tan lejanos como Chicago. Sin embargo, la gente hablaba de ISJ y no podía digerir el hecho de que la señora Kelly hubiera visto el Citroën rojo de Chihani.

Como la policía había interrogado a Chihani y sabía que ISJ estaba bajo sospecha, seguramente sentía desconfianza hacia Franklin, aunque no lo demostró.

Franklin se sentó frente a Chihani, al otro lado del escritorio, y sacó su bloc de notas.

–¿Tiene alguna idea acerca de lo que le puede haber pasado a Sharon Malloy?

–Ninguna.

Chihani tenía unos labios delgados que a Franklin le recordaban una *M* aplanada sobre una *W* aplanada. Le hacían creer que Chihani sonreía ligeramente, pero no estaba seguro.

–¿No se imagina por qué la podrían haber secuestrado? –preguntó Franklin, escribiendo en su bloc.

–Se me ocurren montones de razones, pero no son más que hipótesis. Ni siquiera sabemos si la secuestraron. Pudo haber ido con la persona voluntariamente o quizá no hubo ninguna otra persona. Tal vez se fue sola. En este momento podría estar en cualquier lugar.

–¿Así que no cree que haya habido un delito?

–Lo que digo es que, por lo que sé, no hay ninguna razón automática para suponer que hubo un delito. Ha estado ausente dos días. Que haya pasado algo malo es una posibilidad.

–Ella desapareció de Adams Street cerca del límite de la ciudad hacia las tres de la tarde del lunes. Lo vieron a usted en la zona en aquel momento. ¿Es posible que pasara junto a Sharon sin verla?

–Es posible. Había muchas cosas a mi alrededor: árboles, pájaros, casas, otros coches, perros. No recuerdo nada específicamente.

Franklin escribió esto.

–Digamos que la han secuestrado. ¿Qué motivos se le ocurre que podían tener los secuestradores?

–Sin duda su pregunta es demasiado hipotética.

–Entonces permítame preguntarle, hipotéticamente, sobre la posibilidad de una violación. En algunas partes se da mucho; en otras, muy poco. ¿Tiene alguna explicación para eso?

Chihani puso sus codos sobre el escritorio.

–El violador a menudo se siente víctima de una castración social. Su víctima es un pretexto; ella o él representan a la sociedad. El violador, de modo poco convincente, trata de demostrar que no está castrado o lanza un golpe en respuesta a su condición de víctima, porque sin duda él también lo es. Rara vez tiene algo que ver con el sexo. Los castrados buscan poder, los débiles y cosificados expresan su descontento. Esto es en general. También existe la psicología específica del violador, que no podemos conocer a menos que lo conozcamos a él.

—¿Piensa que pudieron violar a Sharon Malloy?
—No tengo ni idea.
—¿Cree que el violador es tan víctima como la persona a la que viola?
—Sin duda es una víctima, pero eso no quiere decir que no deba ser castigada. Hay crímenes que se dan porque una sociedad está corrupta, crímenes que son una reacción ante esa corrupción. Esto es válido para la mayoría de los delitos. La sociedad puede cambiar para que disminuyan los delitos o puede castigar a los que llama delincuentes. El violador es tan víctima como la persona a la que viola, pero en esta sociedad también viola la ley, por lo que ha de ser castigado.
—¿Piensa que no debería ser así?
—Creo que las razones por las que viola son más importantes que la violación misma. Meter al violador en la cárcel no resuelve el problema de la violación. Simplemente elimina temporalmente a un violador.
—¿Qué cambios disminuirían la incidencia de la violación?
—Una sociedad en la que cada miembro pudiera realmente sentirse igual a todos los demás miembros tendría un índice de violaciones mucho menor.
—¿Pero no se erradicaría por completo la violación?
—Puede haber causas de la violación que no sean políticas, pero si tiene que ver con el poder o la falta de él, ésos son los males que hay que curar. Uno de los problemas de esta sociedad es que trata de responder a las causas castigando los efectos, atemorizando a los potenciales perpetradores. No hay ningún intento de eliminar las causas.
—¿Por qué?
—Porque el sistema depende de que haya poder y falta de poder. No podemos terminar con el crimen hasta que la sociedad cambie.

En el *Independent* no apareció todo. Franklin lo editó y cambió frases de lugar. Le pareció que era fiel a la entrevista original, pero también trató de no crearle a Chihani problemas innecesarios. Por ejemplo, no mencionó que Chihani había estado en la zona cuando desapareció Sharon. Sin embargo, la gente sabía esto, y una de las razones por las que leyó la entrevista fue para ver qué decía Chihani al respecto.

Franklin también eliminó las explicaciones teóricas de Chihani, al considerar que sólo oscurecerían las cosas. Lo mejor quizás habría sido no entrevistar a Chihani, pero Franklin temía que el periódico pareciera timorato.

En relación con la pregunta sobre el secuestro, Franklin dio esta respuesta de Chihani:

–Ni siquiera sabemos si fue secuestrada. Quizá se fue voluntariamente con otra persona. Quizá se fue sola. En este momento podría estar en cualquier parte. No hay ninguna razón automática para suponer que alguien hizo algo malo.

Con respecto a la violación, Franklin hizo decir a Chihani:

–El sexo rara vez tiene que ver con esto. Es una cuestión de poder. Pero yo creo que el motivo por el que el hombre viola es más importante que la propia violación. El violador también es una víctima, pero, en esta sociedad, infringe la ley y es castigado. Una sociedad en la que cada miembro se sintiera realmente igual a todos los demás tendría un índice de violaciones muy inferior.

A Aaron lo pusieron en libertad bajo fianza el miércoles por la tarde. Le acusaron de vandalismo por el incidente del cementerio Homeland. No obstante, seguía sin decir nada sobre dónde estuvo el lunes por la tarde y por la noche. Mi primo dijo que la policía estuvo a punto de acusar a Aaron del secuestro de Sharon, pero eso no es cierto. No había pruebas sólidas de que hubieran secuestrado a Sharon y tampoco nada que relacionara a Aaron con el incidente. Lo que Chuck quiso decir es que la policía *quería* acusar a Aaron. Se había negado a contestar a sus preguntas. Se había negado a hablar. La policía quería que fuera culpable porque querían castigarlo. No digo que éste fuera el caso del capitán Percy, y menos de Ryan Tavich, pero Aaron no había hecho amigos nuevos.

Seguía siendo un misterio dónde había estado el lunes, pero los impulsos de Aaron lo llevaron a exagerar. Le gustaba caerle mal a la policía. ¿Por qué otro motivo no le había dicho dónde había estado? Se me ocurrió que, aunque Aaron hubiera estado haciendo algo inocente, también podría haberse negado a hablar. Como una broma, porque él era así. Y lo que es más, tenía muchos motivos para herirnos. Habían matado a su madre y se habían burlado de él por ser su hijo.

18

Hasta ahora un grupo de gente ha estado ausente de esta historia: la familia de Sharon Malloy. Al margen de lo preocupados que estuviéramos por la desaparición de Sharon, nuestros sentimientos eran un débil eco de los que experimentaron los Malloy. Obviamente, es difícil calcular el dolor de otro, porque es una emoción sin límite. Pienso en la aflicción que sentí después de la muerte de mi madre o después de que murieran amigos míos, algunos bastante jóvenes y de sida. Trato de partir de eso para imaginar cómo se sentía la familia de Sharon y me doy cuenta de que sólo puedo imaginar una parte de su pena.

Los Malloy habían llegado a Aurelius desde Rochester cuando Sharon tenía tres años. La hermana del doctor Allen Malloy, Martha, estaba casada con un contable local, Paul Leimbach, un hombre muy admirado que probablemente le hacía la declaración de renta a la mitad del pueblo. El doctor Malloy quería irse de la ciudad. Entraron ladrones en su casa de Rochester varias veces y consideraba que sería mejor para su familia vivir en un entorno más seguro. Eligió Aurelius para estar cerca de su hermana y su cuñado. Compró una gran casa blanca y se instaló como médico de familia. Él y su esposa Catherine tenían en aquel momento tres hijos: Sharon, Francis o Frank, que tenía seis años, y Allen Junior, que tenía ocho. Toda la familia iba a la iglesia de Saint Mary. A los dos años de llegar aquí, Catherine tuvo otra niña, la pequeña Millie, cinco años menor que Sharon.

Martha Leimbach también tenía cuatro hijos, y las dos familias mantenían relaciones muy estrechas. Tres años después de que los Malloy vinieran a Aurelius, el hermano del doctor Malloy, Donald, el farmacéutico, se trasladó aquí desde Buffalo. Donald Malloy estaba divorciado. Trabajó un tiempo en

Fays, y más adelante compró una pequeña farmacia en el centro, que amplió incluyendo la venta de revistas, periódicos, bebidas sin alcohol, las baratijas habituales. No creo que tuviera mucho dinero, pero sin duda lo ayudaba el hecho de tener un hermano médico.

Los Malloy y los Leimbach pasaban mucho tiempo juntos, aunque tenían otros amigos (Roberta Fletcher, que era la enfermera del doctor Malloy, así como el doctor Richards, que tenía un consultorio en el mismo edificio cercano al hospital) y parecían las familias más felices del mundo. Los hijos de los Leimbach estaban constantemente con los del doctor Malloy, y las familias comían juntas los domingos después de misa.

Cuando Ryan Tavich fue a ver a la señora Kelly el lunes por la tarde, una de las primeras cosas que hizo fue enviar a unos agentes a ver a los padres de Sharon, a su tía, a Paul Leimbach y a Donald Malloy, para averiguar si la habían visto. Y evidentemente debía encontrar a sus hermanos y primos por el mismo motivo. En una hora se había localizado a la mayoría y todos afirmaron no haber visto a Sharon. Entonces fue cuando Ryan llamó a la policía del estado. La aflicción de la familia comienza en ese punto.

A las seis se habían reunido en la casa de los Malloy, cinco niños y cinco adultos, a esperar noticias. Los muchachos mayores, John Leimbach y Allen Junior, estaban en universidades fuera del pueblo y no los mandarían llamar hasta el día siguiente. Mi primo, Chuck Hawley, también estaba con ellos, así como Roberta Fletcher. Varios vecinos enviaron bandejas con bocadillos y ensaladas de patatas, aunque nadie comió demasiado. No obstante, me sorprendió lo rápido que se enteró la gente de la desaparición y la celeridad con que respondió tratando de ayudar, aunque no fuera más que preparando un cuenco de ensalada de patatas.

El salón de los Malloy era una mezcla de estilo moderno y colonial. Sillas y sofás con demasiado relleno, tapizados y cortinas con dibujos de herramientas antiguas, mesitas con forma de recipientes para fabricar mantequilla. Casi el único ruido era el tic-tac del reloj de péndulo. La gente hablaba en susurros. A veces sonaba el teléfono, generalmente vecinos preocupados que llamaban para preguntar o para expresar su inquietud. Roberta Fletcher atendía a las llamadas. Era una mujer grande y práctica que hablaba con los que llamaban lo más brevemente posible. No entendía por qué la gente seguía molestando a los Malloy en un momento de dolor.

El doctor Malloy era un hombre alto y de pelo rubio rojizo. Tenía una incipiente calvicie y un gran bigote también rojo que le gustaba acariciar en su mitad con el pulgar y el índice. Lucía trajes oscuros y su aspecto era el de un médico. Sus ojos eran de color azul claro y tenía manos grandes y rosadas, casi sin pelos, pero con pecas en el dorso. Siempre olía a jabón. Yo había ido a su consultorio varias veces para ponerme inyecciones contra la gripe, pero sólo había hablado con él brevemente. Supongo que siempre me he sentido algo incómodo con los médicos. Algunos son tan profesionales que parecen no tener ningún otro rasgo de personalidad. Uno se pregunta si la gente elige estas profesiones para adoptar el estereotipo de la profesión. En este sentido, Allen Malloy se parecía al capitán Percy.

El doctor Malloy estaba sentado en el sofá con los codos en las rodillas y la barbilla apoyada en las manos; y esperaba. No lloraba ni hablaba. De vez en cuando, su mujer se sonaba la nariz. Los niños parecían asustados. Paul Leimbach no dejaba de sonarse la nariz. Donald Malloy estaba sentado en la mecedora mordiéndose las uñas. De vez en cuando negaba con la cabeza.

Había que adivinar en qué pensaban. Sin duda, cada uno hacía conjeturas acerca de lo que podía haberle pasado a Sharon. Era una muchacha que siempre llegaba con puntualidad, siempre hacía saber a sus padres adónde iba, y, en general, se comportaba como un adulto responsable. En aquel momento probablemente se sopesaban las posibilidades inquietantes frente a las benignas. Con el paso del tiempo, las benignas se hicieron menos probables. Con toda evidencia, el doctor Malloy estaba pensando cosas horribles y con tales ideas se decía:

—Pero eso es imposible.

Enseguida se daba cuenta de que no era imposible y se decía:

—Pero quizá no le ha pasado nada a Sharon.

Entonces veía que algo obviamente le había pasado. En casa

a menudo la llamaba «pichoncita», y no era capaz de pensar en ese apodo sin que se le llenaran los ojos de lágrimas.

La desaparición de Sharon abría la posibilidad de que hubieran sucedido cosas terribles. Quizás había sido secuestrada y los secuestradores llamarían. Quizá la habían golpeado. Tal vez la hubieran violado o matado. Y a nadie se le escapaba la paradoja de que los Malloy se habían trasladado a Aurelius para escapar de los peligros de la ciudad.

Hasta el doctor Malloy se daba cuenta de que si se hubieran quedado en Rochester Sharon estaría a salvo. Imaginaba una mano sin nombre agarrándola, desgarrándole la ropa. Su delgada hija de catorce años, a la que había visto en el desayuno aquella mañana. El perro había estado inquieto. Millie había quemado sus tostadas. Frank no encontraba su libro de biología. Después el doctor Malloy se había ido; una mañana de lunes de mediados de septiembre, con indicios de que se aproximaba una helada. Había ido en su coche al consultorio. Había visto a los pacientes y hecho el recorrido en el hospital. Había almorzado con un colega, el doctor Richards. Había atendido a más pacientes. Hacia las cuatro había llegado la policía. ¿Sabía dónde estaba su hija? Y entonces resultó que había desaparecido.

Los miembros de la familia pasaron la noche todos juntos, y cada vez que sonaba el teléfono o el timbre de la puerta se sobresaltaban. Pero nunca eran noticias de Sharon. Ya pasada la medianoche mandaron a los niños a la cama. Entonces el doctor Malloy le dio a su esposa un sedante. Donald Malloy abrazó a su hermano y se fue a casa. Los Leimbach se fueron. Hacia las tres de la mañana Roberta Fletcher se fue a su casa. Mi primo Chuck se quedó dormido en una silla. De vez en cuando se despertaba y cambiaba de posición. Cada vez que se despertaba veía al doctor Malloy sentado en el sofá con la cabeza entre las manos. Chuck dijo que le habría hablado, pero no sabía qué decir.

Vino y se fue el martes y no hubo noticias. Los niños Malloy y Leimbach no fueron al colegio. El doctor Malloy canceló sus visitas o se las pasó al doctor Richards. Fue al ayuntamiento y luego a Potterville. Vio a Houari Chihani cuando lo llevaron para interrogarlo y cuando lo soltaron. Desde luego, sabía que habían visto el Citroën de Chihani en Adams Street. Varios periodistas de la televisión trataron de hablar con él, pero el jefe Schmidt le dio una habitación del ayuntamiento donde no lo molestaran. Por la ventana vio cuando traían a Aaron, y después a Jesse y Shannon Levine, a Harriet Malcomb y los demás, incluso a Barry Sanders. A algunos los conocía. A Barry lo atendía cuando tenía algún resfriado o alguna otra dolencia sin importancia, porque Barry era bastante hipocondríaco, como su madre. Y luego el doctor Malloy vio cuando los llevaban a Potterville. Constantemente preguntaba si había noticias, pero no las hubo.

Al menos cien hombres y mujeres, voluntarios y policías del estado, buscaron en los campos que circundaban Adams Street. Llevaron perros y les dieron a oler ropa de Sharon. No encontraron nada. Y esto hizo crecer la hipótesis de que a Sharon se la habían llevado en automóvil. A los vecinos a los que ya les habían preguntado si habían visto algo los entrevistaron de nuevo. Había avisos en la radio y la televisión en que se pedía información relacionada con Sharon Malloy. Respondieron varias personas que habían visto a Sharon en su bicicleta, pero nadie había reparado en nada más.

El doctor Malloy ayudó a buscar por los campos y su hermano Donald fue con él. Donald lloraba. El rostro del doctor Malloy estaba rígido y contraído. Anduvieron juntos por la maleza. Donald tenía un bastón para apartar ramas y remover debajo de los objetos. Cuando oscureció, los dos volvieron al ayuntamiento. Supieron que se habían formulado acusaciones contra los miembros de ISJ por el ataque al cementerio y que los habían puesto en libertad condicional. Se enteraron de que Aaron estaba en la cárcel de Potterville, pero que no se le acusaba de nada relacionado con Sharon. En un momento Percy entrevistó a las familias Malloy y Leimbach al completo. Alrededor de las ocho, el doctor Malloy y su hermano volvieron a la casa del médico. Los dos muchachos que estaban en sus universidades volvieron a sus casas y hubo otra noche de espera. Nuevamente, Chuck Hawley durmió en el sillón. El doctor Malloy pasó la noche en el sofá.

–Parece que no durmió nada –comentó Chuck–. Al menos estaba despierto cada vez que lo miré.

El miércoles llegaron noticias de que se la había visto en varios lugares. En la ciudad de Nueva York. En Albany, Rochester, Buffalo y Syracuse. Andando por un sendero rural, cerca de Plattsburg. Cada informe provocaba un estallido de optimismo que desaparecía cuando el informe resultaba falso. Cada decepción era peor que la anterior. Y las noticias de que se la había visto cada vez producían menos esperanza.

Aaron salió de la cárcel de Potterville y volvió a Aurelius. A Chihani lo llevaron por segunda vez al ayuntamiento y nuevamente quedó en libertad. El miércoles por la tarde llegaba tanta información sobre Sharon (toda falsa) que los voluntarios empezaron a atender a los teléfonos. Su foto estaba por todas partes.

Aquella noche, el doctor Malloy fue otra vez a casa y nuevamente los Malloy, los Leimbach y Donald aguardaron en el salón las novedades. Los vecinos mandaron comida. Una vez más, Chuck Hawley durmió en el sillón. El doctor Malloy se quedó en el sofá junto al teléfono, pero aquella noche, según Chuck, durmió un poco.

El jueves apareció el *Independent* con los comentarios de Houari Chihani. Se lo citaba diciendo: «Quizá se fue voluntariamente...» «El violador es una víctima tanto como la persona a la que viola...» «La razón por la que viola es más importante que la violación misma».

El doctor Malloy lo leyó y negó con la cabeza sin comprender.

En la portada había una foto de Sharon, en la que aparecía de pie junto a la puerta del garaje, con el guante de béisbol. Había estado jugando con su hermano Frank. El doctor Malloy había tomado la foto. Aparecía una entrevista a los compañeros de clase de Sharon. «Es la amiga más maravillosa que jamás he tenido», dijo Joyce Bell. «Ella nunca se enfadaba, siempre se reía», decía Meg Shiller. «No diría que era mi mejor alumna –dijo Lou Hendricks, que tenía a Sharon en educación cívica–, pero era una de las mejores y desde luego era un placer tenerla en la clase.»

Se citaba a miembros de la familia de Sharon. «No tenemos ni idea de lo que le puede haber pasado –dijo su hermano Frank–. Cuando la vi el lunes por la mañana todo iba bien.»

«Si alguien le ha hecho daño –dijo su tío Donald–, pues no sé, mataría a esa persona. Ella es una santa, una chica maravillosa.»

La pequeña Millie decía en el periódico: «Quiero que vuelva mi hermana».

Franklin también había hablado con el capitán Percy. «En este momento tenemos cientos de agentes trabajando en el caso. Miles de personas la buscan. Seguimos teniendo esperanzas de que aparezca.»

Había mucho terreno abierto en torno de Aurelius, y cientos de personas salieron a recorrerlo. *Boy scouts*, miembros de la Guardia Nacional, voluntarios. Había grupos de escolares explorando el bosque de Lincoln Park y los campos circundantes. Se buscó en ambas orillas del río Loomis, desde Hamilton hasta Norwich. La gente rastreó el parque estatal Henderson, los lagos cercanos y la presa. Hubo estudiantes que faltaron a clase para ayudar y nadie quiso castigarlos. Cundía la idea, sin duda una fantasía, de que si todos trabajaban juntos, encontrarían a Sharon sana y salva. Y si se recorría cada metro cuadrado del condado, sin duda se descubriría su paradero. Incluso se repetía «cada metro cuadrado», para no parecer que se incumplía un principio mágico. El hecho de que Sharon hubiera desaparecido tan por completo, evaporada en el aire, como dijo Ryan, hacía que la magia pareciera posible. Antes de que se terminara el asunto, se consultó a médiums y gente con supuestos poderes de curación. Creo que en un momento incluso se utilizó una supuesta varita mágica, como las que se usan para buscar agua. Aunque esto no lo hicieron la familia ni las autoridades.

La desaparición de Sharon tuvo otro efecto. Desde el miércoles empezó a haber congestión de tráfico a la entrada y a la salida del colegio. Antes muchos chicos iban andando o en bicicleta; después a la mayoría los llevaban en coche. Algo le había pasado a Sharon Malloy. ¿Quién podía asegurar que no le fuera a pasar a algún otro niño? El jefe Schmidt contrató dos policías más y se advertía la presencia de agentes estatales por todas partes.

La misma edición del *Independent* que traía los comentarios desafortunados de Houari Chihani también incluía un artículo sobre las acusaciones contra los miembros de ISJ por el asalto al cementerio Homeland en agosto. Esto no aumentó su popularidad. Jason Irving dejó de ir a clase y volvió a casa de sus padres, en Kingston. Evidentemente, para hacer esto necesitó la autorización de la policía. Los otros no desaparecieron por completo, pero trataron de no llamar la atención. Las excepciones fueron Houari Chihani, cuyo coche rojo aún se veía por el pueblo, y Aaron McNeal, que no cambió sus hábitos de ningún modo.

La policía seguía tratando de saber dónde había estado Aaron la tarde y la noche del lunes. Se habló de una audiencia legal, de modo que si Aaron seguía negándose a dar a conocer su paradero se le podría acusar de desacato. Yo sabía que el fiscal del condado estaba en ello.

El sábado por la tarde, Sadie me ayudó a barrer las hojas del jardín delantero de mi casa. La cuidaba yo porque Franklin estaba trabajando.

—Aaron no tuvo nada que ver con la desaparición de Sharon —me dijo. Llevaba un chaquetón rojo y el pelo suelto.

—¿Por qué lo dices?

—Porque no la conocía y, aunque la hubiera conocido, no se la habría llevado. Él no es así.

—¿Así? ¿Cómo? —En aquel momento yo ya había dejado de pasar el rastrillo.

—Como la clase de gente que secuestraría a un niño.

—¿Y cómo es esa clase de gente? —No la estaba provocando; quería saber qué diría.

—Mala. Aaron no es malo.

—¿Qué crees que le pasó a Sharon?

—¿Sabes que hay gente que roba perros para venderlos a los laboratorios? Quizás a Sharon le pasó algo así. Tal vez se la llevaron para alguna clase de experimento. Pero ¿sabes qué?

—¿Qué?

—No dejo de pensar que sería mejor que estuviera muerta, porque, si no, seguramente la estarán torturando.

—Quizás aparezca sana y salva —sugerí.

Sadie me miró con expresión seria.

—Tú no te crees eso.

19

Con la desaparición de Sharon, Franklin Moore se veía con exceso de trabajo. Si antes trabajaba cincuenta horas a la semana, en aquellos días trabajaba setenta. Aparte de sus tareas para el *Independent*, también hacía de corresponsal local para periódicos de Kingston, Roe, Binghamton y Albany, escribiendo artículos sobre la chica desaparecida. Cuando venían periodistas y equipos de televisión de fuera de Aurelius, Franklin era una de las personas con las que hablaban, y contaban con él para obtener información y para que les presentara a la gente indicada. No sé si el hecho de que estuviera tan ocupado era un problema para Sadie, pero el caso es que ella pasaba más tiempo con la señora Kelly y en mi casa. Yo fingía quejarme, pero en realidad me gustaba. Dejaba que Sadie decidiera el menú, y comíamos muchos macarrones con queso. Se pasaba tanto tiempo con mis animales conservados en formol que los frascos tuvieron un lugar permanente en la mesa de mi cocina. Cada mañana me recibía la mirada triste de los ojos de la vaca.

Además de la investigación oficial que dirigía el capitán Percy, había otros grupos investigando. Grupos de la Iglesia, *bouy scouts* y los Veteranos de Guerras Extranjeras. Los pentecostales estaban particularmente activos. Pero en la segunda semana se formó un grupo mayor, autodenominado Amigos de Sharon Malloy, que ocupó el lugar y, en algunos casos, absorbió a los grupos más pequeños. Distribuía pósters y recogía dinero para pagar por informaciones sobre el paradero de Sharon e incluso para su retorno sana y salva (al principio las sumas eran de 10.000 y 20.000 dólares, pero a la larga aumentaron mucho más).

El grupo también recibía llamadas de gente que creyera que tenía información útil. La mayoría eran completamente sinceros. Habían visto a una chica que se parecía a Sharon o a un hombre que se comportaba de modo sospechoso (generalmente alguien en una furgoneta) y pensaban que valía la pena llamar, aunque uno se pregunta cuántos pensaban en los 10.000 dólares. También había llamadas de bromistas, algunas incluso maliciosas, gente que llamaba por brujería o que acusaba a Sharon de contaminación moral, de ser una chica sucia que se merecía lo que le había pasado. Pero éstos sólo eran una fracción minúscula.

Los Amigos de Sharon Malloy trabajaban en estrecha colaboración con la policía, atendiendo sus llamadas y ayudaban a los investigadores. Se convirtieron en integrantes de una red de grupos extendidos por todo el país que mandaban y recibían información sobre desapariciones. Pronto empezaron a aparecer carteles con los rostros de otros niños desaparecidos en Aurelius. Algunos habían desaparecido hacía años y muchos eran de la costa oeste.

Sandra Petoski, que daba clase de sociales, era copresidente de los Amigos de Sharon Malloy junto con Rolf Porter, que dirigía el bufete de bienes raíces Century 21. Porter había estado casado con Mildred Porter, que trabajaba en la farmacia de Donald Malloy, pero estaban divorciados desde hacía algunos años. Los amigos de Sharon Malloy esperaban que se integraran al grupo los padres de Sharon, considerando que la presencia del doctor sería un gran refuerzo, pero ni Allen Malloy ni su esposa querían atención constante, aunque dieron su apoyo. Paul Leimbach sí se hizo miembro y llevó a su cuñado Donald, que fue de gran ayuda porque aportaba el apellido Malloy a los esfuerzos del grupo por reunir dinero para recompensas. Donald contribuía al grupo unas horas al día, ayudando con los teléfonos y hablando con gente.

Donald era unos cinco años menor que el médico y exhibía el mismo aire irlandés colorado, aunque era más grueso, en realidad un poco gordo. Y tenía más pelo que su hermano, del mismo color rubio rojizo. Las manos eran inmaculadas; delgadas en relación con el cuerpo y con dedos largos y delicados. Donald sufrió terriblemente por la desaparición de su sobrina, cavilando y estallando de ira. Al haber venido de ciudades grandes, los dos hermanos se sintieron particularmente traicionados por encontrar en Aurelius los peligros de los que huyeron. El marido de su hermana, Paul Leimbach, que había nacido en Aurelius, no compartía su cólera, aunque amaba a su sobrina y estaba muy afectado.

Franklin hablaba con Donald regularmente y también llevó a periodistas de fuera del pueblo a hablar con él. Su ira era una buena fuente para los periódicos, y a menudo aplaudía la decisión del gobernador Pataki de reinstaurar la pena de muerte en el estado de Nueva York. Sin duda, le parecía que una pena de cárcel, aun siendo larga, era un castigo demasiado leve para un secuestrador de niños. Donald pegó una gran ampliación de la foto de su sobrina, de al menos tres metros por uno y medio, la misma foto de Sharon de pie delante de la puerta del garaje con el guante de béisbol, en el escaparate de su farmacia y, aunque ésta ciertamente no era la oficina de los Amigos de Sharon Malloy, la inmensa foto la convirtió en un foco de atención, y a veces se veía gente fotografiándola. Harry Martini, nuestro director, dijo que la inmensa foto tampoco le hacía daño al negocio de Donald Malloy, pero se consideró que su comentario era sarcástico. La firma de contables de Paul Leimbach también tenía una oficina en el centro. También allí había una foto de Sharon en el escaparate, aunque era uno de los carteles corrientes.

Al hablar con Franklin, Donald expresaba su incredulidad en la psicología de alguien que secuestra un niño.

—¿Por qué haría alguien algo así? —preguntaba—. No hay castigo lo bastante fuerte para una persona así.

Donald a menudo hacía estos comentarios desde detrás del mostrador de su farmacia, que tenía una tarima en la que se quedaba de pie y parecía un poco más alto que los demás. Siempre llevaba la bata blanca con su nombre bordado en rojo a la altura del corazón y debajo de la palabra *farmacéutico*. Sus gafas tenían la montura incolora y, cuando quería decir algo importante, se las quitaba, las cogía con una mano y se golpeaba con ellas la palma de la otra.

Donald le contó a Franklin muchas anécdotas de Sharon; una ardilla con una pata rota, a la que curó; que, para sacar dinero, vendiese más galletas que las otras chicas de su grupo de *girl scouts*; que su madre le enseñó a cocinar y que Sharon se hacía cargo de la cena todos los miércoles por la noche, generalmente pollo a la cazuela o costillitas de cerdo a la florentina. El efecto de esta información era hacer de Sharon mucho más que un rostro de un cartel, lo que suponía muchos más apoyos y aportaciones de dinero para los Amigos de Sharon Malloy. Sharon era una chica típica de catorce años, y los artículos del *Independent* sobre sus actitudes bondadosas y su comportamiento en la casa llevaron a mucha gente a considerarla como miembro de la familia. Pam Larkin, una cajera del Banco Fleet, me hizo saber varias veces que Sharon era igual que su hermana Betsy, que se había ido hacía diez años a California y que vivía en Bakersfield. La idealización de Sharon, si lo puedo llamar así, la hizo entrar en muchas familias y aumentó el nivel de dolor e incomprensión. Parecía que todos tenían una hija de catorce años como Sharon que era importante en sus vidas, por lo que el golpe de su desaparición afectaba a todos.

Al publicar estos artículos, Franklin consideraba que cumplía con su deber como periodista. Su cometido era dar información, pero lo que recibían sus lectores era una disminución, una distorsión de lo que pasaba. Puede que mis palabras no tengan mucho fundamento, pero al idealizar a Sharon y describir su desaparición en estos términos de blanco y negro, los artículos de Franklin hacían pensar a la gente también en estos términos. En el comedor de los profesores oí a Frank Phelan, un profesor de Historia, decir que cuando los británicos del siglo IX prendían a un danés merodeador, lo desollaban y clavaban su piel en la puerta de la iglesia. Afirmaba que eso es lo que había que hacerle a quien hubiera secuestrado a Sharon. Que fuera un enfermo o estuviera loco o lisiado no tenía importancia.

Sin embargo, era algo más que el cumplimiento de su deber, Franklin estaba totalmente dedicado a su profesión. No era sólo el tipo de persona que convivía con sus dudas, penas y ambiciones. Él se convirtió en su trabajo. Como profesor de Biología he sentido que puedo estar tan atrapado por el trabajo que mi lado falible, mi lado incierto, se desvanece, y me convierto en el papel que elegí. Es equivocado decir que

Franklin se deshumanizó, pero los sucesos de nuestro pueblo le permitían cada vez más convertirse en su definición de un periodista. Quizás sea esto lo que yo veía en el capitán Percy y el doctor Malloy, los dos habían sido absorbidos por la profesión. Ello los liberaba de la carga de las obligaciones personales; la profesión decidía por ellos.

Me parecía raro que Franklin dejara a Sadie sola cuando acababa de desaparecer una chica; pero no era él, era su profesión. Y convirtiéndose en su profesión, controlaba sus temores. Incluso con su apariencia, su viejo abrigo de piel de cordero y su sombrero irlandés, sus prisas constantes y su bloc de notas, su pelo enredado y su corbata suelta; incluso con su aire de conocer la verdad que hubiera detrás de los hechos, reflejaba las características del periodista de pueblo pequeño. En tales momentos, la vulnerabilidad y los temores de una persona parecen desaparecer.

A comienzos de octubre, todos en el condado sabían que Chihani y los miembros de ISJ habían sido interrogados sobre la desaparición de Sharon. Esto creó un clima feo, y, como he dicho, los padres de Jason Irving pensaron que lo mejor sería sacarlo de la universidad y llevarlo a Kingston. Por supuesto que Franklin tenía algo de responsabilidad por la atención dedicada al tema. Pero el *Syracuse Post Standard* también había publicado un artículo sobre ISJ y Chihani, y varios periódicos informaron de los actos vandálicos en el cementerio y de las bombas puestas por Oscar Herbst. Los periódicos necesitan dar explicaciones causales y, por tanto, argumentaron o acaso sugirieron que estas acciones eran premeditadas y formaban parte de una conspiración general de ISJ. Y pudieron encontrar funcionarios municipales e incluso agentes de policía que opinaban lo mismo, aunque Ryan Tavich y el capitán Percy nunca hablaron del grupo en público.

A la gente no le gustan los elementos de información sueltos y, a causa de ello, reunían estos cabos sueltos en una teoría conspirativa que comenzaba con la llegada de Chihani a finales del año anterior. Los más moderados señalaban a ISJ como un grupo de lecturas marxistas que defendía las teorías marxistas. Los más radicales consideraban a ISJ como un grupo que fomentaba la rebelión y cometía actos anarquistas. Veían una clara conexión entre la llegada de Chihani y la desaparición de Sharon. Efectivamente, los Amigos de Sharon Malloy consiguieron fotografías de Chihani, Aaron, Oscar y los demás y las enviaron a lugares del país donde había secuestros. Incluso enviaron una foto del Citroën rojo. Un individuo de la Texaco de Spencer advirtió que había una relación entre el Citroën y Chihani y el hecho de que el diablo usara un traje rojo. Tuve en la punta de la lengua sugerir que se podía decir lo mismo de Papá Noel, pero consideré que era mejor no hablar. Eran tiempos difíciles y, si daba la impresión de que hacía burla de una teoría popular, yo también sería sospechoso.

Paula era una de las personas que temía el desarrollo de los acontecimientos y sentía cada vez más temor. Conocía la intransigencia de su hermano y su tendencia a provocar. Y pudo haber sospechado que su conducta estaba relacionada con la muerte de su madre, como si considerara al pueblo responsable de su muerte. Dado el carácter de Aaron, el periodismo apasionado de Franklin, la reacción de la gente del pueblo y las actividades de los Amigos de Sharon Malloy, Paula pudo haber previsto dónde se cruzaban esas líneas de conducta, y eso la había aterrorizado.

También veía cómo la trataba la gente por ser la hermana de Aaron. Notaba una cierta frialdad en el trato en las tiendas y en la calle, y que gente que en un tiempo le hablaba ya no lo hacía. Era una mujer hermosa, con gran atractivo y energía. Era amistosa con la gente que tendía a responderle afectuosamente. Esto había cambiado. Cada noche llevaba a su perro a dar una vuelta de tres kilómetros por el pueblo. Normalmente se cruzaba con las mismas personas e intercambiaba con ellas unas pocas palabras. Sin embargo, la gente dejó de hablarle y ella se sentía incómoda. Cambió su rutina, sacando al perro a otras horas y pasando por calles diferentes.

Incluso como consejera de alumnos en el despacho del decano, tuvo conciencia de que había un cambio. Los alumnos no la trataban de forma distinta, pero ella sentía frialdad o curiosidad por parte del personal y los celadores, gente que era de Aurelius y para quienes el pueblo era más importante que la universidad. Paula sentía que la observaban y que la criticaban o simplemente la señalaban como la hermana de Aaron. Pam Larkin, del Banco Fleet, se comportaba con escasa educación con ella, y Lois Schmidt, un gerente de producción de Wegmans, se alejó cuando Paula hizo una pregunta totalmente inocua sobre la lechuga. Paula sabía que si a ella la trataban así, a su hermano y a otros miembros de ISJ los tratarían mucho peor.

–Éste es un pueblo pequeño –dijo Franklin, cuando ella le habló del asunto–, la gente se excita.

Era una limitación en su relación, más allá del cariño que se tuvieran, el hecho de que él, como periodista, tendía a decir lo obvio mientras que ella, como psicóloga, desconfiaba de lo obvio. Estaban sentados en el sofá del salón de la casa de Paula, la casa que le alquilaba a su padre. El sofá, con su diseño de flores azules y violetas, estaba algo raído. Era un sofá que Patrick y Janice habían comprado poco después de su boda, hacía veinticinco años.

–Lo que me molesta es que la gente saque conclusiones apresuradas –dijo Paula–. Y cada día que pasa sin noticias de Sharon la cosa se pone peor.

–Aaron tiene que decir dónde estaba –señaló Franklin.

–Él sostiene que no tuvo nada que ver con Sharon.

–Puede decir eso todas las veces que quiera –contestó Franklin–, pero la gente no le creerá.

–Habla más con él. Temo lo que pueda pasar.

Franklin hizo un sonido tranquilizador.

–Sharon volverá o encontrarán a la persona que la secuestró y se acabará todo. La gente se olvidará de ISJ.

–Eso es lo que quieres creer –dijo Paula–. ¿Encontraron a la persona que mató a Janice? La gente está preocupada y con el paso de los días la presión es mayor. Piensa en nosotros, ya casi no nos vemos.

Franklin la cogió de la mano.

–He estado más ocupado, y está Sadie. No puedo dejarla sola.

–Sadie –dijo Paula, como si fuera a decir algo más. Pero no lo hizo.

20

Franklin y Aaron estaban sentados en la sala de estar del apartamento de éste. Era un miércoles por la mañana, más de dos semanas después de la desaparición de Sharon, el 4 de octubre. Aaron se puso una goma en el pelo para hacer su coleta.
 —Nada de esto es para tu publicación —comenzó.
 Franklin dejó de pasar las hojas de su bloc y lo dejó en la mesa.
 —Entiendo.
 —Hablas de causa y efecto. No hay ninguna causa que no sea a la vez un efecto.
 —Supongo que esto llega hasta el *big bang*, la explosión que dio origen al universo.
 —¿Y eso qué lo provocó? —preguntó Aaron, medio en serio—. Lo que digo es que la llegada de Houari Chihani a Aurelius no provocó nada. En todo caso, fue el catalizador para unos pocos estudiantes.
 Franklin estornudó y sacó un pañuelo del bolsillo lateral de su americana. En los últimos días había pillado un resfriado, con dolores de cabeza y congestión del pecho.
 —¿Dónde estabas cuándo desapareció Sharon?
 —Quedamos en que no hablaríamos de eso —contestó Aaron.
 Aaron estaba en el sillón que había junto a la ventana y el sol asomaba sobre su hombro. Franklin estaba sentado en el sofá, que tenía apelmazado el relleno de los almohadones y era demasiado bajo. En la pared de delante de él estaba el cartel rojo de Zapata. Debajo había un estante lleno de libros, pero ninguna novela aparte de *Las uvas de la ira* y *La jungla*.
 —Tratas de entender lo ocurrido —comentó Aaron— estudiando los rastros de ello. Eso es como tratar de saber qué es un elefante estudiando sus pisadas.

–¿Quieres que empiece por el nacimiento del elefante? Eso suena a Chihani.

–Aprendí mucho con él.

–¿Como qué?

–Imagina dos paisajes –contestó Aaron. Al hablar se soltó la coleta y luego la volvió a sujetar con la goma–. El primero es un campo al final de la primavera, con flores, donde todo crece. Los conejos corretean. Las mariposas van de flor en flor. Y hay muchos pájaros: petirrojos, carboneros, mirlos de ala roja, quizás incluso faisanes. Pasa una marmota. Los manzanos están en flor y los pájaros anidan en las ramas.

–Suena como Walt Disney –dijo Franklin.

–Exacto.

–Y el otro paisaje, ¿qué es?

–Igual que el primero, pero ahora agregamos el gato, el zorro, la serpiente y el halcón.

–¿Adónde quieres llegar? –preguntó Franklin. Aaron le había dado un vaso de zumo de naranja; tomó un sorbo.

–El primer paisaje es lo que la gente quiere, el que les gusta aceptar como realidad. El segundo es el paisaje que existe. En el primero no desaparece ninguna Sharon Malloy. Es un paisaje en el que no habrían matado a mi madre. El problema es que es falso. Sólo el segundo paisaje es real. Y no tiene nada de malo. Así es el mundo, cambio y cambio violento, criaturas que se comen unas a otras, nada seguro. Su inestabilidad radical es una inestabilidad natural.

–¿Esto es lo que te enseñó a ver Chihani?

–Me enseñó a no desear el otro paisaje, a no mirar el mundo a través del prisma de lo que desearía ver.

–¿Qué tiene que ver esto con el marxismo? –preguntó Franklin.

–Siempre hay imperfecciones, pero algunas se pueden resolver y otras no. No hay nada que se pueda hacer contra el envejecimiento; se pueden hacer cosas en relación con la desigualdad y el abuso de poder.

Franklin sacó el pañuelo y se sonó la nariz. Sabía que una característica del periodista es que hacía preguntas no para saber sino para tener información, y que quería la información no para sí sino a menudo para algo que escribiría y luego olvidaría. ¿Le importaba lo que decía Aaron, o entender por qué Aaron quería ver un mundo en el que el zorro, el gato, la serpiente y el halcón buscaban su placer?

–¿Por qué volviste a Aurelius?
–¿Por qué crees que volví?
–Para averiguar quién mató a tu madre.
–Lo has dicho tú, no yo.
–¿Y crees que Chihani puede ayudarte en eso?
–Puede ayudarme a ver las cosas con mayor claridad.
–¿Qué ideas tienes sobre la muerte de tu madre?

Aaron puso de lado la cabeza de un modo que a Franklin le hizo pensar en un pájaro escuchando algo bajo tierra.

–Creo que la mató un hombre que vive en Aurelius. Pero ¿qué tiene que ver esto con lo que estamos hablando?

–Pensaba en qué medida tus ideas sobre el mundo están influidas por la muerte de tu madre. Quizá su muerte es la ventana por la que miras el mundo.

–¿Así que si hablo de mayor igualdad, es simplemente porque mataron a mi madre?

–Eso es simplificar demasiado las cosas.

–Si alguien lee filosofía e historia y llega a una conclusión con respecto a la naturaleza del mundo, esa conclusión la ha formado, de hecho, su psicología, que se forma a partir de los sucesos de su vida y de sus rasgos hereditarios, que en realidad están definidos antes de que lea nada. ¿Eso es lo que crees?

Franklin pensó que no podía usar nada de esto en un artículo y que todavía tenía que terminar el periódico del día siguiente. En su mente podría ver los espacios vacíos en la portada y en la página editorial, que tendría que rellenar por la tarde.

–No necesariamente.

–Bien –prosiguió Aaron–, pensemos en tu punto de vista y en lo que indica en relación con la responsabilidad. Si los acontecimientos se producen y la reacción del individuo está fatalmente determinada por su psicología, entonces eso es liberador, ¿no? Significa que ningún suceso concreto es culpa del individuo.

–¿Qué clase de suceso?
–La muerte de tu esposa, por ejemplo.

—Murió de cáncer.
—Así que estaba predestinada y tú no podías hacer nada.
—Yo no podía hacer nada.
—¿Y si se hubiese diagnosticado antes?
—No había señales de que pasara algo malo.
—Pero ¿Y si se hubiera hecho un reconocimiento de rutina?
—Se lo hicieron un año antes.
—¿Qué habría pasado si se lo hubiera hecho seis meses antes o incluso tres?

Franklin no respondió. Se sorprendió de su incomodidad.
—Volvamos a mis preguntas anteriores. ¿Qué ideas tienes acerca de la muerte de tu madre?

Aaron nuevamente asumió la expresión que hacía pensar a Franklin en un pájaro. Tenía un elemento de ironía que a Franklin no le gustaba, como si Aaron pensara que sabía algo de Franklin que no conocía antes.
—¿Qué tipo de ideas debo tener? —preguntó Aaron.
—Sobre quién la mató.
—¿Tú te acostaste con ella?

Franklin quedó sorprendido.
—Por supuesto que no.
—¿Por qué por supuesto que no? Tu amigo Ryan Tavich sí lo hizo.
—Él es soltero.
—¿Crees que mi madre sólo tuvo relaciones con hombres solteros?
—No tengo ni idea. ¿Crees que la mató un hombre casado?
—La mató un hombre, un hombre que tuvo relaciones sexuales con ella. Eso es todo lo que sé ahora. En tu marco de referencia, ella estaba destinada a morir debido a una promiscuidad determinada por su psicología. Espera —dijo Aaron cuando Franklin comenzaba a responderle—, sé que estoy exagerando, pero su promiscuidad y su deseo de hombres de los que podía no saber nada aumentó las probabilidades de que pudiera encontrarse con alguien que la matara. Mi posición es que su creencia en un mundo bueno la cegó ante la posibilidad de que le pudiera pasar algo. Si hubiera aprendido a ver el mundo real, el mundo de la serpiente y el zorro, entonces habría sido más precavida y quizás aún estaría viva.

–¿Qué hay de Sharon Malloy? –preguntó Franklin.
–Yo no culpo a los niños por ver el paisaje que desean –contestó Aaron–. Es lo que me gusta de ellos, su dulzura. Y por eso necesitan adultos que los protejan. ¿Tú sugieres que Sharon estaba destinada a desaparecer?

Franklin no quería pensar que eso fuera verdad.

–Iba por todo el pueblo en su bicicleta, quizás eso fuera un error. Corrió un riesgo mayor y quizás estaba destinada a que le pasara algo.

–¿Eso es culpa de sus padres?

–No es culpa de nadie.

–¿Crees que este argumento se podría utilizar para justificar el poco tiempo que pasas con Sadie?

Franklin se sorprendió mirando fijamente la cicatriz en forma de L en la mejilla de Aaron.

–No quiero hablar de eso –contestó.

–Es gracioso, ¿no? –dijo Aaron–; cuando el periodista tiene que responder preguntas, tampoco le gusta.

La noche del 6 de octubre, los miembros de Investigaciones sobre la Justicia, exceptuando a Aaron, Jason y Oscar, se reunieron en casa de Houari Chihani. Según Barry, contaron anécdotas sobre cosas que les habían pasado en el pueblo.

–Una mujer se puso a gritar a Harriet en Wegmans, llamándola puta. A Jesse y Shannon les gritaron por la calle. El profesor Chihani quería analizar estos incidentes. Dijo que daban pie a comentarios sobre el sistema capitalista y su necesidad de chivos expiatorios. Sólo que esta vez los chivos expiatorios éramos nosotros. La reunión fue espantosa y lamenté haber ido.

Chihani veía un problema y trataba de afrontarlo traduciéndolo a términos filosóficos. Aquella noche sacó una bandeja con docenas de dónuts y un botellón de sidra, lo que era conmovedor porque nunca ofrecía nada a los estudiantes, excepto té y bizcochos. La presencia misma de los dónuts era el reconocimiento de que algo andaba mal. Los chicos estaban desparramados por el salón, la mayoría sentados en el suelo. Debido a la agresión que había sufrido a manos de Jesse y

Shannon, Barry se sentó lo más lejos posible de ellos. Se sentó cerca de Leon, la persona con quien tenía menos problemas. El estómago de Leon hacía ruidos, y él olía a sudor.

–¿Qué es un chivo expiatorio? –preguntó Chihani.

–Es alguien a quien culpan por lo que ha hecho otro –contestó Bob Jenks.

–Es del Antiguo Testamento –aclaró Leon. Estaba sentado en el suelo, con tres dónuts delante, en una servilleta de papel. A un dónut le faltaba la cuarta parte y Leon tenía la boca llena–. Del Levítico –añadió–, el tercer libro de Moisés.

Chihani se dirigió a Harriet.

–¿Cuáles son los atributos del chivo expiatorio?

–Tiene que ser distinto de los demás –contestó Harriet–, aunque esa diferencia sea resultado puramente del azar, como que Barry sea albino. Tiene un aspecto diferente y se le considera un extraño. Y al ser un extraño, se vuelve un chivo expiatorio apropiado.

–Muy bien. –Chihani miró a los estudiantes–. Al formar Investigaciones sobre la Justicia os hicisteis diferentes. Al ser diferentes, atrajisteis la atención. Al llamar la atención, os pusisteis en situación de ser culpados cuando la comunidad necesitara alguien a quien culpar. En una comunidad verdaderamente igualitaria no habría necesidad de chivos expiatorios. La gente se consideraría a sí misma responsable de sus faltas. No necesitaría culpar a los demás.

Pero Barry sabía que eso no era todo. ¿Acaso los miembros de ISJ no habían derribado lápidas en el cementerio? ¿No era cierto que uno había puesto bombas falsas en las ventanas de dos centros docentes?

Chihani habló de la responsabilidad y de cómo en el sistema capitalista se responsabiliza de lo que anda mal a los desheredados, mientras que la verdadera responsabilidad es de los propios capitalistas. Sin embargo, como los burgueses esperan las migajas que caen de las clases altas, condenan a las clases bajas con mayor ferocidad dado que, si no fuera por éstas, ellos mismos estarían condenados.

–La burguesía desea incorporarse a las clases más altas –explicó Chihani– igual que los cristianos devotos desean ir al cielo. Es tarea de las clases altas mantener vivo este deseo.

En aquel momento, poco después de las nueve, sonó el timbre de la puerta.

—Es Aaron —dijo Harriet.

Pero no era Aaron. Era el doctor Malloy.

Barry dijo que tenía un aspecto terrible. Su rostro revelaba cansancio, con pocas trazas de su salud irlandesa. Como esperaban ver a Aaron, se sorprendieron de ver a un extraño. Barry se dio cuenta de que era el único que conocía al doctor Malloy.

—¿A qué debemos...? —comenzó a decir Chihani en tono formal.

—Soy Allen Malloy. Quería saber qué aspecto tenían. —Se quedó junto a la puerta y miró la habitación.

—¿Por qué quería mirarnos? —preguntó Chihani.

—Quería ver sus rostros culpables —respondió el doctor Malloy, alzando la voz.

Los estudiantes se quedaron mirando al médico.

—¿Por qué somos culpables? —preguntó Chihani.

El doctor, con la cara enrojecida, se adelantó hacia Chihani.

—¿No se da cuenta de que mi hija ha desaparecido?

Chihani asintió lentamente.

Como si estuviese pensando: «Ajá, así que usted es *ese* Malloy», comentó Barry más tarde.

—¡Alguien me ha robado a mi hija! —gritó el doctor Malloy—. ¿Cómo pudo decir que esa persona es más víctima que Sharon? ¡Sólo un imbécil podía decir eso! ¡Sólo un sádico!

Barry no sabía de qué hablaba el doctor Malloy, pero Chihani lo entendió inmediatamente.

—Al señor Moore le dije muchas cosas, y él decidió citar sólo unas cuantas. Pero no creo que usted quiera tener una discusión filosófica...

—Lo que quiero —dijo Malloy en un susurro— es que a usted lo castiguen.

El rostro de Chihani se arrugó de emoción.

—Créame cuando le digo que ninguno de los que está en esta habitación ha tenido nada que ver con la desaparición de su hija. Si hay algo que pueda hacer cualquiera de nosotros para ayudar a encontrarla, por favor, díganoslo.

Aquel mismo viernes por la noche, Sadie salió con Aaron hasta las diez. Cuando volvió a casa, su padre esperaba en el salón.

–Te prohíbo relacionarte con Aaron McNeal –dijo Franklin. Se puso las manos en los bolsillos del pantalón por temor a agarrarla impulsivamente.

–Es mi amigo –dijo Sadie. Aaron le había dado un collar de plata con un anillo de plata en forma de perro cócker y ella lo tocó. Pensó si se lo debía enseñar a su padre y decidió que no.

–¿Qué tengo que hacer, encerrarte en tu dormitorio? ¿No ves que estoy preocupado por lo que te pueda pasar?

–Aaron no tiene nada de malo –replicó Sadie.

–Ninguno de los dos está seguro de eso.

–Yo sí.

Pero Sadie obedeció en gran medida a su padre. Yo fui el beneficiario, dado que así ella pasaba más tiempo conmigo. Venía a mi casa después de clase tres tardes a la semana y también el sábado y el domingo. Sin embargo, incluso esto suscitaría comentarios desafortunados.

21

Ryan Tavich abrió los ojos. Eran las seis de la mañana del lunes 9 de octubre. Ryan no necesitaba mirar el reloj para saber que eran las seis. Siempre se despertaba a las seis, al margen de la hora a la que se hubiera ido a la cama. Se quedó acostado de espaldas y mirando al techo. Siempre dormía boca arriba. Es lo que Janice McNeal llamaba su «posición de ataúd». Fuera todavía estaba oscuro, pero había un leve resplandor en el dormitorio por la luz del cuarto de baño. Le daba un poco de vergüenza que le gustara dejar la luz encendida del cuarto de baño. A Ryan le resultaba reconfortante pero consideraba que a un hombre de cuarenta y cuatro años no debiera hacerle falta.

Ryan se despertó pensando en Aaron, como si hubiera estado pensando en él inconscientemente toda la noche. También pensó en Janice y en las características que parecían tener en común el hijo con la madre. Oyó que un motor se ponía en marcha cuando su vecino, Frank Penrose, arrancó su viejo Pontiac Cutlass para ir a Norwich, donde trabajaba en la empresa farmacéutica. Ryan pensó por centésima vez que si no se despertara automáticamente a las seis, Frank Penrose lo despertaría cinco minutos más tarde, como hacía con la mitad de la gente de aquella manzana.

Entonces Ryan empezó a pensar en Arleen Barnes, que vivía al lado de la casa de Paula McNeal. Arleen tenía unos treinta y cinco años. Su marido era químico y trabajaba en Norwich. Quizá se llamaba Harold. No tenían hijos. Arleen trabajaba medio día en la oficina de la empresa State Farm, en Main Street, con la madre de Barry Sanders, aunque se vestía, pensó Ryan, como si trabajara en los almacenes Saks de la Quinta Avenida de Nueva York. Ryan nunca había estado en Saks de la Quinta Avenida, pero su coche estaba asegurado en la State Farm y tenía una calcomanía en el parachoque que lo anunciaba. Mirando al techo, Ryan recordaba que el Toyota de Aaron tenía la misma calcomanía en el parachoques de atrás.

Ryan empezó a pensar en la casa de Arleen, un chalet con tejas verdes, alejado de la calle, detrás del de Paula. Era probable que Aaron lo viera cada vez que visitaba a su hermana, Y recordó que Arleen había sido amiga de Janice. A fin de cuentas, habían sido vecinas durante un tiempo. Ryan trató de recordar a Harold Barnes, pero sólo le vino a la memoria la imagen de una cabeza calva y un hombre gordo. Sin embargo, a Arleen Barnes la recordaba fácilmente, una mujer delgada a la que le gustaba llevar vestidos a la medida con pañuelos coloreados al cuello. A Ryan le gustaba su aspecto. Se vestía como alguien cuya disposición sexual siguiera estando abierta. Y tenía aspecto de salón de belleza, con su pelo castaño cuidadosamente peinado. Al pensarlo, Ryan hasta se podía imaginar a Arleen saliendo de Make Waves, la peluquería de State Street, que estaba cerca del cruce con Main Street. La propietaria era Cookie Evans, una mujer alegre y activa. Ryan lo sabía porque a veces salía con ella y cada salida lo dejaba exhausto. Con independencia de cuánto se apresurara, siempre iba unos pasos detrás de ella. Y ella hablaba sin parar, no directamente a él sino por encima de su hombro.

Ryan se levantó de la cama, se puso un chándal y bajó al sótano a hacer pesas. El gato lo siguió.

–Tengo una idea, *Chief* – le dijo al gato.

Durante media hora las pesas hicieron ruido de cañerías viejas. A continuación, Ryan se dio una ducha y preparó café. Mientras esperaba el café, peló cuidadosamente un pomelo rosado, quitando todo el hollejo. Cortó el pomelo en dieciséis secciones pequeñas. El gato se le enredó entre las piernas hasta que Ryan le sirvió leche. Luego se comió el pomelo, tomó el café y leyó el *Syracuse Post Standard*. De vez en cuando dejaba el periódico y miraba de nuevo al techo.

–Tienes suerte de ser un gato, *Chief* –le dijo Ryan al gato–. La vida es más fácil para los gatos. Hasta el amor es más fácil.

A las siete y media Ryan estaba en su Escort, camino del salón de belleza. No tenía ninguna duda de que Cookie estaría allí; ella siempre abría temprano. Y a aquella hora podía no haber nadie. A Ryan los salones de belleza lo hacían sentir incómodo. Eran como clubes de mujeres, con cortinas y vidrios adornados, los lugares donde las mujeres intercambiaban confesiones, que era en realidad el motivo por el que Ryan iba a visitar a Cookie Evans. Quería saber de qué y de quién hablaba Arleen Barnes.

No había clientas, pero Cookie no estaba sola. Jaime Rose se acicalaba la barba frente al espejo. Jaime trabajaba para Cookie. Nacido y criado en Aurelius, su nombre real era James Rozevicz, pero su fortuna como peluquero mejoró grandemente cuando cambió su nombre por Jaime Rose. Llevaba el pelo negro peinado hacia atrás y eso añadía unos centímetros a su estatura. Era delgado y anguloso y tenía unos treinta y cinco años. Jaime había aprendido a peinar en Albany, aunque le decía a todo el mundo, incluyendo a Cookie, que había estudiado en Los Ángeles. Había vivido un tiempo en Nueva York, pero había vuelto a Aurelius hacía unos cinco años. Pronunciaba su nombre a la española.

Después Jaime me contó que Cookie llevó a Ryan a su pequeño despacho, donde se quedaron casi media hora. Jaime dijo que estaba tentado de escuchar desde la puerta pero temió hacerlo. Los policías lo ponen nervioso. Para su gusto, eran demasiado entrometidos. Luego, poco antes de las ocho, Ryan salió del despacho y se fue del salón de belleza sin mirar a Jaime. En aquel momento, éste trabajaba en el mechón de la señora McAuley.

—¿Qué pasaba? —preguntó Jaime a Cookie.

Ella había empezado a peinar una peluca que una clienta quería llevarse aquella mañana. Cookie sólo medía algo más de un metro cincuenta y cinco, exactamente treinta centímetros menos que Jaime.

—Te sorprenderías de los escándalos que hay en este pueblo —le contestó.

—En Aurelius —respondió Jaime—. Nada podría sorprenderme.

Ryan se dirigió a la oficina de la State Farm, en Main Street. No trató de hablar con Arleen Barnes, sólo quería verla. Ryan le dijo a la señora Sanders que había perdido su atlas de la State Farm y que le gustaría conseguir otro, si era posible. Arleen hablaba por teléfono, se reía y se tapaba la boca con la mano. Llevaba un vestido gris oscuro y un pañuelo al cuello con figuras geométricas en amarillo y violeta. Su pelo castaño se alzaba en dos olas a cada lado de su cabeza y bajaba hasta un punto de su nuca. Llevaba rímel y sombra de ojos aunque no en exceso, al menos así le parecía a Ryan.

La señora Sanders le dio a Ryan el atlas. Miró nuevamente a Arleen, que seguía riéndose al teléfono. Ryan no creía que estuviera hablando con un cliente. Le dio las gracias a la señora Sanders y después cogió el coche y se encaminó a la Universidad de Aurelius.

Antes de volver al ayuntamiento, Ryan estuvo veinte minutos en el despacho del decano hablando sobre Aaron con Paula McNeal. Estaba sentado a su mesa a las nueve. Patty McClosky le llevó una taza de café solo.

–Pareces contento –le comentó.

Ryan se sorprendió. Creía que su rostro era un muro que lo separaba del mundo.

–¿Hay algo nuevo acerca de Sharon Malloy? –preguntó.

Sabía que no porque de otro modo le habrían avisado por el buscapersonas.

–El capitán Percy ha llamado para decir que vendría a las nueve y media, pero no parecía urgente.

Ryan tomó un sorbo de café. En el escritorio tenía un informe de Chuck Hawley que describía sus observaciones del fin de semana del doctor Malloy y su esposa y daba detalles de la visita del doctor Malloy a Houari Chihani el viernes por la noche. El médico había estado en el apartamento de éste quince minutos; después se fue a casa. Más tarde Chuck le preguntó a Barry Sander qué quería Malloy.

–Nos preguntó si alguno de nosotros le había robado a su hija –contestó Barry.

Ryan pensaba que la investigación pronto sería transferida a dos o tres hombres cuya tarea sería esperar que pasara algo. La policía del estado no podía mantener veinte hombres atendiendo el caso. Esto fue lo que pasó con la muerte de Janice, un gran despliegue de actividad que se diluyó en la nada. Se encontró pensando en las manos de Janice, que se enorgullecía de ellas, se dejaba crecer las uñas y las llevaba pintadas. Hablaba de sus cutículas. Pensó en la mano que le habían cortado. La mano izquierda. No podía dejar de pensar que en aquel momento la mano estaba en algún lugar específico; en una zanja, en un campo, en una repisa. La última posibilidad lo sobresaltó.

A las nueve y media, justo antes de que llegara el capitán Percy, Ryan llamó a la oficina de la State Farm y pidió hablar con la señora Barnes.

–Buenos días Arleen, habla Ryan Tavich. ¿Tienes tiempo para tomar un café? Me gustaría hablar contigo cinco minutos. Pasaré a las diez y media. Hasta luego.

Ryan llevó a Arleen a Junior's; luego se preguntó si estaba haciendo lo más acertado. Arleen era demasiado elegante para Junior's y no armonizaba con los videojuegos. Ryan se sentó a una mesa del fondo.

–¿Quieres también un dónut? –le preguntó Arleen.

–Desde luego. Mira si tienen uno de canela.

Ryan cogió dos cafés y cuatro dónuts del mostrador y los llevó a la mesa. Arleen le sonrió. Desde que él había ido a buscar los cafés se había aplicado más lápiz de labios. Ryan no entendía cómo las mujeres podían comer con los labios pintados. Seguro que todo sabía a perfume. Ryan se puso dos cucharillas de azúcar en el café. Levantó la vista y vio a Arleen mirándolo con expresión expectante. Se sintió avergonzado.

–Arleen –comenzó–, a veces, como agente de policía, estoy obligado a preguntar cosas que en circunstancias normales no preguntaría. –Se detuvo y se preguntó si hablaba demasiado alto. En los videojuegos se oían explosiones electrónicas. Arleen lo miraba apoyando un dedo en la barbilla–. Lo que quiero decir –continuó Ryan–... no quiero que te ofendas por lo que te voy a preguntar, porque sólo lo pregunto como policía.

–¿Quieres saber si me acuesto con Aaron McNeal? –preguntó Arleen. Sonrió rápidamente y luego se puso seria.

Ryan miró alrededor para ver si lo había oído alguien. Un agricultor, Lou Weber, estaba a unos tres metros, comiéndose un dónut bañado en miel. Sólo prestaba atención al dónut.

–En realidad –contestó Ryan–, eso es lo que quería saber.

–Pues sí lo hago –dijo Arleen–, mejor dicho, lo hice. No sé nada de él desde hace más de una semana.

Ryan cogió un dónut de canela; después lo dejó en el plato.
—¿Estuvo contigo el día que desapareció Sharon?
—Toda la tarde y toda la noche. —Arleen se arregló el pañuelo del cuello—. Harold se tuvo que quedar en Norwich y llamó a primera hora de la tarde para avisar. Llamé a Aaron y llegó a mi casa a las dos. Dejó el coche en la entrada del garaje de su hermana. Lo pasamos muy bien. Cuando llegó Harold al día siguiente a eso de las cinco, yo ya había arreglado la casa.

Ryan trató de imaginar sus actividades. Se imaginó que, si quería, él mismo podría visitar a Arleen. Se ruborizó.

—¿Cómo supiste que quería hablar de eso?
—Porque Aaron me dijo que querías saber dónde había estado. Él temía que Harold se enterara. Mi idea es que si Harold se entera, es porque debería enterarse. A lo mejor le hace bien. Ya sabes, que valore lo que tiene.

Ryan iba a hacer un comentario, pero lo pensó mejor. En cambio, preguntó:

—¿Aaron dijo algo más sobre mí?
—Dijo que eras uno de los hombres que se había liado con su madre. Evidentemente, yo ya lo sabía.
—¿Habló de Janice?
—Por supuesto. Janice y yo éramos amigas, pero no tengo ni idea de quién la mató. Aaron quería saber con quién salía. Le dije algunos nombres, todos los que recordaba, Unos diez hombres. A veces Janice y yo salíamos con un par de hombres. A escondidas, ya sabes.

Ryan imaginó a Aaron y Arleen Barnes en la cama, hablando de los amantes de Janice. Pero tal vez no habían tenido relaciones en la cama. Quizás Aaron fuera como su madre. Para Janice la cama era simplemente una de las muchas opciones. Ryan sacudió la cabeza para alejar los recuerdos.

—¿Quieres los dónuts? —preguntó.
—He cambiado de idea —contestó Arleen—. Tengo que adelgazar.

Ryan cogió unas servilletas y envolvió los cuatro dónuts en dos paquetes. Metió un paquete en cada bolsillo.

—Para comer —comentó.

Diez minutos más tarde, Ryan fue al apartamento de Aaron. Contempló la posibilidad de que Arleen hubiera mentido, pero, como le dijo después a Franklin, no veía motivo para ello. Arleen lo excitaba un poco y pensó en llamarla algún día, aunque sabía que no lo haría. No sentía nada por su marido, pero no le gustaba la idea de hacer lo que no debía en la cama de otro hombre, sobre todo porque él mismo había estado celoso de que Janice estuviera con otros hombres mientras salía con él.

Los Amigos de Sharon Malloy habían alquilado un local en Main Street, por delante del cual pasó Ryan cuando iba camino del apartamento de Aaron. Tenían una gran foto de Sharon en la ventana. Frente al local había una gran cantidad de coches aparcados. En aquel momento se abrió la puerta y salió Hark Powers con otro hombre. Ryan se sorprendió de verlo, de que a Hark le importara Sharon Malloy. Hark sonreía y eso también sorprendió a Ryan, que hubiera algo en aquel local que le pudiera resultar gracioso a Hark.

Ryan aparcó frente al edificio de apartamentos de Aaron, cerró el coche y entró. Llamó una vez, y luego otra. Al cabo de un rato, Aaron abrió la puerta. Llevaba una bata y zapatillas. Tenía las piernas flacas y casi sin vello. El pelo largo le colgaba sobre los hombros. Se hizo a un lado para que Ryan entrara.

—Me has pillado con la ropa de trabajo —dijo Aaron.

Ryan se preguntó si aquello quería decir algo sexual; luego recordó que Aaron trabajaba en casa.

—Estabas con Arleen Barnes el día 18 —le espetó Ryan.

—¿Te lo ha dicho?

—¿Por qué no me lo dijiste?

—No tenía ganas.

—Era un asunto policial y te ha metido en un lío.

—¿Qué me importan a mí los asuntos de la policía? —Aaron cogió un paquete de Pall Mall, sacó un cigarrillo y lo encendió. Se oyó correr el agua del lavabo. Sorprendido, Ryan advirtió que había alguien más allí.

—Una visita —dijo Aaron.

Ryan iba a hacer un comentario sobre la visita, pero cambió de idea.

—Al no decirnos nada, has obstruido la investigación policial.

–Tu investigación no me importa.
–¿No te importa Sharon Malloy?
–Que me importe ella y que me importe la policía son dos cosas diferentes. Vosotros no vais a averiguar quién lo hizo, como no descubristeis quién mató a mi madre. A estas alturas, Sharon probablemente estará muerta. Vuestro trabajo consiste en proteger la propiedad, y yo no creo en la propiedad.

Ryan miró los libros y los muebles. Se preguntó si a Aaron le molestaría que fuera alguien y se los llevara.

–¿Fuiste con Arleen porque era amiga de tu madre?
–Fui con ella, como dices tú, porque quería follar con ella.
–Eres más parecido a tu madre de lo que pensé –comentó Ryan.
–¿Quieres decir porque a mí me gusta el sexo igual que le gustaba a ella?

Mirando a Aaron, Ryan se sintió de nuevo molesto porque veía el rostro de Janice en el de su hijo. Eso le impedía pensar en Aaron con claridad. Y se acordó de Harriet Malcomb, que había dicho que Aaron le había ordenado tener relaciones con él. Ryan quería interrogar a Aaron sobre esto, pero aún no estaba listo. El asunto aún lo irritaba.

–No estoy seguro de lo que he querido decir –contestó Ryan.

Entonces se fue. No quería ver quién estaba en el cuarto de baño. Una parte de él quería saber quién era, pero la otra no quería complicarse las ideas. Más tarde le dijo a Franklin que pudo haber sido Harriet, pero también otra persona.

Al volver al ayuntamiento, Ryan pensó en el apetito de Janice por los hombres. No tenía más restricciones sexuales que el hecho de que no le gustaba el dolor, al menos el dolor fuerte, dado que le gustaban unos azotes en el culo. A veces le gustaba masturbar a Ryan, apretando tanto el pene que le dolía, postergando su orgasmo para que el esperma llegara más lejos. A veces le gustaba que el esperma le diera en la cara. Decía que era algo maravilloso. Se lo frotaba en las mejillas o en la frente o hacía que Ryan lo frotara hasta que desaparecía la mancha. A Ryan le producía excitación y asco al mismo tiempo. Sin embargo, no había estado nunca con ninguna otra mujer, ni antes ni después, que tuviera tal pasión por tales diversiones.

22

Hark Powers fue la primera persona en afirmar que la cicatriz en forma de L en la mejilla de Aaron quería decir Lucifer, como si Lucifer le hubiera dado a Aaron un tatuaje especial, reclamándolo como suyo. Pronto lo dirían todos. Desde luego, era la clase de afirmación que le gustaba a la gente. Clarificaba el mundo. Sin duda, siempre se decía como en broma, pero para algunas personas era menos broma que para otras.

A menudo, los matones son sentimentales. No creen en la maldad por la maldad misma. Les gusta poner su deseo de pegar y controlar al servicio de una causa mayor. Esto no es más que un pretexto, pero les permite disfrutar de sus sentimientos de poder con menos culpa. Puede decirse que golpean a su víctima no porque les guste pegar sino porque su víctima merece el castigo. Así era Hark Powers.

No me sorprendió, como sí sorprendió a Ryan Tavich, que Hark participara en las actividades de los Amigos de Sharon Malloy. Al igual que muchos otros, creía que quien había secuestrado a Sharon era alguien que estaba en el pueblo de paso, aunque no dudaba de que esa persona estaba relacionada con Houari Chihani e Investigaciones sobre la Justicia. A Hark le indignaba que alguien de ISJ pusiera bombas en las ventanas de dos escuelas de Aurelius y lo encolerizó la profanación del cementerio Homeland. Hark tenía familiares enterrados allí, así que el sacrilegio le tocó muy de cerca. Pensaba una y otra vez en el modo en que habían derribado las lápidas y siempre tenía esa horrible imagen en la cabeza. O al menos eso decía cuando hablaba en la taberna de Bud. «Ateos» era la palabra que usaba Hark para describir a los miembros de ISJ, aunque el propio Hark pocas veces había estado en una iglesia.

Hark no era estúpido pero era uno de esos jóvenes, corrientes en los pueblos pequeños, que eligen la ignorancia. La suya era casi una posición filosófica adoptada contra el mundo exterior y llevaba su ceguera con orgullo y actitud desafiante. En el parachoques de su furgoneta de reparto llevaba el lema «Compre Americano», y en el cristal trasero tenía una pequeña bandera de Estados Unidos. En el parachoques también tenía una pegatina que decía algo de que moriría con un revólver caliente en la mano. Huelga decir que creía en el derecho de todo el mundo a tener armas de guerra. Por otro lado, se decía que era buen mecánico y que podía tener actitudes bondadosas; a menudo ayudaba en la granja de su padre que dirigía su hermano mayor. Con ello no pretendo disculpar a Hark, pero tampoco sería justo decir sólo que era un retrasado mental. Desconfiaba de todo lo que viniera de fuera. No sólo le disgustaba Houari Chihani, sino toda la universidad, y el hecho de que Aaron hubiera estudiado en Buffalo era algo más en su contra.

Evidentemente, Hark odiaba a Aaron por lo que había hecho con su oreja. Pero en el año transcurrido desde entonces, hubo una serie de nuevos insultos que hicieron que Aaron estuviera siempre presente en la mente de Hark. Por ejemplo, la joven que había estado usando el cuarto de baño de Aaron en el momento de la visita de Ryan no era Harriet Malcomb sino Jeanette Richards, que era subdirectora en la tienda Ames. Tenía un rostro algo vulgar, pero su figura era llamativa. El problema era que había estado saliendo con Hark Powers todo el otoño. Entonces éste se enteró de que también salía con Aaron. En un pueblo como Aurelius, donde hay pocos entretenimientos fuera de la televisión, el romance y el melodrama se exageran. El hecho de que se viera a la chica de Hark saliendo y entrando del apartamento de Aaron puso a sonar los teléfonos. Es obvio que Hark ofreció sus servicios a los Amigos de Sharon Malloy porque le preocupaba la desaparición de Sharon, pero también lo hizo porque su chica estaba liada con su enemigo.

En el local alquilado por los Amigos de Sharon Malloy, Hark atendía llamadas telefónicas, leía cartas y pegaba sobres. También participó en algunas investigaciones. Como tenía su trabajo en la concesionaria Ford de Jack Morris, el tiempo que podía dedicar a los Amigos era limitado, menos de diez horas a la semana. Los tíos de Sharon, Donald y Paul Leimbach, a menudo aparecían por el local y Hark se pegó a ellos como guardia de honor. Sus músculos estaban al servicio de ellos. Les hacía recados encantado, como si la relación con ellos le concediera a él una importancia especial. Hark era un hombre lento y su cara tenía forma de luna. Exhibía una actitud irónica, burlona, que sugería que sabía algo más que la gente que lo rodeaba, y que no se le podía engañar. Donald Malloy y Paul Leimbach le tenían simpatía. Lo consideraban uno de sus mejores voluntarios, aunque estoy seguro de que no tenían ni idea de lo peligroso que podía ser aquel instrumento.

Hark empezó a vigilar a Aaron y a los demás. Y tenía amigos, pendencieros de poca monta a quienes recurría. A veces cuando Chihani iba a Wegmans a hacer sus compras semanales, uno de esos hombres lo seguía. Para Hark y sus amigos estaba claro que la policía tenía interés en Aaron, aparte de las acusaciones de vandalismo en el cementerio de Homeland. En consecuencia, consideraban que aquellas acciones eran de ayuda a la policía, igual que lo que hacían con los Amigos de Sharon Malloy.

A veces Shark también seguía a Barry Sanders, aunque Barry le resultaba tan repulsivo que ni siquiera el apodo de *Clavelito* era suficiente. Hark notaba que Barry le tenía terror, lo que transformaba en placer esa clase de hostigamiento menor. Y el hecho de que Barry le tuviera miedo indicaba que temía a algo más que a Hark, lo que significaba que se sentía culpable.

Puede que Hark no supiera que Barry era homosexual, pero montones de veces había hecho todo lo posible por ser desagradable con Jaime Rose. Entre la población de Aurelius había un cierto número de hombres homosexuales, pero Jaime Rose era el único del que no cabía ninguna duda, aunque no lo proclamara a gritos. Por otro lado, le gustaba decir:

–Si lo tienes, enséñalo.

Una vez le pregunté por qué no se iba a vivir a una ciudad en la que hubiera una comunidad homosexual claramente aceptada.

—Ya lo hice —me contestó—. Pero los maricas de Aurelius son encantadores. Les gusta hacerse pasar por normales. Y esto los desespera. Un chico guapo como yo siempre consigue alguien con quien salir.

Hark limitaba su trato con Jaime a miradas iracundas. Un año antes, Hark había visto a Jaime en la taberna de Bud e hizo una serie de comentarios en voz alta sobre los maricas. Pero Jaime no se dejó intimidar. Estaba con tres de las empleadas de Volúmenes y todos fueron hasta donde estaba Hark con sus compinches en el bar.

—Oíganlo hablar —dijo Jaime—. Creo que me quiere besar. ¿Me quieres besar, Hark? —Y puso los labios en pose de beso.

Hasta los amigos de Hark se rieron. A partir de ahí Hark no le habló más a Jaime en público.

Cuando se producen sucesos sin importancia como éste, se habla de ellos y luego caen en el olvido. Sólo se vuelven significativos a la luz de otros acontecimientos. Por ejemplo, el encuentro de Hark con Houari Chihani. Lo que pasó es que Chihani fue a la farmacia Malloy a comprar aspirinas. No es probable que supiera que el dueño de la farmacia fuera tío de Sharon, pese a la gran foto del escaparate. Como he tratado de señalar, la realidad de la naturaleza humana no significaba demasiado para Chihani. Su mente estaba demasiado llena de conversaciones con los muertos, de argumentos intelectuales y de cavilaciones filosóficas. Aquel día en particular, Donald Malloy no estaba en la tienda. La señora Porter atendió a Chihani.

Chihani pagó las aspirinas y le dio las gracias a la señora Porter. Era educado en un sentido formal. Cuando se iba, Hark, que entraba, le cerró el paso. Esto me lo contó Barry Sanders, que estaba en la acera. Barry dijo que Hark no entró por casualidad en aquel momento, sino que había visto a Chihani y calculó su entrada para coincidir con la salida de éste.

Al ver a alguien delante, Chihani se puso a la izquierda. Hark se hizo a la derecha. Entonces Chihani se movió a la derecha y Hark se desplazó a la izquierda. Chihani no miraba a Hark. De pronto, sí lo hizo.

—Perdón —le dijo Chihani.

–Perdone usted –contestó Hark. Era más bajo que Chihani pero también era más ancho y más musculoso.

Chihani se puso a la izquierda y Hark se movió a la derecha.

Chihani se detuvo.

–Está haciendo esto a propósito.

–Es usted quien lo hace a propósito –replicó Hark.

–Basta de tonterías –exclamó Chihani. Dio un paso a la derecha y Hark dio un paso a la izquierda.

Estos sucesos se agravan por momentos. Chihani alzó su bastón y sacudió el mango frente a la cara de Hark.

–Déjeme pasar.

Hark extendió la mano, le quitó la boina de la cabeza y la tiró a la calle.

–Ésa es mi boina –dijo Chihani–. Le exijo que me la devuelva.

Hark sonrió. Barry corrió a la calle y recuperó la boina. Chihani alzó su bastón nuevamente y Hark lo cogió, de modo que los dos hombres tiraban del bastón al mismo tiempo. Entonces intervino la señora Porter.

–Déjalo en paz, Hark.

Hark soltó el bastón y Chihani trastabilló hacia atrás. Barry pasó junto a Hark y le dio a Chihani la boina. Hark entró en la farmacia. Una vez en la acera, Chihani miró la gran foto de Sharon Malloy en la ventana.

–¿Por qué es tan grande esta foto?

–Esta farmacia es del tío de la chica –explicó Barry.

–Ah –dijo Chihani–, ahora entiendo. –Se enderezó la boina, le dio las gracias a Barry y se dirigió a su coche.

–¿Tú ibas a la farmacia también? –le pregunté yo a Barry.

–Nunca voy a ésa –contestó Barry–. Simplemente pasaba por ahí. Suelo ir a la farmacia Fays, al lado de Wegmans.

Barrry volvió a vivir en casa de su madre porque las sospechas contra ISJ después de la desaparición de Sharon y el hecho de que se le hubiera acusado de vandalismo le hacían sentirse mal viviendo solo, o por lo menos eso decía. En casa de su madre sentía claustrofobia, pero también le gustaba que ella cuidara de él. Por lo menos era el centro del universo de alguien, aunque fuera su madre. Lo miraba y decía:

—Ay, Barry, ¿qué vamos a hacer contigo?

Barry alzaba los ojos y suspiraba, pero se hacía la misma pregunta.

Cuando ya no soportaba estar en casa de su madre, Barry a menudo venía de visita a mi casa. Digo a «mi casa» y no a «verme a mí», porque Barry venía a menudo a ver a Sadie, que le gustaba, especialmente porque era amiga de Aaron. En esta relación Sadie era la más fuerte, aunque tuviera trece años y él diecinueve, y le daba consejos y órdenes, aunque de modo bondadoso. Sadie estaba haciendo una alfombra tejida para un proyecto del colegio y Barry la ayudaba. Se sentaban juntos en el suelo, tejiendo y cosiendo, mientras yo leía informes de laboratorio sentado en mi vieja silla. A veces encendía el fuego. Por la tarde, Sadie hacía chocolate. Esto era a principios de octubre. A menudo me decía a mí mismo que aquello era falso, la ilusión del bienestar y el calor familiar, incluso con una familia tan extraña como la que componíamos Barry, Sadie y yo. Sadie estaba en mi casa porque su padre estaba buscando a la persona responsable del secuestro de Sharon y porque temía dejarla sola. Barry estaba en mi casa porque la gente creía que tenía algo que ver con el secuestro. Nuestro placer doméstico sólo existía porque una chica había desaparecido.

Pero el miércoles 11 de octubre pasó algo. Detuvieron a un hombre de Somerset, Pensilvania, al este de Pittsburgh, por tratar de convencer a un chico de diez años de que subiera a su furgoneta. Su nombre era Daniel Layman y decía ser fontanero. No estaba casado y se acercaba a los cuarenta años. Se había metido en problemas cinco años antes por acariciar a un niño durante una excursión de la escuela dominical.

En el interrogatorio, Layman confesó haber secuestrado a otros tres niños y haberlos matado. Uno de esos niños era Sharon Malloy. Dijo que la había inducido a subir a su furgoneta, la había llevado a un parque estatal a unos treinta minutos de viaje, la había violado y había enterrado su cuerpo en el bosque. Describió su pelo castaño y su jersey azul. Dijo que no dejaba de llamar a su papá.

Cuando se estableció contacto con la policía estatal de Potterville por la confesión de Layman, el capitán Percy llamó a los Amigos de Sharon Malloy y dijo que necesitaba voluntarios para buscar más minuciosamente en el parque Henderson. Ése era el parque más cercano, aunque a cincuenta kilómetros al sur de Aurelius estaba el parque Hannible. Percy también mandó dos hombres a Somerset para interrogar a Layman.

La mañana del viernes, doscientos hombres y mujeres recorrían el parque de nuevo. La policía tenía perros y un helicóptero. Hark Powers estaba al mando de una brigada de veinte voluntarios. El viernes no se encontró nada y todos volvieron el sábado. Se sumó más gente a la búsqueda, pero no se encontró nada en todo el fin de semana.

Los hombres que el capitán Percy envió a interrogar a Daniel Layman llamaron el sábado con información nueva: Layman afirmaba que en el parque había un río. El parque Henderson no tiene río, pero el río Loomis pasa por el parque Hannible. Así que el domingo unas trescientas personas fueron a Hannible.

Tampoco se encontraban los otros dos muchachos que Daniel Layman confesó haber secuestrado y matado, y éste dio indicaciones vagas de dónde había enterrado sus cuerpos. De modo que salieron partidas a buscar en otros dos lugares, uno cerca de Northampton, Massachusetts, y el otro en Vermont. Sin embargo, no se encontró a ninguno de los dos niños, y a finales de la semana siguiente la policía comenzó a sospechar que Layman mentía, que estaba loco o quería publicidad o que era simplemente otra alma culpable que buscaba su castigo.

El miércoles ya eran más de setecientas las personas que habían participado en las búsquedas en Henderson y Hannible. Algunas estuvieron medio día; otras, varios días. Algunas vinieron de Utica e incluso de Syracuse. El resultado fue el de unir a la gente como no se había unido antes. Y, al hacerse cada vez más obvio que Daniel Layman mentía, se indignaron cada vez más.

Entonces pasó algo que desvió la atención de la gente en otra dirección.

23

El lunes 16 de octubre por la mañana, Chuck Hawley llegó al ayuntamiento a las cinco y media. Aún estaba oscuro y había estrellas en el cielo. El departamento de policía tiene una entrada lateral al edificio y, al aproximarse, Chuck vio una caja de cartón, en realidad una caja de cerveza Budweiser, en los escalones que daban a la puerta. Chuck no podía abrir la puerta sin mover la caja, así que la levantó. La gente más tarde diría que fue un valiente, porque podía haber sido una bomba, pero mi primo no es un hombre con mucha imaginación y no se le pasó por la cabeza la idea de que la caja pudiera contener una bomba. Dijo que la caja era ligera. La llevó dentro.

Josh Riley estaba de guardia, o más bien dormitaba detrás de su escritorio con la frente en el registro junto a varios envoltorios vacíos de golosinas de marca Baby Rtuh. Chuck puso la caja en la mesa y la abrió. Cuidadosamente doblado en el interior había un jersey azul, una blusa blanca, unos vaqueros, ropa interior femenina, calcetines blancos, zapatillas Adidas y una mochila roja. Chuck empezó a abrir la mochila pero desistió. Llamó a Ryan Tavich, que a las seis menos veinte seguía dormido.

Ryan contestó al tercer timbrazo y oyó la voz excitada de Chuck al otro lado.

—Alguien acaba de dejarnos la ropa de Sharon Malloy.

Diez minutos más tarde, Ryan entró en el cuartel de la policía, adelantando al jefe Schmidt en cinco minutos. El capitán Percy tenía que llegar de Potterville y lo hizo a las seis y cinco.

Patty McClosky, la secretaria del jefe Schmidt, se enteró de lo de la ropa y la mochila cuando llegó a trabajar a las ocho y cuarto, aunque en aquel momento la caja y su contenido ya se habían enviado a Ithaca, al laboratorio de la policía del estado. Poco después se sirvió su primera taza de café y llamó a su amiga Denise Clark.

–Toda la ropa estaba lavada, planchada y doblada –dijo–, hasta los calcetines y la ropa interior.

A las nueve, Frieda Kraus llamó a Franklin desde la oficina cuando él dejaba la casa.

–Esta mañana, Chuck Hawley ha encontrado una caja con toda la ropa de Sharon en la puerta del ayuntamiento. Denise Clark me lo acaba de contar.

Franklin debió de haberse preguntado cómo era que Denise Clark tenía aquella información. Entonces llamó a Ryan Tavich.

–Es cierto –contestó Ryan–, pero de momento no puedo decirte nada.

En una hora la policía recibió llamadas de periódicos de Utica, Syracuse y Albany, y de cuatro televisiones. El canal 9 de Syracuse mandó un equipo y a las diez su furgoneta blanca ya estaba aparcada frente al ayuntamiento. Al mediodía, el jefe Schmidt anunció una conferencia de prensa para las tres de la tarde.

Debido a la reacción de los medios informativos, la conferencia de prensa se celebró en la sala consistorial, en el primer piso del ayuntamiento, y no en la oficina del jefe Schmidt. Hubo dificultades con el protocolo dado que el capitán Percy estaba a cargo del caso. Por otro lado, le habían dejado la caja en la puerta al jefe Schmidt y, por tanto, Percy sugirió que Schmidt se sentara en el sillón del presidente del ayuntamiento. Percy se sentó a su derecha junto con uno de sus tenientes, Peter Marcos, un joven fotogénico a quien habían traído de Albany. Junto a Marcos estaban Ryan Tavich y el doctor Malloy. El alcalde, Bernie Kowalski, estaba al otro lado del jefe Schmidt.

Había más de cincuenta periodistas de periódicos, televisiones, emisoras de radio, revistas y agencias de noticias. Tanto el *New York Times* como el *New York Post* enviaron informadores. Franklin logró llegar delante. El suelo estaba cubierto de cables de las unidades móviles de televisión. Franklin esperaba ver la caja, pero no había señales de ella.

Eso le hizo sentir bien. Pensó en el jersey azul que Paula le había dado a Sadie como ofrenda de paz y que Sadie había regalado a Sharon. Franklin no quería volver a ver aquel jersey.

El jefe Schmidt empezó con una declaración formal en el sentido de que un sargento de la policía había encontrado la ropa de Sharon Malloy en una caja frente a la puerta del cuartel a las cinco y media de aquella mañana. La ropa había sido identificada por la familia de Sharon Malloy y enviada a Ithaca, al laboratorio de la policía del estado.

–¿Tienen alguna idea de quién la puso allí? –preguntó un periodista.

–No.

–¿Cuándo la pusieron?

–En algún momento entre las tres y media y las cinco y media de esta madrugada –respondió el jefe Schmidt–. Estaba bloqueando la puerta y la última persona que usó la puerta se había ido a las tres y media.

–¿Había manchas de sangre en la ropa?

–No.

–¿Había manchas de algún tipo?

–La ropa se había lavado, planchado y doblado. Parecía haberse lavado varias veces.

–Así que, si había manchas, quizá se lavaron.

–Es posible –admitió el jefe Schmidt.

–¿Había alguna nota o algo así?

–Nada –contestó Percy.

El doctor Malloy estaba sentado a la mesa mirando su superficie. Era una mesa de roble pesada, tan antigua como el propio ayuntamiento, y tenía un color dorado. Alguien encendió un cigarrillo y Percy hizo saber que no se permitía fumar. Las luces y cámaras de televisión estaban en los lados. Los fotógrafos se adelantaron y tomaron fotos del jefe de policía y del doctor Malloy.

–¿Había alguien en el departamento de policía cuando dejaron la ropa afuera?

–Había un agente de servicio.

–¿Oyó algo?

–No –contestó el jefe Schmidt.

–De modo que quien dejó la caja pudo haber venido andando, ¿es así?

–Es muy posible.

–¿Esto significa que el hombre que dejó esto era una persona del pueblo?

El capitán Percy interrumpió.

–No tenemos ninguna prueba de que quien dejara la caja fuera un hombre o una mujer.

–¿Entonces la persona, el hombre o la mujer, es alguien del pueblo?

El capitán Percy se levantó y puso las manos en la mesa.

–No tenemos pruebas de que el responsable de la desaparición de la señorita Malloy y el que trajo la caja sean la misma persona.

–¿No es probable que sea así?

–No disponemos de pruebas en ese sentido.

–¿Cree que Sharon Malloy sigue viva?

–Lo esperamos –dijo el jefe Schmidt–, pero no lo sabemos.

–¿Qué había en la mochila?

–Los libros, los cuadernos y los útiles escolares de Sharon.

–¿La entrega de la ropa cambiará el carácter de la investigación?

–¿Qué quiere decir? –preguntó el jefe Schmidt.

–¿No aumentan las posibilidades de que quien lo haya hecho sea una persona del pueblo?

El capitán Percy habló nuevamente.

–Nunca hemos dado por supuesto que, si la señorita Malloy fue secuestrada, lo haya sido por alguien del pueblo o de ninguna otra parte.

–¿Qué quiere decir «si fue secuestrada»? –preguntó un periodista.

–No tenemos pruebas concretas de que la hayan secuestrado realmente. Sólo sabemos que está desaparecida.

–¿Sugiere que ella misma pudo haber traído la ropa?

Alguien rió desde la parte de atrás de la sala y el capitán Percy miró en esa dirección, aunque su rostro no reveló ninguna emoción.

–Digo que no sabemos con seguridad ni una cosa ni otra –dijo Percy.

–¿La familia de Sharon ha tenido noticias de ella o de alguien relacionado con ella?

–No –contestó el jefe Schmidt. Percy se sentó de nuevo.

–¿Cree que puede estar muerta?

–No tenemos pruebas ni en un sentido ni en otro.

–¿Por qué piensa que devolvieron la ropa? –preguntó Franklin.

–No tenemos ni idea –dijo el capitán Percy.

–¿Parece una provocación?

–No puedo hacer ningún comentario sobre esto –dijo el capitán Percy–. No tenemos pruebas en ningún sentido.

–¿Qué efecto tiene la devolución de la ropa en la confesión de Daniel Layman?

El jefe Schmidt miró a Percy.

–Esa investigación está en curso y no puedo hacer comentarios en este momento.

–¿Layman dijo que le quitó la ropa a la chica?

–No puedo hacer observaciones sobre eso.

–¿Cree que alguien devolvió la ropa –preguntó Franklin– como una manera de indicar que Daniel Layman no tuvo nada que ver con el asunto?

–No tengo ni idea.

–¿Tiene alguna opinión? –preguntó alguien del Canal 9.

Varios reporteros se rieron.

El capitán Percy se puso de pie otra vez.

–Nuestra tarea consiste en adquirir y tratar de entender un conjunto de informaciones. No sabemos por qué alguien devolvió la ropa. No sabemos si la persona que lo hizo tuvo algo que ver con el secuestro o siquiera si hubo un secuestro. No sabemos si la devolución de la ropa tiene algo que ver con Daniel Layman en uno u otro sentido. No sabemos si esto ha sido un crimen cometido por alguien del pueblo o no.

Percy no estaba diciendo toda la verdad. Cuando se enteró de la devolución de la ropa, empezó a reasignar tareas y puso diez hombres a trabajar en el caso nuevamente. Estuvieron todo el día interrogando a la gente que vivía en el barrio del ayuntamiento para saber si alguien había visto algo. Y el hecho de que Aaron McNeal viviera sólo a dos manzanas no fue pasado por alto. Aquella mañana Percy obtuvo una orden de registro, y los hombres del laboratorio de Ithaca inspeccionaron el apartamento de Aaron centímetro a centímetro. Aaron no protestó. Se había llevado una silla y un ordenador portátil al pasillo y continuó con su trabajo como si la policía no estuviera allí.

–Miraba a través de nosotros –dijo Chuck Hawley–. Me daban ganas de pegarle. –Chuck había mirado por encima del hombro de Aaron al pequeño monitor y sólo había visto números. Esto también lo había molestado–. Ni siquiera eran palabras –añadió.

Se investigaron las actividades de la noche anterior de los miembros de ISJ y de Houari Chihani. Percy quería conseguir una orden de registro de la casa de Chihani, pero el jefe Schmidt consideró que no tenía sentido. Estas conversaciones tuvieron lugar en el despacho de Schmidt, pero llegaron a oídos de Patty McClosky y otros. Cuando se celebró la conferencia de prensa, ya había docenas de personas que sabían lo que pasaba, si bien en su mayor parte de forma distorsionada. La cuestión principal, que nadie pasó por alto, era que Chihani e ISJ seguían bajo sospecha.

–La policía ha registrado esta mañana el apartamento de Aaron McNeal –dijo un periodista–. ¿Se ha encontrado algo que lo incrimine?

–No estoy en libertad de decirlo –respondió el jefe Schmidt.

Chuck Hawley había dicho:

–Esperaban encontrar aunque fuera sólo un poco de mariguana. Entonces habrían podido apretarle las clavijas. Pero estaba totalmente limpio.

–¿Así que los miembros de ISJ siguen siendo sospechosos?

–Es un error llamarlos sospechosos –precisó Schmidt–. En este momento nadie es sospechoso y nadie deja de serlo.

–¿Pudo haber venido Herbst con la ropa desde Troy?

–No estoy en libertad de decirlo.

En realidad, no había pruebas de que Oscar hubiera salido de su casa.

–¿Qué hay del chico que se fue a su casa en Kingston? ¿Pudo haber venido él?

–No estoy en libertad de decirlo.

El reportero se refería a Jason Irving, que también había estado en su casa toda la noche. Pero los miembros de ISJ que seguían viviendo en Aurelius no tenían coartadas perfectas. La madre de Barry juró que él había estado en casa, pero la policía no lo consideraba una prueba definitiva. Como me dijo Chuck:

–Cualquiera de esos chicos pudo haber salido cinco minutos y traído la caja al ayuntamiento. Incluso el gordo. ¿Quién había para descubrirlos? Lo pudiste haber hecho tú mismo.

–¿Es posible que se eliminara todo rastro de sangre de la ropa? –preguntó un reportero.

–No lo creo –respondió Schmidt.

–No se podría –añadió Percy.

–Entonces, ¿qué conclusiones sacan de esto?

–Que no había sangre en la ropa –contestó Percy.

Alguien se rió.

–¿Qué hay de otros fluidos corporales? –preguntó un periodista–. Se puede eliminar toda traza de esperma de la ropa?

–Eso es más difícil de determinar –dijo Schmidt.

–¿Quiere decir que se podría?

–Eso me han dicho.

–Así, dice que no se encontró ningún resto de esperma en la ropa.

–Exacto.

–¿Se ha encontrado algo en la ropa?

–Simplemente el desgaste habitual.

–¿La ropa estaba rota?

–No, no he querido decir eso.

–Así que si mataron a Sharon Malloy, fue de un modo que no produjo derramamiento de sangre o lo hicieron habiéndole quitado previamente la ropa.

La pregunta fue de un periodista de Utica. En aquel momento la conferencia de prensa había caído al nivel de un juego y nadie pensaba realmente en la Sharon Malloy de carne y hueso. El doctor Malloy no habló y ni siquiera miró a los periodistas. Se agarró del borde de la mesa con ambas manos y permaneció levemente inclinado hacia delante, sin descansar en el respaldo. Su hermano, Donald, estaba en el fondo de la sala. Su cuñado, Paul Leimbach, había llegado tarde y se hallaba junto a la puerta. En la sala hacía calor por los focos de la televisión. Eran casi las cuatro.

–No tenemos ninguna información de lo que le pasó a Sharon Malloy –declaró el jefe Schmidt.

–¿Así que es posible que haya sido violada? –preguntó un periodista.

Entonces estalló el doctor Malloy.

–¿No se dan cuenta de que están hablando de una niña? Sólo tiene catorce años. ¿Saben lo maravillosa que es? Está claro que el secuestrador vive aquí. ¡En este pueblo!

Los periodistas provocaron una algarabía al preguntarle al doctor Malloy si sabía quién había sido. Los fotógrafos se fueron a la parte delantera para hacer fotos. Todo el mundo se levantó. Ryan puso el brazo sobre los hombros del médico y trató de llevárselo de la mesa y sacarlo por la puerta trasera. El doctor Malloy había comenzado a llorar y se secó los ojos bruscamente con el dorso de la mano. Su hermano atravesó el gentío hacia la parte de delante de la sala.

–¿Cómo se atreven a preguntar si la violaron? –gritó el doctor Malloy.

–Lléveselo de aquí –le indicó el jefe Schmidt a Ryan.

Donald Malloy llegó a la mesa.

–Seguro que fue alguien del pueblo –gritó–. Alguien se la llevó. ¡Alguien nos la robó! ¡Alguien debe ser castigado!

–¿Quién es? –no dejaba de preguntar la gente.

El jefe Schmidt encontró un mazo de madera y golpeó la mesa.

–Si no vuelven a sus asientos, haré que despejen la sala.

–Vamos a descubrir quién es –dijo Donald–. Los Amigos de Sharon Malloy ahora ofrecen cincuenta mil dólares por cualquier información relacionada con el paradero de Sharon y cien mil por su retorno sana y salva.

Esto creó más conmoción y se tomaron más fotos.

Chuck Hawley cogió a Donald del brazo y le exhortó a que fuera hacia la puerta trasera. Ryan ya se había ido con el doctor Malloy. Los periodistas seguían haciendo preguntas a gritos y el jefe Schmidt seguía golpeando la mesa con el mazo de madera. Franklin escribía furiosamente en su bloc de notas. La única persona que no tenía ninguna expresión,

hierático como una roca, según Chuck Hawley, era el capitán Percy.
Cuando se calmó el asunto, habló el capitán Percy.
—Ustedes saben exactamente lo que sabemos nosotros, que no es mucho. No sabemos cuál es la naturaleza de este crimen. No sabemos si han secuestrado a Sharon. Todo lo que sabemos es que en algún momento entre las tres y media y las cinco y media de esta mañana trajeron su ropa y su mochila. La ropa estaba lavada, planchada y doblada. Habían limpiado las zapatillas marca Adidas. No sabemos quién lo hizo o si la misma persona tuvo algo que ver con la desaparición de Sharon.
Nuevamente, el capitán Percy no decía toda la verdad. Había dos cosas más en la mochila de Sharon, junto con sus útiles escolares. La primera era una mano de maniquí: una mano izquierda, de color carne, con las uñas pintadas. Los padres de Sharon y varios de sus amigos, incluyendo a Sadie, dijeron que nunca la habían visto.
El segundo objeto era un sobre de tipo comercial que contenía una sola hoja de papel en la que había una lista de palabras construidas con letras recortadas de un periódico. Las palabras eran «coño», «mierda», «joder», «chocho», «puta», «basura», «pendón» y media docena más en una sola columna. Pero las palabras se habían cambiado o retocado. Había tachaduras negras sobre algunas letras, de modo que «coño» se había quedado en «ño» y «mierda» en «da». Todas las palabras se habían alterado y las tachaduras negras se habían hecho una y otra vez, con tanta fuerza que la «b» de «basura», por ejemplo, casi había desaparecido. Sólo el capitán Percy y el jefe Schmidt conocían el contenido del sobre y se lo guardaron. En cuanto a la mano de maniquí, todos se habían enterado. Hasta Franklin lo sabía, aunque el jefe Schmidt le pidió que no lo mencionara. No sirvió de nada. Al cabo de dos días, todos sabían lo de la mano en la mochila.

24

La afirmación del capitán Percy de que la entrega de la ropa no indicaba que el secuestrador de Sharon fuera de Aurelius o del área circundante no convenció a nadie. Y el hecho de que dijera que no había pruebas del secuestro de Sharon tampoco tuvo impacto. El consenso general era que el secuestrador había devuelto la ropa de Sharon para provocar a la policía. La gente lo consideró como una bravuconada. Quizás a la persona en cuestión le molestaba que Daniel Layman en Somerset, Pensilvania, se adjudicara algo que él o ella había hecho. Digo él o ella, aunque todos creían que el secuestrador era un hombre.

Eran las ideas que tenía también la policía, al menos según Ryan, si bien eso no significaba que el capitán Percy pudiera decirle a una sala llena de periodistas que, en su opinión, el responsable del secuestro de Sharon Malloy era un hombre del pueblo. Estoy seguro de que los periodistas habían ido a la conferencia de prensa esperando alguna información sensacionalista. En gran medida salieron frustrados. La devolución de la ropa era algo siniestro pero sin llegar a dramático. El estallido del doctor Malloy compensó en parte su desilusión.

Aquella noche, en la televisión, miles de personas de todo el estado y quizá de la nación, vieron al doctor Malloy ponerse en pie de un salto y gritar:

—¿No se dan cuenta de que están hablando de una niña? Sólo tiene catorce años. ¿Saben lo maravillosa que es? Está claro que el secuestrador vive aquí. ¡En este pueblo!

Después de la conferencia de prensa, los periódicos de la zona publicaron editoriales preguntándose si las autoridades estaban haciendo lo suficiente para encontrar al secuestrador de Sharon Malloy. A consecuencia de ello, el capitán Percy recibió instrucciones de poner más agentes en el caso, para lo que dispuso de un total de veinticinco que se autodenominaban destacamento especial.

La creciente convicción de que el criminal vivía entre nosotros supuso más presión sobre ISJ. Mientras la gente había creído que el criminal era alguien venido de lejos, a Chihani y los otros miembros del grupo sólo se los miraba con suspicacia. Posiblemente hubiera un vínculo entre ISJ y el criminal, pero incluso eso sólo lo decía gente como Hark Powers. Ahora ya no parecía algo tan inverosímil. Y la noticia de que la policía había registrado el apartamento de Aaron se vio como una prueba de que él estaba involucrado. A Chihani y los demás miembros de la ISJ se les sometió a una investigación aún mayor. Barry se quejaba de que la gente se fijaba en él más que nunca.

—Como si hubiera robado algo —explicó.

El grupo no parecía sensible a su falta de popularidad. En el despacho del decano, Paula McNeal oyó que la universidad estaba consultando a sus abogados para ver si podía suspender legalmente a los miembros de ISJ antes de su juicio por vandalismo.

Hacia el fin de la semana en que apareció la caja con la ropa, Bob Jenks y Joany Rustoff abandonaron la universidad y se fueron a casa de sus padres en Utica. Unos días más tarde se trasladaron a Seattle, donde el hermano mayor de Bob trabajaba en una empresa de informática. Esto dejaba seis miembros, además de Chihani. Me temo que la partida de Bob y Joany hizo que la gente sospechara aún más de los otros, como si su deserción fuera un indicio de la culpabilidad de todo el grupo. Obviamente, Bob y Joany comunicaron al capitán Percy su nuevo paradero y el modo de localizarlos con celeridad.

La gente parecía pensar que si el culpable era alguien del pueblo, sería mejor que fuera una persona a la que nadie quisiera. Aaron ya tenía entre nosotros una historia muy particular. Barry era raro. Leon era gordo, lo que en sí mismo es una prueba de perversión. Jesse y Shannon mostraban en cada gesto su desprecio por el orden establecido. Con su belleza fría, Harriet hacía creer a la gente que se consideraba superior a los demás. Y estaba Houari Chihani y su Citroën.

Lo que muchos temían era que el culpable fuera alguien

del que nadie sospechara, un supuesto pilar de la comunidad. Por ejemplo, ¿qué pasaría si el doctor Malloy fuera quien secuestró y mató a su propia hija? O incluso Paul Leimbach. ¿Acaso no recaían las sospechas a menudo en los miembros de la familia? Si el crimen lo hubiera cometido alguien respetado, ello daría a la propia comunidad un elemento de culpabilidad. No advertimos su maldad. Vivió entre nosotros como un amigo. No se puede eliminar un pilar de la comunidad sin que tiemble toda ella. Es mucho mejor encontrar a un extraño cuya idiosincrasia ya lo hiciera sospechoso de por sí.

La devolución de la ropa de Sharon Hizo más verosímiles las acusaciones de Hark. Éste había argumentado siempre que los de ISJ estaban involucrados. En aquel momento se levantaba en la taberna de Bud vociferando «yo ya lo decía», más fuerte que nunca. Cuando se supo que se había descubierto la mano de un maniquí en la mochila de Sharon, la rareza del caso le dio a Hark mayor credibilidad. La mano falsa no tenía sentido. Era horrible y sin sentido. Hark comentó que era como las bombas falsas de Oscar o incluso la violencia sin sentido de Aaron. Así que Hark amplió su audiencia y sus acciones subieron un poco. Y sus compinches estaban ansiosos por decir que Hark había tenido razón siempre, porque sus acciones subían también. No sería exacto decir que tenían influencia, pero eran conscientes de la mayor atención que recibían.

¿Quiénes eran estos compinches? Eran tres: Jeb Hendricks, que trabajaba en Silenciadores Midas, al lado de Wegmans; Ernie Corelli, que trabajaba en el servicio de fontanería y calefacción de Henderson, y Jimmy Feldman, encargado del edificio del Albert Knox. Conocían a Hark de toda la vida, aunque eran unos años más jóvenes que él. Iban juntos a cazar en otoño y a pescar en primavera. En verano jugaban al *softball*. Feldman estaba casado, pero los demás eran solteros. Se casó cuando estaba aún en el colegio y creo que no terminó los estudios.

Todos, junto con Hark, eran hombres descontentos. Si su equipo favorito perdía un partido, era porque lo habían amañado. Si los impuestos del estado subían, era porque el dinero se lo llevaban a la ciudad para dárselo a los que cobraban subsidios y a minorías avariciosas. Aparte de sus quejas habituales, se trataba de jóvenes más bien normales que miraban al mundo y su lugar en él con una mezcla de confusión y resentimiento. Les gustaba Hark porque tenía opiniones y decía que la culpa no era de ellos sino de los demás. Era más fuerte que ellos. Hablaba más fuerte, podía beber más y le acertaba a un ciervo cuando los demás fallaban. La mayoría de las noches era posible encontrar a dos o más de estos jóvenes en la taberna de Bud bebiendo cerveza, jugando al billar y quejándose. A veces se les sumaban dos o tres más parecidos a ellos. En sus conversaciones aparecía el tema de la desaparición de Sharon.

–Si Aaron McNeal no está involucrado en esto –declaraba Hark– os doy mi otra oreja, joder.

En estas discusiones la verdad no era cuestión de lógica, sino que surgía de la fuerza de convicción y de la capacidad de imponerse a los oponentes. Cuanta más atención recibía Hark, más alto hablaba, hasta que él mismo se creía todo lo que decía.

–¿No vieron el coche del árabe cuando desapareció Sharon? –preguntaba.

Y sus compinches asentían, al igual que otras personas.

–Una cosa es que la policía diga que no tiene pruebas claras que puedan llevar a alguien ante un tribunal –argumentaba Hark–, y otra no saber. ¡Quiero decir, saberlo de corazón, joder!

Aunque me estoy refiriendo a Hark Powers, sus afirmaciones no eran distintas de las que se oían en otras tabernas y casas de Aurelius. Puede que él fuera el más vocinglero, pero sus ideas eran compartidas por muchos. De hecho, yo oía ideas parecidas en el comedor de profesores del Albert Knox.

El aislamiento de Barry, entre todos los miembros de ISJ, era el que yo mejor comprendía, dado que me visitaba con frecuencia. Desde principios de septiembre tenía un novio en la Universidad de Aurelius, un tal Ralph que quería ser ingeniero eléctrico. La atención que recibía Barry como miembro de Investigaciones sobre la Justicia molestó a Ralph desde un principio. Más adelante, después de la desaparición de Sharon, cuando se acusó al grupo de los destrozos en el cementerio Homeland, le dijo a Barry que ya no quería verlo más, aunque le aseguró que seguirían siendo amigos. Parece que tuvieron una escena en el dormitorio de Ralph en la universidad, donde Barry le confesó que estaba enamorado de él y que consideraba la decisión de no verlo más como una traición cruel.

El viernes después de que apareciera la ropa de Sharon, Barry vino a verme. Habló sinceramente de su amargura. Se sentía solo. Le habían roto el corazón. Estaba destinado a permanecer solo toda la vida.

–No le gustaré a nadie nunca más –dijo.
–¿Qué hay del hombre del pueblo? –pregunté.
–¿A quién te refieres?
–El primer hombre con el que te liaste. –En realidad, yo seguía interesado en saber quién era esta persona, ya que Barry se negaba a divulgar su nombre.
–No me gustaba –contestó Barry.
–¿Qué hiciste con él? –pregunté.
–Nada agradable.
–Pero ¿qué hacíais?
–Sólo quería que yo lo masturbara, y él no me tocaba siquiera. Y parecía enfadado.
–¿Quieres decir que te gritaba?
–Nada de eso. Insistía en que me lavara las manos y se ponía junto a mí para que lo hiciera bien.

El principal problema de la soledad de Barry era que cuando no estaba en la universidad estaba en casa de su madre. Seguramente no conocería a otros hombres a menos que expandiera su círculo social. Me encontré pensando en Jaime Rose, pero nada me sugería que Barry le pudiera parecer a Jaime otra cosa que un tonto. Sin embargo, sabía que Jaime sí hacía vida social. Jugaba a los bolos y pertenecía a un club de jardinería de la biblioteca. Lo había visto incluso a veces en bares, no la taberna de Bud, sino el bar del motel de Gillian. Así que le dije a Barry que tenía que salir más a menudo. Pero no era un consejo radical.

–La gente me mira –contestó Barry.
–No vas a conocer gente a menos que salgas.
–No bebo.
–Hay grupos de lectura en la biblioteca. Hay una sociedad de jazz y un club de viajeros. Tienes que hacer un esfuerzo.

Hay algo igualitario en las necesidades. Todos las tenemos. La necesidad de compañía de Barry no difería de la de nadie. En la Universidad de Aurelius, aquel sábado por la noche el club de esquí organizaba un baile en la cafetería con una banda local llamada Conducta Irracional. Y en la casa de uno de los profesores de español, Ricardo Díaz, la Liga Latina celebraba una cena mexicana: tacos, enchiladas verdes, mole de pollo y Doctor Pepper.

En el centro había una función en el templo masónico y los Alces realizaban una subasta para reunir fondos para las ligas inferiores de béisbol. La Iglesia Evangélica de la Buena Hermandad organizaba una cena de tortitas. Los distintos restaurantes italianos de Aurelius estaban llenos de clientes, y si uno se paraba frente al ayuntamiento y respiraba hondo, probablemente detectaría los aromas de orégano y la grasa. El salón de cócteles del motel de Gillian ofrecía a las señoras dos bebidas al precio de una. La taberna de Bud convidaba a bocadillos. El aparcamiento de la bolera Landrey estaba lleno de furgonetas de reparto. La de Domino's Pizza iba y venía por el pueblo como aguja e hilo que lo cosiera todo con esmero. El teatro Strand presentaba algo llamado *Los estúpidos* con la sala llena. Los adolescentes que trabajaban en los puestos de Main Street estaban ocupados haciendo bocadillos.

Aquel sábado por la noche Barry Sanders se decidió a salir, una decisión significativa, y fue a la bolera de Landry. No fue a jugar sino a sentarse a una mesa y tomar una Coca-Cola. Aunque parecía una actividad inocente, Barry creía que era muy audaz. ¿Quién sabía nada de la naturaleza de sus fantasías? Lucía una camisa azul nueva y llevaba el pelo blanco cuidadosamente peinado. Tomaba sorbos de su Coca-Cola, parpadeaba con sus ojos rosados detrás de sus gruesas gafas, y cada vez que caían los bolos haciendo estrépito probablemente daba un pequeño respingo. A su manera, Barry había salido a reventar la noche.

Aaron también había salido aquella noche. Tomó una copa en el motel de Gillian con Jeanette Richards, con quien se estaba enfriando la relación, y cuando se fue, a eso de las siete y media, se quedó a hablar con un profesor de lengua del colegio, Ron Slavitt, que escribía poesías. Aaron afirmó que la poesía era un medio muerto; Ron Slavitt no estuvo de acuerdo con él. Jaime Rose también estaba en Gillian's, bebiendo solo en el bar. Le gustaban las bebidas combinadas: daiquiris de frutas frescas y bebidas con Kahlúa.

Franklin y Paula llevaron a Sadie a cenar a la Angotti's Spaghetti House. Paula trataba de hablar con Sadie sobre el colegio, pero ésta respondía con monosílabos. No quería espagueti y se comía una hamburguesa con patatas fritas.

Aquella semana, Sadie había visto su jersey en el informativo antes de volver del laboratorio policial de Ithaca. Nunca le había dicho a Paula que le había regalado el jersey a Sharon Malloy, aunque Paula lo sabía y Sadie se sentía culpable. También sentía horror, como confesó más tarde, de que le devolvieran el jersey. Horror no por su relación con Paula sino por su relación con Sharon. Sadie incluso se imaginó que encontraría manchas de sangre donde la policía no las había encontrado, lo cual era ridículo. Mientras Sadie comía, su pelo le caía en el plato, peligrosamente cerca del catsup. Tanto Franklin como Paula estuvieron a punto de decirle a Sadie que se metiera el pelo por detrás de las orejas, pero no abrieron la boca.

Ryan Tavich había llevado a Cookie Evans a cenar al asador de Mike, cerca de la zona comercial. Entre su trabajo habitual y el tiempo que le dedicaba al capitán Percy, había estado haciendo jornadas de doce horas y sintió que necesitaba un descanso. Pero no dejaba de pensar en la mano de maniquí que había en la mochila de Sharon. Y pensaba en Janice McNeal, en su voz rápida y en cómo lo tocaba con sus manos. Casi lo podía sentir, y el recuerdo le quitó el encanto a la comida que tenía en la boca.

Aunque Cookie Evans cansaba a Ryan con su vitalidad, a él le resultaba cómodo salir con ella porque no tenía que molestarse en hablar. Desde luego, Cookie casi ni notaba si Ryan hablaba o no. Mientras comían pasó revista para Ryan a todas las mujeres que iban a Volúmenes durante la semana. Era una cantidad interminable. Ryan asentía, sonreía y pensaba en Janice McNeal. Cookie contaba las clientas con los dedos de la mano. Sus uñas eran largas y estaban pintadas de rojo oscuro. Su pelo corto estaba rizado y tenía claros. Ryan pensó que era como si en aquella cabeza hubieran construido un paisaje y se dijo que debía recordar decirle esto a Franklin que decía que él nunca hacía ninguna broma.

En un momento dado, Ryan preguntó:
–¿Alguna de esas mujeres habló de Sharon Malloy?
Cookie lo miró exasperada.
–Eso es lo único de lo que hablan. Y de sus maridos, por supuesto. Es sorprendente cuántas se sienten en peligro.

En la taberna de Bud éste también era el tema de Hark Powers. Sheila Murphy atendía el bar y les sirvió a Hark, Jeb Hendricks, Ernie Corelli y Jimmy Feldman jarras de cerveza, junto con cortezas de cerdo y peladuras fritas de patatas. El salón estaba lleno de humo y sonaban las bolas del billar. En la máquina de discos sonaba música country y a veces alguna vieja canción de Sinatra.

–Vi un programa de televisión –contó Hark– donde el asesino llevaba el cadáver al cementerio. Sacaba la tierra de una tumba reciente y ponía a su muerto encima del ataúd. Apuesto a que los policías del estado ni siquiera se han fijado en las tumbas. Si un tipo secuestra a una chica, al cabo del tiempo secuestra a otra. Es una enfermedad.

Y sus amigos pensaban en esta enfermedad y en cómo eliminarla.

El doctor Malloy y su familia pasaron la noche en su casa, con los Leimbach. Trataron de hacer que fuera una cena relativamente normal de sábado por la noche, con televisión y conversaciones, pero sabían que no hacían otra cosa que esperar el sonido del teléfono. Mi primo Chuck Hawley estaba sentado fuera de la casa del doctor Malloy, en un coche patrulla, escuchando un programa de radio. En el local de los Amigos de Sharon Malloy, una docena de voluntarios, incluyendo a Donald Malloy, preparaban carteles para mandar por correo. El capitán Percy estaba en su elegante casa de Potterville leyendo los informes que le habían entregado los miembros del destacamento especial de Sharon Malloy. No había nada nuevo.

A las ocho, justo cuando me preparaba un plato de sopa, Barry salía de la bolera de Landry. Se metió en su Ford Fairlane herrumbroso y fue a los puestos de comida del centro porque tenía hambre y se estaba aburriendo de ver a la gente jugar a los bolos. No había hablado con nadie, pero era demasiado temprano para volver a casa, donde su madre le preguntaría dónde había estado y si lo había pasado bien. Y lo miraría con expresión preocupada.

No había donde aparcar delante de los chiringuitos, así que lo hizo a una manzana de distancia. No le gustaba dejar el coche junto al bordillo y necesitaba mucho sitio para maniobrar, dos espacios en vez de uno. Era una noche fresca, con media luna en un cielo claro. Barry se detuvo a ver si podía oír a los gansos. Le gustaba que pasaran volando bien alto sobre el pueblo con su graznido distante y lleno de vitalidad. Aquella noche no oía más que la máquina de discos de la taberna de Bud. A Barry no le gustaba la música country. Prefería un grupo llamado Phish. Pero, en general, no le encontraba mucho sentido a la música.

En el chiringuito pidió un bocadillo de verdura y queso y una Coca-Cola grande. Pensó en buscarse una mesa, pero en el chiringuito había cinco adolescentes que lo miraban y sonreían. Al haber entrado un momento antes desde el exterior, Barry sabía que estaba parpadeando más que de costumbre. Y cuando estuvo en el mostrador dando la espalda a los muchachos, oyó que uno decía «Clavelito». Aunque Barry odiaba su aspecto, se había vuelto bastante estoico al respecto. Ya no pensaba en teñirse el pelo, usar maquillaje ni usar lentillas de color, fantasías que había tenido en el pasado. Sin embargo no quería comerse el bocadillo si había gente mirándolo.

Volvió por Main Street hacia el coche. Decidió ir hasta el campus de la universidad y comerse allí el bocadillo. Si iba a casa, su madre le preguntaría por qué había tirado su dinero en el chiringuito, cuando ella le podría haber preparado un bocadillo perfecto con la comida de su nevera.

Cuando Barry estaba a media manzana de su coche, alguien lo llamó:

–Eh, *Clavelito*, espera.

Hark Powers y otros tres hombres cruzaban Main Street hacia él. Barry sintió un deseo casi irrefrenable de correr, pero se quedó quieto.

Hark fue a la acera y se paró entre él y su coche, que estaba aparcado frente a la panadería Weaver. Barry reconoció a Jeb Hendricks, pero no conocía a los otros dos.

–¿Adónde vas, *Clavelito*? –preguntó Hark.

–A casa.

–Tienes prisa, ¿eh?

–Solo quiero irme a casa, eso es todo.

–¿Te espera tu mamá? –preguntó Hark–. No quieres llegar tarde, ¿verdad? –Hark y Jeb Hendricks llevaban cazadora vaquera. Los otros dos iban con camiseta oscura.

–No es eso. Sólo quiero irme a casa.

–¿Qué tienes ahí, *Clavelito*?

Barry llevaba la Coca-Cola en la mano izquierda y en la derecha el bocadillo, del tamaño de un balón de rugby y envuelto en una servilleta.

–Sólo un bocadillo.

–Veamos. –Hark le quitó a Barry el bocadillo de la mano, lo desenvolvió y tiró el papel al suelo. Entonces se comió un pedazo–. Umm, verdura y queso. Todavía está caliente. Me gusta. ¿Quieres pegarle un mordisco, Jeb?

Hark le dio el bocadillo a Jeb, que mordió y se lo pasó a Ernie Corelli. Barry miró mientras los tres masticaban.

–¿No hay carne? –preguntó Ernie.

–No como carne –djo Barry.

–La carne es mala para *Clavelito* –dijo Hark–. Lo pone rosa.

Barry iba a pedirles que le devolvieran el bocadillo, pero finalmente pensó que ya no lo quería. Hark le dio otro mordisco.

–¿Qué estas bebiendo, *Clavelito*? –preguntó Hark, con la boca llena.

–Coca-Cola.

–Déjame ver.

Barry apretó la mano contra su pecho y dio un paso atrás.

–No, es mía.

Hark tiró el vaso al suelo. La mitad de la Coca-Cola se derramó sobre la camisa azul de Barry y el resto cayó a la acera.

–Parece que has derramado la Coca-Cola, *Clavelito* –dijo Hark.

Barry se volvió y echó a andar hacia el chiringuito. No tenía suficiente dinero para otro bocadillo, pero pensaba esperar dentro hasta que Hark y sus amigos se fueran. Su camisa mojada estaba fría y pegajosa.

–Eh, estoy hablando contigo, *Clavelito*.

Barry siguió andando. Barry temía a Hark, pero temía aún más ponerse a llorar.

Hark lo cogió del hombro, le hizo dar la vuelta y lo tiró contra la pared de ladrillos de un edificio.

–He dicho que estoy hablando contigo.

La cara de Hark estaba a unos quince centímetros de la suya. Barry se había golpeado la cabeza contra la pared y le dolía.

–Déjame –dijo Barry.

Hark le dio una palmada suave en la cara.

–Soy yo quien da las órdenes –dijo amablemente.

Barry vio delante del chiringuito a alguien que los miraba. Advirtió que era Aaron.

Hark lo golpeó con más fuerza.

–Te estoy hablando, *Clavelito*. ¿Por qué no nos hablas de Sharon?

–¿A qué viene esto? –preguntó Barry. Por el rabillo del ojo vio a Aaron, que seguía sin moverse, limitándose a mirar.

–Querías tocarla, ¿verdad?

–¿A Sharon? ¿Por qué iba a tocarla? –Barry quería llamar a Aaron. Sacó un pañuelo del bolsillo de atrás del pantalón y se limpió la camisa. Sentía la Coca-Cola fría contra la piel.

–He oído decir que fuiste tú quien devolvió la ropa de Sharon –dijo Hark.

Barry lo miró. Notó que el aliento le olía a cerveza.

–¿Su ropa?

–¿Te la dio el árabe? –Lo pronunció con una *a* alargada.

Barry giró rápidamente hacia su izquierda y empezó a correr hacia el chiringuito. No había recorrido dos metros cuando Hark saltó sobre su espalda y lo tiró a la acera. Barry cayó sobre su barriga y las gafas le rodaron por el suelo. Hark le dio la vuelta y trató de golpearle en la cara.

–¡No te he dado permiso para hacer eso! –gritó Hark.

Barry se cubrió la cara con los brazos y se quedó de espaldas con Hark montado sobre él. Hark le daba manotazos en los brazos, golpeándolo en los codos y las muñecas.

Entonces Hark pareció saltar hacia atrás. Barry abrió los ojos. Con la visión borrosa, vio que Aaron había agarrado a Hark de su largo cabello y lo arrastraba hacia atrás. Hark se puso de pie y trató de golpear a Aaron, pero éste le dio un puntapié. Entonces Jeb Hendricks le asestó un golpe a Aaron, y luego Ernie Corelli y Jimmy Feldman hicieron lo propio. Aaron trató de defenderse, poniendo la espalda contra un coche aparcado y lanzando golpes, pero no era un luchador. Barry se hizo un ovillo en la acera y se cubrió la cabeza con las manos. No soportaba el ruido que hacían los hombres mientras golpeaban a Aaron. Deseaba no ser un cobarde.

Aaron cayó a la acera y Hark y otros dos quisieron darle puntapiés, pero se estorbaban entre sí. Barry oyó que alguien corría hacia ellos. Miró entre sus manos y vio a Ryan Tavich.

—¡Policía! —gritó Ryan.

Cogió a Hark del cuello y lo tiró a un lado. Los otros dejaron a Aaron, que seguía tirado en la acera.

—Me han atacado —dijo Barry. Trató de levantarse, pero las rodillas no lo sostenían—. Me han quitado el bocadillo y Aaron ha intentado detenerlos. —Se frotó los ojos y buscó sus gafas.

Ryan tenía a Hark Powers cogido del brazo. Otra media docena de personas se acercaron corriendo, incluyendo los adolescentes del chiringuito.

—Pregúnteles por Sharon Malloy —dijo Hark.

Aaron se puso de pie. Tenía la cara llena de sangre. Se inclinó y cogió las gafas de Barry de la alcantarilla. Por Main Street llegó un coche patrulla con las luces encendidas. Aaron le dio las gafas a Barry.

—Deberías tener cuidado, Hark —dijo Aaron—. Sólo te queda una oreja.

Ryan seguía sujetando a Hark. Aaron dio un paso adelante y lanzó una patada, dándole a Hark en la entrepierna. Hark lanzó un grito y se dobló, soltándose de Ryan. Inmediatamente, uno de los policías cogió a Aaron del brazo por detrás.

25

Yo tenía cuatro años cuando enviaron a mi padre a Corea, y ésa fue la última vez que lo vi. Mi madre se trasladó de nuevo a la casa de su madre, en Aurelius. Habíamos estado viviendo en Utica, aunque no lo recuerdo demasiado. Gente grande, calles bulliciosas. Mi abuelo ya había muerto, pero mi abuela tenía buena salud y era muy activa en su grupo de bridge y en la iglesia anglicana Saint Luke's. La familia de mi padre era de Utica. Apenas la conocí. A veces pasaba un tío, camino de Binghamton, y nos hacía una visita de media hora. Debería haberme entristecido por no tener padre, pero en realidad me alegraba. En secreto, porque mi madre lo echaba en falta, y cuando llegó la noticia de su muerte lloró días enteros. Naturalmente, me sentí muy culpable de estar contento y, cuando lo mataron, hasta pensé, irracionalmente, por supuesto, que era mi culpa porque yo estaba contento de que no estuviera en la casa.

Nos mudamos en verano y Aurelius estaba verde. Había flores por todas partes. Yo estaba con mi madre todo el día. Me leía cosas e íbamos a pasear. Me contaba historias sobre la gente que vivía en las casas que veíamos. Recordaba a mi padre como un hombre rudo. Le gustaba hacerme cosquillas y tirarme al aire, algo que me asustaba. Parecía que las cosas iban mejor sin él. Si tres son multitud, entonces era él quien estaba de más. Desde que lo mataron casi nunca pensé en él. Desde luego, hubo muchas condolencias. La gente me daba palmadas en la cabeza y me decía que lamentaba mucho que no tuviera a mi padre. Esto también me hacía sentir culpable. En cuanto a mi abuela, ella era una versión más lenta y más blanda de mi madre y también me leía y me llevaba a pasear. Fueron unos años felices.

A principios de los años cincuenta, Aurelius era un lugar

muy activo, y seguía habiendo un servicio de tren a Utica. La feria del condado de Potterville era un gran acontecimiento y cada verano Aurelius tenía su propio Día de Campo de los Bomberos, con paseos y juegos. Yo lo esperaba con ilusión y estaba orgulloso de mi habilidad para reventar globos con dardos, aunque ahora dudo que fuera nada especial. En el Strand había función doble todos los sábados por la tarde. Una vez trajeron a un hipnotizador que hizo sus trucos. Hipnotizó a medio auditorio y pensé que yo no funcionaba muy bien porque no me pudo hipnotizar. A las personas afortunadas fáciles de hipnotizar las hacían subir al escenario y las ponían a hacer ruidos de pato, llorar por un perrito imaginario enfermo o saltar a la comba sin comba, lo cual era muy gracioso.

Lo que estoy tratando de decir es que el pueblo era como una extensión de la casa de mi madre. No había lugar al que no pudiera ir, aunque mi madre me advertía que no me acercara a las vías del tren ni al río. No obstante, los fines de semana me subía a vagones de carga vacíos a mi gusto y había pocos placeres equiparables a tirar piedras al río o dejarlas caer desde un puente. Tenía media docena de amigos, aunque no eran muy íntimos porque yo no era bueno para los deportes. Pero vagar por todas partes y estar seguro de la buena voluntad de la gente era algo que daba por sentado. Quizá no tomaba cierta calle por un perro agresivo o incluso por algún pendenciero como Hark Powers, pero no tenía miedo. Corea y el comunismo quedaban lejos. Y había suficientes veteranos y suficiente charla sobre la Segunda Guerra Mundial para pensar que las guerras se habían acabado para siempre.

No sé si podría decir que mi infancia fue ideal. A menudo me sentí solo y distinto de los otros chicos, en parte porque no tenía padre y también porque no era bueno para los deportes y porque llevaba gafas. A veces me llamaban maricón y no me gustaba. Mi primo Chuck era varios años más joven que yo. Era el mayor de cuatro hermanos. Los veía a menudo, pero eran demasiado pequeños para tomarlos en serio. La madre de Chuck era hermana de mi madre y era otra mujer que me trataba bien. En efecto, su nevera y su alacena siempre estaban abiertas para mí. Si iba en bicicleta y tenía hambre, podía ir a comer algo a la casa de mi tía igual que a la de mi madre.

Ahora mi tía es una anciana. Mi madre y mi abuela murieron. Chuck es el único de mis primos que se quedó en Aurelius y, aunque a veces hablamos, no tenemos una relación estrecha. En Navidad le compro una botella de whisky y su esposa me compra a mí una corbata. Pero en el tiempo del que estoy hablando, Aurelius parece los huesos pelados del pueblo que había sido cuarenta años atrás. Desapareció el pueblo que era como una extensión del hogar.

Cuando volví desde Nueva York a Aurelius hace veinte años, esperaba encontrar el Aurelius de comienzos de los cincuenta. Pero la estación de tren ya se había convertido en una pizzería y en Main Street había tiendas vacías. Aun así, comparado con Nueva York, parecía ideal. La gente nunca cerraba la puerta de sus casas o sus coches con llave. Hace varios años, cuando Jack Shelbourne le puso una alarma a su BMW, los estudiantes del colegio se divertían haciéndola sonar. Nadie había oído antes una alarma antirrobo.

Era fácil conocer varias generaciones de familias de Aurelius. Yo conocí al padre de Hark Powers. Era un agricultor diez años mayor que yo. Y también conocí a su abuelo. El padre de Hark hacía jugar a su hijo en las ligas inferiores de béisbol y todos decían que, si jugaba mal o lo apartaban del partido, su padre le pegaba. Durante unos años, hace mucho tiempo, el padre de Hark tuvo un Ford de 1949, al que le quitaron el ornamento de la capota y el pestillo del maletero, lo lijaron y lo pintaron de un color marrón violáceo con motas claras. El tubo de escape producía un sonido musical grave y los sábados por la noche daba vueltas y más vueltas a las cuatro manzanas del centro con sus amigos. O quizá junto con un amigo salían con dos chicas y las llevaban al autocine de Norwich. A los diecinueve años ya estaba casado y el hermano mayor de Hark nació al año.

La madre de Hark era de Morrisville. Estoy seguro de que nunca la vi hasta algunos meses después de casada. Entonces llamaba la atención su gran barriga de embarazada. Tenía un pelo rubio rojizo que parecía muy suave, casi como de criatura, y unos ojos azules grandes. Tuvo cuatro niños varones en siete años, y luego otro, Hark, diez años más tarde. Recuerdo que una vez, cuando aún teníamos una tienda Woolworth en el centro, Hark se perdió en ella. Cuando lo vi, que tal vez fue la primera vez, estaba rodeado de anaqueles de ropa interior de mujer, llorando desconsoladamente. Tenía unos tres años y era muy redondo. La tienda Woolworth tenía los suelos de madera y, en cuanto Hark empezó a chillar, la gente se le acercó taconeando. No sé cuál era el motivo de su inquietud, pero recuerdo que Hark llevaba un traje de marinero con pantalones cortos. Cuando chillaba, apretaba los ojos y las lágrimas parecían saltar horizontalmente entre sus párpados. Su madre se acercó rápidamente, alzó a Hark, lo meció suavemente y lo besó. Miró alrededor, casi desafiante, por si alguien lo había hecho llorar. Yo estaba a tres metros y ella me miró con ira, como si yo hubiera pinchado a su niño con el dedo o le hubiera hecho una mueca. La madre de Hark murió cuando él aún estaba en el colegio. No sé si fue de cáncer o por otra causa. En todo caso, ella no lo llegó a ver con una sola oreja.

Después, en mi paseo diario, veía a mis vecinos; no sólo percibía su incertidumbre, sino que ésta resultaba aumentada por la mía propia, como si mi incertidumbre fuera el cristal a través del que veía el mundo. Era difícil no recordar cómo habían sido todos en épocas más felices y tranquilas.

Harry Martini, el director del Albert Knox, había sido un chico regordete de pelo negro que le decía a todo el que encontraba que podía deletrear la palabra más larga del idioma inglés, que según él era «antidesestabilizacionismo». No satisfecho con esta hazaña, pronto alardeó de que la podía deletrear al revés. Entraba solo en los bancos para demostrar su capacidad ante los cajeros. Incluso paraba a gente por la calle para exhibir sus trucos. «Espácico» era otra palabra que dominaba, aunque nadie, incluyendo a Harry, sabía qué quería decir. No digo que el amor al diccionario fuera lo que lo llevó a ser director del colegio, aunque a veces tengo mis dudas.

Phil Schmidt, nuestro jefe de policía, era la estrella de rugby del colegio. La gente decía que estuvo a punto de conseguir una beca de rugby para Syracuse, pero se la dieron a un chico negro. Poco después, Jim Brown se hizo famoso jugando para Syracuse y siempre pensé, equivocadamente, estoy seguro, que a Jim Brown le habían concedido la beca de Phil Schmidt.

Nuestro alcalde, Bernie Kowalski, solía organizar fiestas en la cabaña de sus padres, en el lago Round. Fui a una cuando tenía diecisiete años. Había cerveza y las parejas se besuqueaban o bailaban al compás de *Teen Angel*. En aquel tiempo se podía beber a partir de los dieciocho años, lo que parecía razonable. Bernie no dejaba que nadie se acercara al tocadiscos. Fumaba Pall Mall de paquete rojo y tenía una novia de Norwich, llamada Suzie, de la que se decía que tenía mucha experiencia. Yo me fui al muelle a tirar piedras, haciéndolas saltar sobre la superficie del agua. Temía que si tomaba cerveza mi madre me olería el aliento. Temía que si bailaba con una chica se me pegaría su perfume. Había ido con otros muchachos y no me podía ir hasta que lo hicieran ellos. Era junio, justo antes de fin de curso. Hacia medianoche tiraron a algunos al lago, chicas en su mayoría. Un jugador de rugby de nombre Hercel Morgan me tiró al lago porque, según dijo, no le gustaba la expresión de mi rostro.

Años después, cuando volví de Nueva York, Cookie Evans era animadora de los equipos del colegio. Era lo suficientemente diminuta para que la tiraran al aire, el tipo de chica que siempre llevaba una sonrisa pintada en el rostro. Lucía un jersey grueso azul con una gran *A* dorada en la parte delantera. Su voz era muy aguda, casi un pitido. Ya entonces se la tenía por muy parlanchina. En su último año por fin creció un poco y se le hizo un poco más grave la voz, lo que según su madre era una lástima porque de otro modo habría conseguido trabajo en un circo.

Hoy veo a Megan Kelly, una mujer gruesa que apenas se mantiene limpiando casas y haciendo trabajos aislados, como cuidar de Sadie Moore. De joven, Megan había sido muy hermosa, alta y fuerte. Había tenido cuatro hijas y todas habían sido *girl scouts*. Cuando las *girl scouts* se ponían a vender galletas en primavera, mi madre sólo compraba a las hijas de la señora Kelly. Más tarde, las chicas formaron un grupo musical. Se llamaban Las Kellys y giraban el bastón mientras cantaban «Cuánto cuesta ese perro del escaparate». La gente escribía cartas a la televisión para que las invitaran al programa de Ted Mack, *La hora de los aficionados*.

A veces pienso en Janice McNeal, en Franklin o en Ryan Tavich cuando eran niños. Ninguno vivía aquí, por supuesto. Seguramente oyeron noticias del Vietnam y escuchaban a los Beatles. Tuvieron bicis. Se apasionaron por estrellas de cine y deportistas. Pusieron pósters en las paredes de sus dormitorios. Tuvieron perros o gatos a los que les contarían sus secretos.

Allen y Donald Malloy crecieron fuera de Rochester, en Spencerport, según creo. Paul Leimbach ha dicho que tenían veleros en el lago Ontario. Aún les gusta salir a navegar, y el doctor Malloy le estaba enseñando a Sharon a llevar un velero. Hace un año más o menos, al doctor Malloy le hicieron una fiesta por sus cincuenta años. En el anuncio se veía una foto infantil del médico. Tendría en ella unos ocho años. Llevaba pantalones cortos, americana, camisa blanca y corbata. Tenía la cara redonda como una moneda y el pelo rubio lo llevaba rígido y muy corto. Se le veía sombrío delante del pequeño porche de una casa revestida de madera blanca. Tenía extendida la mano izquierda, en cuya palma había un yoyó. En el último escalón, a sus pies, estaba sentado Donald, tres años mayor y con aspecto de pequeña batea. Miraba el yoyó de la mano de su hermano como si viera un objeto religioso y tenía la boca ligeramente abierta.

Paul Leimbach iba dos años detrás de mí en el colegio. Era un chico delgado, muy serio, con una reputación de genio de las matemáticas. Tenía montones de tarjetas de béisbol coleccionables y le gustaba preguntar a otros niños, incluso a los niños mayores, cuántos dobles logró Ted Williams bateando en 1956 o cuántas bases robó Jackie Robinson en 1955. Sabía estos datos sin tener que mirar sus tarjetas. El hecho de que eso no le importara a nadie no le molestaba. Tenía una bolsita azul de tela en la que llevaba sus tarjetas de béisbol. Constituían un área de conocimiento experto que lo situaba aparte de otros niños. Tenía los ojos y el pelo oscuros, y las cejas gruesas y oscuras, y le gustaba quedarse quieto como un palo, con la bolsita de tarjetas de béisbol contra su pierna. Cualquiera podía imaginar series infinitas de números pasando por su cerebro. ¿Qué pensaba entonces de su futuro? En el tiempo que nos ocupa era contable en un pueblo pequeño. Y su sobrina había desaparecido.

 Voy por Aurelius y advierto la presencia de esas personas con sus vidas complicadas, algunas felices, otras desgraciadas. Evidentemente, he conocido a los jóvenes casi desde que nacieron. De niño, Aaron era completamente distinto de aquello en lo que se convirtió; era abierto, amistoso y tenía buen carácter. Ya hablé de que lo veía repartiendo los periódicos montado en su bicicleta con su perro corriendo detrás de él. El hecho de que su padre fuera colega mío hacía que me fijara más en Aaron, y mucho antes de que me enterara de la promiscuidad de su madre ya notaba la presencia de Aaron y de su perro por todo el pueblo. Al perro le encantaba correr cuando le tiraban palos. Hasta se los devolvía a los extraños y golpeaba con el palo contra la pierna de cualquiera hasta que le prestaba atención. Finalmente lo mató un camión en la carretera estatal. Aaron siguió repartiendo periódicos hasta los catorce años. Su padre, Patrick, alardeaba de que Aaron se compraba su propia ropa, y yo pensaba que eso era vergonzoso, porque Patrick ganaba un buen sueldo. Por supuesto, nunca dije nada. Después del ciclo básico de secundaria, Aaron empezó a transformarse en lo que es hoy, callado y algo misterioso, un hombre cuyas acciones a menudo parecen no tener una causa racional.

 Barry Sanders era un niño sonrosado y regordete, que tenía el cabello blanco y llevaba unas gafas gruesas. Como dije, su padre desapareció cuando él tenía dos años y su madre era bastante mandona. Siempre lo obligaba a llevar sombrero en verano, uno rojo de paja, de vaquero. Otros chicos se lo quitaban y Barry les rogaba que se lo devolvieran. A menudo, el sombrero terminaba en la cabeza del soldado de bronce de la Guerra de Secesión que empuñaba el mosquete frente al ayuntamiento. Yo pasaba con el coche y veía el sombrero rojo de paja en la cabeza del soldado y suponía que Barry estaría llorando en algún sitio. Por entonces teníamos un policía, Potter Malone, que se jubiló y se fue a vivir a Florida. Era un tipo afable cuya principal actividad consistía en devolverle a Barry el sombrero. En realidad, a menudo ésta parecía su única ocupación, así que se comentó una vez en una reunión del ayuntamiento que la ciudad tenía un empleado cuya única función era devolver el sombrero a *Clavelito*.

Cuando Sadie Moore viene de visita y se sienta en el sofá haciendo sus deberes o para leer *Anne of Green Gables*, no veo sólo su rostro actual, sino sus rostros del pasado, llegando hasta sus ocho años con la cara manchada de chocolate. A veces se sienta a la mesa de mi cocina mirando la rata sin pelo. *Tooslow*, en su frasco de vidrio. Sus codos están sobre la mesa, y su rostro, a diez centímetros de la cara de la rata.

–Una vez *Tooslow* estaba cruzando una calle cuando se acercó un camión. ¿Sabes lo que pasó? –preguntó.

–¿La atropelló? –pregunté yo.

–No. Un policía la rescató. Quizá fue Ryan.

O mira la serpiente de cascabel en su frasco de vidrio y dice:

–¿Por qué la gente dice que las serpientes son malas? Sólo parecen tristes.

Y los compinches de Hark, Jeb Hendricks, Ernie Corelli, Jimmy Feldman; los recuerdo a todos. Jeb y Ernie fueron alumnos míos en la clase de Ciencias de octavo curso, muchachos más bien estúpidos que no prestaban atención. Pero los recuerdo aún más jóvenes en la piscina del parque Lincoln, tirándose desde el trampolín con las piernas encogidas o dando vueltas con sus bicicletas por los callejones. La conducta habitual de la época del crecimiento: ese largo proceso que empieza con la inocencia y termina quién sabe dónde.

Cuando Hark Powers se mira en el espejo y ve una cicatriz donde antes estaba su oreja izquierda, ¿qué piensa? Cuando Barry se mira al espejo y parpadea, ¿qué ve? Cuando Aaron se afeita cada mañana, ¿puede ver su cara sin recordar la de su madre? Y la persona que secuestró a Sharon Malloy, ¿qué ve cuando examina su cara? ¿Siente un poco de hielo en su corazón?

Hace cinco años, Aurelius celebró para Navidad un concurso de belleza, con un coro de ángeles rodeando el pesebre. Los ángeles eran niñas de la escuela primaria y cantaban *Noche de paz*. Sadie era uno de los ángeles, al igual que Sharon Malloy, Sarah Patton, Meg Shiller, Bonnie McBride, Hillary

Debois y dos o tres más. Los ángeles llevaban túnica blanca hecha con tela de sábana, hilo dorado y cadenas de bisutería. Llevaban docenas de broches y alfileres brillantes sujetos a la ropa. Con cada movimiento, las túnicas lanzaban destellos y brillaban. Las chicas tenían alas de cartón cubiertas de papelitos brillantes y en el pelo llevaban halos prendidos que brillaban con la luz. Sus voces agudas en el gimnasio del colegio me hacían castañetear los dientes. No soy capaz de pensar en Sharon Malloy sin verla como un ángel cantando *Noche de paz*. Eso le debe de pasar a cientos de personas de mi pueblo.

    El terror que produjo la desaparición de Sharon no fue simplemente por la posibilidad de su muerte, aunque eso ya era horrible, sino también porque ponía la marca de la muerte a todas estas chicas. Se convirtieron en especímenes potenciales, como los que tenía en mis frascos. ¿Bonnie McBride llegaría a acabar el bachillerato? ¿Hillary Debois llegaría a ser adulta? ¿Sadie llegaría a cumplir veinte años? Ésa era la sombra que cubría a nuestro pueblo: ¿quién más desaparecería? ¿Y qué violencia alentarían las sospechas y los temores que surgían de aquella sombra?

26

No sé cómo será en otros pueblos, pero en Aurelius la noche de Halloween es un acontecimiento cada vez más importante. Cuando yo era niño, se trataba simplemente de ponerse una máscara o un disfraz casero y salir a llamar puerta por puerta pidiendo golosinas, so pena de hacer alguna travesura si no nos daban algo. Ahora los trajes son más caros o se alquilan para esa noche. La gente decora mucho sus casas, con luces que destellan y aullidos. Hay cubos de basura con forma de calabaza y telarañas falsas, lápidas y esqueletos colgantes, música para dar miedo y velas eléctricas que parpadean. Se ven muñecos vestidos con ropa vieja colgados de árboles o tirados en el jardín delantero de las casas, algunos con cuchillos en el pecho. Me hace pensar en una festividad religiosa sin deidad.

Los niños también esperan que se les dé más de lo que se daba antes: barras confitadas, cajas de dulces, incluso dinero. En una reciente noche de Halloween, al dar unos dulces a media docena de niños (pirulíes y caramelos, que son los favoritos de cualquier época), miraron lo que les había dado y preguntaron:

—¿Eso es todo?

Un niño incluso tiró al suelo los caramelos.

Si la noche de Halloween tiene algo de religioso, es difícil saber cuál es la religión implicada. Nada agradable, supongo. Hace años se trataba de apaciguar con caramelos a los demonios que visitaban las casas. Ahora las casas parecen estar en connivencia con los demonios. Lo que es peor, con sus lápidas, sus muñecos-cadáveres y los efectos de sonido de puertas que crujen, chillidos y aullidos de lobo, tratan de aterrorizar a los demonios que vienen a pedir caramelos. La noche de Halloween se vuelve un delirio, como si cortejara y adulara al mismo Príncipe de las Tinieblas.

Cuando yo era pequeño, en la noche de Halloween había grupos de adolescentes bromistas (al menos, así lo veían ellos) que cubrían las ventanas con jabón y tiraban cubos de basura. En la actualidad, la conducta es más agresiva. Un año volcaron el coche Geo de Helen Berger en su patio delantero. Incendiaron un garaje en Alfred Street, pusieron petardos en los escapes de algunos coches aparcados y afeitaron totalmente al perro collie de la señora Parson. Bromas de mal gusto, dijo la policía, aunque también había la sensación de que aquella conducta invocaba una fuerza más oscura. Y no eran sólo adolescentes los que se portaban mal. Por ejemplo, Hark Powers y sus tres compinches eran adultos y parecían deseosos de crear problemas.

A los cuatro, y también a Aaron, los procesaron por disturbios en la vía pública el anterior sábado por la noche. Aaron era más víctima que agresor, pero a Ryan no le gustó que le diera un puntapié a Hark cuando él lo tenía cogido del brazo. Así que también lo procesaron. Les pusieron una multa de 300 dólares a cada uno. Llamaron a la madre de Barry desde la comisaría de policía y ella fue a buscar a su hijo. Aquella noche Barry acabó cenando en casa, mientras su madre, sentada frente a él, le preguntaba cómo hacía para meterse en tantos problemas.

Como Aaron fue quien dio el último golpe, el asunto quedó sin resolver. Hark estaba furioso por haber quedado mal delante de sus amigos. Le habían dado una dolorosa patada en la entrepierna y había sido incapaz de responder. Hark habló de eso en la taberna de Bud, y también en la concesionaria Ford de Jack Morris. Y cada vez que lo hacía, aumentaba su sensación de haber sufrido una ofensa. Según él, Aaron se merecía algo mucho peor que una multa. Jeb y Ernie alentaban su idea de que lo habían tratado mal. Le preguntaban qué pensaba hacer y cómo se iba a vengar. Hark se veía obligado a hacer algo no sólo porque le habían dado un golpe traicionero sino también para mantener el control sobre sus amigos.

—Esperad a la noche de Halloween —dijo Hark.

Otras personas, incluyendo a Sheila Murphy, lo oyeron decir esto. Y más tarde testificaron en ese sentido ante el tribunal.

La desaparición de Sharon hizo que aquella noche de Halloween imperara un tipo de miedo distinto. Pocos niños salieron solos. Se desplazaban en grupos o sus padres los llevaban en coche. Una serie de padres organizaron fiestas en sus casas para que sus hijos no salieran. Y no fue una noche agradable; hacía frío y había una llovizna que por la mañana temprano se convirtió en una fuerte nevada.

Sadie se vistió de vampiro y para ello se puso un vestido negro y una peluca negra. Tenía la cara pintada de blanco y los labios rojos brillantes. Salió con sus amigas Meg Shiller y Hillary Debois. Meg iba disfrazada de víctima de accidente, como si la hubiera atropellado un coche, cubierta de vendas sangrientas y con la pierna izquierda escayolada. Hillary se disfrazó de zombie y lucía una peluca y una boca llena de dientes inmensos. Y llevaba un garrote con un clavo en la punta. Me visitaron. Parecían nerviosas por salir y me ofrecí a ir con ellas. Eso fue un error porque mi ofrecimiento les provocó tal irritación que se olvidaron por completo de su temor. Era extraño ver aquellos tres horrores en mi salón comiendo caramelos, mientras se veía detrás de la sangre y el maquillaje su belleza de trece años.

Aquella noche pasé el tiempo sentado junto a la puerta delantera entregando barras confitadas Baby Ruth, Milky Way y Snickers. Tenía que corregir informes de laboratorio, pero creo que no tuve ni cinco minutos ininterrumpidos entre las seis y las nueve. Los chicos que vinieron estaban mojados y maltrechos. Parecían refugiados más que demonios. En muchos casos, había un padre o una madre esperando en la acera. Algunos se disfrazaron en sus casas y se enfrentaron a los visitantes con versiones más exageradas y horripilantes que las de los disfraces de los chicos. Yo llevaba la chaqueta deportiva y la pajarita, como de costumbre; aunque parezca un disfraz, es lo que la gente espera que lleve.

Hark y sus amigos llevaban disfraces rudimentarios. Hark llevaba una máscara negra con un bigote y una gorra de béisbol del equipo de los Mets. Jeb Hendricks, una máscara de necrófago. Ernie Corelli, una de plástico del ratón Mickey. Jimmy Feldman, una de langosta verde. Dieron vueltas en el Chevy Blazer rojo de Jeb con una nevera llena de latas de

Budweiser en la parte de atrás. Cuantas más vueltas daban, más ruidosos se volvían.

A partir de las siete fueron yendo y viniendo por el pueblo; luego se fueron hacia la universidad, donde había un baile de noche de Halloween. Jeb asustaba a las chicas que cruzaban la calle acelerando su Blazer. Salieron al campo a derribar buzones con bates de béisbol. Tom Schneider los oyó destrozar su buzón y los persiguió con su furgoneta, pero se escaparon. A eso de las ocho se dirigieron al apartamento de Aaron. Éste tenía las luces apagadas. Jeb aparcó, y llamaron a la puerta. Su plan era coger a Aaron y dejarlo frente al ayuntamiento sin ropa. Quizá lo atarían. Quizá lo atarían desnudo al monumento de la Guerra de Secesión y lo cubrirían con pintura amarilla. Tal vez le atarían también un perro. Discutir estas opciones les proporcionó un gran placer, de modo que fue una desilusión que Aaron no estuviera en casa.

El Blazer de Jeb tenía un tubo de escape ruidoso, y mucha gente lo oyó. Había otros grupos de jóvenes no muy distintos de Hark y sus amigos que también tenían malas intenciones. Alguien ató el parachoques trasero del Ford Bronco de Randy Beevis a la puerta delantera de la panadería Weaver, y, cuando Randy lo puso en marcha, arrancó la puerta y sonaron las alarmas. Y alguien, quizá la misma persona, tiró aceite vegetal en los escalones de la entrada de la comisaría de policía. Chuc Hawley resbaló, con tan mala fortuna que se lastimó el coxis.

Franklin salió con Bob Alton, su fotógrafo. La noche de Halloween cayó aquel año en martes y Franklin quería tener una página completa de fotos para el periódico del jueves. Se encontraron con seis adolescentes de americana y corbata cargando a un séptimo, Louie Hyde, en un ataúd. Llevaban el ataúd de puerta en puerta y pronto estuvo medio lleno de dulces. Eligieron a Louie Hyde como cadáver porque, aunque tenía catorce años, medía menos de metro sesenta. Bob Alton sacó veinte fotos y Franklin entrevistó a Louie, que dijo que no era malo estar muerto porque así se ahorraba las caminatas.

Franklin también sacó una foto de un muñeco izado en el

mástil de la bandera del ayuntamiento. Los Alces organizaron una fiesta para la juventud con pesca de manzanas en un tonel de agua y un concurso de disfraces. Franklin habló con los ganadores, los mellizos Tim y Tom Miller, que iban disfrazados de un par de dados. Bob Alton también sacó fotos de chicos que vieron por la calle: Lucy Schmidt tirada en un carro por un San Bernardo, o los seis pequeños Gillespie disfrazados de Big Bird. Franklin pasó por la casa del doctor Malloy, pero no había luces en la planta baja. Lo mismo que en la casa de los Leimbach. También estaba a oscuras la casa de Donald Malloy. Franklin estuvo ocupado toda la noche, pero debido a lo que pasó después decidió que sería de mal gusto publicar las fotos.

Ryan Tavich tenía una cita con Cookie Evans y pensaba llevarla a cenar a la posada Colgate, pero en el último minuto tuvo que excusarse. No supo explicar por qué. Tenía una sensación de intranquilidad. Pasó la noche en su coche, recorriendo el pueblo o aparcado en Main Street.

Cookie estaba disgustada:

–Podrías haberme avisado un día antes. Lo podría haber arreglado para salir con otra persona.

Sadie, Meg Shiller y Hillary Debois se quedaron por las calles de su barrio. Más tarde, Sadie explicó que no se había divertido, que hacía demasiado frío y llovía. Vieron a muchos otros chicos, pero debido a los disfraces y a la oscuridad reconocieron sólo a unos pocos.

–Vimos chicos mayores –dijo Sadie–, como adultos disfrazados.

–¿Cuántos? –pregunté.

–Quizá veinte, muchos más que lo habitual.

Podían haber sido padres que acompañaban a sus hijos, pero quizá no.

Poco después de las ocho, Hark y sus amigos fueron a la casa de Barry. Los cuatro subieron al porche y Hark pulsó el timbre. La señora Sanders salió a la puerta. Era una mujer robusta, bastante más grande que el propio Barry.

–Déme un dulce o le hacemos una travesura –dijo Hark.

La señora Sander iba a coger un cuenco con dulces, pero se detuvo.

–Parecéis bastante grandullones para andar pidiendo dulces –comentó.

–Tenemos alma de niños –contestó Hark.

Dio un paso al frente, cogió el cuenco de dulces de la señora Sanders y se lo dio a Ernie Corelli. Jeb Hendricks y Jimmy Feldman empezaron a pillar dulces y a metérselos en los bolsillos. Entonces Jeb le tiró un caramelo a Jimmy, y Jimmy le tiró otro a Jeb.

–Devolvedme eso –dijo la señora Sanders, enfadada.

Hark no le prestó atención.

–¿Puede salir Barry a jugar? –preguntó.

–Queremos a *Clavelito* –dijo Ernie.

–Ni se os ocurra llamarlo así –contestó la madre de Barry. Le quitó el cuenco de dulces a Ernie. Cuando éste trató de impedírselo, ella lo empujó hacia atrás y él tropezó.

–¡Salid de mi porche! –gritó la señora Sanders.

–La vieja se ha mosqueado –dijo Jeb.

La señora Sanders puso el cuenco detrás de la puerta y luego se volvió de nuevo hacia ellos con un paraguas en la mano.

–¡Salid de mi porche!

–Queremos a *Clavelito* –repitió Hark.

La señora Sanders le dio a Hark con la punta del paraguas en el estómago y le arrancó un gruñido.

–Sé quién eres, Hark Powers –exclamó ella–. Salid del porche o llamo a la policía.

Agitó el paraguas nuevamente y los cuatro retrocedieron.

Hark pensó en quitarle el paraguas. Estaba enfadado porque lo hacía quedar como un tonto. Un grupo de niños, que realmente pedían dulces, se acercó a la casa.

–Vamos –ordenó Hark. Volvieron al Blazer de Jeb. Jeb tiró al suelo los dulces que había cogido. Cuando arrancó, hizo chirriar los neumáticos.

La señora Sanders llamó igualmente a la policía.

–Deberían detener a Hark Powers –le dijo a Chuck–. Ha tratado de entrar en mi casa por la fuerza.

Aquella noche había tres coches patrulla de servicio. Chuck les mandó un mensaje por radio y les sugirió que vigilaran a Hark. No sabía nada del Blazer rojo de Jeb. Creía que iban en la furgoneta de Hark.

Hark le ordenó a Jeb que volviera al apartamento de Aaron. Aún era de noche. Hark fue y llamó a la puerta por si hubiera vuelto. Esperó un minuto y llamó nuevamente. Luego salió.
—Vamos a buscar una cagada de perro —ordenó.
Los cuatro hombres buscaron por el césped y encontraron tres pequeños montones de excrementos de perro que Jimmy cogió con la mano cubierta con una bolsa de plástico. Hark le hizo poner la mitad de los excrementos en el buzón de Aaron. Con la otra mitad Jimmy ensució la puerta. Mientras se reían de esto, Herman Potter, que vivía al otro lado del pasillo, salió a ver qué pasaba.
—Eh, ¿qué hacéis?
—Vete a tomar por el culo —le gritó Hark. Volvieron al Blazer de Jeb.
A continuación trataron de encontrar a Leon Stahl, que tenía un pequeño apartamento cerca de la universidad.
—Lo llevamos al centro y lo dejamos desnudo delante del ayuntamiento —dijo Hark—. Gordo de mierda...
El edificio de apartamentos de Leon tenía un sistema de porteros electrónicos en la puerta de entrada. Hark tocó el timbre y al cabo de un instante la voz de Leon sonó en el pequeño altavoz.
—¿Quién es?
—Amigos —contestó Hark.
—¿Quién?
—Aaron McNeal.
—No pareces Aaron —respondió Leon, en tono suspicaz.
—Claro que soy yo; venga, déjame pasar —dijo Hark.
—¿Cuál es tu segundo nombre?
—Vamos, Leon, déjame entrar.
—¿Cuál es tu segundo nombre?
—Toca los otros timbres —sugirió Jeb. Alguien contestará.
Había quince apartamentos en el edificio y Hark apretó todos los timbres. Un instante después, se oyó un zumbido y Hark abrió la puerta.
Subieron rápidamente al apartamento de Leon y llamaron. Hark tapó la mirilla. Cuando Leon se negó a abrir, Hark dio un paso atrás y le pegó un fuerte puntapié a la puerta.

—Veo quién eres —gritó Leon—. Voy a llamar a la policía.
—¿Quién soy?
—Hark Powers.
—Mierda —dijo Hark. Bajaron al Blazer de Jeb—. ¿Cómo puede reconocerme esta gente con una máscara?
—Seguramente por la ropa —advirtió Jeb.
—O por la forma de andar —añadió Jimmy.
No querían decirle que era por la oreja.
Fueron al apartamento de Harriet Malcomb, pero no estaba. Volvieron al de Aaron, pero las luces seguían apagadas.
—Vamos a buscar a esos dos hermanos —ordenó Hark.
Consiguieron la dirección de Jesse y Sannon en la guía telefónica. Era un apartamento cercano a la universidad, en Whittier Street.
Jesse y Shannon habían salido más temprano a pedir por las casas, porque no tenían dinero y querían caramelos. Se taparon la cara con el pañuelo y dijeron que iban disfrazados de atracadores. Después de treinta minutos de pedir golosinas, volvieron a casa a ver la televisión. Hacia las ocho y media, llamó Barry para decir que Hark había ido a su casa. Después de las nueve, Leon llamó y dijo que Hark y sus amigos habían ido también a su apartamento. A Barry y a Leon no les caían bien los dos hermanos, pero querían mantener buenas relaciones. También llamaron a Aaron y a Harriet, pero ninguno de los dos estaba en casa.
Jesse y Shannon apagaron las luces, salieron y esperaron. Pronto oyeron acercarse el Blazer de Jeb. Éste aparcó y Hark y los demás se bajaron. Los hermanos vivían en una gran casa subdividida en apartamentos para estudiantes. La puerta delantera estaba abierta. Hark, Ernie y Jimmy entraron mientras Jeb esperaba junto al coche. A los pocos minutos Hark salió.
—No están.
—Mierda —exclamó Jeb.
Los cuatro se metieron en el Blazer. Cuando Jeb encendió el motor, Jesse y Shannon se pusieron uno a cada lado del coche. Tenían aerosoles de pintura negra y empezaron a pintar las ventanas. Jeb gritó y arranco. Hark le gritó que se detuviera. Jesse pintó el parabrisas delantero. Jeb viró el Blazer

contra el bordillo y clavó los frenos. Jesse y Shannon pintaron el parabrisas trasero. Jeb, Hark y los otros salieron del coche, pero Shannon y Jesse corrieron hacia el campus. Los cuatro hombres los persiguieron, pero habían tomado demasiada cerveza para correr rápido y no conocían la zona. Shannon y Jesse los llevaron hacia el campus y desaparecieron.

Hark se detuvo en el cuadro central del campus rodeado de sus amigos. No veían ningún movimiento, aunque oían música que provenía del centro estudiantil, donde se hacía el baile de noche de Halloween.

—Quiero volver al coche antes de que vuelvan y le prendan fuego —dijo Jeb.

—¡Joder! —exclamó Hark—. ¡Joder!

Cuando volvieron al Blazer, encontraron el parabrisas destrozado y una brasa ardiente en el asiento delantero. Los pedazos de vidrio sobre el tablero brillaban como diamantes a la luz del farol de la calle.

27

Lo que Hark Powers consideraba justicia era en realidad desquite, y él era la fuerza de castigo. Se veía como un arma en manos del bien. Su intención en la noche de Halloween era castigar a los que le habían hecho algún mal. Y cuanto más se frustraban sus intenciones, más se indignaba. A su entender, el hecho de que Aaron no estuviera en casa, de que la madre de Barry le hubiera clavado el paraguas en el estómago, de que Leon se negara a abrir la puerta, de que Jesse y Shannon hubieran pintado los parabrisas del Blazer y destrozado el delantero, eran cosas que se hacían para provocarlo. Hacia las diez de la noche, Hark estaba hecho una furia.

Ernie Corelli y Jimmy Feldman querían volver a la taberna de Bud. Jeb quería irse a casa. Su camión, como lo llamaba, había resultado averiado y él ya estaba harto. Hark observó que perdía el control sobre sus compinches. Pero también tenía la sensación de que el mal se extendía por el mundo, idea que le venía por su relación con los Amigos de Sharon Malloy. Algo funcionaba muy mal y Hark no quería irse a casa hasta haber hecho algo al respecto.

–Vamos a la casa del árabe –sugirió.

Así que fueron a Maple Street. Eran más de las diez y las calles estaban desiertas. Hacía más frío y la lluvia parecía hacerse más consistente, en forma de aguanieve. El parabrisas roto del Blazer era una gran abertura por donde se colaban la lluvia y el frío. Jeb y Hark se acurrucaron y Jeb puso la calefacción al máximo. Los cuatro estaban tomando cerveza y la nevera estaba casi vacía. Para calentarse también tomaron tragos de Seven Crown, una bebida de la destilería Seagram.

La casa de Chihani estaba a oscuras, pero el coche se encontraba en la entrada.

–Apuesto a que no ha dado caramelos –comentó Jeb.

—Probablemente se ha quedado arriba con las luces apagadas —contestó Ernie.

—Haciéndose una paja —añadió Jimmy.

—Aparca delante —ordenó Hark.

Jeb aparcó, apagó las luces, pero dejó el motor encendido. La lluvia golpeaba sobre el panel.

—¿Qué vas a hacer? —preguntó Ernie.

—Ya verás —contestó Hark. Se había subido la máscara a la frente. Después se volvió a cubrir el rostro. Fijó la vista en la casa de Chihani y el Citroën rojo.

—¿Estará despierto? —preguntó Jimmy.

—No me importa si está despierto o dormido —contestó Hark. Cogió del asiento trasero uno de los bates que había usado para destrozar los buzones—. No pares el motor —dijo. Dejó abierta la puerta y se bajó.

—A la mierda —dijo Ernie. Cogió el otro bate y se bajó del coche por la puerta trasera. Su máscara de ratón Mickey le daba un aspecto de gran alegría.

Hark recorrió la entrada del garaje hacia el Citroën. Estaba muy bebido y se tambaleaba un poco. Había varios arces al otro lado de la entrada y otro en medio del patio delantero. La casa del vecino también estaba a oscuras, aunque en otras casas sí había luces. Ernie siguió a Hark a toda prisa. Se reía para sí. Tampoco conseguía andar en línea recta. Los otros dos los miraban desde el Blazer.

Al llegar al Citroën, Hark esperó a Ernie. El coche miraba hacia la calle. Hark estaba junto a la puerta del lado del conductor, con el bate en la mano. Dio un paso atrás, cogió el bate con las dos manos y golpeó el parabrisas delantero del Citroën. El ruido del vidrio haciéndose añicos fue amortiguado por la lluvia. Hark golpeó nuevamente el parabrisas, haciendo caer el vidrio en los asientos delanteros.

—A la mierda —gritó Ernie. Con el bate destrozó el faro derecho.

Esto hizo más ruido, un sonido casi metálico. Se cayó el aro del faro y rodó por el césped como una pequeña rueda plateada.

Hark golpeó el cristal trasero con el bate. La ventanilla se astilló. La golpeó nuevamente, hundiendo el vidrio hacia dentro y luego terminó de empujar los restos con la punta del bate. En la bandeja trasera había libros cubiertos de astillas de vidrio. Ernie destrozó el otro faro delantero. Hark empezó a golpear las ventanillas laterales. Se ponía en pose de bateador y hacía girar el bate con violencia. Dio en el espejo lateral, haciéndolo saltar y rodar por la entrada hacia la calle. Ernie golpeó el espejo del lado del pasajero.

Los dos hombres estaban completamente concentrados en su obra de destrucción, así que cuando apareció Chihani ni Hark ni Ernie supieron si había salido por la puerta delantera o si había ido desde detrás de la casa. Pese a su cojera se movía con rapidez, haciendo volar la pierna con el zapato agrandado y ayudándose con su bastón. Llevaba la boina y una americana oscura. Al acercarse a los dos hombres, alzó el bastón.

–¡Basta! –gritó.

Hark y Ernie se sobresaltaron, pararon de golpear el coche y se volvieron hacia Chihani. Se tambaleaban un poco a causa de la bebida.

–¡Esto es enteramente inaceptable! –exclamó Chihani. Su voz sonaba aguda y su acento era más notorio. Era más alto que Hark y Ernie, y más delgado. Además, estaba sobrio.

Hark empezó a decir algo grosero y despectivo, pero cuando se volvió, Chihani blandió el bastón y le dio a Hark en el rostro.

–¡Ay! –gritó Hark, trastabillando hacia atrás y tocándose la mejilla.

Ernie golpeó con el bate sobre la capota del coche, lo que produjo un ruido metálico y hueco.

–¡Sois unos maleantes! –gritó Chihani.

Entonces le propinó a Ernie un golpe en la espalda con el bastón. Ernie trastabilló hacia delante. Chihani le dio en la máscara de plástico de ratón Mickey partiéndola por la mitad. La lluvia y las hojas mojadas hacían que la entrada estuviera resbaladiza. Ernie perdió el equilibrio, tropezó y cayó hacia atrás. Su máscara se deslizó al cuello. Se quedó sentado en la entrada mojada con la mano en el hombro. Chihani le golpeó nuevamente en la cabeza y Ernie chilló.

Desde el Blazer, Jimmy Feldman y Jeb Hendricks vieron a

Chihani atacar a sus amigos. Los sorprendió su velocidad. No entendían cómo se movía con tanta rapidez. Esperaban que Chihani se detuviera, pero no lo hizo.
 —Tenemos que irnos —dijo Jeb.
 —No podemos dejarlos —Jimmy tenía dificultades para hablar.
 Tapó lentamente la botella.
 —Va a llegar la policía en cualquier momento.
 —Dios mío, ese árabe los está moliendo a palos.
 Jimmy se bajó del asiento trasero y corrió hacia los otros zigzagueando. Ernie seguía en el suelo con las manos en la cabeza. Chihani pegó con el bastón otra vez a Hark en la cara, y éste cayó contra el flanco del coche.
 Jimmy cogió el bate que estaba tirado en el suelo junto a Ernie. Se había tapado la cara con la máscara de langosta y le costaba ver por los agujeros. Al tratar de concentrar la mirada en Chihani, se encontró con los pies de Enrie y tropezó hacia el coche. Extendió las manos para evitar golpearse y sus manos se deslizaron por el metal mojado de la capota. Chihani golpeó con su bastón, dándole a Jimmy en la parte de atrás de la cabeza, de modo que voló la máscara de langosta.
 —¡Eh! —gritó Jimmy.
 Hark se frotó la cara con una mano mientras en la otra sujetaba el bate de béisbol. Chihani trató de golpearlo de nuevo y Hark detuvo el bastón con el bate. Se sentía mareado y no entendía cómo el árabe se movía tan rápido. El bastón le alcanzó otra vez, dándole en la rodilla y haciéndolo tropezar hacia el costado. Hark pensó en la humillación de que un extranjero con boina los apaleara a ellos, que eran tres. Le parecía que le estaban haciendo trampa. Estaba sorprendido de lo injusto del mundo. Lanzó un golpe con el bate, pero no le dio a nada. Se le había caído la máscara, que en aquel momento le cubría en parte los ojos, por lo que le costaba ver.
 Jimmy se levantó de la capota del Citroën y propinó un golpe con su bate a Chihani, alcanzándole en el brazo. Chihani golpeó a Jimmy en el hombro con su bastón y Jimmy cayó hacia atrás, tropezando con las piernas de Ernie.
 Hark vio que Chihani estaba de espaldas a él. Lo golpeó en el hombro. Chihani se volvió inmediatamente, empuñando el

bastón y empujándolo contra el coche. Hark logró parar varios golpes, pero de todas formas recibió uno en la cara.

Jimmy se puso de pie y nuevamente golpeó a Chihani en el brazo. Jeb ya se había bajado del Blazer y corría hacia ellos sobre las hojas mojadas. Cogió a Ernie del cuello y lo ayudó a ponerse de pie. Su máscara de necrófago no parecía una máscara sino un rostro real. Pero Jeb también tenía dificultades para ver. Al ayudar a Ernie a incorporarse, recibió un golpe en la parte de atrás de la cabeza. Tropezó hacia delante, con lo que dejó caer a Ernie y, a su vez, cayó sobre él. Jimmy le lanzó nuevamente un golpe a Chihani, pero no lo alcanzó.

Hark se quitó la máscara y la gorra de béisbol y las arrojó al suelo. Entonces vio a Chihani obligando a Jimmy Feldman a retroceder mientras Jeb y Ernie trataban de ponerse de pie. No entendía cómo aquel árabe los estaba apaleado. Hark se separó del coche, cogió mejor el bate, lo alzó mejor y corrió varios pasos hacia Chihani. Golpeó con dureza, apuntando a los hombros de Chihani. Éste lo oyó venir y empezó a darse la vuelta. Alzó el bastón, pero no pudo contener el golpe. Lo recibió con toda la fuerza en la nuca. La boina saltó de su cabeza como una moneda. Se tambaleó hacia delante unos pasos; finalmente cayó. Su bastón se deslizó por las hojas mojadas.

—Hijo de puta —dijo Hark. Dio una patada a Chihani en las costillas, pero el hombre no hizo ningún ruido.

—Vámonos de aquí —dijo Jeb.

Se puso de pie. Ernie estaba en cuatro patas, como un perro. Su máscara rota de ratón Mickey estaba retorcida en un lado del rostro y parecía que tuviera dos caras. Jimmy Feldman estaba sentado en la entrada frotándose la cabeza. Su máscara de langosta estaba tirada allí cerca.

Hark le dio a Chihani más puntapiés, con fuerza suficiente para zarandearle el cuerpo.

—Vamos —insistió Jeb—. Déjalo.

Ayudó a Ernie a ponerse de pie. Éste empezó a andar dando tumbos hacia la casa. Jeb lo cogió del brazo y lo orientó hacia la calle. Ernie se tambaleó unos dos metros y vomitó de repente. Se le cayó la máscara de ratón Mickey y Ernie le vomitó encima.

—Dios mío —exclamó Jeb.

Jimmy Feldman se levantó tambaleándose. Cogió el bate de béisbol y trató de golpear el coche, pero falló. Se dio la vuelta y cayó otra vez. Hark lo alzó.

Jeb tomó a Ernie del brazo y lo condujo hacia el Blazer.

—Me duelen la cabeza y el estómago —dijo Ernie.

—Vamos a darle a ese hijo de puta —exclamó Jimmy.

—Eso ya lo hemos hecho —contestó Jeb—. Vamos a casa.

Metió a Ernie a empujones en el Blazer y luego corrió a buscar a los demás. Al cabo de un minuto ya tenía a Jimmy en el asiento de atrás. Hark estaba de pie en el patio, mirando la casa de Chihani. Se desabrochó el pantalón y orinó. La luz de la calle iluminó el arco amarillo. La lluvia se transformaba cada vez más en nieve. Chihani seguía tirado en el suelo. Hark terminó de orinar, se cerró la braguta y cogió los dos bates, uno en cada mano.

—Vamos a destrozarle la casa —dijo Hark.

—Tenemos que irnos —contestó Jeb—. Va a venir la policía. —Empujó a Hark hacia la calle.

Hark se liberó y trató de golpearlo con uno de los bates pero falló.

—Suéltame.

—Dios mío, estás tan loco como él. ¡Vamos!

Jeb lo condujo a la calle y Hark lo siguió, pero lentamente. Se volvió para mirar la casa, como si quisiera hacer más daño. Jeb lo metió de un empujón en el coche. Jimmy y Ernie estaban en el asiento trasero quejándose y con las manos en la cabeza. Hark seguía mirando la casa de Chihani. La puerta estaba abierta.

—Cierra la puerta, Hark —exclamó Jeb.

Hark no se movió. Jeb saltó del coche, dio la vuelta por delante, cerró la puerta de Hark de un golpe y acto seguido corrió al otro lado. No entendía por qué no había llegado la policía. Sentía que eso era una gran suerte.

—¿Vamos a la taberna de Bud? —preguntó Hark.

Jeb no dijo nada. Llevaría a sus amigos a sus casas y después se iría a la suya. Se había terminado la noche. Ernie tenía una tos seca, se ahogaba. A Jeb se le aparecía la imagen de Chihani tirado en el patio e intentaba sacársela de la cabeza.

«Se despertará», pensaba. Se arrancó la máscara de necrófago. Estaba sudada. Jeb era el único que no había perdido la máscara y eso también le parecía una suerte. Cuando terminó de llevarlos a todos a sus casas nevaba intensamente y las calles estaban cubiertas de nieve. Jeb tenía como diez centímetros de nieve en el regazo.

Houari Chihani se quedó tirado en su patio delantero, a unos cinco metros del coche. Los vidrios y los faros estaban rotos y había golpes en la capota. La máscara oscura de Hark estaba junto a la puerta del lado del pasajero. La de langosta de Jimmy, delante del vehículo. En medio del patio, las dos mitades de la máscara del ratón Mickey sonreía a los árboles hasta que la nieve las tapó por completo.

La nieve también cubrió a Chihani. Aquella noche cayeron unos quince centímetros, y por la mañana Chihani no era más que un montículo blanco. Había desaparecido su bastón y también las máscaras. Los asientos delanteros de su coche se encontraban cubiertos de nieve.

Cada mañana, a eso de las seis, Irving Powell salía a pasear su perro color chocolate por Maple Street. El nombre del perro era *Sidney*. Debido a la hora, Powell nunca usaba correa, ya que no había nadie. Y *Sidney* se portaba bien, siempre volvía cuando lo llamaba, aunque le gustaba la nieve, le gustaba andar olisqueando y luego se sacudía. Estaba oscuro y las luces de las calles todavía estaban encendidas.

Powell vio el Citroën de Chihani y observó que le habían destrozado las ventanillas. Conocía aquel coche, como todo el mundo en Aurelius. *Sidney* estaba oliendo un montículo cubierto de nieve. Powell llamó a su perro, pero éste siguió investigando lo que había encontrado. Powell se acercó. *Sidney* apartó un poco de nieve con las patas y Powell vio uno de esos muñecos de la noche de Halloween que la gente ponía en los patios. A Powell no le gustaba Halloween. La noche anterior había sido un incordio constante. Se había quedado sin caramelos temprano y había tenido que apagar las luces. A continuación habían desaparecido sus cubos de basura.

–Vamos, *Sidney* –ordenó.
El perro seguía destapando el muñeco con las patas y olisqueando.
Irving Powell se acercó al perro y lo agarró del collar. No le gustaba meterse en el patio de otras personas y estaba enfadado con *Sidney*.
–Perro malo –dijo.
Miró el muñeco. La nieve ya no le cubría la cara. Tenía los ojos abiertos y parecía estar mirando a Irving Powell.

28

Sería un error crer que los vecinos de Houari Chihani no habían llamado a la policía. El ruido sordo del bate de béisbol golpeando la capota de un automóvil intranquiliza a cualquiera. La señora Morotti, que vivía al otro lado de la calle, llamó a la policía a las diez y cuarto y su vecino de la derecha, James Pejewski, llamó unos minutos más tarde. Sin embargo, ninguno vio a Chihani caer y, por tanto, sus llamadas telefónicas sólo fueron denuncias de vandalismo. Cuando miraron nuevamente vieron a Chihani tirado en el suelo mojado de su patio delantero, pero no advirtieron que era él. Era la noche de Halloween. Había cuerpos tirados en el patio delantero de muchas casas.

A eso de las dos de la mañana, mucho después de que avisaran a la policía, pasó un coche patrulla por delante de la casa de Chihani. Pero entonces nevaba mucho. Los dos agentes, Tommy Flanaghan y Ray Hanna, no sabían nada de las llamadas anteriores, pero vieron el Citroën destrozado. Hanna quería parar, pero Flanaghan dijo que siguieran. La casa de Chihani estaba a oscuras y aquellos problemas podían esperar hasta la mañana. En todo caso, tenían en mente problemas más urgentes que el vandalismo.

Cabe presumir que las llamadas de los vecinos de Chihani se registraron en el libro de entradas de la policía. Quizás incluso se le dijo a un agente que investigara cuando tuviera tiempo. No obstante, las llamadas se olvidaron a causa de otros sucesos que tuvieron lugar al principio de la noche.

Sadie, Meg Shiller y Hillary Debois habían salido a pedir caramelos entre las seis y media y las ocho, pero, con la lluvia y el frío, no se divirtieron mucho después de la pimera media hora. Sadie y Meg tenían paraguas, que quedaban fuera de lugar en una noche de Halloween, y se enredaban con las fundas de almohada que empleaban para llevar las golosinas que les daban. Vieron algunos amigos y varias veces se reunieron con otros chicos, yendo juntos a cinco o seis casas para luego separarse.

Hacia las ocho ya estaban otra vez en casa de Sadie. Franklin iba aún en busca de historias de la noche de Halloween, así que las chicas se quedaron solas. La señora Kelly había estado allí más temprano, pero se había ido, aunque Franklin esperaba que se quedara hasta las diez. Temía que alguien le robara sus cubos de basura, a menos que estuviera en casa para vigilarlos. Las chicas estaban caladas hasta los huesos y se quitaron la ropa, poniéndose batas de Franklin que Sadie les dio. Metieron sus ropas húmedas en la secadora. Meg y Hillary llamaron a sus padres para decir dónde estaban. Meg vivía a dos manzanas en una dirección, y Hillary, a una manzana en la dirección contraria. Mientras esperaban que se les secara la ropa, hicieron chocolate caliente y se dieron un atracón de dulces de la noche de Halloween. ¿De qué hablaron? De los deberes de Historia que tenían para el día siguiente. De que, por lo visto, a Shirley Potter le gustaba Bobby McBride. De que Meg pensaba ir a cabalgar el sábado. De que la prima de Hillary, Anne, venía desde Albany para visitarla el fin de semana. De que Meg pensaba que Frank Howard era guapo, aunque las otras no estaban de acuerdo. Era demasiado engreído. ¿Hablaron de Sharon Malloy y de lo que le podía haber pasado? No, lo que no significa que no se les podría haber ocurrido. Hablaban rápidamente, se interrumpían unas a otras y no paraban de reír.

–Por supuesto que pensamos en Sharon –me dijo Sadie después–. Es algo en lo que pensamos todo el tiempo. Pero es algo demasiado deprimente para hablar de ello a cada momento.

Hacia las nueve, la ropa estaba seca. Meg se había puesto vaqueros y encima de la cazadora llevaba una camisa blanca de su padre, manchada de pintura roja, para que pareciera sangre. Como víctima de accidente de carretera no había necesitado un disfraz muy complicado y no se molestó en ponerse de nuevo la escayola en la pierna. De todos modos, la había hecho con periódicos, estaba mojada y se caía a trozos.

Tampoco se puso las vendas ensangrentadas en la cabeza ni en los brazos.

Hillary se había puesto un traje y Sadie había decidido que un vestido negro que había sido de su madre era adecuado como disfraz de vampiresa. El lápiz de labios se lo tomó prestado a Paula y limpió la punta para que sus labios no tocaran donde habían tocado los de Paula.

Como era día de clase, Meg y Hillary habían prometido a sus padres que estarían en casa hacia las nueve y media o las diez lo más tarde. Estaban un poco mareadas por la cantidad de dulces que habían comido, pero también cansadas, así que poco después de las nueve y media llamaron a sus padres y dijeron que volvían a casa. Franklin seguía dando vueltas con el fotógrafo. Yo estaba en casa corrigiendo informes de laboratorio, contento de que ningún celebrante de la noche de Halloween hubiera llamado a mi puerta desde hacía cuarenta y cinco minutos.

La madre de Hillary dijo que iría con el coche a buscar a su hija, aunque estaba a poco más de una manzana. Meg dijo que no quería que la fueran a buscar. Sus padres eran extremadamente lentos y ella estaría en la cama antes de que encontraran las llaves del coche. Seguía lloviendo, pero Meg tenía paraguas, uno largo y negro de su padre. Hillary dijo que su madre podía llevar a Meg a casa, pero ésta estaba impaciente.

Así que a eso de las diez menos cuarto Meg dijo adiós y se fue bajo la lluvia. El Dodge Caravan de Joan Debois se metió en la entrada unos cinco minutos más tarde y tocó el claxon. Sadie se paró en el porche y vio a Hillary correr hasta el coche, que en aquel momento retrocedió hasta la calle. Hillary saludó desde la ventanilla. Sadie cerró la puerta con llave y volvió a la cocina. Aún tenía que hacer unos problemas de matemáticas para el colegio, así que se sentó frente a la mesa de la cocina con otra taza de chocolate caliente y sus deberes. Esperaba que su padre volviera antes de irse a la cama, pero a menudo él iba a ver a Paula McNeal. Algunas noches, si estaba sola, Sadie me llamaba a eso de las diez y media para saludarme. Yo no estaba de acuerdo con que Franklin dejara a Sadie sola, pero no me atrevía a hablarle de eso. Me sorprende que nos quedemos callados cuando creemos que debemos hablar. Pero al señalar un problema, algo que pensamos que se debe hacer, no queremos ofender a nadie. Yo consideraba peligroso que Sadie se quedara tanto tiempo sola, pero en vez de hacer algo que pudiera irritar a Franklin, dejé que Sadie siguiera en aquella situación.

A las diez y cuarto, la madre de Meg Shiller llamó a Sadie preguntando por Meg. Parecía enfadada porque su hija aún no había vuelto a pesar de que le había asegurado que lo haría temprano.

La nevera de pronto se puso en marcha y Sadie se sobresaltó.

—Meg se ha ido hace media hora —dijo.

Las dos seguramente calcularon en el acto cuánto podía haber tardado en recorrer dos manzanas.

—¿Estás segura? —preguntó la madre de Meg—. Dime la verdad. —Helen Shiller daba clases de segundo curso en la escuela primaria Pickering. Sabía que los chicos podían hacer bromas cuando no debían.

—Se ha ido a las diez menos cuarto —contestó Sadie, asustada.

—¡Ay, Dios mío! —exclamó Helen Shiller, y colgó.

Sadie llamó a Hillary Debois, pero comunicaban. Luego me llamó a mí. Le dije que iría enseguida. Me puse el impermeable y cogí un paraguas. Sadie me esperó en el porche.

—No está en casa de Hillary —afirmó—. Acabo de llamar.

Yo tenía una linterna y la alumbré. Me llamó la atención lo mayor que se había hecho Sadie y lo asustada que parecía.

—Vamos a casa de Meg —me propuso—. Quizá ya haya llegado.

La lluvia se volvía nieve. El paraguas nos cubría a los dos. Mientras avanzábamos rápidamente por la acera, Sadie me contó cómo habían pasado la noche y que Meg había decidido ir andando a casa. Habíamos recorrido media manzana cuando una furgoneta se acercó al bordillo. Era Helen Shiller.

—¿La han visto? —preguntó.

Respondimos que no. Las calles estaban oscuras y desiertas. En aquella manzana las casas tenían patios delanteros grandes y, algunas también terrenos que llegaban hasta la otra calle. Ya había un poco de nieve en el suelo.

Helen Shiller separó el coche del bordillo. Aún me parece

ver el temor que había en su rostro; los ojos llenos de pánico iluminados por las luces del panel de mandos. Sadie y yo seguimos por la calle, hacia la casa de Meg, dándonos tirones mientras andábamos cogidos del brazo bajo el paraguas. Yo iluminaba los patios oscuros con la linterna. Habíamos avanzado otros diez metros cuando la linterna enfocó una forma negra en el patio delantero de Herb Gladstone.

–¿Qué es eso? –pregunté.

Sadie fue a ver.

–Es el paraguas de Meg –dijo.

Fui yo quien llamó a la policía. Me avergüenza mi estúpida vanidad que me hace creer que porque Chuck Hawley estaba de guardia, la policía respondió con más celeridad. Fue la primera vez que me alegré de que mi primo fuera policía, aunque en el pasado no había tenido ningún motivo para lamentarlo. Le expliqué a Chuck lo que había pasado.

–¡Oh no, Dios mío! –exclamó.

En menos de cinco minutos, Ryan Tavich estuvo en la casa de Sadie. Llegaron otros dos coches patrulla al cabo de pocos minutos. La madre de Hillary Debois llamó a Sadie para saber si había novedades. Se oyeron más puertas de coches y gente corriendo. Entraba aire frío por la puerta abierta.

–En la casa de Meg no contestan –comentó Joan Debois.

Sadie le dijo que no había rastro de Meg.

–¿Quieres decir que no ha llegado a casa? Ay, su pobre madre...

Pronto empezaron a llegar policías fuera de servicio. Hacia las once también llegaron policías del estado. Hubo que llevar a la perra de Sadie, *Shadow*, al sótano, donde no dejó de ladrar. La lluvia ya se había convertido en nieve. El capitán Percy llegó a las once y media. Su rostro, que normalmente era inexpresivo, estaba especialmente rígido, como hecho de madera. Yo tendría que haberme ido a casa, pero Franklin aún no había vuelto y no quería dejar sola a Sadie, que estaba llorando. También me sentía un poco agitado y me quería quedar. Aunque no entiendo por qué me tenía que agitar al oír al capitán Percy llamar a la comisaría de Utica para que mandaron los perros lo antes posible. Entraban y salían hombres y el teléfono no dejaba de sonar. Había cada vez más coches patrulla aparcados en el bordillo y ya la gente se aglomeraba en la calle.

Después de que el capitán Percy hablara por teléfono, Ryan hizo una llamada subrepticia a Franklin.

—Mejor que vengas a casa enseguida —dijo Ryan al teléfono. Hubo una pausa; luego Ryan añadió—: Sadie está bien. Es una de sus amigas. —Colgó.

Minutos después, Franklin entró en su casa a la carrera y la encontró llena de policías.

La policía rastreó palmo a palmo todo el espacio que había entre las casas de Sadie y Meg Shiller. Despertaron o molestaron a todos no sólo en nuestras calles sino también en las manzanas que quedaban al norte y al sur de la nuestra. Nadie había visto a Meg Shiller. Antes las calles habían estado llenas de niños. La gente había oído sus voces, sus gritos. Era la noche de Halloween. La verdad es que si Meg Shiller hubiera gritado, ¿a quién le habría llamado la atención?

Y la nieve era un problema. Sadie mostró a Ryan el lugar donde encontramos el paraguas, en el patio delantero de Herb Gladstone. Su terreno llegaba hasta Tyler Street. La policía hizo levantar a Herb, pero él no había visto ni oído nada. Si alguien pasó por su jardín y dejó huellas en el barro, hacia la medianoche aquellas huellas ya estaban cubiertas por la nieve. Aunque nada indicaba que hubiera habido huellas.

Me fui a casa a medianoche; estando Franklin, ya no se justificaba que me quedara.

Sadie estaba enfadada con su padre.

—Estabas con Paula, ¿verdad? —No era una pregunta.

Franklin tenía una expresión de culpa. Su pelo castaño claro estaba desordenado, y ese desorden sugería una prueba de sus transgresiones. Hasta cabía imaginar que podía haber marcas de lápiz de labios en su mejilla.

Empezaron a llegar periodistas de Utica y Syracuse a eso de la una, más o menos al mismo tiempo que llegaron los perros desde el cuartel de Utica. Yo estaba en cama tratando de dormir y los oí ladrar. A las dos me tomé una píldora para dormir. Aún había una gran conmoción en la calle.

Meg pertenecía a la cuarta generación de Shillers que vivían en Aurelius. Su bisabuelo se había mudado aquí poco antes de la Primera Guerra Mundial. Él le quitó la *c* al apellido Schiller esperando que con ello pareciera inglés. Su padre había nacido en un pequeño pueblo de Baviera en la década de 1870. Hace unos quince años, tal vez un año antes de que naciera Meg, Ralph y Helen visitaron ese pueblo de Baviera, no recuerdo su nombre, y dijeron que estaba lleno de Schillers. Ralph le dijo a mucha gente de Aurelius que le daba vergüenza que su abuelo hubiera cambiado el apellido y dudaba si volver a inscribirlo como Schiller. No creo que haya hecho nada al respecto. Sin embargo, debe de ser raro descubrir todo un pueblo de primos lejanos y visitar un cementerio donde hay familiares de hace cientos de años.

El nombre de soltera de Helen Shiller también era alemán. Kraus. Pero no tenía ni idea del origen de su familia antes del abuelo, un hombre al que, por lo que sé, ella apreciaba. Tanto Ralph como Helen se criaron en Aurelius y los conozco desde que nacieron. Ralph había hecho trabajos de electricista en mi casa. Su padre también era electricista, y cuando llamé por primera vez a Ralph para que arreglara algo fue porque sabía que mi madre recurría al padre de Ralph. Como he dicho, Helen daba clases de segundo curso en la escuela Pickering. Tenían tres hijos: Bobby, de nueve años; Meg, de trece; y Henry, de dieciséis. Ralph y Helen tenían en el pueblo hermanos, primos y sobrinos, por lo que había muchos Shiller en Aurelius, aunque quizá no tantos como en el pueblo de Baviera cuyo nombre he olvidado. Quizás sea una tontería, pero me imagino que todos los alemanes son rubios. No obstante, los Shiller eran bajos de estatura y tenían el pelo oscuro y los ojos castaños. Eran una buena familia, seria y trabajadora. Una de esas familias a las que nunca se las asocia con un escándalo.

Yo le di clases de Ciencias a Meg Shiller en octavo curso, y aunque no destacaba sí era buena alumna. Era vivaz y de buen carácter, y yo sabía por qué se llevaba tan bien con Sadie. Le encantaba montar a caballo y llevaba el pelo largo recogido en una coleta, como si fuera en solidaridad con los caballos. Se pasaba la mayoría de los fines de semana trabajando en un establo que había al sur del pueblo, para tener la oportunidad de montar a caballo una o dos horas. Era la clase de muchacha, de adolescente debiera decir, que hacía creer a quien la conociera que el mundo iba por buen camino. Era alegre y vivía contenta. Y había desaparecido.

La noche de aquel martes, Ryan Tavich no durmió. Había mucha gente a la que despertar y preguntarle si había visto algo sospechoso. Algunos recordaban haber visto a Meg Shiller a primera hora de la noche, disfrazada de víctima de accidente. Y algunos consideraban que era profético que Meg hubiera ido de puerta en puerta cubierta de sangre y con el rostro pintado de blanco y vendado.

Cuando la gente se enteró de que Meg había desaparecido, todos empezaron a telefonear a los amigos, vecinos y parientes. Algunos se subieron a sus coches y recorrieron lentamente Van Buren Street, pasando delante de mi casa y recorriendo despacio la calle desde la casa de Sadie hasta la de Meg. Seguía nevando y las calles estaban resbaladizas. Debido a todo aquel tráfico, el capitán Percy le dijo a Ryan que cerrara las calles que cincundaban la casa de Meg, lo que a lo mejor fue un error porque aún hubo más gente que se levantó de la cama para ir a mirar las barreras. No sé si hubo accidentes, pero se oía de tercera mano que tal y cual se había deslizado hasta chocar con un árbol o con la parte trasera de otro coche.

En medio de todo esto, Ralph Shiller estaba paralizado frente a la mesa de su cocina, mientras su esposa, Helen, lloraba en el dormitorio. Su furgoneta, aparcada en la entrada, se cubría lentamente de nieve. Un agente de policía recibía todas las llamadas telefónicas de la casa, y los dos muchachos, Bobby y Henry, estaban sentados juntos en el sofá del salón, aunque Bobby se había quedado dormido. El hermano menor de Ralph Shiller, Mike, que trabajaba en correos, también estaba allí. Le preguntaba una y otra vez a Chuck Hawley:

–¿Crees que aparecerá? Va a aparecer, seguro. ¿Verdad?
–Y Chuck asentía y trataba de no decir nada.

Esperaban que sonara el teléfono o que fuera alguien a decirles que había terminado su tormento. Todos pensaban en lo que podría haber sucedido, igual que habían hecho los Malloy, y cada situación imaginada era peor que la anterior. ¿Y no podría haber un guión más benigno en el que Meg de pronto apareciera corriendo por la puerta, feliz y a salvo? Pero no era probable.

Hacia las cinco y media de la mañana, Ryan fue al apartamento de Aaron. Pensó que tal vez debía haber mandado antes un agente al apartamento de Aaron, pero asignar un hombre a encontrar a Aaron parecía el equivalente a considerarlo sospechoso. También le preocupaba que hubiera pasado demasiado tiempo, y que si Aaron quería ocultar algo ya lo había hecho sin dificultad. Pero nada de esto resultó importante porque cuando Ryan llegó al apartamento Aaron no estaba allí. La nieve le indicó, además, que Aaron no había estado en casa en toda la noche. En la puerta había manchas marrones. Ryan las olió y advirtió que era una travesura de la noche de Halloween. Y pensó que el responsable podía ser Hark Powers.

Ryan sabía que Aaron tenía varias novias, pero no sabía a cuál visitaba en aquel momento. Se preguntaba si todavía se decía «novia». Desde luego, Ryan temía que Aaron no estuviera con ninguna mujer sino metido en algún asunto oscuro relacionado con Meg Shiller. ¿Y este asunto oscuro estaba vinculado a ISJ o a algo en lo que Aaron estuviese involucrado por su cuenta?

Desde la casa de Aaron, Ryan se dirigió al apartamento de Harriet Malcomb. Llamó a la puerta, pero no salió nadie. Después fue a casa de Jesse y Shannon. Parecía que tampoco estaban en casa. Debido a la conmoción creada en torno a la desaparición de Meg, Ryan sólo tenía un vago recuerdo de que anteriormente había habido alguna queja en relación con Hark Powers. De modo que cuando fue al apartamento de Leon Stahl no pensaba en absoluto en Hark. Seguía tratando de localizar a Aaron.

Leon estaba dormido y no quiso abrir la puerta hasta que Ryan se lo ordenó enseñando su identificación. Leon llevaba un pijama azul a rayas tan grande que Ryan pensó en una tienda de campaña. Con la puerta abierta, Leon llenaba todo el marco. A eso de las nueve de la noche anterior, había llamado a la policía para denunciar a Hark, pero no había sucedido nada. Leon estaba indignado porque la policía no había acudido; y encima le molestaba que Ryan apareciera a las seis de la mañana.

–¿Esto no puede esperar? –preguntó–. Hoy tengo un examen de Química. –Parecía lloriquear.

–Estoy buscando a Aaron –dijo Ryan–. ¿Lo has visto?

–Por supuesto que no.

–¿Y qué hay de Shannon y Jesse?

–Hablé anoche con ellos pero no los vi. ¿Esto es sobre Hark Powers?

–¿Por qué habría de serlo?

Entonces Leon explicó que Hark y sus amigos habían ido a su apartamento y habían intentado abrir la puerta. Y dijo que habían ido también a la casa de Barry.

Cuando se fue del apartamento de Leon, Ryan se dirigió a la casa de Chihani. Nevaba. Recordaba que alguien había mencionado antes a Chihani, pero no recordaba en qué contexto. De todas formas, supuso que si Hark había ido a ver a los otros miembros de ISJ también podía haber ido a casa de Chihani.

Ryan aparcó frente a la casa de Chihani justo en el momento en que Irving Powell trataba de alejar a su perro del cadáver.

Ryan se bajó del coche.

–Perro malo –decía Powell–. Perro malo.

Ryan vio el Citroën abollado. Se acercó a Powell.

–¿Qué pasa? –preguntó.

–Hay un hombre tirado en la nieve –dijo Powell–. Tiene los ojos abiertos.

El perro color chocolate tenía una boina en la boca y la sacudía. Esto distrajo a Ryan, que tardó aún un momento en darse cuenta de que el hombre que había en la nieve era Houari Chihani y estaba muerto.

TERCERA PARTE

29

En todo texto hay material visible y oculto que accede a los distintos niveles cognitivos del lector. He aquí una de esas afirmaciones tan valoradas en las conferencias de profesores, a las que no suelo acudir. Pero la uso aquí para indicar que mi condición de homosexual no será ninguna sorpresa para nadie. Hasta ahora no ha sido parte de la historia, del mismo modo que yo tampoco lo soy. Al principio, yo era tan sólo como un par de ojos. O una ventana. Sí, yo era la ventana ante la que pasaba mi historia. Probablemente viven más de cien hombres homosexuales en Aurelius, que van de los más frívolos, como Jaime Rose, a los serios, hombres que no tienen ningún parecido con el estereotipo del homosexual. No hay ningún lugar de reunión ni ninguna organización, no hay grupos de discusión ni vida social, pero esos hombres tienden a conocerse entre sí. Unos están casados, otros tienen compañero, la mayoría son solteros, dado que en los pueblos pequeños como Aurelius la gente tiende a rechazar la experiencia homosexual. Por ese motivo, la mayoría de estos hombres son circunspectos. Unos cuantos se han ido de Aurelius, como hice yo, aunque volví. También conozco dos hombres del pueblo que murieron de sida, además de un joven hemofílico. Y sé de otros que son seropositivos, ya que este flagelo se ha extendido hasta las más pequeñas localidades.

También conozco hombres que se sienten cómodos siendo homosexuales y lo celebran, aunque ésa no ha sido mi experiencia, quizá porque elegí volver a un pueblo pequeño o quizá por mi desinterés en llamar la atención. Nunca hablo de mi homosexualidad, y en realidad he tenido pocas parejas. Todo el asunto me resulta un poco deprimente. No es que desee ser heterosexual (una opción menos atractiva), pero la experiencia sexual humana parece destinada a conducir a la humillación. El celibato se me ha presentado como el ideal inalcanzable. No tengo vocación religiosa, pero a veces envidio a los monjes recluidos en sus celdas.

¿Y la alternativa al celibato? Los jóvenes que me resultan atractivos no se sienten atraídos por mí, lo que quiere decir que mi vida homosexual se limita a contactos con hombres de cerca de cuarenta años, de más de cuarenta e incluso mayores. Tengo un amigo en San Francisco que, en una carta, me decía que los bares donde se congregan los hombres de mi edad se llaman «salones de arrugas». Un hombre arrugado buscando abrazar a otro. Sin duda, el celibato es mejor. Claro que tengo deseos sexuales y siento tentaciones. Nunca he tocado a Barry Sanders, pero a veces, por la noche, he pensado que sería agradable. Incluso Jaime Rose. Siento que huyo de la degradación aunque deseo abrazarla. Pero ¿qué es la degradación? ¿No es una definición que se deriva del mundo heterosexual? Y envidio a los homosexuales (¿son realmente la mayoría?) que parecen felices de serlo.

En los años vividos en Aurelius he hecho venir amantes a mi casa sólo en tres ocasiones y he estado nervioso todo el tiempo. Quizá sea más cauto que la mayoría, pero he preferido encontrarme con mis amigos en otras partes. Incluso cuando estoy con ellos y teniendo relaciones, una parte de mí desea el celibato. Y sé que está mal. Sé que debería aceptar mi sexualidad, pero si pienso en las miradas burlonas de mis alumnos me lleno de horror. Desde luego que muchos sospechan, al fin y al cabo soy un hombre soltero, pero no tienen pruebas. Por desgracia, la cuestión que me afecta es la sospecha.

Dudo que alguno de los homosexuales de Aurelius se alegrara de la existencia de Investigaciones sobre la Justicia, pero para alguien un poco fuera de lo común ISJ sirvió de parachoques. La gente necesitaba creer que las personas malas hacen cosas malas. ¿Y qué es lo malo? ¿No se define como cualquier cosa alejada del bien común, lo que a su vez se define como lo que la mayoría considera bueno? ¿Por qué debe el villano llevar un sombrero negro? Porque, si no, ¿cómo sabríamos que es el villano?

Primero se pensó que a Sharon Malloy la secuestró alguien de fuera de Aurelius. Una vez que esto se puso en entredicho, un creciente número de personas pensaron en Houari Chihani y el grupo Investigaciones sobre la Justicia. ISJ predicaba la necesidad del desorden, y esto era el desorden en su grado máximo. Además, se había identificado a Chihani en la escena de la desaparición. Y era un extranjero de aspecto peculiar; llevaba boina y su piel era más oscura de lo habitual. No todos pensaban que era culpable, pero se consideraba conveniente que lo fuera. Cuando Meg Shiller desapareció, sin embargo, la gente empezó a mirar más lejos, a cualquier cosa que fuera aberrante o, cuando menos, peculiar.

Lo sé por que yo mismo lo sentí. Mi condición de soltero hacía sospechar a la gente. También se sabía que Sadie me visitaba y que yo conocía a sus amigos. Meg Shiller debió de pasar por delante de mi casa instantes antes de desaparecer. Aunque hablé con la policía, nunca me trataron como sospechoso. La idea era absurda. No obstante, mucha gente me miraba de forma diferente y en el colegio se hablaba de mí. La idea de que el profesor de Biología pudiera ser un asesino sexual excitaba a los alumnos. Pero también observaban a otros: homosexuales de ambos sexos, excéntricos, retraídos, retrasados. En todo caso, yo también veía de un modo distinto a mis vecinos, a los que pensaban que yo podía ser culpable. ¿Los había considerado mis amigos? Y los conocía de toda la vida.

Bob Moreno, el camisero de Main Street, había sido el pequeño Boby Moreno que se sentaba delante de mí desde primero hasta sexto curso. Cuando se casó, fui a su boda. Al menos seis de sus siete hijos habían sido alumnos míos. Y él pensaba que yo podía ser un criminal. Cuando fui a su tienda a comprar un par de camisetas me miraba como si no me conociera.

Hay que decir que en los días posteriores a la desaparición de Meg Shiller hubo una histeria general. Un miembro del ayuntamiento, George Rossi, quería hacer votar una resolución exigiendo que la policía del estado registrara todas las casas del pueblo. Rossi dijo que podían empezar con la suya inmediatamente. Cuando otros miembros protestaron, Rossi tuvo la audacia de sugerir que tenían algo que ocultar. No pidió disculpas hasta varios meses después.

La policía interrogó a muchas personas para saber dónde estuvieron la noche de Halloween, incluyendo a varios hombres homosexuales. Llevaron a Jaime Rose a la comisaría y pasó una hora con un sargento de la policía estatal. Aunque lo soltaron, todo el mundo sabía que lo habían interrogado. Debo decir que a Jaime Rose no lo habían multado en su vida, ni siquiera por aparcar mal. La gente presionó a Cookie Evans para que lo echara, y ocho mujeres dijeron que dejarían de ir a peinarse a Volúmenes si Jaime seguía trabajando allí. Cooki se negó a dejarse intimidar o a tratar a Jaime de manera distinta. Algunos admiraron a Cookie por esto, pero no hay duda de que perdió clientas.

Entre la gente que fue interrogada se contó el doctor Malloy y su hermano, Donald, así como su cuñado Paul Leimbach. Incluso Ralph Shiller y su hermano Mike tuvieron que dar cuentas de su paradero en el momento de la desaparición de Sharon Malloy el mes anterior. Por supuesto, todos tenían coartadas satisfactorias.

Me crucé por casualidad con mi primo en el banco y le hice saber que me parecía excesivo que se molestara a los padres de las víctimas.

Chuck pareció darle poca importancia.

—Estadísticamente siempre resulta ser la familia. —Después se ablandó un poco—. Sí, a mí también me pareció mal.

Supongo que quiso decir que la policía no podía darse el lujo de descartar ninguna posibilidad, pero a la gente le molestaba que se pudiera considerar sospechosos a los Malloy o a los Shiller.

Nuevamente se vio a agentes del FBI en el ayuntamiento. Ryan contó que el capitán Percy se culpaba a sí mismo sobre todo por la desaparición de Meg. Si hubiera hecho todo lo posible por encontrar a Sharon, Meg estaría aún a salvo. Era algo que repetía. Algunos sugerían que las dos desapariciones no tenían relación entre sí. A lo mejor a Meg la había secuestrado otra persona, a lo mejor ni siquiera la habían secuestrado. Esto parecía improbable, pero, como le dijo Ryan a Franklin, había que explorar la posibilidad.

Los Amigos de Sharon Malloy se revitalizaron con la desaparición de Meg. No es que les agradara, pero la búsqueda de

Sharon había llegado a una vía muerta. La desaparición de Meg le dio nueva vida. En pocas horas, al menos cincuenta de los Amigos estaban buscando entre las casas de Van Buren Street, irritando al capitán Percy, que dijo que su presencia dificultaba la labor de los perros que habían traído de Utica y que los Amigos confundirían o destruirían los rastros.

A la mañana siguiente, 1 de noviembre, el local alquilado por los Amigos de Sharon Malloy estaba atestado de voluntarios que parecían más dispuestos a hacer de investigadores. Avanzada la mañana, varios miembros, incluyendo a Donald Malloy, fueron a la casa de Houari Chihani con el objetivo de hablar con él. No tenían ni idea de que había muerto hasta que llegaron y encontraron a la policía. Cabe preguntarse qué habrían hecho si Chihani hubiera estado vivo. Pero posiblemente se pueda tener una idea teniendo en cuenta lo que le pasó a Harry Martini, el director del Albert Knox. Al mencionar eso, me adelanto a la historia, pero es más pertinente aquí que más adelante. Debo decir que fue algo absolutamente trivial y no tuvo nada que ver con las desapariciones, pero muestra el estado de ánimo del grupo y de todo el pueblo.

Harry Martini estaba casado con su esposa, Florence, desde hacía veinticinco años. Era un matrimonio más bien frío, y si Harry hubiera tenido el coraje de hacerlo, se habría divorciado de su mujer. Sin embargo, le preocupaba la opinión del Consejo Escolar y la del pueblo en general, aunque no creo que el divorcio hubiera comprometido su situación. Harry y su esposa tenían dos hijos. La mayor, Sally, trabajaba en la Kodak, en Rochester; el más joven, Harold Junior, era alumno de la Universidad Alfred. No muy brillante pero bienintencionado. Aunque Harry y su mujer vivían en la misma casa, dormían en habitaciones separadas y pasaban poco tiempo juntos. Por lo que sé, la más resentida era Florence. Harry tenía un cargo importante que lo mantenía ocupado, mientras que su mujer, aunque tenía un título en Historia, sólo trabajaba media jornada en Letter Perfect, una tienda de artículos de oficina de Jefferson Street. También era miembro activo de los Amigos de Sharon Malloy y de la Iglesia Presbiteriana. Tenía unos cuarenta y cinco años, y era una mujer alta con un poco de bigote y el pelo gris.

Lo que pasó es bastante sencillo. A una hora temprana de la noche de Halloween, Harry salió de la casa diciendo que tenía que ver unos trabajos con Frank Armstrong, el subdirector. Debido a su relación con los Amigos de Sharon Malloy, Florence Martini se enteró de la desaparición de Meg rápidamente, a eso de las once de la noche. Enseguida llamó a casa de Frank para hablar con su marido y se enteró, por la mujer de Frank, de que Harry no había ido por allí en toda la noche. Cuando Harry volvió a su casa una hora más tarde, su esposa le preguntó dónde había estado. Éste respondió que había ido a casa de Frank Armstrong, y Florence lo acusó de mentir. Casi puedo ver la expresión de Harry cuando ella dijo esto, una especie de mala cara altanera que le había visto muchas veces. Florence exigió saber dónde había estado y Harry se negó a decírselo. A la mañana siguiente, en la sede de los Amigos de Sharon Malloy, Florence confesó que su marido había salido la noche anterior y se negaba a decir dónde había estado.

Esto pudo haber sido malintencionado. Algunos dijeron que Florence sabía perfectamente dónde había estado Harry y que ella había fabricado toda la escena para avergonzarlo. Sea como fuere, le dijo a Paul Leimbach y a Donald Malloy que su marido había estado ausente la noche anterior y que había estado comportándose de manera extraña desde que desapareció Sharon.

En vez de tomar contacto con la policía, Donald y otros dos miembros del grupo fueron al colegio a hablar con Harry. Los vi llegar a eso de las once, pero su aparición no llamó mi atención ni, por lo que sé, la de nadie más. Estaban en su despacho con la puerta cerrada. Al parecer, Harry se negó a decirles dónde había estado la noche anterior. Entonces le preguntaron dónde estaba cuando desapareció Sharon. Como he dicho, Donald Malloy es un hombre fornido y adoptó ante Harry una actitud amenazadora. Esto lo supe después. Resultó que Harry también había estado ausente el día que desapareció Sharon. Por lo visto, había ido a una conferencia en Utica.

Vi a Harry más tarde aquel mismo día y debo decir que tenía un aspecto tenso y pálido. Aquella tarde debía celebrarse una reunión de profesores, pero Harry la canceló. Creo que se fue temprano.

El jueves por la mañana, cuando llegué al colegio, estaba seguro de que Harry no aparecería. Pero me equivoqué. Lo típico de él era no hacer lo que debía y, demasiado a menudo, hacer lo que no debía. Incluso de niño. Realmente molestaba a la comunidad con sus habilidades exageradas de dominio de la ortografía y sus preguntas pesadas en el banco y el supermercado. ¿A quién le importaba que supiera deletrear *paquidermo*? Sea como sea, Harry fue a su despacho y cerró la puerta, diciéndole a la señora Miller que no quería ver a nadie ni recibir llamadas. Eso fue a las ocho y media.

A las diez y media, Peter Marcos, el joven teniente al que habían llamado para que hiciera de ayudante del capitán Percy, llegó al colegio con tres hombres más. En Albany, a Marcos a menudo se lo asignaba al servicio del gobernador, y él todavía no había llegado a ninguna conclusión sobre si la misión en Aurelius era una promoción o si lo estaban degradando, así que estaba ansioso por hacer las cosas bien. Sin duda, quería dar un paso adelante en su carrera. Diez minutos después se llevó a Harry.

Era hábito de Harry, más bien su sello personal, lucir una flor en el ojal, generalmente un clavel. Durante el recreo posterior a su partida, se encontró el clavel tirado en el pasillo central. Le dieron de puntapiés durante un rato, lanzándolo de aquí para allá, y luego el pequeño Tommy Onetti lo cogió y trató de venderlo. No encontró comprador, por lo que terminó llevándolo él mismo el resto del día, un clavel rosa, ajado y sucio.

La señora Miller contó que Harry lloraba cuando se lo llevaron, y por lo menos diez personas más me dijeron lo mismo. Para la hora del almuerzo todos sabían que la policía había detenido a Harry y que había estado llorando, mientras que varios vieron que se lo llevaban esposado, lo cual era falso y otros dijeron que había admitido haber secuestrado a Sharon Malloy y a Meg Shiller.

Evidentemente, Harry no había hecho nada de eso. Ryan Tavich le dijo a Franklin lo que pasó:

–Trajeron a Martini llorando como una Magdalena. Marcos lo llevó ante el capitán Percy. Yo también fui. Antes de que Percy pudiera hacerle ninguna pregunta, Martini comenzó a contar una complicada historia sobre una mujer que conocía en Utica, que ella lo había estado esperando en el motel de Gillian, que lo amaba, que lo entendía y que toda su vida se había echado a perder. Era difícil entenderlo. Tengo que decir que Percy era paciente. De todos modos, estaba claro lo que Martini había estado haciendo aquella noche: tener relaciones con una profesora de Utica. Apuesto diez dólares a que su mujer sabía exactamente qué pasaba y lo sabía cuando llamó a Armstrong la noche de Halloween.

Tardó más en circular la noticia de que Harry Martini no tenía nada que ver con la desaparición de Meg que lo que había tardado la de que era sospechoso. Cuando volvió al colegio a eso de las dos, aquella misma tarde, a varios alumnos que se le cruzaron en el pasillo les dio pánico y salieron corriendo. Esta respuesta no se dio sólo en el colegio. Se hicieron preguntas en la reunión del Consejo Escolar, la asociación de padres y profesores, y el ayuntamiento. ¿Estaban seguros los niños con Harry como director? Se habló de la posibilidad de suspenderlo temporalmente de sus funciones, aunque creo que eso era exagerado. Está claro que se habría metido en menos problemas si desde un principio hubiera confesado que había estado con una mujer de Utica. A la semana siguiente, cuando se empezaba a olvidar la supuesta relación de Harry con las desapariciones, su esposa inició los trámites del divorcio.

Ese incidente con Harry fue uno de tantos. Sé a ciencia cierta que Paul Leimbach y otros dos miembros de los Amigos de Sharon Malloy fueron a Volúmenes y hablaron con Jaime Rose. Cookie dijo que había sido una charla amistosa, pero ¿quién sabe? Desde luego, fue más significativo el hecho de verlos entrar en Volúmenes que lo que surgió de ello. Igual que fue más significativo ver a Donald Malloy y varios más entrar en el despacho de Harry. En cuanto alguien se convertía en sospechoso, y hubo otros a los que les sucedió, resultaba difícil restituir su reputación. Y mucho después de que terminara todo el asunto, todos recordaban quiénes habían sido sospechosos.

Pero era aún más complicado. Como he dicho, estuve en el punto de mira en cierta medida por ser un hombre maduro, soltero, que parecía tener interés en las chicas adolescentes.

Me alegré cuando sospecharon de Harry porque así dejaron de prestarme atención a mí. Sin duda, esto me hizo sentir culpable. Harry nunca me gustó. Es tonto y engreído, y se pavonea, pero el hecho de que me alegrara su sufrimiento, que la gente desconfiara de él y no de mí, me hacía sentir muy mal. Y estoy convencido de que otros, secretamente, se sentían del mismo modo.

Hay que mencionar de forma breve otros dos incidentes. El lunes 6 de noviembre por la mañana, Tom Schneider se presentó en la comisaría y pidió que lo detuvieran. Afirmó que era un pervertido y quería que lo metieran en la cárcel, aunque dijo que no tenía nada que ver con las desapariciones de Sharon y Meg. No obstante, estaba claro que pensaba que lo acusarían. Schneider dijo que había tenido relaciones sexuales con sus dos hijos, ambos en los primeros años de la adolescencia. Explicó que su esposa lo sabía y que confesaba porque ella había amenazado con denunciarlo si no lo hacía. Añadió que ella también sospechaba que él había tenido algo que ver con Sharon Malloy y Meg Shiller, pero juró que esto no era cierto.

Ryan habló con la esposa de Schneider y sus dos hijos. Y también con los vecinos de Schneider y el médico de la familia, y el resultado fue que se acusó a Schneider de incesto y abuso sexual. Estuvo en la cárcel varios días y después lo pusieron en libertad bajo fianza. Al parecer, contrató a alguien para que se encargara de la gasolinera Mobil y a él le dieron permiso para residir en Utica o Rome, no me acuerdo exactamente dónde, hasta el día del juicio. Aunque no había ninguna prueba, la gente sugirió que también podía estar involucrado en las desapariciones de Sharon y Meg. Una semana después de que se formulara la acusación contra Schneider, alguien rompió los escaparates de su gasolinera y derribó un surtidor. Al día siguiente, el hombre que Schneider había contratado para llevar la gasolinera selló las ventanas con tablas y cerró. Poco después alguien escribió «maníaco sexual» en la madera con pintura roja. Nadie se molestó en quitarlo.

El segundo incidente implicó a Billy Perkins, un borracho del pueblo que vivía de una pequeña pensión de la Administración de Veteranos de Guerra. Dos días después de que

Schneider se entregara, Perkins se presentó en la comisaría de policía. Estaba asustado. La noche de Halloween había estado borracho. Varios jóvenes le dijeron que él probablemente había matado a Meg Shiller, pero Billy no recordaba nada. Una vez mató un perro estando borracho y eso lo seguía molestando. Billy pidió que lo encerraran. Tenía miedo que lo golpearan o incluso de que lo mataran en la calle los Amigos de Sharon Malloy.

Mi primo fue uno de los dos policías encargados de descubrir el paradero de Billy en la noche de Halloween. Averiguaron que había comprado una botella de Old Duke en la tienda de licores a eso de las seis de la tarde. Hablaron con los dos hombres que bebieron con él, que habían comprado otras dos botellas. El dueño de la casa donde vivía Billy, Pat O'Shay, dijo que Billy volvió a su cuarto hacia medianoche. Había estado cantando canciones militares. El propietario le dijo a Chuck que Billy hacía esto con frecuencia. La noche de Halloween el propietario le había dicho a Billy que se callara. Billy pidió disculpas y se fue a la cama rápidamente.

Pat O'Shay dijo:

—Es un desastre, pero un buen tipo.

Billy aceptó ir a un centro de tratamiento en Syracuse. Ya había estado allí, pero quizás esta vez fuera diferente. En realidad, Ryan quería sacar a Billy del pueblo. Era evidente que Billy no tenía nada que ver con lo ocurrido con Sharon o Meg, pero a los ojos de algunas personas seguía siendo un sospechoso potencial y tal vez corría peligro. Nuevamente eran las sospechas, el hecho de que la gente estaba asustada y dispuesta a encontrar a alguien a quien culpar de las desapariciones. Pero esta vez sí me he adelantado demasiado.

30

Cuando Ryan se encontró con el cuerpo cubierto de nieve de Houari Chihani se pudo imaginar lo que había pasado. Observó que alguien había utilizado un bate de béisbol para aporrear el Citroën y se acordó de que a primera hora de aquella noche Hark y sus amigos habían estado destrozando buzones con bates. Ryan supuso que el Citroën había recibido unos treinta golpes. Sintió una creciente ira contra Hark y quiso apalearlo a él y a sus amigos como habían apaleado el pequeño coche.

Irving Powell estaba de pie en la entrada.

—¿Me puedo ir ahora? —preguntó.

Le había puesto la correa al perro color chocolate y tenía la boina de Chihani en su mano izquierda. Por debajo del abrigo de Powell sobresalían los pantalones a rayas azules de su pijama. Era un hombre de unos cincuenta y tantos años que había vivido en el barrio toda su vida.

—Por supuesto que no —le dijo Ryan—. Usted es parte de una investigación por asesinato. —Entonces cedió—. Váyase a casa a vestirse y vuelva enseguida. Y deje a su perro en casa.

John Farulli estaba de guardia. Ryan le dijo que, por lo visto, habían matado a Chihani. Ryan sabía que llamarían al jefe Schmidt y se pondría en movimiento toda la maquinaria policial. Se cercaría la calle. Habría interrogatorios y se prepararían órdenes de detención. Y debido a que casi todos los policías del condado estaban buscando a Meg Shiller, Ryan tendría poca ayuda.

Pronto empezaron a llegar policías. En las horas que siguieron, se encontraron tres máscaras de la noche de Halloween: una negra con un bigote, una rota de ratón Mickey y una verde de langosta. Apareció una gorra de béisbol del equipo de los Mets, así como el bastón de Chihani. La policía también recogió seis botellas de Budweiser, dos medio llenas. La nieve del patio estaba llena de pisadas. Los vecinos del otro lado de la calle (la señora Morotti y James Pejewski) dijeron que habían llamado a la policía la noche anterior. Contaron que unos hombres golpearon el Citroën con bates de béisbol. No pudieron identificar con precisión el Chevy Blazer de Jeb Hendricks, pero dijeron que era un vehículo rojo con tracción en las cuatro ruedas.

–No tenía el parabrisas –dijo James Pejewski–. Eso me daba vueltas en la cabeza. Esos tipos debían de tener frío.

Unos diez policías hablaron con los vecinos e inspeccionaron el patio de Chihani. La señora Morotti les preparó café.

–Despacio –les decía–, está muy caliente.

Franklin Moore llegó justo en el momento en que dos enfermeros ponían el cuerpo de Chihani en una camilla. La ambulancia lo llevaría a Potterville para que el forense del condado le hiciera la autopsia. Al igual que Ryan y los demás policías, Franklin había estado levantado toda la noche pero tuvo tiempo de afeitarse. Los policías tenían un aspecto triste, con ojeras. A Franklin se le veía fresco y dispuesto. Llevaba su viejo abrigo de piel de cordero y su bufanda a rayas.

–¿Cómo está Sadie? –preguntó Ryan.

–Acabo de llevarla al colegio. Está bien. Un poco mareada. ¿Qué ha pasado aquí?

Estaban de pie junto a la ambulancia, sorbiendo café. La señora Morotti repitió una docena de veces que quería que le devolvieran todas las jarras e incluso le encargó a uno de los policías, Henry Swender, que las recuperara.

–Hark Powers apareció aquí con sus amigos y destrozó el Citroën de Chihani –contestó Ryan–. Seguramente Chihani salió a protestar y lo apalearon también a él.

–¿Los habéis detenido? –preguntó Franklin. Ya estaba tomando notas.

–No irán a ninguna parte –contestó Ryan–. Los cogeré pronto.

A Ryan se le ocurrió que la muerte de Chihani le daba aún más motivos para buscar a Aaron y a los miembros del ISJ. Y, al mismo tiempo, podía interrogarlos sobre Hark y sobre Meg Shiller.

En aquel preciso momento un camión blanco del canal 9 de Syracuse dobló la esquina y se metió por Maple Street, seguido de un camión del canal 5. Los dos se aproximaban rápidamente.

–Vais a tener una buena cobertura –dijo Franklin–. Están todos aquí por Meg.

Ryan ya iba hacia un coche patrulla.

–Schmidt se puede encargar de eso –dijo por encima de su hombro–. Yo no soporto hablar con esta gente.

Ryan estaba seguro de saber quién había estado con Hark y que el vehículo rojo de tracción en las cuatro ruedas era un Chevy Blazer que pertenecía a Jeb Hendricks. Ryan mandó a dos hombres a la casa de silenciadores Midas para detenerlo. Luego envió otros dos más al servicio de fontanería y calefacción de Henderson a buscar a Ernie Corelli, y dos más al Colegio Central Albert Knox a llevarse a Jimmy Feldman. También pidió que llevaran a la comisaría a Aaron, junto con Barry, Harriet, Leon y Jesse y Shannon Levine. Dejó claro que no se hacía acudir a ninguno de los miembros de ISJ por la desaparición de Meg, lo cual no era del todo cierto.

En cuanto a Hark, Ryan fue a buscarlo a la concesionaria Ford de Jack Morris. No pensó en llevar a nadie con él. La gente estaba ocupada y Ryan no quería crear más problemas. De todos modos, quería aclarar aquel asunto antes de que se entrometiera la policía del estado.

Había dejado de nevar y salió el sol. Ryan dudaba de que quedara nieve en el suelo por la tarde, salvo quizá debajo de los árboles. En aquel momento, mientras cruzaba el pueblo, la nieve parecía estar despidiendo vapor. Había un gran resplandor y se puso las gafas oscuras. Como hacía a menudo, tomó un desvío por Hamilton Street, con lo cual recorría dos manzanas de más, para pasar por delante de la casa en la que había vivido Janice McNeal, una pequeña casa de ladrillo rojo, de dos pisos y con el porche blanco. A Janice la habían matado hacía exactamente dos años. Se había cumplido el aniversario dos semanas antes, el 16 de octubre. Ryan se había quedado solo en su salón, escuchando a Billie Holiday y emborrachándose con Jack Daniels. Había encendido fuego en la chimenea. Todo el día siguiente se estuvo maldiciendo por ser un idiota sentimental, pero no le molestaba serlo.

La casa de Janice estuvo vacía un año. Luego la compró un ingeniero de Kingston que tenía esposa y tres hijos pequeños. Al pasar por delante, Ryan vio que había una casita de nieve en el patio delantero y dos trineos azules de plástico. Miró donde había estado el cuarto de Janice y vio figuras anaranjadas de papel representando calabazas en cada ventana. Él y Janice habían hecho el amor en todas las habitaciones de la casa, incluyendo el altillo y el sótano. Hasta lo habían hecho en el patio trasero. Lo que también hicieron probablemente otros hombres con ella. Ryan sabía a ciencia cierta que a veces ella tenía relaciones con dos amantes en el mismo día. Joder, igual pegaba polvos con media docena. Golpeó el volante del coche con el puño, haciendo sonar la bocina sin querer. Se dijo que no iría nuevamente por Hamilton Street. Era algo que ya se había dicho antes. En el espejo retrovisor vio que se empequeñecían la casa y los trineos azules de plástico.

De nuevo se preguntó quién pudo haberla matado. Dado el apetito sexual de Janice, podía ser cualquiera. La persona no tenía por qué ser de Aurelius. Podía ser de Potterville, Norwich o cualquier otro lugar. Ryan no creía que la hubiera matado una mujer. La había matado uno de sus amantes. Quizá la mató por celos. Ryan se detuvo. No tenían por qué ser celos. Podía haber muchos otros motivos. Pero si él mismo la hubiera matado, y tuvo ganas de hacerlo cuando ella le dijo que estaba aburrida de él, los celos habrían sido el motivo. También pensó en la mano que le faltaba y en que habían encontrado la mano de un maniquí en la mochila de Sharon Malloy. ¿Devolverían también la ropa de Meg? ¿Y habría una mano?

Ryan llegó al concesionario Ford de Jack Morris poco después de las nueve y media. Aparcó junto al garaje y se bajó, dejando su Escort abierto. Aunque llevaba pistola y esposas, creía que no las necesitaría. Shep McDonald estaba quitando la nieve que había caído sobre los coches nuevos del aparcamiento. Del garaje llegaba el sonido de metal contra metal y el zumbido ocasional de una herramienta eléctrica. Ryan fue hacia la puerta doble abierta, tratando de no pisar la mezcla de nieve y barro, aunque sus zapatos ya estaban mojados por haber estado en el patio delantero de Chihani. Varias personas se detuvieron a mirarlo, pero no le hablaron. Lo reconocieron, y por la pinta que tenía estaba claro que no iba a arreglar el coche.

Hark trabajaba en el turbocargador del Mustang azul modelo 92 de Pete Roberts, que se había quedado la semana anterior entre Aurelius y Clinton. Estaba inclinado sobre el guardabarros delantero, que había cubierto con un paño verde para proteger el acabado. Estaba de espaldas a Ryan. Cuando éste cruzó el garaje, varios hombres dejaron las herramientas para ver qué sucedía. Nadie sabía lo de Chihani, pero sí que Hark había salido con sus amigos la noche anterior y que seguramente había habido bronca, porque Hark apareció por la mañana con resaca, hosco y con un ojo a la funerala.

Al hacerse el silencio en el garaje, Hark advirtió que algo pasaba. Se dio la vuelta. Llevaba un mono que tenía la leyenda «Jack Morris Ford» escrita en el bolsillo de arriba. El pelo rubio oscuro lo llevaba suelto, tenía la raya en medio y le cubría las orejas. La mejilla izquierda estaba inflamada y descolorida alrededor del ojo. Se apreciaba un rasguño rojo sobre la frente.

Hark no dijo nada, pero se le agrandaron los ojos. Tenía una llave de ajuste en una mano y una tela anaranjada en la otra. Ryan aún estaba a unos cinco metros. De pronto, Hark dejó caer la llave, que hizo un fuerte ruido al golpear contra el suelo de cemento y se lanzó hacia una puerta trasera.

Más tarde, en la taberna de Bud, Jerry Golding contó:

–El viejo Ryan lo siguió, pero sin correr. Quizás apresuró un poco el paso. Parecía una locomotora. Decidido.

La furgoneta de reparto Ford de Hark estaba en la parte de atrás. Cuando Ryan salió por la puerta al aparcamiento, vio a Hark junto a la puerta del lado del volante, buscando desesperadamente en los bolsillos del mono. Después se detuvo. Las llaves estaban en su ropa de calle, en el armario. Miró a Ryan. Al acercarse éste, dejó caer los hombros y se apoyó contra la cabina de la furgoneta.

Al cabo de un instante, Hark trató de parecer furioso. Se dio la vuelta y se señaló el rostro con el pulgar.

—¿Ves lo que me hizo? —gritó—. ¿Ese árabe hijo de puta?

Ryan no dijo nada; siguió andando. Unos hombres habían salido del garaje. Hark parecía indeciso. Había levantado los puños y los había dejado caer.

—Chihani está muerto —dijo Ryan cuando estaba a un par de metros.

—Mientes.

—Lo mataste con el bate de béisbol.

La expresión de Hark pasó de desafiante a sorprendida y asustada. Se apretó las manos contra el pecho. Tenía las manos engrasadas y dejó marcas negras en el mono. Cerró los ojos y se dobló hacia delante. Le salió un graznido de la garganta, como un motor que no pudiera arrancar.

Ryan lo miró. Cuando Ryan se mudó a Aurelius, en 1977, Hark tenía seis años. Ryan recordaba que el pelo de Hark entonces era casi blanco, no mucho más oscuro que el de Barry Sanders. Puso un brazo sobre el hombro de Hark y le dio unas palmadas. Se quedaron así mientras cinco hombres miraban desde el garaje. A continuación, Ryan condujo a Hark hasta su Escort, por el aparcamiento. Más tarde, cuando le preguntaron por qué no le había puesto las esposas a Hark, Ryan contestó que se había olvidado, pero después dijo que no había querido hacerle pasar vergüenza.

Cuando Ryan llevó a Hark a la comisaría de policía, Jeb Hendricks, Ernie Corelli y Jimmy Feldman ya estaban declarando. Dijeron que había sido idea de Hark ir a la casa del árabe. Ellos querían volver a la taberna de Bud. Jeb dijo que trató de detener a Hark cuando atacó a Chihani con el bate de béisbol. Ernie dijo que él también trató de detener a Hark, pero que en realidad no recordaba nada después de que volvieron de perseguir a Jesse y Shannon. Jimmy tampoco se acordaba demasiado, pero él también tenía un ojo morado y explicó en detalle cómo Chihani lo había atacado casi sin motivo. Después de todo, él no había estado utilizando ningún bate. Y no tenía nada contra el árabe. Su lema era vivir y dejar vivir.

Hark hizo su declaración. Ni se le pasó por la cabeza negarse. Se sintió tan derrotado que, aunque tenía recuerdos borrosos, no creyó que tuviera sentido ocultar nada. No sabía por qué había decidido destrozar el coche del árabe. En aquel momento le pareció una buena idea. Recordaba haber golpeado al árabe con el bate; sabía que no era su intención matarlo. Estaba seguro de eso. Decía una y otra vez que lo lamentaba. Cuando se enteró de que había desaparecido Meg Shiller decía una y otra vez:

−Mierda, oh, mierda.

Interrogaron a Barry y a Leon por lo de la noche anterior. La madre de Barry fue con él y no dejó hablar a su hijo ya que lo interrumpió constantemente para explicar lo que Barry quería decir y para afirmar que los otros integrantes de ISJ se aprovechaban de él. Siempre había sabido que Hark era malo, pero que Aaron también lo era. Dijo que se sentía muy mal por lo de Meg Shiller.

−Pero ¿qué pasa con el profesor Chihani? −preguntaba Barry una y otra vez.

−Eso ya no importa −contestaba su madre.

Pero para Barry la muerte de Chihani era peor que la desaparición de Meg. Barry veía a menudo al profesor Chihani y, aunque Meg Shiller le daba pena, no recordaba muy bien quién era.

Leon no sabía nada de Meg Shiller. Sólo podía pensar en Chihani.

−¿Lo mataron? −preguntaba una y otra vez−. Pero ¿por qué? ¿Qué hizo?

No quería hablar de Meg. No entendía para qué. Pensaba en los trabajos que estaba escribiendo Chihani y que quedarían sin terminar.

−Qué pena −dijo−. Toda esa obra inconclusa...

Jesse y Shannon reconocieron haber roto el parabrisas del Blazer de Jeb. Después estuvieron un rato dando vueltas. Tomaron un par de cervezas y volvieron a casa antes de medianoche. Sí, oyeron a la policía golpear a su puerta por la mañana, pero querían dormir. No sabían nada de Meg. Cuando se enteraron de que habían matado a Chihani se enfurecieron.

−¿Qué coño les había hecho a ellos? −preguntó Jesse.

−Serán gilipollas... −añadió su hermano.

Entonces Jesse empezó a llorar y su hermano lo rodeó con el brazo. Ryan se encontró de pronto mirando fijamente sus perillas y sus coletas rubias. Lo sorprendió su emoción y se preguntó de dónde le vendría aquella sorpresa. Después le dijo a Franklin que no entendía a la gente.

–Uno espera que una persona haga una cosa y hace la opuesta.

Hacia el mediodía, Ryan mandó a los hermanos a casa.

Harriet Malcomb se mostró reticente a decir dónde había estado hasta que supo lo de Meg.

–¿Pero por qué tendría yo algo que ver con ella? –preguntó. Ella también estaba conmocionada por la muerte de Chihani.

–Ustedes no pueden proteger a nadie, ¿no es cierto? –le dijo a Ryan–. Ni a los profesores ni a los niños.

Resultó que tenía una relación con un profesor de Historia casado de nombre Sherman Carpenter, a cuyas clases sobre el movimiento sindical asistía. En todo el pueblo se conocían los problemas maritales de Carpenter. Habían ido a un motel cerca de Clinton. Ella había vuelto a casa a eso de las cinco de la mañana. Tardaron a causa de la nieve.

Ryan quería preguntarle qué nota pensaba obtener en la clase de movimiento sindical y si pensó en la esposa de Carpenter, que se había quejado de que su marido se ponía violento cuando bebía. Pero Harriet se mostró fría e imperiosa, y miraba a Ryan como si conociera de él algún secreto inconfesable. Llevaba un jersey azul de cuello alto y unos Levi's ajustados. Se tocaba y acomodaba continuamente su largo pelo oscuro como si fuera el objeto de su ira. Ryan pensó que era una calientabraguetas, pero con Franklin el término más fuerte que usó en relación con Harriet fue «tía dura». El hecho de haber tenido relaciones con ella le embrollaba las ideas.

–Con todo esto habéis armado un jaleo –lo acusó Harriet–. No sólo le daré parte al alcalde sino que también hablaré con el director de la universidad.

–Vete a la mierda –contestó Ryan.

Cuando salió de la habitación, Harriet le susurró a Ryan:

–Me pone enferma pensar que dejé que me tocaras.

Quedaba Aaron.

Había estado sentado solo en un despacho dos horas y no le gustó. Ryan entró y se sentó sobre el escritorio sin mirarlo. Debido a la gente que trabajaba en la búsqueda de Meg había mucho ruido, pero aquel despacho estaba tranquilo. Aaron tenía las manos en el regazo y miraba al suelo. Ryan no advirtió que Aaron estaba enfadado. Parecía reflexivo, como si pensara en los problemas de la vida. Ryan pensó en el comentario de Harriet de que Aaron la había incitado a tener relaciones con él. Sintió que le molestaba la complejidad causada por la pérdida de anonimato social. Quizá ya había vivido lo suficiente en un pueblo pequeño.

Ryan abrió el cajón del escritorio y sacó un cuaderno de anillas. Escribió la fecha arriba, luego su nombre y debajo el de Aaron. No dijo nada. Dibujó pequeñas estrellas en la parte superior de la página, y a continuación un pato seguido de una fila de patitos. Estaba dibujando el sexto patito cuando Aaron preguntó:

—¿Y?

—Esta mañana he pasado con el coche por delante de la casa de tu madre —dijo Ryan.

—¿Eso es para ablandarme? —Aaron se echó hacia atrás, estiró las piernas y cruzó los pies. Sus manos estaban sobre su barriga lisa.

—Me preguntaba si la gente que vive en la casa piensa alguna vez que a tu madre la mataron en el salón.

—Tendrías que preguntárselo —contestó Aaron.

Ryan vio el disgusto en los ojos de Aaron. Arrancó el papel con los patos, lo arrugó y lo tiró a la papelera. El papel rebotó en el borde y cayó al suelo.

—¿Qué pensabas de Chihani?

—Era inofensivo. También era un hombre inteligente. Me gustaba.

—Me pregunto si Hark lo habría matado si no le hubieras arrancado la oreja —comentó Ryan. Había empezado a hacer dibujos en la siguiente página. Esta vez dibujaba huevos.

—¿Eso qué quiere decir?

—Sólo lo que he dicho. —Ryan notó que había dicho algo estúpido.

—¿Crees que soy responsable de que lo mataran?

Ryan no respondió.
–¿Crees que el asesino de tu madre vive en Aurelius?
Aaron no contestó.
–¿Qué harías si supieras quién la mató?
–¿Qué harías tú?
–Creo que lo mataría.
–¿Y eso qué arreglaría?
–Podría dormir más tranquilo. No has respondido a mi pregunta. ¿Qué harías tú?
Aaron miró a otra parte.
–No es asunto tuyo.
–¿Es algo que te importe?
Aaron se dio la vuelta en el asiento.
–Por supuesto.
–¿Querrías matarlo?
–¿Cómo sabes que fue un hombre? –El tono de Aaron era de burla.
–Claro que fue un hombre.
–Si la mató un hombre que vive en Aurelius, ¿por qué no lo has encontrado?
–No es tan sencillo.
–Eso es una explicación –contestó Aaron. Y luego preguntó–: ¿Crees que es la misma persona que secuestró a Sharon y a Meg?
–No me sorprendería. –Ryan había dibujado ocho huevos en fila. Empezó a dibujarles grietas–. ¿Por qué indujiste a Harriet a que se acostara conmigo?
–¿Ella ha dicho eso?
–¿Por qué le dijiste que lo hiciera?
–Es mi soldado.
–¿Qué quiere decir eso?
–Pregúntaselo a ella.
Ryan terminó de dibujar las grietas en los huevos.
–¿Con quién estuviste anoche?
–No pienso decírtelo.
Ryan arrancó la hoja de papel, la arrugó y la tiró a la papelera. Esta vez cayó dentro.
Se levantó, se dirigió a la puerta y llamó a Chuck Hawley:
–Chuck, llévate a este tipo a Potterville y enciérralo.

31

Los diez días posteriores a la desaparición de Meg fueron de esperanzas frustradas y agitación. El hecho de que hubiera desaparecido una segunda chica y la creciente certeza de que la persona responsable debía vivir en nuestra zona atrajo no sólo la atención de todo el país hacia Aurelius sino también voluntarios de todas partes, incluyendo una vidente (así se llamaba ella misma) llamada madame Respighi, que se instaló en el motel Aurelius y, con la ayuda de prendas de Sharon y Meg, comenzó una búsqueda psíquica del paradero de las chicas. Por este servicio no cobraba y la opinión general era que resultaba inofensiva, aunque cada vez que yo pasaba por aquel motel pensaba en madame Respighi encerrada en su cuarto en pleno combate con las fuerzas psíquicas del mal. Muchos la despreciaban, sintiendo que buscaba fama a costa de los pesares del pueblo. Era una mujer de gran tamaño que lucía trajes grises, con gran desilusión mía dado que yo la imaginaba con largas faldas de colores y pendientes dorados al estilo de los gitanos. Llevaba gafas de montura negra de concha, y su pelo plateado corto era muy rizado.

Aparecieron varias personas con perros que tenían habilidades fuera de lo común. Otras vinieron solas, simplemente para sumarse a la búsqueda. Aparecieron dos escritores que se figuraban que podrían conseguir contratos para escribir libros. Había psicólogos, agentes de la ley de todo el país con casos semejantes, y trabajadores sociales adiestrados para ayudar a la gente a superar el dolor. Los visitantes más molestos, a mi juicio, eran los parientes de niños desaparecidos en otros lugares. Venían a consolar a los Malloy y a los Shiller, pero también con la esperanza de que la persona responsable fuera detenida y les diera información sobre sus propios niños. Eran personas tristes, con cara de derrota, y era difícil verlos sin sentir su pena.

Al final de la primera semana de noviembre se había entrevistado a todo el que pudiera haber visto u oído algo relacionado con el caso. Se rastrearon automóviles sospechosos. Cientos de personas inspeccionaron los campos y los parques de alrededor del pueblo. Se sondearon las lagunas. El tío de Meg, Mike, se convirtió en un miembro activo de los Amigos de Sharon Malloy, y el grupo distribuyó información sobre Meg por todo Estados Unidos. Otra vez hubo llamadas, posibles idntificaciones y gente sospechosa.

La foto de Meg Shiller revelaba a una chica de trece años delgada, de pelo castaño largo, de pie junto a una mesa en la que estaba la merienda preparada. Saludaba al fotógrafo con la mano y tenía una sonrisa un poco tonta. Llevaba falda escocesa y una blusa clara. Su pelo, con la raya en el centro y metido detrás de las orejas, le llegaba por debajo de los hombros. Tenía la nariz recta casi puntiaguda, y su labio inferior destacaba ligeramente produciendo un efecto alegre. Tenía la cabeza inclinada, el labio hacia fuera, un pequeño signo de interrogación. En veinticuatro horas la fotografía apareció junto a la de Sharon en los escaparates de las tiendas, los postes de teléfono y los peajes de la autopista. Muchos llevaban las dos fotos en el cristal trasero de sus coches.

El temor provocado por la desaparición de Meg fue mayor que el originado por la de Sharon. En el caso de ésta aún podíamos tener esperanzas de que su desaparición fuera un incidente aislado. Pero en el de Meg estaba claro que se trataba de una serie de desapariciones, y casi inmediatamente dejaron de verse niños solos por la calle. Esto sucedía en lugares tan alejados como Binghamton y Syracuse. La desaparición de Meg nos hizo estar a la espera de un tercer secuestro, quizá incluso de un cuarto y un quinto.

Estos temores produjeron una serie de falsas alarmas. Betty Brewer, de Forest Street, vio a un hombre vigilando su casa y pensó que era por su hija, Ilene. Llamó a la policía, que apareció con cuatro coches patrulla en menos de tres minutos. El hombre que vigilaba la casa resultó que era un policía estatal de paisano. Había diez agentes de paisano patrullando las calles de Aurelius y con el tiempo los denunciaron a todos. Los inspectores de contadores de la empresa Niagara Mohawk y de los contadores muncipales de agua fueron denunciados una y otra vez. Se volvía sospechoso cualquier hombre que paseara al perro, incluso el cartero. Y de noche había ruidos sospechosos; pasos en el patio trasero, una ventana que golpeteaba, hojas arrastrándose en el porche. Todas las noches la policía recibía unas diez falsas alarmas de ésas, y siempre salían corriendo porque cada vez creían que quizás encontrarían al culpable.

¿Qué clase de persona era aquel culpable? La policía hizo preparar perfiles psicológicos y, según Ryan, parecía que todos en el pueblo tenían algunas de las características. Sin embargo, eso no era cierto. La policía buscaba sobre todo a un hombre soltero, de entre vinticinco y cincuenta años, y, si no soltero, separado de su mujer. Estoy seguro de que se buscaron los registros policiales de varios miles de hombres del condado, incluyendo el mío. Fue en este período cuando se llevaron a Harry Martini de su despacho delante de todo el colegio y cuando interrogaron a Jaime Rose. Un hombre, Herbert Maxwell, que era fontanero desde hacia veinte años en la zona, fue interrogado por la policía y se descubrió que era un desertor de Vietman. Vivía solo como una especie de ermitaño. Ya había sido castigado o perdonado, no recuerdo bien, por desertar del ejército, pero él no quería que se supiera. Ya se sabía. Como hombre soltero que vivía solo y de hábitos reservados, era sospechoso. Eso valía para muchos. Valía para Ryan Tavich; y también para mí.

El sábado que siguió a la noche de Halloween, mi vecino de al lado, Pete Daniels, se dirigió a mí cuando los dos estábamos rastrillando las hojas. Casi nunca me hablaba, así que me sorprendió. Primero mencionó el buen tiempo y luego dijo que era una pena lo de Meg Shiller.

—Sadie Moore pasa mucho tiempo en su casa, ¿no es cierto? —dijo a continuación.

Sentí un escalofrío. Si decía que no, le parecería sospechoso. Si decía que sí, también. Desde luego, no era asunto suyo, así que la propia pregunta sugería desconfianza. Pete tenía una expresión alerta, como un hombre que estuviera atento a escuchar un eco. Se apoyó en el rastrillo; un tipo flaco con una camiseta de la Universidad de Syracuse que lo proclamaba un «Hombre Naranja».

—Me gusta echarle una mano a Franklin siempre que puedo —contesté—. Ha estado muy ocupado.

Yo era tema de discusión. Veía a mis vecinos mirándome de un modo nuevo. Sin duda, era fácil caer en la paranoia. No me decidía a preguntarle a Pete si pensaba que yo podía haber secuestrado a Sharon Malloy y a Meg Shiller. La policía sabía que yo estaba en el colegio cuando se produjo la primera desaparición, y en casa o con Sadie cuando la segunda. Pero ¿qué sabían mis vecinos? Y cuando empiezan esas habladurías, la verdad o la mentira no quieren decir nada. Hablar tiene su propia inercia.

Al día siguiente, el domingo, Sadie me dijo que su padre había estado buscando a otro para que se ocupara de ella. La señora Kelly sólo estaba disponible tres tardes hasta primera hora de la noche. Y, además, más de una vez se había ido temprano. Franklin quería otra persona. Incluso habló de mandar a Sadie con su tía a White Plains hasta «que esto se aclare». Sadie protestó lo suficiente para que su padre abandonara la idea, al menos por el momento. Pero Franklin le dijo a Sadie que ya no debía pasar tanto tiempo en mi casa.

—Pensaba que te caía bien —le replicó Sadie a su padre.

—No es cuestión de que me caiga bien o mal —contestó Franklin.

Franklin también sugirió que Sadie podía ir todas las noches a casa de Paula.

—Me voy a escapar de casa —le dijo Sadie.

Entonces, cuando Sadie volvió a casa del colegio el lunes por la tarde, se encontró con la madre de Barry Sanders instalada en el salón viendo la televisión.

—Como una planta grande y fea —me comentó Sadie.

—Dime si tienes hambre y te prepararé algo —le dijo la señora Sanders, volviendo a concentrarse en su programa. Como decía que era alérgica a los perros, encerró a *Shadow* en el sótano. Sadie rescató a *Shadow* y se fue a su cuarto. A las seis, la señora Sanders preparó macarrones con queso y judías verdes. Barry fue a cenar, pero no habló con Sadie porque en presencia de su madre se acobardaba. La señora Sanders instó a Barry a comerse las judías. Después de la cena, Barry y Sadie querían ir a mi casa, pero la señora Sanders dijo que eso no sería buena idea. En lugar de ello vieron la televisión. *Shadow* lloriqueaba desde el dormitorio de Sadie, pero no se le permitió salir.

–Me quiere tener prisionera en mi propia casa –me dijo Sadie a la mañana siguiente en el colegio.

El martes por la noche fui a ver a Franklin cuando volvió a casa, hacia las once.

–¿Realmente crees que puedo estar involucrado en estas desapariciones?

No se sentía cómodo.

–Se dicen muchas locuras.

–Eso no contesta a mi pregunta.

–No creo que estés involucrado, evidentemente, pero la gente está desquiciada. ¿Qué puedo hacer?

Quería decir: «Franklin, mírame, soy tu amigo». En cambio dije:

–Bueno, espero que esto se arregle pronto.

–Yo también –dijo Franklin–. Dios mío, yo también.

Se formularon las acusaciones contra Hark. El fiscal del condado quería que fuera homicidio en primer grado, pero Ryan se lo hizo cambiar por segundo grado. Quiero pensar que Ryan sentía simpatía por Hark, pero quizá sabía que era imposible que lo condenaran por homicidio en primer grado. Muchos pensaban que no se debía haber detenido a Hark, que éste había hecho algo bueno. Se argumentaba que, aunque Chihani no tuviera nada que ver con las desapariciones, aún representaba el tipo de ideas que conducen a una conducta criminal. Se oía el razonamiento de que existen leyes para mantener a los extravagantes fuera de la comunidad y que intentar cambiar las leyes radicalmente, como quería Chihani, era hacer que la comunidad fuera más vulnerable. Las enseñanzas de Chihani y la presencia de ISJ habían creado el clima que hacía posibles las desapariciones.

El peligro de la permisividad se convirtió en la comidilla general, y me contaron que Henry Skoyles, propietario de la sala Strand de Main Street, había suspendido el pase de tres películas que tenía programadas porque eran demasiado violentas o sexualmente provocativas, cambiándolas por lo que describió como «películas para toda la familia». Yo conocía a

Henry Skoyles del colegio. Estaba dos cursos más atrás que yo y tenía reputación de tener mucha inventiva en materia de obscenidades. Una vez llamó al director «cabeza de mierda» y pronto todos utilizaron aquella expresión. En la época que nos ocupa se sintió en la obligación de volver a traer la versión de Walt Disney de *Aladino* y pasarla durante todo un mes.

Pero no le hago justicia al terror. No sólo sabíamos que habían pasado cosas horribles, sino que temíamos que volvieran a suceder. Esto nos hizo aún más desconfiados, como si la desconfianza misma nos salvara manteniéndonos alerta.

Con la desaparición de Meg mucha más gente se sumó a los Amigos de Sharon Malloy. En general se llamaba a este grupo los Amigos, dado que después incluía también a los amigos de Meg Shiller, aunque formalmente seguía siendo los Amigos de Sharon Malloy. Los Amigos decidieron que podían ayudar organizando equipos de voluntarios para patrullar por Aurelius. Para el fin de semana disponían de tres coches con tres personas en cada uno vigilando las calles de Aurelius veinticuatro horas al día. Ya no sólo trataban de encontrar a las chicas desaparecidas sino también de evitar que desaparecieran más. Si en el colegio yo hubiera insinuado que eso era una fuerza parapolicial, me lo habrían reprochado. Estoy seguro de que otros tenían la misma sensación, pero había tal grado de temor que ya no quedaba más remedio que aplaudir a los Amigos.

Los tíos de Sharon, Paul Leimbach y Donald Malloy, eran los más activos en la organización de estas patrullas, pero el tío de Meg, Mike Shiller, también participaba. Se hablaba de que los hombres que integraban estas patrullas debían llevar una gorra o un brazalete para indicar su condición de protectores, pero Leimbach dijo que esto los convertiría en algo demasiado parecido a una fuerza policial. Donald Malloy consiguió un cierto número de triángulos magnéticos de una empresa de construcción de carreteras en Utica. Eran de un color naranja brillante fluorescente, de cuarenta centímetros de alto, y los Amigos los pusieron en las puertas delanteras de sus coches de vigilancia. No sé cuántas veces al día miraba por la ventana de mi aula o desde una ventana de casa y veía un vehículo con esos triángulos naranja pasando lentamente. Daba confianza y al mismo tiempo asustaba. Sé que Ryan Tavich estaba en contra de aquellas patrullas, pero el jefe Schmidt consideraba que no hacían daño y estaba contento de tenerlos en las calles. El capitán Percy se sentía confuso al respecto.

Paul Leimbach y Donald Malloy pasaban cada vez menos tiempo en sus respectivos trabajos. Se oía a ambos decir que la policía no hacía lo suficiente para encontrar al culpable o para proteger a los ciudadanos de Aurelius. En una reunión del ayuntamiento, Donald propuso un toque de queda a partir de las seis de la tarde para todos los menores de dieciocho años. Pese a algunas protestas, su propuesta fue aceptada con modificaciones. A partir de entonces, los de dieciséis años o menos no podrían estar en la calle después de las siete si no iban acompañados de un adulto.

Yo estaba tentado de recordar a todo el mundo que Sharon había desaparecido a media tarde, pero habíamos llegado a un punto en el que la gente, yo incluido, se mostraba circunspecta y no hablaba. Todos estaban atentos a percibir señales de culpa, dobles sentidos que sirvieran para señalar a alguien con el dedo. Cuando yo hablaba, sentía que la gente no escuchaba lo que decía sino lo que había bajo mis palabras. Y, por supuesto, la gente oía algo cuando en realidad no oía nada. Mejor quedarse callado y sonreír, alabando a los Amigos por su sacrificio. En un momento dado, pensé en hacerme miembro (fue en el período en que sentí que me vigilaban), pero entonces me rebelé a mi manera, negándome; sin embargo, no se lo dije a nadie, de modo que la negativa fue sólo ante mí mismo.

Una vez aprobado el toque de queda, Henry Skoyles eliminó la segunda función en el Strand, e incluso iba poca gente a la primera. Muchos restaurantes y tiendas cambiaron sus horarios. Junior's empezó a cerrar a las siete y el asador Aurelius a las ocho. Wegmans, que desde hacía años cerraba a medianoche, había empezado a cerrar a las nueve. Se cancelaron las reuniones nocturnas. Se suspendieron los ensayos de la obra de teatro que iban a representar los alumnos en otoño, así como los ensayos para la fiesta de Navidad en la iglesia de Saint Mary. Se redujo la concurrencia en los bares y restaurantes. Gente que nunca cerraba sus puertas con llave empezó a hacerlo.

Por otro lado, la cantidad de encargos de pizza a domicilio se duplicaron y los videoclubes hicieron su agosto. También estaba más activo el negocio de venta de bebidas alcohólicas en el centro comerical. Aumentó el número de asistentes a la biblioteca del pueblo y se incrementó también la concurrencia a las iglesias. Y debo decir que un mayor porcentaje de alumnos hacía los deberes. Por lo que oía en el comedor de los profesores, esto sucedía en muchas clases. Los Morelli, que vivían enfrente de mi casa, consguieron un perro grande de la perrera de Utica, un pastor alemán que ladraba toda la noche y aterrorizaba a los gatos del vecindario. Mucha gente compró perros.

Franklin informó de muchas de estas cosas y, al escribirlo, parecía aumentar el nivel de temor entre nosotros. Sus artículos hicieron que se anularan más reuniones y que más tiendas cerraran más temprano. Pero parecía que el terror habría aumentado aún más si Franklin no hubiera escrito nada. Por ello escribió todo lo que pudo. No obstante, debido a su relación con Paula y Aaron, a que había entrevistado a menudo a Chihani, incluso a que no era originario de Aurelius, se pensaba que no decía todo lo que sabía. Se suponía que estaba ocultando información, como si la policía tuviera sospechosos, como Aaron u otros miembros de ISJ, de los que Franklin sabía pero callaba.

Esto ponía a Franklin en una situación imposible. Escribir era crear temor; no escribir era crear temor. Y nunca escribía lo suficiente; siempre se pensaba que ocultaba cosas peores.

32

El gordo Leon Stahl continuó con sus hábitos diarios como si no sucediera nada extraordinario. Otros profesores se hicieron cargo de las clases de Chihani y el curso en el que estaba inscrito Leon, Relaciones entre las Clases en el siglo XIX, le fue asignado a Sherman Carpenter, el profesor que tuvo la aventura, por breve que fuera, con Harriet Malcomb. Triste por la muerte de Chihani, Leon pensaba poco en las desapariciones de Meg y Sharon. No es que fuera insensible; más bien, como la mayoría de los demás estudiantes de la universidad, vivía en otro mundo. Muchos estudiantes nunca dejaban el campus, a menos que fuera para ir a los bares o a los comedores. Leon estaba enterado de lo de las chicas desaparecidas y quizá le preocupara, pero el hecho de que Harriet, a quien creía amar, estuviera liada sexualmente con el profesor Carpenter tenía mayor importancia.

Durante los diez meses en que fue miembro de ISJ, Leon maduró algo. A su pequeño bigote negro le sumó una barbita negra en forma de perilla y llevaba una gran variedad de americanas de mezclilla y jaspeadas que compraba en las tiendas de segunda mano de Utica. Ninguna estaba en buenas condiciones ni le quedaba bien. Y al empezar a hacer frío también empezó a llevar una boina escocesa. Mientras que la mayoría de los estudiantes llevaban los libros en mochilas, Leon tenía una vieja maleta de cuero, también de una tienda de objetos usados. Y se compró unas gafas nuevas con la montura metálica. Se consideraba un intelectual, y a lo mejor lo era. Por lo menos siempre tenía la nariz metida en algún libro. Incluso podía leer andando, y yo a menudo lo veía así, yendo del campus al centro y leyendo un libro.

En uno de aquellos paseos se lo encontraron Andy Wilkins y Russ Fusco. Eran dos jóvenes que trabajaban en la fábrica de cables. Lo más destacable es que eran voluntarios de los Amigos y participaban en las patrullas, aunque no estaban de servicio cuando se tropezaron con Leon. Eran dos tipos muy pagados de sí mismos y con una opinión exagerada de su atractivo masculino. Andy había jugado en el equipo de rugby de los Terriers e incluso había terminado el bachillerato. Russ era de Norwich, pero se había mudado a Aurelius al conseguir el trabajo en la fábrica de cables. Los dos tenían unos veinticinco años.

¿Quién sabe lo que pensaron? Ninguno de los dos tenía fama de pendenciero, ni había mucho que decir en su favor. Eran jóvenes que bebían cerveza, tendían a hablar poco y estaban conmocionados, excitados e indignados por los recientes acontecimientos de nuestro pueblo. Querían hacerle a Leon una pregunta, eso es lo que afirmaron. Y puede que fuera cierto, pero la pregunta tenía que ver con la pertenencia de Leon a ISJ y la relación de ISJ con Sharon y Meg. Andy y Russ conocían a Hark Powers, y aunque no eran amigos suyos, consideraban que a Hark le habían jugado una mala pasada. A fin de cuentas, Chihani había golpeado a Hark con su bastón.

Leon iba por Monroe Street hacia Main. Era después de mediodía e iba a comer al asador Aurelius. Todos los miércoles el asador ofrecía un plato especial de pastel de carne. Para Leon se había convertido en un ritual, sobre todo porque su camarera favorita le servía una porción especialmente grande de pastel. El día era agradable, con pequeñas nubes blancas flotando en un cielo azul. Leon iba andando y leyendo un libro de Terry Eagleton sobre la teoría literaria marxista.

Andy iba en su Camaro verde y se detuvo junto a la acera. Cuando Leon pasó junto al coche, Andy lo llamó:

—¡Eh, tú!

Leon siguió andando. Más tarde dijo que no había oído nada.

Andy lo volvió a llamar, pero Leon no se detuvo. Andy dio marcha atrás, retrocedió rápidamente, frenó y se bajó. Russ Fusco también.

Andy se quedó parado en medio de la acera mientras Leon se acercaba, leyendo su libro.

—¡Eh! –dijo Andy nuevamente. No podía imaginarse a nadie leyendo un libro, y mucho menos mientras andaba.

Leon siguió andando. No pareció registrar la presencia de Andy.

Andy extendió la mano y tiró al suelo el libro, que se deslizó por la acera y Russ lo cogió. El título no tenía sentido para él, pero reconoció el nombre de Marx. Le mostró el título a Andy.

—Dame el libro –dijo Leon, advirtiendo por primera vez la presencia de los dos hombres.

Su tono era perentorio. No entendía por qué alguien le quería quitar un libro de las manos. Era más alto que Andy y Russ y pesaba lo que los dos juntos. Russ más tarde dijo que la boina de Leon quedaba sobre su cabeza como una pasa sobre un budín, descripción que repitió mucha gente.

—Quiero hacerte una pregunta –replicó Andy.

—Dame el libro –dijo Leon, un poco más fuerte.

—Te lo daré cuando yo quiera –dijo Russ.

En aquel momento Leon los atacó. Considerando el valor que asignaba a los libros, para él era una cuestión sagrada. Leon tiró a Andy al suelo. Trató de quitarle el libro a Russ, per éste saltó hacia atrás. Leon corrió hacia Russ, pero Andy se había puesto ya de pie y había agarrado a Leon por detrás.

El resultado fue que Andy golpeó a Leon. Le rompió las gafas, lo tiró al suelo y le dio un puntapié a la gorra, que fue a parar a la calle. Y mientras Leon estaba encogido y quejándose en el suelo, Andy destrozó el libro. Esto sucedió a plena luz del día y la gente lo vio. Antes de que Andy terminara su obra, un coche patrulla en el que iban Chuck Hawley y Ray Hanna llegó con los neumáticos chirriando y separaron a Andy de Leon. Russ no había tocado a Leon, pero tampoco había hecho nada para detener a su amigo.

Aunque Leon no tenía nada grave, sí quedó lastimado. Andy estaba furioso por el hecho de que un gordo como Leon se hubiera atrevido a atacarlo. Leon estaba furioso porque le habían quitado y destrozado el libro. Presentó una denuncia y Andy y Russ fueron detenidos. Leon también exigió que lo llevaran al hospital. Las radiografías no revelaron heridas internas y con dos vendas quedó como nuevo.

Franklin escribió sobre el asunto en el *Independent* de aquel jueves. Todo el mundo se enteró de que Andy y Russ eran miembros de los Amigos de Sharon Malloy. Se subrayó la pertenencia de Leon a ISJ y su relación con Chihani. Andy dijo que sólo quería hacerle a Leon una pregunta (no dijo acerca de qué), cuando éste lo atacó. Leon dijo que sólo trató de recuperar su libro.

Franklin habló con Paul Leimbach sobre el incidente, esperando que hubiera una disculpa de los Amigos.

—La gente está conmocionada —dijo Leimbach—. Por tanto, se cometen errores.

Esto no tranquilizó a nadie.

El jueves por la noche alguien tiró piedras a las ventanas del apartamento de Leon, en la primera planta de los dormitorios de la universidad. Quedaron los vidrios rotos sobre la alfombra y un radiocasete estropeado. Leon estaba en la biblioteca. No se encontró al culpable, aunque Ryan averiguó que no habían sido ni Andy ni Russ. El domingo por la noche, hacia las diez, alguien tiró nuevamente una piedra a la ventana de Leon. Éste llamó a la policía. Chuck Hawley recibió la llamada, pero no encontró a nadie en el barrio. «Desierto», fue la palabra que utilizó. Las calles estaban desiertas.

El lunes por la mañana el secretario académico de la universidad se reunió con Leon y le preguntó si querría tomarse un permiso. La matrícula que había pagado para el semestre de otoño podría traspasarse a otro semestre. Leon aceptó. Desde que el mundo lo tenía en el punto de mira, se había vuelto ansioso. No entendía por qué alguien quería robar su libro o tirar piedras a su ventana.

—Al fin y al cabo —dijo—, yo ni siquiera fui al cementerio.

Él no consideraba importante el hecho de ser miembro de Investigaciones sobre la Justicia.

—Éramos un grupo de debate —repetía—. ¿Por qué íbamos a querer secuestrar a una chica?

El martes, Leon hizo las maletas y se fue a su casa, a Dunkirk, a orillas del lago Eire. La policía tenía su teléfono por si lo necesitaba. Así, quedaban en Aurelius cinco miembros de ISJ: Aaron, Harriet, Barry y los hermanos Levine. Ya no se reunían. Barry y Aaron se veían a veces. Aaron veía de vez en cuando a Harriet. Jesse y Shannon volvieron a pasearse en monopatín, pero se seguían llamando marxistas. Su forma particular de marxismo, sin embargo, no requería que estudiaran. Era simplemente una alternativa a todo lo que funcionaba mal en el mundo, mientras que su uso de la jerga marxista les daba ventaja en las discusiones con otros estudiantes. Hablaban de «praxis», de «¡dialéctica epistemológica!». Sin embargo, la historia aún no había terminado para ellos.

Aunque se censuró el ataque contra Leon, algunos lo vieron como un tónico muy necesario contra las fuerzas de la anarquía. Incluso lo vieron como una acción de los Amigos de Sharon Malloy, aunque Andy y Russ no estaban haciendo su ronda en aquel momento. Los Amigos se convirtieron en una fuerza de peso en Aurelius, pero nunca dio la sensación de que buscaran poder, sino que su motivación estaba en el temor de que se perdieran otros niños. Su poder se derivaba de ese temor y no de un deseo de dominar. Había miembros que abusaban de su poder, pero el grupo como tal parecía tener buenas intenciones.

No obstante, su miedo los llevó a abusar de su autoridad; yo lo consideré así. Un ejemplo de eso fue cuando vinieron a verme el día que golpearon a Leon. Debo decir que vieron a mucha gente y nadie se sintió tratado con prepotencia. Por lo menos nadie se quejó.

Yo había terminado de preparar mis clases para el día siguiente y me disponía a hojear un *Scientific American*. Tengo que reconocer que rara vez leo más que los primeros párrafos de un artículo, pero las fotos son un placer y siempre hay al menos un artículo pertinente para Biología de décimo curso. Una vez al mes le encargo a uno de mis alumnos la tarea especial de hacer un informe sobre el artículo que elijo.

El timbre de la puerta sonó a las nueve. Al principio pensé que sería Sadie, aunque generalmente ella golpea o simplemente abre la puerta. Yo la había empezado a dejar cerrada con llave, igual que los demás. La madre de Barry seguía cuidando de Sadie. La Masa, como la llamaba Sadie. Y como era miércoles por la noche, sabía que Franklin estaba ocupado con el periódico.

A través de la cortina que cubría el vidrio de la puerta de

entrada vi a tres personas en el porche. Encendí la luz y reconocí a Donald Malloy, Agnes Hilton y Dave Bauer. Me alarmé porque sabía que eran todos integrantes de los Amigos. Por otro lado, Agnes Hilton trabajaba de tesorera y secretaria de la Iglesia Baptista de Ebenezer mientras que Dave Bauer era director asociado de la Asociación de Jóvenes Cristianos y también bombero voluntario. Parecían amables, especialmente cuando encendí la luz.

Abrí la puerta y los invité a pasar. Tardaron un minuto en quitarse la nieve de los zapatos y los abrigos y estrecharme la mano. Era una noche fría y todos llevaban abrigos pesados. De nuevo me llamó la atención su actitud amistosa, pero aún más su deseo de aparentarla.

–Deseábamos hablar brevemente con usted –empezó Donald Malloy, cordialmente–. No le quitaremos demasiado tiempo.

Los invité a pasar al salón. Agnes dijo algo amable acerca de los muebles, aunque no fue nada especial. Era una mujer pelirroja que se acercaba a los cuarenta años y siempre llevaba vestido. Su esposo había muerto o desaparecido de algún modo, porque ella vivía con una hermana menor. Sin embargo, lucía el anillo de casada, así que seguramente había habido en algún momento algún señor Hilton.

Les ofrecí una taza de té.

–Sí, gracias –respondió Dave Bauer.

Agnes Hilton se brindó a ayudarme, pero le dije que no hacía falta. Quería un momento a solas para tranquilizarme. Fui a la cocina y preparé una bandeja. En la alacena tenía una lata de galletas danesas y saqué una docena. Estas situaciones siempre son bobas. ¿Ponía las galletas en un plato fino o en uno corriente? Elegí el corriente. Loza de Syracuse. Vertí el agua en la tetera y llevé la bandeja al salón. Dave Bauer y Agnes estaban sentados en el sofá. Donald en el sillón que yo uso siempre.

Donald dejó el *Scientific American* que había estado mirando.

–Fantástica esta investigación sobre el genoma humano –comentó–. Ese Watson es un hombre al que me gustaría conocer.

Puso la revista en la mesa pequeña. Tenía un rostro abierto, afable, y sus pecas lo hacían parecer más joven de lo que era en realidad. Llevaba pantalones de color caqui y uno de esos jerséis hechos de retazos que llevaba la marca L. L. Bean. Cuando se inclinó hacia delante para dejar la revista en la mesita, dejó escapar un poco de aire por la boca.

Puse la bandeja junto a la revista.

–Qué lástima que no pudieran jugar los Terriers –comentó Bauer.

Se habían suspendido los partidos de rugby de los viernes por la noche en el colegio por el toque de queda, lo que significaba que el equipo ya no podía competir en su liga. Tuve que pensar un instante para entender de qué hablaba Bauer.

–Sí, es una lástima –contesté. Serví té en tres tazas–. Sírvanse azúcar y leche a su gusto.

–Yo lo tomo solo –respondió Donald.

Le di una taza; luego serví una para mí y me senté en el sillón del otro lado de la chimenea. Aunque había preparado un fuego con troncos de abedul, lo estaba guardando para el viernes por la noche. Puse cara de estar a la expectativa.

–Supongo que se pregunta a qué hemos venido –dijo Donald, y sonrió a sus acompañantes. Bauer cogió una galleta.

Agnes explicó su relación con los Amigos de Sharon Malloy y se habló un poco de las chicas desaparecidas. Me temo que estaba ansioso por no decir nada incorrecto y tampoco quería parecer nervioso. Bauer cogió otra galleta. Era uno de esos jóvenes flacos que pueden comer todo el día sin engordar. En verano hacía de entrenador de equipos de las ligas inferiores y en invierno dirigía el programa de baloncesto en la Asociación de Jóvenes Cristianos. Esperaba que no descubriera mi desinterés por los deportes. Entonces me molestó sentirme intimidado por aquella gente.

–Pero ¿qué tiene que ver esto conmigo? –pregunté.

–Creo que usted vio a Meg Shiller la noche que desapareció –contestó Donald. Se le veía incómodo en mi silla. No había tocado su té. Tampoco había probado ninguna galleta.

–Pasó por mi casa con Hillary y Sadie antes de ir a pedir caramelos. Querían enseñarme sus disfraces.

–¿Así que conoce a Meg? –preguntó Agnes.

Me llamó la atención su uso del tiempo presente del verbo.
—Conozco a Sadie, y Meg es amiga de Sadie. Y también las conozco del colegio, por supuesto. Meg estuvo en mi clase de Ciencias el año pasado.
—¿Y a qué hora lo visitaron? —preguntó Donald.
—Hacia las seis.
—¿Y no volvió a ver a Meg?
Por un instante no hablé. Luego dije:
—¿Puedo saber cuál es su interés en esto? Ya he hablado con la policía y parece que estas cuestiones, si es que son significativas, son tema de discusión con las autoridades y con nadie más. Al menos, no estoy obligado a responder a sus preguntas. —Después de esta parrafada me quedé sin aliento.
Los tres se miraron. Sus expresiones evidenciaban una exasperación amistosa y apacible, como si temieran que yo pudiera hacer esa pregunta.
—Hemos hablado con mucha gente —contestó Bauer—. Sabemos que ha hablado con la policía, igual que han hecho otros. Pero pensamos que no habría ningún problema en repasar de nuevo la situación. No se trata de que usted oculte nada, sino de que quizá la policía pasó algo por alto.
Tenía en la punta de la lengua preguntar qué es lo que los volvía investigadores competentes, pero pensaba que si seguía protestando parecería que adoptaba una actitud desafiante y me pregunté si valía la pena arriesgarme.
—No volví a ver a Meg aquella noche —contesté.
Hicieron más preguntas, y yo les conté que Sadie había venido a mi casa, que fuimos a buscar a Meg y que Sadie encontró el paraguas.
—¿Usted llamó a la policía? —preguntó Agnes.
Lo admití. Traté de responder con calma a sus preguntas, sin mostrar irritación. Les conté que me había quedado en casa de Franklin hasta medianoche y que luego había vuelto a casa.
—Quiero hacerle otra pregunta —dijo Donald— y quiero aclarar que no tengo ningún deseo de ofenderlo.
Esperé lo peor.
Donald miró a la señora Hilton, que asintió.
—Lo que queremos saber es si usted es homosexual.

Aunque lo esperaba, me sobresalté.

–Mi vida personal no es asunto suyo.

–Lo entendemos –dijo Donald. Nuevamente miró a los otros en busca de apoyo; luego trató de sonreír con afabilidad. Aunque parecía alegre con su gran cara irlandesa. No era un hombre del que se pudiera sospechar una gran alegría interior–. Usted debe entender –continuó– que no preguntamos en interés propio sino porque queremos encontrar a las chicas desaparecidas. ¿Conoce a otros homosexuales en Aurelius?

Vacilé de nuevo.

–Es posible.

–¿Qué hay de Jaime Rose? –preguntó Agnes Hilton.

–¿Es homosexual? –respondí.

–¿Qué hay de Aaron McNeal? –preguntó Donald.

–Lo dudo mucho. Tiene novias por todo el pueblo. –Me sorprendió la pregunta, y pensé si estaba inspirada en la amistad de Aaron y Barry.

Donald empezó a hablar con rapidez, inclinado hacia delante, con los codos sobre las rodillas y la enorme barriga apoyada en los muslos.

–Que usted sea homosexual es asunto suyo, pero nos preguntamos si hay una organización de homosexuales en Aurelius. Quisiéramos poder dirigirnos a ellos, para asegurarnos de que se han explorado todas las vías posibles.

–Hemos hablado también con otros grupos –añadió Bauer. Describió a uno dedicado a bailes de salón que se reunía en la iglesia anglicana, y me pareció increíble que comparara una organización de homosexuales con un club de bailes de salón.

–También hablamos con los masones y el club Kiwanis –añadió Agnes.

Me miraron con amable preocupación, como si me pasara algo malo. Les dirigí una mirada inexpresiva, tratando de ocultar lo que pensaba: que a ellos les pasaba algo malo.

–No conozco ninguna organización de homosexuales en Aurelius –contesté. Lo cual era cierto. En realidad, creía que ellos ya debían saberlo, lo que significaba que no habían venido en busca de este tipo de información sino porque querían mirarme más de cerca.

–Sé que le preocupan las chicas desaparecidas –dijo Donald, reclinándose hacia atrás en el sillón–, especialmente porque quiere a Sadie. Es una cosa terrible lo que ha sucedido no sólo a las familias de esas chicas sino a todo el pueblo. –Se frotó suavemente la mejilla con la mano derecha, como si se tocara una herida–. Estoy seguro de que le preocupa todo lo sucedido, el susto de la bomba en el colegio, la muerte de ese profesor y, por supuesto, la desconfianza. Pero no volveremos a la normalidad hasta que sepamos lo que les ha pasado a Sharon y a Meg. Su desaparición extraordinaria nos ha obligado a tomar medidas extraordinarias.

–¿Realmente creen que nuestras vidas volverán a la normalidad? –pregunté–. ¿Aunque descubramos lo que ha sucedido?

–Quizá no –admitió Donald.

–Pero esperamos que sí –dijo Agnes Hilton–. Y rogamos por ello al Señor.

33

Dos días después de la noche de Halloween, Ryan Tavich recibió una llamada telefónica. Oyó una voz que susurraba.

–Puede soltar a Aaron McNeal –dijo–. La noche de Halloween estaba conmigo.

Había salido en el *Independent* que Aaron estaba en la cárcel de Potterville.

–¿Y usted quién es? –preguntó Ryan. Había estado esperando algo así. Trató de reconocer la voz, pero no pudo.

–No quiero decirlo –contestó la mujer rápidamente.

–Me temo que no puedo liberar a McNeal sólo porque usted lo diga. No sé quién es ni tampoco nada del tiempo que estuvo con usted –replicó Ryan con un tono que daba a entender que lo lamentaba.

–Seguramente es capaz de adivinarlo.

Ryan se preguntó si eso sería cierto.

–Aun así, no sé quién es usted. ¿Por qué debería creerle?

–Si le digo mi nombre, ¿promete no rebelarlo?

–Tengo que hablar con usted –contestó Ryan.

–Ya está hablando conmigo.

–Tengo que hablar personalmente.

–Eso es imposible. –La mujer subió un poco el tono de voz.

–Entonces Aaron seguirá en la cárcel. –Ryan esperó.

–¿Por qué? –preguntó la mujer.

Ryan decidió dejar de darle vueltas al asunto.

–Porque quiero hablar con usted cara a cara. Si quiere, bien, y si no, también.

Hubo una pausa mientras Ryan oía la respiración de la mujer. A través del teléfono oyó el sonido de una caja registradora. ¿Quién seguía usando una caja antigua? El capitán Percy entró en el despacho con dos de sus hombres. Fueron hasta un mapa puesto en la pared y Percy señaló un lugar al norte del pueblo.

–Tendría que ser muy privado –dijo la mujer.

–Donde quiera.

–Si se convence de que Aaron estuvo conmigo, ¿lo dejará salir inmediatamente de la cárcel?

–Por supuesto.

–Entonces tenemos que encontrarnos esta mañana. –La mujer se quedó en silencio un momento–. Nos podemos ver en la sala de consultas de la biblioteca a las nueve y media. Nunca va nadie allí.

Ryan aceptó y colgaron. Se preguntó quién sería la mujer. No era la voz de una muchacha, pero no podía adivinar su edad. Y pensó en la caja registradora. Se la podía imaginar, cromada, con teclas negras, pero no se figuraba dónde podía estar. La biblioteca estaba a tres manzanas y Ryan prefirió ir andando. El capitán Percy y sus hombres seguían mirando el mapa de la pared. En el último mes, Percy había perdido algo de su porte militar. No es que se hubiera vuelto más amable, simplemente parecía menos confiado. Igual que todos, pensó Ryan.

Ryan cogió su americana, salió del ayuntamiento y dobló a la derecha por Main Street. Era un día fresco y soleado y el viento arrastraba las últimas hojas del otoño por las alcantarillas. No había mucho tráfico, pero vio a algunas personas conocidas a las que saludó. Había coches aparcados en diagonal frente al local de los Amigos de Sharon Malloy. La foto de Sharon estaba en el lado derecho de la puerta, y la de Meg, a la izquierda. Ryan pasó por delante de Junior's y del Banco Key. También por la panadería Weaver y la farmacia Malloy. La gran foto de Sharon en el escaparate de la farmacia le sonreía. Miró a través de la puerta, pero no vio a nadie en el interior; quizá percibió algún movimiento, pero no estaba seguro. Al llegar a la biblioteca Carnegie, subió la escalera y entró en la sala general de lectura. Unas diez personas hojeaban periódicos y revistas. Ryan las reconoció a casi todas y saludó con la cabeza a varias. La bibliotecaria, la señora Wright, alzó las cejas al ver a Ryan.

–Tengo que ver una cosa –explicó. Pasó rápidamente antes de que ella se ofreciera a ayudarlo y subió la escalera hasta la primera planta.

La sala de consultas estaba vacía. Los radiadores hacían ruido metálico. Ryan cogió un volumen de la *Enciclopedia Británica* y se sentó a una mesa junto a la pared del fondo, pero de cara a la puerta. Abrió el volumen en un artículo sobre el Tíbet y empezó a leer. Pensó que nunca visitaría el Tíbet y, en realidad, que probablemente tampoco iría a Europa. Se preguntó si se sentía mal por ello y llegó a la conclusión de que no.

Alguien entró en la sala. Era la señora Porter, que trabajaba en la farmacia Malloy. Se sintió molesto, temiendo que su presencia pudiera ahuyentar a la mujer con la que debía encontrarse. Entonces, con gran sorpresa suya, vio que la señora Porter se dirigía directamente a su mesa y, con mayor sorpresa aún, comprendió que ella era la mujer con la que había hablado por teléfono. Recordó dónde había visto la caja registradora; por lo menos eso estaba resuelto.

La señora Porter era una mujer de apariencia respetable, de cuarenta y tantos años, corriente pero de buen aspecto. Llevaba un largo chaquetón azul de punto encima de un vestido oscuro. Ryan esperaba que dijera algo así como «estoy avergonzada».

En cambio, dijo:

–¿Esto basta?

Ryan la había visto cientos de veces, pero nunca fuera de la farmacia. Advirtió que no sabía nada de ella. Recordaba vagamente a un señor Porter, pero no tenía ni idea de lo que hacía el hombre. La mujer nunca había sido bonita, Ryan estaba seguro de eso, pero se vestía bien y sus ojos castaños oscuros eran atractivos. No estaba gorda ni delgada: compacta, era la definición de Ryan.

–Siéntese –le dijo.

Ella dudó; finalmente se sentó frente a él, al otro lado de la mesa. Puso sus manos juntas delante.

–¿Busco también un libro? –preguntó con ironía.

–Si usted quiere. –Ella no se movió. Ryan se miró las manos, que eran cuadradas y tenían los dedos cortos. Entonces miró las de la señora Porter, grandes y con los dedos largos, probablemente más grandes que las de Ryan–. ¿Cuál es su nombre de pila? –preguntó.

–Mildred.

De pronto, Ryan recordó que ella había estado casada con Rolf Porter, encargado de la agencia de bienes raíces Century 21 y copresidente de los Amigos de Sharon Malloy junto a Sandra Petoski. No recordaba si tenían hijos.

–Hábleme de su relación con Aaron –le pidió Ryan.

–No hay relación. Él ha venido a mi casa varias veces y aquella noche la pasó allí. No estoy segura de que vuelva a hacerlo. –Su tono era ligeramente desafiante, como si esperara que Ryan le hiciera algún reproche. Lo miró a los ojos sin pestañear.

–¿Y pasó con usted la noche de Halloween?

–Se fue a la mañana siguiente, cuando me fui a trabajar.

–¿Cuánto hace que le conoce?

–Lo conozco desde hace años. Hace un mes me habló en la farmacia. Vino al día siguiente y hablamos un poco más. Dos días más tarde vino a mi casa por la noche. No lo eché. –Nuevamente su voz tenía un tono desafiante. Ryan se preguntó qué atractivo le podía encontrar Aaron.

–¿De qué hablaron? –le preguntó Ryan.

Por un instante pareció insegura, como si Ryan estuviese sugiriendo que un hombre de veintitantos y una mujer de más de cuarenta no tendrían ningún tema de que hablar.

–De todo un poco.

–¿Habló del señor Houari Chihani?

–No.

–¿Habló de Sharon Malloy?

–Un poco.

–¿Habló de su madre?

–Sí, varias veces.

–¿Qué dijo?

–Habló del sentido del humor de ella, de que era una mujer activa, que siempre se interesaba por él. Hasta habló de cómo se cepillaba el pelo.

Ryan recordó de pronto a Janice sentada frente al espejo, cepillándose el pelo sin parar durante media hora. El recuerdo casi lo descontroló.

–¿Habló de su muerte?

–No de manera directa. Es un asunto muy doloroso para él.

—¿Y de la relación de ella con los hombres?
—Dijo que ella probablemente tuvo relaciones con más de doscientos hombres en Aurelius. Eso le impresionaba. Le pregunté si él pensaba acostarse con esa cantidad de mujeres y contestó: «Tal vez».
—¿Qué le gusta de Aaron? —preguntó Ryan.
—Es agradable y me deseaba. ¿Eso le sorprende?
Ryan desvió la mirada. Seguían solos en la sala. Cerró el volumen de la enciclopedia que tenía delante.
—¿Conocía a su madre? —preguntó.
La señora Porter vaciló.
—Fue a la farmacia varias veces.
—¿A comprar?
—Por supuesto.
—¿Qué clase de cosas?
—Lo normal.
—¿Compraba condones?
—Sí.
—¿Hablaba con Donald?
—A veces le atendía él.
—¿Parecían amigos?
—No especialmente. En realidad, se trataban más bien con frialdad.
—¿Qué pensaba usted de ella?
—No sé si tenía una opinión.
—Seguro que sí.
Ella bajó los ojos a la mesa y luego volvió a mirar a Ryan.
—Ella fue también su amante, ¿verdad?
La pregunta irritó a Ryan. Acto seguido, casi sonrió por su remilgo.
—Durante un tiempo.
—¿Le gustaba?
—Mucho.
—Debió de ser una persona increíble, para que tantos hombres tuvieran sentimientos tan profundos hacia ella. ¿Le gusta Aaron?
—Es un muchacho difícil, pero también me resulta difícil no simpatizar con él. Se parece a ella.
—¿Sigue pensando en su madre?

–Ryan se inclinó hacia atrás.
–Se supone que quien hace las preguntas soy yo.
La señora Porter chasqueó la lengua.
–Entonces, pregunte.
–¿Ha tenido relaciones con Donald Malloy?
–Por supuesto que no.
–¿Por qué «por supuesto que no»?
–Es mi patrón.
–¿No le resulta atractivo?
–Nunca he pensado en él en ese aspecto.

Ryan consideró los sentimientos de la señora Porter hacia los hombres. Pensó que las mujeres a las que les gustaba el sexo siempre lo daban a entender, pero Mildred Porter no daba a entender nada. Ryan pensó que estaba equivocado en eso igual que se equivocaba en otras cosas.

–¿Va a dejar salir a Aaron de la cárcel ahora? –preguntó ella.

–Ahora mismo.

Una hora más tarde, Ryan, liberó a Aaron. Mientras se dirigían hacia el coche, Ryan no habló. Quería que Aaron sintiera curiosidad, si eso era posible. El cielo se había encapotado y la temperatura estaba bajando. Por la noche nevaría. Aaron miraba fijamente a través del parabrisas y no decía nada.

–Dime qué le ves a la señora Porter –dijo Ryan después de recorrer unos kilómetros.

–Le gusta el sexo. –Aaron seguía mirando adelante. Estaba enfadado con Ryan porque lo había metido en la cárcel. Su enfado hacía que la cicatriz en forma de *L* de su mejilla pareciera más oscura.

–Debe de tener veinte años más que tú y no es bonita.

–Dieciocho años. Me fui a la cama con su cuerpo, no con su cara.

Ryan se sintió sorprendido.

–Sin duda, te gustaría.

–Si me das a elegir entre una mujer que no es bonita pero le gusta el sexo y una hermosa e indiferente, me quedo con la fea. Me gusta Mildred Porter. Es apasionada y modesta.

–¿La verás otra vez?

–Lo dudo.
–¿Por qué no?
–Ya ha pasado por ese camino.
–¿Qué sabes de la muerte de tu madre?
–No más que tú.
–¿Estás seguro?
–Es lo que dije, ¿no?

Ryan condujo en silencio un momento. En los campos que había entre Potterville y Aurelius se cultivaba sobre todo repollo. A esas alturas del año estaban grises y baldíos. Las pocas plantas que no habían recogido le hacían pensar a Ryan en cráneos en descomposición.

–¿Crees que la muerte de tu madre tiene que ver con las chicas desaparecidas? –preguntó Ryan.
–No tengo ni idea.
–¿Hay hombres de los que sospeches que pudieron haber matado a tu madre?
–No tengo ni idea.
–¿Por qué le dijiste a Harriet que tuviera relaciones conmigo?
–Pregúntale a ella.

Ryan dejó a Aaron en el centro y fue a la taberna de Bud. Quería explorar una idea que se le acababa de ocurrir. Aún no eran las once y media y Sheila Murphy estaba detrás de la barra, lavando copas. Llevaba el pelo rojizo hecho un moño sobre la cabeza y, al levantar la vista para mirar a Ryan, se quitó un par de mechones sueltos que le caían sobre la cara. Era una mujer corpulenta y de busto grande que a pesar de andar por los veinticinco años ya estaba engordando. De la cocina salía un olor a carne cocida.

–No hay comida todavía –dijo Sheila–. ¿Quieres una cerveza?
–Quiero hablar contigo.

Sheila parecía poco dispuesta.

–Estoy bastante ocupada. ¿Puede ser más tarde?

Ryan trató de ser afable.

–Podríamos ir a mi despacho y hablar allí.

Ella se quedó en silencio un instante.

–¿De qué quieres hablar?

–¿Eras amiga de Janice McNeal?
–Nos conocíamos –respondió Sheila, sorprendida.
–Quiero saber más sobre esto. –Ryan se sentó en un taburete.
–¿Cómo qué?
–¿Salíais juntas con hombres?
–No veo que eso sea asunto tuyo. –Sheila había alzado la voz. Miró hacia la cocina.
–Entonces vamos a mi despacho.
–Está bien, joder. –Sheila se mordió el labio inferior, manchando sus dientes con lápiz de labios–. A veces iba a su casa a visitarla. Me caía bien. Salíamos con hombres. Citas medio a ciegas. O yo conocía a los hombres o los conocía ella.
–¿Teníais relaciones con estos hombres?
Sheila dobló la toalla por mitades y la dejó en la barra.
–A veces, si nos gustaban.
–¿Así que conoces a los hombres con los que tuvo relaciones?
–Sé que tú te la tiraste –dijo enfadada. Se volvió a apartar un mechón de la cara–. No conocía a todos sus hombres.
–¿Aaron te hizo preguntas?
–¿Cuándo?
–La noche del motel, cuando te mordió.
–¿Cómo te enteraste de eso?
Sheila tenía las dos manos sobre la barra y se inclinó hacia Ryan. Él giraba el taburete a derecha e izquierda. Era algo casi infantil.
–No le dijiste nada, ¿verdad? Por eso se enfadó.
–Le dije que no era asunto suyo. Y tampoco es asunto tuyo.
–¿Le contaste algo?
–Estábamos bromeando. Al menos yo. Le dije que su madre se reía de un profesional. Así lo llamaba, «un profesional», como si fuera una broma. Me preguntó quién era y yo no se lo quise decir. Me di cuenta de que sólo salía conmigo para hacerme preguntas y me dolió. Pero tampoco quería meter a nadie en problemas. Peleamos. Me amenazó con hacerme lo mismo que a Hark si no se lo decía. Creí que no hablaba en serio. Lo mandé a la mierda. Entonces me mordió.

–¿Quién era ese profesional?
–No quiero decirlo. Ni siquiera sé si estuvo con él.
–Te guste o no, es un asunto policial y tienes que decirlo. Entraron dos hombres en el bar y Sheila se acercó a ellos.
–Te aseguro que te llevaré a mi despacho.
Sheila lo miró con ira.
–Bueno, la verdad es que no lo sé. Pero apuesto a que era el doctor Malloy. ¿Ahora estás contento? Janice decía que le gustaba acostarse con médicos, porque siempre olían a limpio.

Ryan la vio detrás de la barra, saludando a los dos hombres. Los reconoció, eran agricultores, pero no conocía sus nombres. Pensó en Janice y su apetito sexual. Luego salió de la taberna y fue al coche. Fue hasta la casa de Janice, en Hamilton Street.

En la hora siguiente, Ryan habló con los vecinos de Janice, Floyd y Lois Washburn en el lado izquierdo, y la señora Winters en el derecho. Había hablado con ellos inmediatamente después de la muerte de Janice, pero quería hacerlo de nuevo. A cada uno le hizo la misma pregunta: ¿Había hablado Aaron McNeal recientemente con ellos?

Los tres dijeron que Aaron los había visitado varias veces en los últimos meses. Quería saber a qué personas habían visto entrar en la casa de Janice en la época del asesinato.

–Incluso preguntó si lo había visto a usted –comentó la señora Winters. Ella era una profesora retirada y su salón olía a libros viejos y a demasiados gatos–. ¿Alguna vez vio a Ryan Tavich? Eso me preguntó. Pero también preguntó por otros hombres.

–¿Quiénes? –preguntó Ryan. Se encontraba en el vestíbulo de entrada de la casa de la señora Winters.

–Toda clase de hombres. No, eso no es cierto. Estaba interesado por los que llamaba «profesionales». Hubo varios abogados, un contable, un profesor, un ingeniero.

–¿El contable era Paul Leimbach?
–Sí.
–¿Y el profesor?
La señora Winters parpadeó con sus pequeños ojos negros.
–El profesor Carpenter, de la universidad.

—¿Y usted vio a alguno de esos hombres?
—Ya le dije a Aaron que no me pasaba día y noche mirando a ver quién visitaba a su madre.
—¿Preguntó Aaron por el doctor Malloy?
—Nunca.

Floyd y Lois Washburn le dieron a Ryan más o menos las mismas respuestas.

Estaban comiendo en la cocina y Ryan aceptó una taza de café. Floyd arreglaba electrodomésticos y vestía pantalones y camisa verdes.

—Nos dio una lista de nombres —dijo Floyd—. A la mayoría no los conocía, pero uno eras tú. Yo te había visto con Janice, por supuesto, pero eso fue algún tiempo antes de que la mataran.

—Se pensaría que llevábamos la nómina —dijo Lois—. Quiero decir que le sorprendía que no tuviéramos una lista.

—Te diré la verdad —comentó Floyd—. Yo trataba de no ver quién entraba allí. Podía ser embarazoso. Como si entrara tu dentista... ¿Te imaginas a tu dentista teniendo una aventura?

—Y sabes —añadió Lois— que te tocará la boca con esas mismas manos.

Cuando Ryan los dejó, no sabía más que en las semanas inmediatas al asesinato de Janice, y lo que averiguó concernía más a Aaron que a su madre. Pero esto lo hizo sentirse bien. Significaba que la conducta de Aaron no era tan arbitraria. Ryan se dirigió a la universidad. Quería ir al departamento de Historia a hablar con Sherman Carpenter. El hombre con el que Harriet Malcomb había ido a un motel la noche de Halloween. Ryan había hablado con él antes para verificar la historia de Harriet. Esta vez quería hacerle otra pregunta.

Carpenter estaba con un alumno y Ryan esperó en el vestíbulo. Otros alumnos que pasaban lo miraron con curiosidad. Oía a Carpenter riéndose y contando una historia sobre John L. Lewis y sus gruesas cejas blancas.

Cuando se fue el alumno, Ryan asomó la cabeza por la puerta.

—Una pregunta: ¿Harriet le dijo algo sobre Janice McNeal?

Carpenter estaba sentado ante su escritorio, que estaba cubierto de papeles.

—Entre y cierre la puerta, haga el favor.

Ryan entró en el despacho y cerró la puerta. Carpenter era un hombre atlético, de casi cuarenta años. Ryan no tenía nada en contra de él excepto que parecía un profesor y hablaba como tal: demasiada mezclilla y pelo en la cara.

—Me preguntó si me acostaba con Janice.

—¿Lo hizo?

—Un par de veces. A decir verdad, era demasiado mandona. Haz esto, haz lo otro. No me gustó.

—¿Cuándo fue eso?

Carpenter se frotó la frente. Parecía reticente e irónico a la vez, como si se avergonzara pero no demasiado.

—Más o menos un mes antes de que le mataran.

—¿Harriet preguntó si Janice había mencionado a «un profesional»?

—Sí, pero Janice nunca dijo nada. Por lo que sé, yo era el profesional. Janice y yo no hablábamos demasiado. Íbamos al grano. Ya me entiende.

Ryan sintió sus dientes apretados.

—¿Harriet preguntó si Janice había mencionado al doctor Malloy o a Paul Leimbach?

—No, sólo preguntó por un hombre en particular. —Carpenter mostró de nuevo la expresión de vergüenza e ironía.

—¿Quién?

—Preguntó si Janice habló de usted. Le dije que sólo recordaba una vez. Janice me contó que las mujeres con las que usted salía lo llamaban «El Viejo Callado». Harriet se rió de eso.

Un día después de la visita de los Amigos de Sharon Malloy decidí ir a cortarme el pelo. No fue algo puramente casual. Yo iba generalmente a una peluquería llamada Jimmy's, donde me cortaba el pelo un señor llamado Jimmy Hoblock. Me lo cortaba desde que yo era pequeño. No obstante, advertí que la publicidad de Volúmenes hablaba de salón unisex así que decidí hacer que Jaime Rose me cortara el pelo. Comprenderán que me dominaba la curiosidad.

Fui al centro después de clase y, al cabo de una breve espera, me encontré en el sillón de Jaime.

—Cuánto tiempo –dijo.
Le expliqué que me había cortado el pelo el mes anterior.
—Quiero decir que hace tiempo que no te veía –explicó. Jaime tenía una barba negra inmaculada que seguramente recortaba pelo a pelo. No era tupida pero se ceñía pulcramente sobre sus mejillas. La sábana con la que me cubrió parecía de raso negro.

Dije que estaba muy ocupado y que, de todos modos, los horribles sucesos del pueblo me habían disuadido de salir de casa a no ser que se tratara de algo absolutamente necesario. Cookie Evans atendía a Brigit Daly al otro lado del salón, hablando sin cesar mientras cortaba y peinaba.

—Ya casi no vale la pena vivir aquí –contestó Jaime.
—¿Piensas irte?
—Lo he pensado. Tengo amigos en otros lados. –Dijo «amigos» con cierto énfasis. Jaime no era especialmente lánguido, pero tampoco producía la impresión de ser muy viril.
—No puedo creer que el responsable de todo esto viva en Aurelius –comenté.
—No me sorprendería.
—¿Hablas en serio?

Jaime me miró a través del espejo. Él sabía de mí más de lo que yo habría deseado, aunque nunca habíamos estado juntos ni teníamos interés el uno en el otro..., quiero decir, en ese sentido. Por otro lado, él sabía que yo lo ayudaría si lo necesitaba, como yo sabía que él me ayudaría a mí. En Nueva York no me habría sentido igual, pero Aurelius era un pueblo pequeño.

—Créeme –dijo–, conozco a algunos locos.
—Eso no quiere decir que alguno secuestrara a una chica.

Jaime se volvió a concentrar en mi pelo. Por primera vez en mi vida me hacía cortar a navaja. Pensé en cuánto me costaría.

—Quizá no, pero si yo fuera a contarle a la policía cosas sobre algunos de nuestros ciudadanos, haría mucho ruido.
—¿Qué quieres decir? –pregunté del modo más recatado que pude.

Jaime me guiñó el ojo mirándome al espejo.
—No me tires de la lengua.

—Si sabes algo sobre esas chicas —dije con firmeza—, deberías decírselo a la policía.
—Evidentemente, eso no lo sé —contestó Jaime, a la defensiva—. Sólo digo que alguna gente no es lo que pretende ser. En realidad, algunos son bastante malvados.

Me moría por saber a quién se refería, pero consideré que no debía insistir.

—Todos tenemos nuestros secretos.

Jaime me echó algo a la cabeza con aerosol.

—Algunos secretos son más oscuros que otros. —Cortó un poco con las tijeras—. ¿Conoces a esos dos hermanos del grupo marxista de la universidad?

—¿Jesse y Shannon Levine?

—Sí.

—¿Tienen secretos oscuros?

—Nada de eso. Hablé con ellos en el bar de Gillian's y se comportaron de un modo agresivo. Me sorprendió.

—Al parecer, golpearon a Barry Sander o trataron de hacerlo.

—No me sorprende. Yo sólo hablaba por pasar el rato. —Jaime se paró detrás de mí, me cogió de las mejillas e hizo girar mi cabeza un poco a la izquierda, luego a la derecha, frente al espejo.

—No te vendría mal dar un poco de volumen —dijo.

—Creo que ya se me pasó la época de darle volumen.

—Qué pensamiento más lamentable —replicó Jaime—. Quizá tendría que irme del pueblo. ¿Qué hago en un lugar tan tonto? Hasta Syracuse sería mejor.

—¿La gente de aquí te asusta? —pregunté—. Quiero decir, la gente que tiene secretos.

—Por supuesto que no —respondió, aireando mi pelo para que se viera con más cuerpo—. Hablaba por hablar.

Terminó enseguida. En realidad, todo el asunto fue un breve receso en un largo día dominado por mis clases. E incluso este hecho no habría tenido ninguna importancia de no haber sido por lo que pasó después. Mi afirmación de que fui a Volúmenes ante todo a ver a Jaime Rose probablemente no sea verdad. El caso es que perdía cabello y me estaba quedando cada vez más calvo. Por vanidad pensé que Jaime podría hacer algo al respecto. Y estoy seguro de que mi pelo se vio mucho mejor durante varios días.

34

Desde la desaparición de Meg Shiller, las puertas de la comisaría de policía y del ayuntamiento estaban vigiladas las veinticuatro horas del día. El capitán Percy era optimista. Si la responsable de las dos desapariciones era la misma persona, seguramente devolvería la ropa de Meg, igual que la de Shannon.

Lo que se planteó más adelante fue cuánta gente conocía lo de la vigilancia. Vigilar las puertas requería que alguien estuviera mirando cuatro monitores de vídeo a todas horas. Dos cámaras estaban en el depósito de la zapatería Weber, al otro lado de la calle, al norte del ayuntamiento. Las otras dos estaban en la segunda planta de la camisería de Bob Moreno, al sur. Los propios monitores estaban en el subsuelo del ayuntamiento. Bob Moreno sabía que las cámaras estaban arriba, al igual que Charlie Weber. Así que cuando surgió la pregunta de cómo sabía la persona que secuestró a las dos chicas que la comisaría de policía estaba vigilada, la respuesta parecía obvia. Lo sabía demasiada gente para que el secreto fuera tal.

Frieda Kraus, que según mucha gente era quien mantenía a flote el *Independent*, llegaba al trabajo a las siete y media de la mañana, a veces más temprano. Franklin había tenido suerte de contratar a una insomne con la vitalidad de un camión. Si hubiera tenido aptitudes de escritora, podía haberse hecho cargo del periódico, pero, por suerte para Franklin, no era así. Andaría cerca de los cincuenta años y tenía cinco gatos siameses y un gran jardín. Dos de los gatos vivían en la redacción del periódico porque no se llevaban bien con los otros tres de la casa. De joven, Frieda tuvo muchos novios, pero ninguno se quedó con ella. La opinión de Franklin era que los había agotado. En la época que nos ocupa tenía una relación de conveniencia con un techador que trabajaba por cuenta propia y que venía semanalmente desde Norwich. Debido a su vitalidad y a que hablaba sin parar (sobre todo describía los acontecimientos deportivos que veía por la noche en la televisión por satélite), era una persona difícil.

Frieda era prima segunda de la madre de Meg Shiller, Helen Kraus Shiller, y por tanto le afectó mucho la desaparición de Meg. No es que hubiera alguien a quien no le afectara. Frieda era una mujer de aspecto sólido, y llevaba el pelo negro corto, peinado con flequillo romano, como Marlon Brando en *Julio César*. Llevaba unas gafas con montura muy grande que no sólo le agrandaban los ojos, sino también las cejas y la parte superior de los pómulos.

Al recorrer las seis calles que había de su casa al despacho, Frieda pensó en lo aburrido que iba a ser el día que se avecinaba. Dado que el periódico había salido de madrugada, no tendría mucho de que ocuparse. Las tiendas aún estaban cerradas y había poca gente visible, aunque se advertían un par de coches aparcados frente al asador Aurelius, al otro lado de la calle. Al acercarse a la puerta del *Independent*, Frieda vio una caja de latas de cerveza Miller, envuelta con una cinta acanalada plateada colgando del pomo. A veces algún periodista local dejaba un artículo de última hora sobre un partido de baloncesto nocturno o incluso un accidente de tráfico pegado a la puerta. Pero era la primera vez que dejaban una caja.

La caja estaba sostenida por la cinta enrollada al picaporte y Frieda utilizó su navaja suiza para cortarla. Luego abrió la cerradura, entró y puso la caja en su escritorio. Antes de investigar su contenido, dio de comer a los gatos. Después abrió la caja. Cuando levantó la tapa, lo primero que vio fue una mano con la palma hacia arriba y las uñas ensangrentadas. Dio un paso atrás bruscamente y derribó una silla. Tardó un instante en advertir que la mano era falsa, un guante de goma de la noche de Halloween. Sin embargo, la mano había sido rellenada con masilla y estaba dura. Estaba sobre un montón de ropa doblada.

Frieda llamó a Chuck Hawley a la comisaría de policía y a Franklin a su casa. Mientras esperaba a la policía, tomó varias fotos de la caja y la mano, que aparecieron en el periódico del jueves siguiente. Frieda sabía que la policía vigilaba el ayuntamiento. No la sorprendió que dejaran la caja en el *Independent*.

El capitán Percy llegó primero. Parecía enfadado, pero lo más probable es que fuera frustración.

–¿Por qué ha abierto la caja? –le preguntó a Frieda.

–¿Cómo iba a saber lo que era si no la abría?

Franklin apareció minutos más tarde y se encontró con la oficina llena de policías. Incluso tuvo que entrar por la puerta trasera, porque estaban fotografiando la entrada delantera y buscaban huellas dactilares mientras registraban el área.

Cuando entró, Franklin vio a Percy coger un sobre de la caja y metérselo en el bolsillo.

–¿Qué es eso? –preguntó.

–No es asunto suyo. Lárguese de aquí.

–¿Me va a echar de mi propia oficina?

–Así es –contestó Percy, y eso fue lo que hizo.

Además de la mano, la caja contenía la ropa que Meg Shiller llevaba la noche de Halloween. Estaba lavada y doblada. Al principio produjeron conmoción las manchas rojas de la camisa blanca; más tarde se comprobó que eran manchas de pintura, parte del disfraz de Meg. Sus padres identificaron la ropa. Había algo horrible en la idea de que Sharon y Meg estuvieran desnudas en alguna parte. Al menos eso parecía, porque habían devuelto la ropa de ambas.

Los informes policiales que llegaron del laboratorio de Ithaca aquella tarde revelaron que nada de lo que había dentro de la caja, de la caja misma o de la entrada del *Independent* proporcionaba ningún indicio sobre quién podría haberla dejado allí. Y nadie había visto nada. Roy Hanna había completado su recorrido por Main Street a eso de las cinco y dijo que no había nada en la puerta cuando pasó a las cuatro y media. Los miembros de los Amigos se encargaron de preguntar a la gente que vivía en el centro si habían visto algo sospechoso. En algunos casos aparecían en el momento en que se iba la policía. Y, por supuesto, hacían las mismas preguntas.

Percy se quejó a Paul Leimbach de la presencia de los Amigos, aunque técnicamente debía quejarse a los copresidentes, Sandra Petoski y Rolf Porter.

—Queremos asegurarnos de que se hace todo lo posible. —Leimbach habló en tono agresivo.

Ryan dijo que, aunque a Percy no le gustaba Leimbach y lo veía como una molestia, agradecía lo que hacían los voluntarios en las búsquedas y tenía conciencia del poder de éstos, de su poder político. Así que procuraba no ofender a Leimbach.

—Le aseguro que se está haciendo todo lo necesario —contestó Percy.

—Las chicas siguen desaparecidas —replicó Leimbach.

—No nos ayuda en nada que su gente se meta por todas partes.

—Quieren asegurarse de que no se pasa nada por alto.

Percy tenía las mejillas sonrosadas, no de un sonrosado natural, sino como si les hubieran pasado papel de lija grueso. Eso contrastaba con su frente, que estaba pálida.

—¿Y le parece que se ha pasado algo por alto? —preguntó Percy.

—¿Han encontrado a las chicas?

Franklin, que presenció este intercambio de palabras, dijo que la voz de Percy parecía quebradiza, como ramitas secas. Se sostenía muy erguido y con los brazos cruzados. Pueden ser muy dolorosas las confrontaciones públicas entre individuos que sienten antipatía mutua pero no pueden expresarlo.

—¿Qué harían que nosotros no estemos haciendo ya? —preguntó Percy.

—Registraríamos todas las casas del pueblo —contestó Leimbach—. Todas las casas del condado.

—Eso va contra la ley.

—Las chicas son más importantes, ¿no?

Cuando se encontraron a solas aquella mañana, Percy y el jefe Schmidt abrieron el sobre que el primero había cogido de la caja. Estaban en la oficina de Schmidt.

Se trataba de nuevo de una lista de palabras confeccionadas con letras recortadas de un periódico y pegadas en una hoja de papel. Habían tachado, casi borrado, algunas letras con un lápiz oscuro, de modo que «marrana» era «rana» y «puta», «ta». El análisis dactiloscópico del papel no reveló nada.

Los psicólogos del FBI dieron importancia al hecho de que la ropa de Meg apareciera mucho más rápidamente que la de Sharon. También hablaron de las dificultades para dejar la ropa en la sede del periódico y de lo astuta que había sido la persona que lo había hecho. Por otro lado, devolver la ropa había sido una declaración pública. Los psicólogos afirmaron que, aunque la persona responsable trataba de protegerse, una parte de ella quería que la descubrieran. En algún nivel, la persona estaba horrorizada de lo que hacía. El resultado sería que correría mayores riesgos y operaría con mayor frecuencia, no por bravuconería sino movida por el deseo de que la detuvieran.

Ryan Tavich participó en esas reuniones.

—Lo que verán —dijo un psicólogo de la ciudad— será una creciente brutalidad y audacia por parte del criminal, lo que casi se podría interpretar como una petición de ayuda. —Era un hombre pequeño de barba negra vestido con una americana de mezclilla. Ryan dijo que parecía un roedor empalagoso.

—¿Quiere decir que habrá más desapariciones? —preguntó Schmidt.

—Con toda seguridad —contestó el psicólogo—. Por lo menos se producirán intentos de secuestro. Todo esto es coherente con los patrones clásicos de aceleración.

Ryan se oponía a la presencia de aquellos profesionales, considerando que se aprovechaban de nuestros problemas para cobrar sus buenos honorarios.

—Todo lo que sé —comentó después— es que tenemos un pueblo lleno de idiotas.

En este punto debería mencionar otro incidente. Madame Respighi, la vidente, seguía en el motel Aurelius, ocupada en sus misteriosas indagaciones. Dos días después de que se encontrara la caja con la ropa en la redacción del *Independent*, le dieron la camisa blanca manchada con pintura roja para investigar, olerla o lo que fuera. La policía no estaba de acuerdo con eso, pero los padres de Meg pidieron que se hiciera y los Amigos de Sharon Malloy también. En realidad, insistieron. Aunque el capitán Percy pensó que era absurdo darle la camisa a una vidente, consideró que no podía negarse.

Madame Respighi recibió la camisa y se retiró a la intimidad de su cuarto mientras los Amigos esperaban fuera. Estaban Donald Malloy y quizás otros seis, incluyendo a Sandra Petoski, que era una de esas personas que necesitaba estar metida en todo y hablar sin parar. Cabría preguntarse lo perjudicados que resultaron sus alumnos durante aquel período.

Al cabo de diez minutos, madame Respighi convocó al grupo. Como he dicho, era una mujer de aspecto más bien convencional que llevaba trajes grises y gafas con montura de concha. En efecto, los trajes grises eran su signo de identificación. Aunque vivía en el norte de California, era originaria de Brooklyn, de donde le quedaba un leve acento característico.

–Se han manifestado varias imágenes –les explicó. Estaba sentada en una silla junto a la mesa, y los demás se quedaron de pie. Era un cuarto de motel como cualquier otro, una mezcla de cómodo e impersonal. Tenía en las manos la camisa blanca con las manchas rojas de pintura. En realidad, en los puños–. Veo un sótano con un suelo de tierra –afirmó.

No contaré esto en detalle, pues duró bastante. Desde luego, los Amigos estuvieron pendientes de cada palabra que dijo. Describió una casa con la pintura en mal estado, una casa blanca, que quizá tuviera ciento cincuenta años. También un porche. Una casa larga y angosta de tres plantas, con un garaje para un coche en la parte trasera. A continuación, una ventana de arco y contraventanas negras. Dijo que había arces en la parte frontal y habló de un hombre que vivía solo. La casa podía ser una de tantas de Aurelius, pero, cuanto más la describía, más concreta se hacía.

–¿Puede decirnos el nombre de la calle? –le preguntó Donald Malloy.

–Un explorador famoso –respondió madame Respighi–. Un barco.

–Hudson Street –dijo Sandra Petoski.

Debo decir que también tenemos De Soto Street, Cook Street y Francis Drake Street.

Le hicieron más preguntas, alguien trajo un plano de las calles y se llegó a la conclusión de que madame Respighi hablaba de Irving Powell, que vivía en Hudson Street y que fue quien descubrió el cuerpo de Chihani. Ya estaba avanzada la mañana del sábado.

—¿Ve un perro? —preguntó Sandra Petoski, pensando en el labrador color chocolate, *Sidney*.

—No, no veo ningún perro —contestó madame Respighi.

Donald Malloy quería ir directamente a la casa de Powell. Pero Sandra decidió que sería mejor hablar con la policía. Llamó y habló con Ryan Tavich.

Cuando le explicó a Ryan lo que había dicho madame Respighi, él le contestó:

—No podemos entrar en la casa de Powell sin una orden de registro, y no vamos a conseguir una orden basándonos en lo que dice una vidente loca. Vamos, Sandra, piense con la cabeza.

Ryan fue criticado luego por su falta de tacto.

—Desde ahora —le dijo el capitán Percy— seré yo quien trate con esa gente.

Sandra le dijo a Malloy y a los demás lo que había respondido Ryan.

—Entonces iremos nosotros —dijo Donald.

Irving Powell trabajaba en la administración municipal desde hacía treinta años y su jefa, Martha Schroeder, decía que era él quien llevaba la oficina. Viudo, con los hijos ya crecidos, vivía solo con su perro. Era un individuo de modales suaves que se acercaba a la tercera edad. Era miembro del Club de Lectores de la biblioteca, y pertenecía a un grupo de jardinería y también a un club de ajedrez. Por lo que sé, no era homosexual, lo cual era una bendición.

Hacia mediodía, Malloy, Sandra Petoski y varios más fueron a la casa de Powell y le explicaron su objetivo. Powell los atendió en le porche. En todo caso, el perro ladraba dentro. Tardó unos diez minutos en entender de qué hablaban. Era un hombre al que se le notaban los huesos, y que llevaba jerséis de punto y siempre se inclinaba hacia delante para escuchar.

—Por supuesto que no pueden registrar mi casa —dijo.

Malloy y los demás retrocedieron a la acera. Si Powell fuera culpable, podía destruir las pruebas. Sandra dijo que necesitaban más gente y Tom Simpson fue con el coche hasta el local de los Amigos en busca de ayuda. Hacia las doce y media había cincuenta voluntarios frente a la casa. Cuando Powell miró por la ventana, llamó a la policía, diciendo que atacaban su casa. Llegaron cuatro coches patrulla en pocos minutos y el capitán Percy poco después. No se alegró de ver a los Amigos.

–¿Por qué no nos han llamado? –preguntó Percy.

–Lo hemos hecho –contestó Donald–. Hemos hablado con Ryan Tavich. Pero no le ha importado lo que le hemos contado.

Se había juntado ya una multitud. Irving Powell estaba de pie en su porche, sujetando a *Sidney* del collar. No estaba claro quién protegía a quién. Llegó Franklin y entrevistó a Sandra Petoski.

–Consideramos que no teníamos otra opción que entrar en acción –repetía ella.

Alguien le gritó «pervertido» a Powell. Al principio esto parecía una broma, pero era tal la tensión que había en la multitud que se tardó sólo un instante en advertir que la gente estaba muy decidida. Tenían la esperanza de encontrar algo y así detener a Powell para terminar con el asunto. En consecuencia, circularon algunos chismorreos. Algunos sugirieron que Chihani estaba vivo cuando Powell lo encontró y que éste lo liquidó. Mucha gente estaba dispuesta a pensar mal de Powell a pesar de que, por lo que yo sabía, llevaba una vida irreprochable. Pero el hecho de que Powell no pareciera culpable no significaba nada. ¿Qué hacía por la noche cuando estaba solo en la oscuridad?

El capitán Percy fue al porche a hablar con Powell.

–Lo mejor sería invitar a dos o tres a su casa y yo entraré con el jefe Schmidt. O puede simplemente llamar a su abogado.

–Pero esto es absurdo –contestó Powell.

–No quiero decirle lo que tiene que hacer –replicó Percy.

–Si los dejo entrar, ¿los demás saldrán de mi propiedad?

–Si quedan satisfechos.

–Todo esto es espantoso –contestó Powell.

El capitán Percy trató de parecer paciente, pero sólo hizo

una mueca. Chuck Hawley dijo que Powell estaba al borde de la histeria, aunque no sé si eso era cierto. Basta pensar en que uno vive toda su vida en un pueblo como miembro respetado de la comunidad y que, de pronto, se convierte en sospechoso de perversión u homicidio y más de cien personas rodean su casa. Ni siquiera en sus peores pesadillas habría previsto Powell una cosa así.

–Adelante, por favor.

Donald Malloy, Sandra Petoski y Dave Bauer, de la Asociación de Jóvenes Cristianos, representaban a los Amigos, Percy, el jefe Schmidt y Chuck Hawley representaban a la policía. Powell los guió por la casa.

–Dave Bauer se metió hasta el fondo de los armarios –contó Chuck–. El sótano no tenía suelo de tierra. Era hormigón.

Al haber vivido toda su vida en la misma casa, Powell tenía muchas pertenencias. Y tenía las cosas de su esposa muerta. Y sus tres hijos mayores también guardaban cosas en la casa. Poco después llegó una unidad móvil de televisión. El hecho de que madame Respighi hubiera señalado supuestamente a Irving Powell era una noticia significativa.

La policía y los Amigos estuvieron una hora en la casa. No encontraron nada.

–Pese a todo, podría haber algo escondido –dijo Malloy.

–Traigan a la gente del laboratorio –dijo Powell al borde del pánico–. Que se queden todo lo que quieran. Hagan lo que quieran.

–No creo que necesitemos ningún equipo de laboratorio –contestó Sandra Petoski.

–Entonces ¿cómo lo sabremos? –preguntó Malloy. Estaba en el porche. Había cámaras de televisión y fotógrafos independientes.

–Por favor –dijo Powell–, si han de traer gente del laboratorio, háganlo.

Así que el capitán Percy llamó al equipo del laboratorio. Fue absurdo alargar aquello. No se encontró nada. Pero una vez que Powell quedó bajo sospecha, resultaba difícil que dejara de estarlo. Varios de los Amigos, incluyendo a Donald Malloy, sugirieron que la gente del laboratorio podría haber puesto más empeño. Aquel sábado por la noche alguien tiró una piedra a una ventana delantera de la casa de Irving Powell. A consecuencia de ello, quedó un policía de guardia veinticuatro horas al día durante los siguientes cinco días. El propio Powell se ofreció para ayudar a los Amigos en todo lo que pudiera. Se había asustado y su aspecto era patético.

Madame Respighi no pidió disculpas, pero a fin de cuentas no era necesariamente la casa de Powell la que había visto en sus «imágenes». Consideré que todo se debía al estado general de Desconfianza, y lo digo con *D* mayúscula. Era como un faro que apuntaba en todas direcciones. A veces iluminaba a una persona, a veces a otra. Durante un corto período, Irving Powell vivió en un estado cercano al terror. Entonces cambió el centro de atención.

Entre las personas que se reunieron fuera de la casa de Powell se contaban Barry Sanders y Jaime Rose. Pasaban por casualidad. Los sábados, Volúmenes cerraba al mediodía. Barry había salido de casa de su madre. Iba camino de la universidad, y Jaime lo acompañaba porque no tenía nada mejor que hacer. Era un día templado de otoño y mucha gente preparaba los jardines para el invierno. Barry, como solía hacer durante el día, llevaba una gorra de golf y gafas oscuras. A Jaime le gustaba el cuero y llevaba pantalones y cazadora de cuero negro, encima de una camiseta. En Aurelius los dos estaban un poco fuera de lugar.

Yo le había mencionado a Franklin mi conversación con Jaime de unos días antes. Y quizás exageré un poco para hacer más interesante mi relato. Franklin decidió que quería hablar con Jaime personalmente. Así que se le aproximó atravesando la multitud. Se conocían, aunque no demasiado.

—Ay —dijo Jaime—, un perro de presa de las noticias.

Después de intercambiar saludos, Franklin le dijo:

—Me gustaría saber algo más de tu opinión sobre la gente de Aurelius.

—Tengo que irme a la universidad —comentó Barry, y se fue rápido. Quizá fuera por timidez, pero cualquiera que estuviera observando habría sospechado otra cosa. Y ése fue el problema, había gente observando, más de cien personas que pudieron advertir que estaban los tres juntos.

–Tengo muchas opiniones –contestó Jaime.

–Alguien me ha dicho que no te sorprende lo que sucede aquí –dijo Franklin, tergiversando un poco lo que yo le había contado.

–El muy canalla... –exclamó Jaime. La afectación era una cosa totalmente fingida en Jaime, que por lo general se comportaba como todo el mundo. Sin duda, era consciente de que tenía un auditorio–. Detesto la manera en que habla la gente –añadió.

Los dos hombres empezaron a andar lentamente por la acera, camino del pueblo. Eran aproximadamente de la misma estatura y los dos estaban delgados. Franklin lucía su sombrero de pescador irlandés y Jaime llevaba la cabeza descubierta. Se enorgullecía de su pelo y no le gustaba cubrirlo.

–¿Tienes alguna idea de quién puede haber secuestrado a las chicas? –preguntó Franklin.

–Nunca he dicho eso –contestó Jaime–. Sólo dije que conozco gente que hace cosas malas.

–¿Quién?

–No seas bobo. ¿Te parece que quiero que pongas sus nombres en el periódico?

–Pero ¿y si tuvieran algo que ver con Meg o Sharon?

Jaime tenía una expresión de desprecio.

–No dije nada de eso. Simplemente tienen deseos un poco fuera de lo común.

–¿De cuánta gente hablas? –preguntó Franklin, que se imaginaba a varias docenas.

–Sólo dos o tres.

–¿Eso incluye a Jesse y Shannon Levine?

–Por supuesto que no. Ellos son aburridos y nada más.

–¿A qué clase de deseos te refieres?

–Éste es el problema. Que a un miembro respetado de la comunidad le guste que lo aten y le den azotes en el culo no es motivo para pensar que tuvo algo que ver con las desapariciones. ¿Y qué sucedería si te diera sus nombres? Mira a Irving Powell. ¿Quién podría pensar que el pobre tonto es culpable de algo? Y ahora le están poniendo la casa patas arriba. Creo que ya hemos hablado bastante.

–Pero si uno de estos hombres... –insistió Franklin.

–No –dijo Jaime–. Ni siquiera deberían verme hablando contigo.

Pero ya era demasiado tarde.

35

La idea de la brutalidad como un grito de auxilio era algo que me resultaba difícil de entender. Hacía cada vez más enigmáticas las motivaciones de la persona responsable de las desapariciones. La devolución de la ropa de Meg nos dio una mayor confirmación, como si la necesitáramos, de que la persona no sólo vivía en Aurelius sino que además tenía información reservada sobre lo que hacía la policía. Necesitábamos tener presentes estas cuestiones porque, de lo contrario, nos podríamos llegar a convencer de que era imposible que esa persona estuviera entre nosotros.

El domingo por la noche estaba durmiéndome con un libro en la mano cuando de pronto llamaron a la puerta. Sobresaltado, dejé caer el libro, una novela policiaca de Daphne du Maurier que estaba releyendo. Eran cerca de las once. Estaba a punto de negarme a abrir la puerta, pero entonces me obligué a levantarme de la silla. Era Sadie.

—Alguien está tratando de forzar mi puerta trasera —dijo. Llevaba un camisón de franela y los pies descalzos. No dejaba de mirar sobre su hombro y la dejé entrar.

No hay nada más contagioso que el temor, y yo deseaba tener una pistola o un rifle (mucha gente los había estado adquiriendo), pero sólo tenía un par de cuchillos de cocina sin filo.

—¿Dónde está Franklin?
—Ha salido.
—¿Y la señora Sanders?
—Dormida en el sofá frente al televisor. No hay forma de despertarla. *Shadow* está encerrado en el sótano. No para de ladrar. —Sadie se quedó de pie junto a la chimenea. Con su delgadez y sus pequeños pechos me recordaba una planta antes de florecer. Se acomodó el pelo detrás de los hombros.

—¿Qué ha pasado pregunté?
—He oído chirriar el mosquitero de la puerta de atrás; luego alguien ha cogido el picaporte de la puerta. Estaba cerrada. Luego han tirado fuerte de la puerta. Entonces me he venido corriendo.

Aunque sentía su temor, no quería creer que fuera verdad. La noche era ventosa; a lo mejor el mosquitero golpeaba a causa del viento. Mi deseo de que no fuera nada hizo que no llamara a la policía. Había oído hablar de muchas falsas alarmas que hacían quedar a los denunciantes como estúpidos. La vieja señora Sherman se encerró en el baño cuando oyó ratones en la alacena. Se negó a salir incluso cuando llegó la policía. Finalmente, tuvo que venir su hija de Norwich. Chuck Hawley se rió mucho.

—Vamos a ver –le dije.
—¿Solos? –Sadie no se movió.
Cogí el atizador del fuego de la chimenea.
—Al menos podremos despertar a la señora Sanders.
Sadie asintió y me siguió. Le di un viejo chaquetón de lana del ropero del vestíbulo y yo me puse el abrigo. Salimos al porche sin hacer ruido. La calle estaba desierta. El viento hacía volar la hojarasca por los patios. La mayoría de las casas estaban a oscuras, pero estaba encendida la luz del dormitorio de la muchacha ciega. Había un fragmento de luna sobre el centro del pueblo y pasaban nubes oscuras que la ocultaban. Sadie me tocó por detrás y yo me sobresalté, pero enseguida logré recuperarme. No soy particularmente valiente. De niño me asustaban hasta las acampadas.

Cruzamos el patio de Pete Daniels. Las luces de la calle lanzaron nuestras sombras sobre los escalones que daban a su porche. Pasamos por el patio delantero de Sadie. En su casa sólo estaba encendida la luz del salón. Estaba apagada incluso la de la galería. Yo llevaba el atizador pegado a mi pierna para que no resultara demasiado obvio. Me pregunté cuántas veces una persona corre peligro por temor a que se rían de ella.

Subimos los escalones delanteros de la casa de Sadie, que crujieron. Ella se quedó pegada a mí. Abrí la puerta delantera y entramos. *Shadow* seguía ladrando rítmicamente en el sótano. El salón estaba a la izquierda del vestíbulo. El televisor estaba encendido. El informativo de las once informaba de un matrimonio doble en el hospital Saint Joseph. Había imágenes de la feliz celebración. La señora Sanders estaba recostada en el sofá con la cabeza en un almohadón. Se había quitado los zapatos y tenía la boca abierta. Si no hubiera estado roncando, había pensado que había tenido un ataque al corazón. Era una mujer grande y redonda, con el pelo plateado y con permanente. Se le había corrido la falda escocesa, por lo que se le veía la parte interior del muslo con su piel blancuzca y manchada. Desvié la mirada. Del televisor salía un murmullo apagado.

Fui hasta el sofá y le sacudí el hombro a la señora Sanders. No respondió. La sacudí más fuerte y su cabeza se deslizó del almohadón. Abrió los ojos y acto seguido se sentó con rapidez.

–¿Qué hace aquí? –preguntó.
–Sadie no la ha podido despertar. Estaba preocupada.
–Tengo el sueño muy pesado –precisó la señora Sanders.
Sadie estaba de pie detrás de mí. Empecé a salir del salón.
–¿Adónde va? –preguntó la señora Sanders. Miraba el atizador y me di cuenta de que estaba nerviosa por mi causa. Yo también miré el atizador.

–Hay que ser prevenido –dije. Avancé por el vestíbulo hacia la cocina.

A mis espaldas oí a la señora Sanders que decía:
–No me gusta que esté aquí.

No oí la respuesta de Sadie. Fui a la parte trasera, que estaba cerrada. Encendí la luz del porche de atrás y abrí la puerta. Había allí un cubo de basura con la tapa quitada. A veces hay problemas con los roedores y pensé que podría ser eso lo que Sadie y el perro habían oído. Puse la tapa sobre el cubo. En el porche no había indicio de que alguien hubiera tratado de forzar la entrada, aunque tampoco sabía cuáles podrían ser esos indicios. Probablemente algo roto. Sadie dejó salir a *Shadow* del sótano y la perra abrió el mosquitero y se lanzó sobre mis piernas; a continuación, bajó los escalones. Inmediatamente empezó a ladrar.

Miré al fondo del patio. Alguien venía hacia nosotros entre los árboles. Instintivamente, levanté el atizador.

—¿Me vas a atacar? —dijo una voz. Era Aaron. Reconocí su coleta antes de verle la cara.

—¿Qué haces aquí? —pregunté.

—Acorto camino. ¿Está levantada Sadie? —*Shadow* dejó de ladrar y corrió hacia él. Aaron se agachó para rascarle las orejas a la perra.

—¿Has estado antes aquí?

—¿Cómo?

—Sadie cree haber oído algo.

Sadie se había reunido con nosotros en el porche trasero.

—Aaron —dijo.

Aaron se detuvo en el primer escalón y nos miró levantando la vista. Llevaba la coleta muy apretada, de modo que sus ojos parecían estirados, con aspecto asiático.

—Tengo noticias para ti. Tu padre se casa con mi hermana. Esta semana.

Pensé que era una buena noticia, pero después de observar a Sadie y Aaron, me di cuenta de que mis sentimientos no eran compartidos.

—¿Qué pasa aquí? —exclamó la señora Sanders.

—Una boda —respondió Aaron. Y rió.

Después de mi visita a Jaime, empecé a notar la hostilidad de los hermanos Levine hacia él. Desde luego que Jaime me contó el encuentro en el bar de Gillian, aunque no especificó qué palabras se cruzaron. A lo mejor Jaime se dirigió a ellos y no les gustó el tono. Pero no fue eso. Lo que les molestaba era la amistad de Jaime con Barry Sanders.

Así, el lunes por la mañana, cuando pasaron por delante de Volúmenes, miraron por la puerta. Jaime estaba poniéndole rulos a la señora Adams. Su marido era del ayuntamiento. Jesse y Shannon se quedaron en la puerta, señalaron a Jaime, y se rieron. No era una risa verdadera sino de dibujos animados, del pájaro loco. Cookie los echó. Primero parecía que se negaban a irse, pero entonces ella los roció con un aerosol de olor dulzón, y eso les ofendió.

El martes, Jesse y Shannon entraron en el asador Aurelius, donde Jaime y Barry estaban comiendo juntos. Creo que Jaime y Barry no eran más que amigos, o amigos incipientes, pero para los Levine aquella amistad era censurable. En su mente parecían haber confundido el marxismo con una especie de puritanismo. Y quizá consideraban que Barry estaba defraudando a ISJ.

Barry y Jaime estaban sentados a una mesa, y Jesse y Shannon se sentaron con ellos. Sus barbitas rubias idénticas les daban un aspecto ridículo.

–Nadie os ha dicho que os sentéis aquí –dijo Jaime.
–*Clavelito* nos ha invitado –replicó Jesse.
–Nos ha guiñado el ojo –añadió Shannon.
–Yo no he hecho eso –respondió Barry.
–No nos molestéis –dijo Jaime.
–¿No tenemos derecho a comer? –preguntó Shannon.
–No quieren dejarnos comer –dijo Jesse.

Jaime llamó a Ralph Stangos, el dueño del asador Aurelius. Ralph era además bombero voluntario y un hombre atlético. Al margen de lo que pensara de Jaime, sabía que era un cliente habitual. Stangos se secó las manos con una toalla y empezó a aproximarse.

–Parece que toman sopa –dijo Shannon, señalando la sopa de tomate de Jaime.
–Yo también quiero sopa –dijo Jesse.
–Te daré un poco –dijo Shannon. Extendió la mano, puso el dedo en el borde del plato hondo y le tiró la sopa encima a Jaime. Jaime empujó su silla hacia atrás.
–Ay –exclamó Shannon.
–Lo has hecho a propósito –dijo Barry.

En aquel momento, Ralph Stangos cogió a Shannon de la nuca.

–Fuera –dijo–. Los dos.

Fue quizás el episodio más significativo. Pero hubo otros, y quizás haya olvidado algunos. A Jaime le gritaron dos veces en la calle. Esto duró varios días, y sé que Jaime contempló la posibilidad de conseguir un interdicto judicial contra ellos.

Aquella noche Barry vino a mi casa y me contó la historia del asador.

–Jaime tuvo que irse a casa a cambiarse –me contó–. Tenía sopa de tomate por todo el pantalón.

Estábamos tomando té sentados en sillones a ambos lados de la chimenea.

–¿Por qué lo molestan? –pregunté.

Los ojos de Barry eran como una mancha rosa detrás de sus gafas.

–Shannon dice que la homosexualidad es reaccionaria. Pero supongo que en Gillian's Jaime les dijo algo que no les gustó.

Barry tomó un sorbo de té y parpadeó. Hablamos del matrimonio de Franklin y Paula, que sería al día siguiente en el juzgado de Potterville.

–Sadie está muy molesta –le conté a Barry.

Franklin creía que Sadie tendría que aceptar su relación si se casaba con Paula, cosa de la que venían hablando hacía meses. Además, se sentía mal por dejar a Sadie sola y pensó que sería mejor que Paula estuviera en casa. Paula era buena e inteligente. Franklin no veía ningún motivo racional por el que Sadie tuviera que seguir rechazándola. Desde luego, Sadie no necesitaba ningún motivo racional.

También pensé en lo que Jaime había dicho sobre los secretos de algunos de los hombres de Aurelius. Me hacía pensar en el hombre con el que Barry había tenido una breve relación en el colegio.

Le pregunté a Barry si tenía relaciones sexuales con Jaime.

–No, nada de eso. Somos amigos.

–¿Alguna vez te encuentras con el hombre con el que estabas liado?

–¿Qué hombre? –Barry se puso inmediatamente a la defensiva.

–Cuando estabas en el colegio.

–No quiero hablar de él.

–¿Sigue en el pueblo? –Barry repitió que no quería hablar de él–. ¿Jaime conoce a este hombre? –añadí.

–No lo sé.

Barry se levantó para marcharse. Le pedí disculpas y traté de calmarlo.

–Toma otro té.

–No, tengo que irme, de verdad.

No hubo manera de retenerlo. Su madre le había dicho que fuera a casa de Sadie a las ocho y ya se le había pasado la hora. Yo estaba enfadado con Barry. Nos conocíamos desde hacía tiempo y consideré que debía confiar en mí.

Mientras tanto, los Amigos siguieron con sus rondas. Hablaban con la gente y estaban en contacto con otros grupos de todo el país. Aunque parecía obvio que Irving Powell no tenía nada que ver con las desapariciones, hablaron con sus vecinos. Y tenían radios policiales, de modo que cuando alguien creía oír algo raro o veía algo que se salía de lo normal y llamaba a la policía, los Amigos llegaban al mismo tiempo. A veces incluso llegaban antes que la policía. El capitán Percy se quejó en varias ocasiones al ayuntamiento, pero sus miembros no intervenían. En medio de esta ola de temor, algunas personas se fueron de Aurelius y otras enviaron a sus hijas a quedarse con sus parientes en pueblos donde pensaban que las chicas estarían a salvo, aunque la cuestión de la seguridad se volvía cada vez más problemática. En mis clases había asientos vacíos. Cuando preguntaba los motivos, me contestaban que tal o cual alumno se había trasladado temporalmente a un instituto de Rome o Baldwinsville. Y la palabra *temporalmente* quedaba flotando en el aire y nadie la ponía en entredicho.

Crecía la desconfianza, y los chismes y comentarios se hacían cada vez más perversos, a menudo bordeando la calumnia. Sé que hablaban de mí, pero en un plano de ignorancia tal que me sentía más provocado que asustado. Por ejemplo, un día entré en el aula donde daba clases a la quinta hora después de la comida y encontré que alguien había escrito «Ferry» en la pizarra. Algunos años antes habíamos tenido una profesora de historia llamada Margaret Ferry y al principio pensé que era una referencia a ella. Al ver las caras sonrientes de mis alumnos de octavo curso, sin embargo, advertí que se trataba de un error de ortografía. Habían querido escribir *fairy*, [mariquita]. Era repugnante ver los rostros risueños y alegres de los chicos. Estuve tentado de decir algo, pero en cambio borré la palabra y empecé la clase. Les hice un examen sorpresa en el que a todos les fue mal. Pero entendieron el mensaje.

La desconfianza se percibía en todo el colegio. El comedor de los profesores se volvió cada vez más silencioso. Por lo general, era un lugar donde se oían críticas, habladurías. Pero llegó un momento en que la gente no estaba segura de la identidad de sus interlocutores. ¿Era la Sandra Petoski que yo había visto todos los días durante años la misma que copresidía a los Amigos? ¿Y si había una tercera Sandra Petoski, más siniestra?

Tiendo a usar la expresión «lado oscuro» casi como algo cómico. La pasión de la señora Hicks por el chocolate era su lado oscuro, así como lo era la aventura de Harry Martini con la profesora de Utica. Pero habíamos llegado a tener pruebas de algo realmente oscuro. Aumentaba nuestra percepción de lo negra que podía llegar a ser aquella oscuridad. Entre nosotros, alguien había secuestrado a dos chicas. ¿Y qué había hecho esta persona con ellas? Ésa era la pregunta que no nos hacíamos. Por ello, en el silencio del comedor de los profesores nunca tuve la sensación de que mis colegas no tuvieran de qué hablar; más bien tenían miedo de lo que se pudiera decir.

El miércoles por la tarde se casaron Franklin y Paula en Potterville. Ryan fue con ellos e hizo de testigo. Los tres se tomaron una hora libre del trabajo. Ryan no comió. El funcionario que los casó, Mitchell Friedman, hacía chistes acerca de atar los cabos sueltos y alabando la honestidad de Paula, pero Ryan, ella y Franklin estaban serios como si se tratara de un entierro. Cuando terminaron, Franklin besó a la novia y Ryan les estrechó las manos. Volvieron a Aurelius. Cuando Sadie volvió de clase, después de las tres, se encontró con que tenía otra madre. Aquello no le gustó. Franklin y Paula se pasaron una hora trasladando algunas cosas de Paula desde la casa de su padre, que se pondría en venta. Franklin no tenía mucho tiempo, porque el periódico tenía que estar en la imprenta a las cinco. Hubo un problema con el perro de Paula. *Fletcher*, que no se llevaba bien con *Shadow*. Unos amigos que vivían en el campo se quedaron con *Fletcher* hasta que Franklin y Paula decidieran qué hacer.

Franklin escribió un artículo breve sobre su matrimonio. En realidad, lo debió de escribir antes de casarse. Sólo presentaba la información básica, aunque identificaba a Franklin como el redactor del *Independent* (como si hiciera falta) y a Paula como consejera psicológica del despacho del decano de la Universidad de Aurelius. Al leer el artículo, la gente negaba con la cabeza. Muchos consideraban que ya sabían demasiado de la familia McNeal. Evidentemente, la gente le deseaba a Franklin un feliz matrimonio, pero no creo que nadie lo celebrara.

36

Los Malloy y los Shiller nunca fueron realmente amigos, pero durante este período se acercaron mucho. Sin embargo, la misma tristeza que los unía también los separaba. Al fin y al cabo, cada uno lloraba a una chica distinta. Pero estaban en contacto permanente, cada uno preguntando si el otro había sabido algo. Ralph y Helen Shiller no se integraron directamente en los Amigos, pero el hermano de Ralph, Mike, estaba allí todos los días. Mike pidió permiso a Correos para ausentarse. Un segundo hermano, Albert, también dedicaba algo de su tiempo a los Amigos. Y Helen Shiller tenía dos hermanos y un primo que participaban en las patrullas.

Ralph y Helen Shiller trataron de continuar haciendo su vida normal, pero vivían en un estado cercano a la parálisis. Avanzaban unos minutos, pero luego volvían a adquirir conciencia de la ausencia de su hija y se volvían a hundir. Por suerte, Ralph tenía gente que trabajaba para él en su tienda. Lo peor era no saber nada ni poder dejar de imaginar las cosas horribles que quizá le habían sucedido a su hija. Lo extraño de la devolución de la ropa y la mano de maniquí hacían posibles las fantasías más inconcebibles. Ralph empezó a dar vueltas por el pueblo con su furgoneta, sin ir a ninguna parte, simplemente mirando. La furgoneta pasaba lentamente, una Ford azul con la leyenda «Ralph Shiller, electricista» pintada en blanco en uno de los lados. Y se veía el rostro oscuro y triste de Ralph asomando por encima del volante.

En cuanto a Helen, rara vez dejaba la casa. El hermano de Meg, Henry, estaba en mi clase de Biología y a menudo parecía ausente. De ninguna manera podía yo bajarle las calificaciones por esto. Siempre había sido un chico alegre, pero en aquel tiempo su rostro se quedaba inmóvil y parecía incapaz de prestar atención. Los otros alumnos le hablaban en susurros, pero muchos preferían dejarlo solo. El hermano menor, Bobby, estaba en cuarto curso y no sabía nada de él, pero de vez en cuando pensaba yo en cómo se sentiría.

Los Malloy se vieron afectados de modo parecido. El doctor Malloy dejó de ir a su consultorio por completo. Se quedaba solo en casa o iba a la comisaría de policía. Al igual que Henry Shiller, su hijo Frank, que estaba en primer curso, faltaba mucho a las clases. La pequeña Millie estaba en tercero. El médico la llevaba al colegio y la iba a buscar todos los días. La llevaba a casa de sus amigas y esperaba fuera mientras ella jugaba. Estaba obsesionado por el temor de que le pasara algo.

Su esposa, Catherine, sólo salía a visitar a los Leimbach o a los Shiller. Todos eran conscientes de que los observaban, de la solidaridad de la gente. Agradecían las muestras de bondad, pero cada vez que veían a alguien que los miraba con tristeza recordaban el motivo de su pena y la desaparición se les hacía patente de nuevo. El doctor Malloy conducía una furgoneta Chevrolet de color marrón. Un día advertí un soporte para un rifle en el cristal trasero. La vez, siguiente, varios días más tarde, vi allí un rifle. Estábamos en noviembre, en el estado de Nueva York. La caza era un deporte popular. Pero no creía que el doctor Malloy llevara el rifle para cazar ciervos. Él también daba vueltas por el pueblo, doblando lentamente las esquinas, mirando una casa y otra.

A menudo era Paul Leimbach quien dirigía las patrullas de coches en Aurelius. Había en total veinte vehículos, pero nunca más de cinco al mismo tiempo en la calle. La precisión que hacía de Leimbach un excelente contable se aplicó al control de las patrullas. Cada coche tenía una zona asignada. Cada uno recorría las calles según cierto patrón que cambiaba bruscamente por otro, como si el cambio rápido pudiera sorprender a algún depredador, a alguien que tuviera un interés diabólico por las adolescentes.

He conocido a Paul Leimbach toda mi vida, aunque no muy bien. Con su pasión por las tarjetas de béisbol de niño y su pasión por los números de adulto, parecía querer transformar el mundo en datos que medir y sopesar. No era gordo, su físico era musculoso y vigoroso. Alguien me dijo que por la noche no dormía más de cuatro horas. Tenía un rostro oscuro y atento, y parecía estudiar el ambiente que lo rodeaba, en pose inmóvil, como un halcón en un árbol muerto. Era difícil imaginar que algo lo cogiera por sorpresa y, sin embargo, la desaparición de su sobrina sí lo había cogido por sorpresa. Eran datos que su maquinaria no podía digerir.

La hija de Leimbach, Jenny, tenía doce años, y él vivía aterrorizado ante la idea de que estuviera en peligro. Su esposa, Martha, quería llevársela del pueblo, pero Leimbach se negaba. Consideraba que sería injusto con el doctor Malloy. No es que creyera que ponía en peligro a su hija porque Sharon había desaparecido, pero sentía, Dios sabe cómo lo pensaba, que habría sido injusto que Jenny hubiera estado demasiado segura. Por otro lado, se aseguró de que ella nunca estuviera sola. Si no estaban Martha o él, entonces la acompañarían Mark, de 15 años, o Scott, un chico de último curso del colegio.

Calculo que Donald Malloy dedicaba más de cuarenta horas semanales a los Amigos. Mildred Porter se hacía cargo cada vez más de la farmacia, aunque Donald iba una o dos veces al día a hacer preparados. Vivía solo en Dodge Street, aunque supongo que tenía un gato; su casa de tres plantas, aunque bastante estrecha, estaba en un terreno grande. Durante unos años se pensó que se casaría, pero no lo hizo. Después de divorciarse, quizá no quería intentarlo de nuevo. No tenía hijos. Cuando se mudó a Aurelius, salió con varias mujeres durante un tiempo. Entonces era más delgado y se movía con más agilidad. Era el típico hombre que parecía haber jugado al rugby en el colegio y cuyos músculos se hubieran convertido poco a poco en grasa. No es que fuera muy gordo entonces, pero sí pesado. Quizás aún salía de vez en cuando con mujeres, pero yo no lo sabía.

Con Agnes Hilton y Dave Bauer visitó muchas casas, como lo hicieron conmigo. Siempre trataban de ser amables, pero no había manera de ocultar que la persona a la que visitaban era sospechosa de algo, aunque fuera en grado mínimo. Donald hacía reuniones en su casa para hablar sobre lo que podría haber sucedido con las chicas, y las reuniones daban pie a nuevas visitas. Desde luego, no todas las visitas eran amistosas, por lo que algunas personas empezaron a temer a Donald y procuraron tener buena relación con él.

En aquel tiempo, Franklin intentó entrevistarlo otra vez, pero sin éxito. Mejor dicho, Donald accedía con gusto a contestar todas sus preguntas, pero no quería aparecer como entrevistado.

—Sólo soy un instrumento —decía—. Mi único objetivo es encontrar a las chicas. No tengo otra tarea.

—Pero tiene toda una vida de la que puede hablar.

—Quizá más adelante, cuando esto se termine —contestó Donald.

Su pasión por encontrar a las chicas podría haber sido algo notable si no hubiera sido igual que la de su hermano, la de Leimbach, la de Ralph o la de Mike Shiller. Yo conocía desde hacía años a esta gente. Leimbach me ayudaba con mi declaración de la renta. Yo acudía al doctor Malloy cuando necesitaba un médico. Ralph Shiller había hecho trabajos de electricidad en mi casa. Le compraba sellos a Mike Shiller y le encargaba a Donald que me preparara medicamentos. Se contaban entre las personas más dispuestas y amistosas de Aurelius. Sus hijos eran alumnos míos y de mis colegas. En aquel momento conformaban un grupo aparte, como si les hubieran puesto una marca terrible en el rostro. En cierto sentido, los habían separado de nosotros para formar su propia y terrible comunidad. Los demás veíamos aquella marca y rogábamos que no se nos impusiera a nosotros.

«Soy un instrumento», decía Donald. ¿Quién podía culparlo por querer despojarse de su lado humano, la parte que sufría? ¿Qué más da si se metía en la casa de la gente para interrogarla? Le teníamos lástima. Y su propia gordura, el peso que llevaba bajo sus trajes oscuros o su bata de farmacéutico, parecía la forma física de su dolor. Era como pensar que, de no tener esa pena, habría sido un hombre delgado.

El doctor Allen Malloy estaba a menudo con el capitán Percy y lo visitaba en su casa de Norwich. Los dos hombres se parecían en su sentido del deber y en su deseo de que se los considerara fiables y honrados. Los dos tenían una actitud más bien estoica. Los dos tenían la cara colorada, con un aspecto externo tranquilo, y el mismo hecho de que fueran rubincundos parecía poner de manifiesto su violenta vida interior. Tenían hijos de más o menos las mismas edades, por lo que el capitán Percy sin duda podía sentir la inmensidad de la pérdida del doctor Malloy.

Según Ryan, la creciente amistad con el doctor Malloy exacerbaba el sentimiento de culpa de Percy por no haber encontrado al responsable de las desapariciones. Confeccionaba largas listas de posibilidades que luego analizaba e investigaba. En esto se asemejaba a los Amigos de Sharon Malloy, haciendo una búsqueda minuciosa de las posibilidades y luego analizando cada una. Incluso empezó a confiar en Ryan, a quien antes no tenía en cuenta ya que prefería a sus propios colegas.

No obstante, Percy se sentía incómodo con los Amigos, o más bien le disgustaban sus intentos de hacer el trabajo policial. Aunque tenía una relación amistosa con el doctor Malloy, no era igual con Leimbach y Donald. A Percy no le gustaban las patrullas y se oponía a que Donald interrogara a los residentes de Aurelius. Esto no era por rivalidad profesional. Percy pensaba que si no hubieran estado las patrullas, el responsable de las desapariciones quizás habría estado más dispuesto a exponerse. Y creía que las entrevistas de Donald simplemente ponían a la gente en guardia.

Para el capitán Percy, todos en Aurelius eran sospechosos, incluso Ryan y el doctor Malloy. No le gustaba que las liebres anduvieran junto a los perros. Recordaba que a Ryan le habían apartado del caso del asesinato de Janice y no perdía de vista el hecho de que las manos cortadas seguían siendo algo terriblemente sanguinario. Uno piensa que todas las comunidades están llenas de secretos. Percy consideraba que su cometido era arrancar la piel que cubría esos secretos, hasta descubrir al fin el secreto de las chicas desaparecidas. En sus archivos del ordenador tenía datos sobre todos los habitantes de Aurelius, quizá no de los muy viejos o los muy jóvenes, pero estoy seguro de que sus nombres figuraban en sus listas. Cuando Harry Martini fue conducido a la comisaría, donde confesó su relación con la profesora de Utica, el capitán Percy ya lo sabía. Y estoy seguro de que estaba enterado de mi infortunado paso por Nueva York. Conocía los hábitos oscuros de todos nosotros, o de casi todos.

No poder tener secretos es espantoso. Hace años descubrí

por casualidad un nido de crías de topo en mi patio trasero y las vi retorcerse sufriendo al quedar expuestas a la luz del sol. Nosotros estábamos en esa misma situación. La vida privada es el amortiguador entre el ser interior y la sociedad. Percy quería quitar a todos el caparazón. Cabía imaginárselo fisgoneando en los baños y los dormitorios de la gente. No puedo decir nada de las convicciones políticas de Percy, pero era totalitario de corazón. En su opinión, la libertad era la capacidad de la gente de ocultarse, y él quería erradicar esa capacidad. Y evidentemente consideraba que aquella información estaría segura en sus manos o en los archivos de su ordenador. ¿No era eso una forma de ignorancia? ¿Qué es la seguridad y dónde se encuentra?

Para el capitán Percy no sólo existía la cuestión de las chicas desaparecidas, algo terrible en sí mismo, en efecto, sino también la cuestión de que alguien trataba de ocultarse de él. Sería erróneo decir que a los ojos del capitán Percy lo segundo era peor que lo primero, pero era algo muy importante. Alguien de Aurelius se había llevado a las chicas, alguien al que Percy probablemente veía a menudo. Esa persona provocaba a Percy al devolver la ropa. En realidad, era difícil para Percy no reducir la cuestión a una lucha entre él y aquel desconocido, cuyo objetivo, al parecer, era ponerlo en evidencia. Percy tenía sus superiores en la policía del estado, que se preguntarían por qué tardaba tanto la investigación. Con independencia de su grado de confianza en él, a lo mejor tenían que reemplazarlo. Percy sabía que si no lograba descubrir al que había secuestrado a las chicas, su carrera se vería perjudicada. Lo tomaba como algo personal. Sentía que la persona responsable de las desapariciones buscaba hacerle daño también a él. Creía que jugaban con su persona.

Ryan le habló al capitán Percy de su conversación con Sheila Murphy y lo que ella le había dicho sobre el «profesional» de Janice. Y le habló del profesor Carpenter, cuya coartada en el momento del asesinato se estaba investigando.

—¿Cómo se te ocurrió hablar con ella? —preguntó Percy. Estaban en un despacho del ayuntamiento utilizado por el destacamento especial.

—Siempre creí que Aaron no tenía ningún motivo para

morder a Sheila, que lo había hecho por pura perversidad o porque estaba borracho. Pero ¿qué pasaba si tenía un motivo? Uno cualquiera, aunque no fuera bueno. Y cuando me di cuenta de que Aaron está tratando de encontrar al que mató a su madre, me pareció que su ataque a Sheila estaba relacionado con Janice. Ésta siempre buscaba formas de conocer hombres. La amistad de Sheila le dio acceso a un grupo nuevo de tipos.

–Pero no serían profesionales.

–Estoy seguro de que Janice usaba el término en un sentido algo irónico. ¿Sería el modo en que alguien se refería a sí mismo? ¿Era un médico, un abogado, o alguien que levanta pesas o que realmente no era viril sino que sólo lo aparentaba?

–¿Qué significa esto?

–No lo sé. La ironía de Janice siempre tenía algo de burla. Por ejemplo, podría ser alguien que aparenta que le gustan las mujeres aunque esto no sea verdad.

Percy decidió que Ryan debía volver a ver a la señora Porter. Ryan se encontró con ella nuevamente en la sala de consultas de la biblioteca Carnegie. Ella se resistió a la nueva cita hasta que Ryan le dijo que, en ese caso, se vería obligado a ir a la farmacia.

–No me gusta esto –dijo cuando se sentó frente a él a la mesa–. Siento que se aprovecha de algo que le dije en confianza.

–Esto no es sobre Aaron –contestó Ryan, dudando de si era verdad–. Creo que usted conocía a Janice más de lo que me dijo. Eran amigas, ¿no es verdad?

–¿Es necesario esto?

–Creo que sí.

La señora Porter miró a Ryan a la cara y luego desvió la mirada.

–La visité algunas veces, pero yo no llamaría a eso amistad. –La señora Porter llevaba al cuello un pañuelo de seda blanca sujeto por un camafeo con un perfil de mujer. Jugueteaba con él mientras hablaba–. Entonces yo aún estaba casada. Ella conocía mi relación con Rolf. Sabía que no era... satisfactoria. –Hizo una pausa.

–¿Se veía con hombres en su casa?

La señora Porter asintió. Volvió a mirar a Ryan a los ojos, casi con ira.

–¿Y Aaron le preguntó sobre estos hombres y si usted conocía a otros que salían con su madre?

–Le di cinco nombres. Pareció satisfecho con eso.

–¿Alguno era lo que llamaría usted un profesional?

La señora Porter alzó las cejas.

–Le hablé de usted, por supuesto. Janice acababa de romper la relación; y de Henry Swazey, el abogado. Le gustó durante un tiempo.

–¿Salió con él después de terminar conmigo?

–Durante la relación con usted, según creo.

Ryan pensó que había un toque de malicia en la voz de ella. Decidió cambiar de tema.

–Tengo curiosidad por su relación con Donald Malloy.

La señora Porter lo miró con ira.

–Le aseguro que es puramente profesional.

–¿Sabe algo de su vida fuera de la farmacia?

–Nada. Conozco a su hermano, por supuesto, y sé lo mal que se siente Donald por lo de su sobrina.

–¿Y qué pasaba antes de la desaparición de Sharon?

–No sé nada de su vida privada.

–¿Sabe si sale con mujeres de aquí?

–Nunca ha mencionado a nadie. No habla mucho y sospecho que en parte me valora porque yo tampoco hablo.

–¿Le cae bien?

–Tenemos una relación profesional totalmente satisfactoria.

–¿Es él quien la llama «relación profesional»?

–Por supuesto que no... Es que se trata de eso.

–¿Sabe si Donald salió con Janice McNeal?

–No sé nada de eso.

–Pero él hablaba con ella.

–La atendió un par de veces. Eso ya se lo dije.

–¿Le vendía condones?

–Quizá.

–¿Donald tiene amigos?

–Tiene una relación estrecha con la familia de su hermano y la de Paul Leimbach.

−¿Alguna vez lo vio en la casa de Janice?
−Nunca. ¿Qué está sugiriendo?

Ryan dijo después que no podía dejar de pensar en la señora Porter y Aaron. Debo repetir que en ella no había nada de sensual. Aunque se vestía bien y estaba en buenas condiciones físicas, no había en ella el menor indicio de provocación sexual. Sin embargo, Ryan se imaginaba a Aaron y la señora Porter revolcándose desnudos en la cama. Se sintió avergonzado durante toda la conversación. Le aterrorizaba la posibilidad de sonrojarse y, por tanto, se sonrojó.

El interés del capitán Percy por los profesionales incluía un dentista, el abogado Henry Swazey, Paul Leimbach, el doctor Malloy y un arquitecto local, además de Donald. Los entrevistaron a todos. Pronto Percy se enteró de que Donald había salido con tres mujeres hacía unos tres años y de que había mantenido relaciones sexuales con una de ellas, Joan Thompson, una enfermera del hospital. Tenía cuarenta años y estaba soltera, aunque decía tener novio.

−Apenas recuerdo a Donald Malloy −le dijo a Ryan−. Eso fue hace años.

−¿Había algo de él que le llamara la atención? −preguntó Ryan.

Hablaron en la cafetería del hospital. Joan Thompson llevaba el uniforme blanco de enfermera y una pequeña cofia.

−Nada. Quizás eso mismo sea lo llamativo. Era muy aburrido. Salíamos a comer y casi no hablaba.

−¿Cómo lo conoció?

−Por su hermano, pobre hombre. Entonces me llamó Donald. O quizá yo, no recuerdo.

−¿Cómo era en la cama? −A Ryan le desagradaba mucho hacer preguntas de ese tipo.

−Perfectamente olvidable. −Joan Thompson se rió−. O por lo menos yo me he olvidado. Sólo sucedió una o dos veces. Él no parecía muy interesado. Pero era muy limpio, eso sí lo recuerdo, y tenía unas manos preciosas.

Ryan también visitó a Leimbach. Hablaron en una habitación trasera del local de los Amigos de Sharon Malloy. En la habitación de delante no dejaban de sonar los teléfonos. Trabajaban veinte personas. Ryan sintió que algo andaba mal. Advirtió que no se oían risas.

Leimbach se sentó detrás de su escritorio. Tendía a cortar las palabras, lo que daba a su forma de hablar una cualidad de ráfaga de ametralladora. Llevaba traje oscuro y una corbata azul rayada con un nudo perfecto.

–No entiendo que nadie pueda tener interés en mi relación con mi esposa –decía Leimbach.

–No se trata de su relación con su esposa sino de sus relaciones con otras mujeres.

Reticente, Leimbach confesó que había estado con una mujer en Syracuse dos o tres veces.

–Pero eso fue hace mucho –dijo. Estaba sentado con las palmas de las manos apoyadas en el escritorio.

–¿Usted se considera un profesional? –En el momento que lo decía, reparó en su torpeza.

–¿Qué quiere decir esto? ¿Cree que cavo zanjas? Soy contable.

–Hábleme de su amistad con Janice McNeal.

–¿Qué amistad?

–Lo sabe perfectamente.

–No sé de qué me habla.

Ryan se inclinó sobre el escritorio.

–No olvide que yo salí con ella. –No deseaba decirle que los vecinos habían visto entrar a Leimbach en la casa de Janice.

–¿Ella se lo dijo? –preguntó Leimbach, como petrificado.

–Sólo cuénteme –dijo Ryan.

–Estaba loca, completamente loca. Sólo estuve con ella dos veces. Me hizo daño.

–¿Cómo le hizo daño?

–Ella..., usted ya sabe. Me arañó el pene con las uñas. Dios mío, aquello fue un error. ¿De veras ella se lo contó?

–Me pregunto a quién más se lo dijo –respondió Ryan, sin poder contenerse.

Leimbach se aferró al borde del escritorio.

–Estas cosas nunca se borran, ¿verdad?

Después de dejar a Leimbach, Ryan se dirigió al despacho

del doctor Malloy. La enfermera lo llevó a su consultorio. Al principio, Ryan se iba a sentar en la camilla, pero finalmente decidió hacerlo en una silla. Aburrido, a los cinco minutos, se quitó los mocasines y se pesó: 69,300 kilos. Aún estaba de pie en la balanza cuando entró el doctor Malloy.

–Creía que era una visita policial –comentó Malloy, mirando los zapatos de Ryan.

Ryan se sonrojó ligeramente.

–Sólo me estaba entreteniendo con esto. –Se calzó los mocasines–. Tengo que hacerle una pregunta personal. ¿Alguna vez tuvo relaciones con Janice McNeal?

–Por supuesto que no. –El doctor Malloy llevaba un traje azul con chaleco. Tenía un estetoscopio en el bolsillo de la americana–. Quiero decir que ella me llamó varias veces por motivos que no logré entender y una vez vino al consultorio pretextando un dolor de estómago.

–¿Cómo sabe que fingía?

–No le encontré nada. Digamos que yo no era la persona indicada para lo que ella quería.

–¿Ha tenido aventuras con otras mujeres?

–Eso no es asunto suyo.

A Ryan se le ocurrió que habría sido mejor hablar con el doctor Malloy en la comisaría de policía que en el territorio del médico.

–¿Qué hay de Paul Leimbach o de su hermano? ¿Salieron ellos con Janice?

–Tendría que preguntárselo a ellos. –El doctor Malloy tenía la mano en el pomo de la puerta.

–¿Janice dijo específicamente que quería tener relaciones sexuales con usted?

–Fue más una cuestión de miradas e insinuaciones que yo pasé por alto.

–¿Cuándo fue eso?

–Poco antes de que la mataran. Una semana o algo así.

–¿Usted se refiere a sí mismo diciendo que es «un profesional»? –Al formular la pregunta, Ryan hizo para sí una mueca de disgusto.

El doctor Malloy miró a Ryan un instante y luego parpadeó:

—Digo que soy médico –contestó.

Ryan logró encontrar a Donald Malloy cuando el farmacéutico volvía de una patrulla. Se quedaron de pie en la acera, frente al local de los Amigos. Era media tarde y el sol ya estaba bajo. Donald parecía tener prisa y las preguntas de Ryan lo impacientaban.

—Dígame otra vez quién era.

Ryan miró a Donald a los ojos, que eran azul claro y estaban muy quietos.

—¿No la recuerda?

—¿Era la madre de Aaron McNeal, la que mataron?

—¿Salió alguna vez con ella?

—Por supuesto que no.

—¿Por qué lo dice así?

—Por su reputación. Yo no podía permitirme el lujo de que me vieran con ella. Además, no me resultaba atractiva.

—Creí que no recordaba quién era. –Ryan trató de cambiar de posición para no mirar las fotografías de Sharon y Meg.

—Ahora estoy recordando. –Donald miraba a Ryan como si lo considerara un completo idiota–. ¿No se da cuenta de que en lo único que pienso ahora es en mi sobrina?

—Janice fue a su farmacia.

—Sí, lo recuerdo.

—¿Qué compró?

—No lo recuerdo.

—¿Compró condones?

Donald parecía sobresaltado.

—No puede esperar que le diga lo que compró un cliente. No creo que ni un tribunal pudiera obligarme a hacer eso.

El cuarto profesional con el que Ryan habló aquel día fue Harry Martini. Ryan fue al Colegio Central poco antes de que finalizaran las clases. Martini negó haber tenido relaciones con Janice. Dijo que le disgustaba salir con mujeres que vivieran en Aurelius.

—Me sentí tentado –comentó–, pero hay que alejarse del territorio propio.

Teniendo en cuenta las relaciones que reconoció haber tenido, Ryan le creyó. Más tarde le pasó a Percy la información sobre los cuatro hombres.

Al dejar el despacho de Martini, Ryan vio a Sadie cogiendo un abrigo del armario. Se ofreció a llevarla a casa y ella aceptó.

–Sería más divertido ir en un coche patrulla –dijo mientras subía al Ford Escort de Ryan.

–La próxima vez.

Sadie habló del colegio y de gente que conocía.

–¿Cómo te llevas con Paula? –preguntó Ryan.

–Se esfuerza demasiado. –Sadie llevaba un abrigo rojo y un gorro de esquí largo, con una borla que le colgaba por la espalda.

–Quizás estés celosa.

–¿Y qué? ¿Por qué no encontró a otro hombre?

–Se quieren.

–¿Qué hay de mi madre?

–Ella ya no está –contestó Ryan. Iba a decir «está muerta», pero se contuvo.

–Lo único bueno de que Paula esté en la casa es que Aaron puede venir sin que mi padre se enfade.

–¿Se queda mucho allí? –preguntó Ryan.

–No se queda. Viene de visita.

Ryan paró frente a la casa y entró a saludar a Paula. Estaba en la cocina y llevaba un delantal encima de los vaqueros. Tenía las gafas empañadas por el calor del lavavajillas y se las limpió con la camiseta. Estaba haciendo pastas. Cuando vio a Ryan, rió. Sadie había subido a su dormitorio.

–Es difícil tratar de ser agradable –comentó–. Creí que ya lo era. No hacía pastas desde que Aaron era pequeño.

–¿Cómo has conseguido escapar del trabajo para venir a cocinar? –preguntó Ryan.

–Entro a las ocho y salgo a las dos. No almuerzo. Cuando llego aquí estoy muerta de hambre.

–La feliz casada –comentó Ryan. Pensó en decir algo sobre Sadie, pero decidió callarse.

–Soy feliz –dijo Paula–. Quiero a Franklin más de lo que podría expresar.

37

Cuando Cookie Evans llegó a Volúmenes hacia las siete y media el viernes por la mañana, se encontró con la puerta abierta. Supuso que Jaime había llegado antes que ella, aunque por lo general no aparecía hasta las ocho. Empujó la puerta y vio el lío. Ésa fue la primera palabra que le vino a la cabeza, «lío». La siguiente fue «destrozos». Había revistas tiradas por todas partes. Al verlas, Cookie advirtió que tenían manchas de sangre. Entonces vio sangre en los fragmentos del espejo. El papel pintado de la pared tenía un diseño con una gran variedad de perros caniches en actividades domésticas: perfumándose, peinándose, cortándose el pelo, aireándose la melena y jugando con huesos. También estaba salpicado de sangre. En el salón reinaba un olor dulzón debido a las botellas de esencias destrozadas. Cooki asimiló todo esto de golpe, y luego miró con más atención. Más tarde diría:

–Creí que me había equivocado de lugar. En mitad del salón había un mocasín italiano negro con una pequeña borla. –Lo reconoció como uno de los zapatos de Jaime.

–¿Jaime? –dijo. No hubo respuesta.

Habría cerrado la puerta y llamado a la policía, pero una mezcla de indignación y curiosidad la hizo seguir adelante. Por menuda que fuera, Cookie nunca se sentía en peligro. Además, Louise Talbot tenía hora a las ocho y Cookie tendría que llamarla para cambiarla. Estaba encendida la radio y se oía una emisora de rock suave de Utica, pero había interferencias y la música aparecía y desaparecía.

–¿Jaime? –Cookie volvió a llamarlo. Decidió entrar en la peluquería dejando la puerta abierta.

Sobre el suelo había un triángulo de luz de sol que entraba por la puerta y reverberaba en el champú derramado.

Después del salón había un almacén y un cuarto más pequeño, al que llamaban de consulta, y que Cookie reservaba para los clientes que querían intimidad. También había un cuarto de baño. Cookie miró primero en el almacén. No lo habían tocado. El cuarto de consulta, en cambio, estaba destrozado: sillas volcadas, botellas rotas, el ordenador hecho añicos en el suelo. Cookie vio su propio rostro azorado reflejado en pedazos de espejo. Fue al cuarto de baño. No tenía ventanas y la luz estaba apagada. Encendió la luz. Entonces encontró a Jaime Rose.

Estaba inclinado sobre el lavabo con la cabeza encajada entre los grifos. No llevaba más que una camiseta negra y un par de calcetines blancos. Del recto le sobresalía un metro de palo de escoba amarillo. La cabeza de la escoba estaba tirada en el suelo, entre los pies de Jaime. Un largo y sinuoso chorro de sangre bajaba como una serpiente por el palo, cayendo a un charco oscuro en el suelo. Jaime tenía las manos atadas atrás con un cable y su cabeza estaba torcida de modo que miraba a Cookie. Estaba amordazado con una gasa sanguinolenta que le envolvía la cabeza. Sus ojos estaban vueltos hacia arriba. Tenía la camiseta desgarrada y Cookie advirtió cortes y sangre en la piel. Dos chorros de sangre seca salían de su nariz y desaparecían en su bigote y su barba negra.

Cookie se oyó a sí misma hacer un ruido, un gemido bajo con los dientes apretados. El teléfono había sido arrancado de la pared. Corrió a la calle, con la intención de llamar a la policía desde la compañía de seguros que tenía la oficina al lado. Por State Street venía uno de los coches de los Amigos con su triángulo naranja.

–¡Eh! –gritó Cookie agitando el brazo.

El coche, Mazda color crema, se acercó al bordillo y el conductor bajó la ventanilla. Era Paul Leimbach. Con él estaban otros dos hombres, Russ Fusco y Bud Shiller, un primo de Ralph y Mike, que trabajaba en la Aurelius Oil de chófer de camión. Leimbach sonrió a Cookie.

–Hola –dijo.

–Alguien ha matado a Jaime. Tienen que llamar a la policía.

Leimbach salió rápidamente del coche, dejándolo en diagonal contra el bordillo. Los otros lo siguieron.

–¿Dónde está?

–Ya está muerto. Está en el cuarto de baño. Alguien...
–Cookie era incapaz de describir lo del palo de escoba.

–Llama a la policía por la radio –le dijo Leimbach a Shiller. Entonces él y Russ Fusco corrieron al salón de belleza.

–Esperen –dijo Cookie–, no deberían entrar. –Pero ya estaban dentro.

Cookie corrió detrás de ellos. El suelo del salón estaba resbaladizo por el champú derramado. Cuando llegó al cuarto de baño, vio que Fusco estaba agachado, vomitando en el suelo. Leimbach miraba a Jaime.

–Ya viene la policía –dijo Bud Shiller, cruzando el salón. Miró al interior del cuarto de baño–. ¡Dios mío!

El capitán Percy entró en el salón varios minutos más tarde con dos agentes. Llegaron más coches de la policía y pronto Chuck Hawley empezó a acordonar el área con las cintas amarillas oficiales. Ryan Tavich estaba en Potterville, participando en un caso que incluía media docena de allanamientos de morada, un asunto que se arrastraba desde hacía varios meses.

Percy estaba furioso con Leimbach.

–¡No tenía ningún derecho a entrar ahí! ¡No es policía! ¡Ustedes no son nadie! ¡Dios sabe cuántas pruebas habrán destruido!

–Creímos que podíamos ayudar –contestó Leimbach.

–¿Vomitando sobre las pruebas? –gritó Percy.

Estaban fuera y se empezaba a reunir una multitud. A Paul Leimbach se lo tenía en tan alta estima por su tarea con los Amigos que la gente quedó sorprendida por el tono de Percy. Intervino el jefe Schmidt y se llevó a éste. Llegaron más coches patrulla. Era uno de esos días de otoño que alternan nubes con sol. Cayeron unas gotas de lluvia.

El jefe Schmidt fue a hablar con Paul Leimbach.

–Tienen que tener más cuidado –lo amonestó.

Leimbach no veía que hubiera hecho nada malo, aunque Russ Fusco estaba avergonzado de haber vomitado y esperaba que la gente no hablara de eso. Al final llegaron los equipos de laboratorio. Una hora más tarde sacaron el cuerpo de Jaime del salón de belleza en una camilla. Seguía con el palo de escoba metido en el ano; el forense tendría que ocuparse de eso. Con el palo sobresaliendo pero cubierto por una sábana roja, Jaime parecía tener metro y medio de anchura.

Peter Marcos, teniente de la policía del estado, se llevó a dos hombres al apartamento de Jaime en el complejo Belvedere, cerca del ayuntamiento. Era el mismo complejo donde vivía Aaron, aunque en un edificio diferente. El apartamento de Jaime estaba en la planta baja. La puerta estaba cerrada con llave y Marcos hizo ir al administrador para que la abriera. Dentro había una gran colección de discos compactos desparramados sobre la alfombra. Una réplica en yeso del *David* de Miguel Ángel estaba tirada también en el suelo y se le había salido la cabeza. Uno de los agentes pisó accidentalmente la cabeza y la hizo añicos. Marcos registró el dormitorio y la cocina, pero sólo había destrozos en el salón.

Marcos envió a sus hombres a hablar con los vecinos. Una mujer del piso de arriba, llamada Clara Schloss, que trabajaba en el turno de tarde en la fábrica de cables, dijo que tuvo que golpear el suelo a las dos de la madrugada porque la música estaba demasiado alta. Varios vecinos más dijeron que habían oído la música, incluso gente de otros edificios. Era salsa y el mismo disco se repetía una y otra vez. Marcos miró en el reproductor de discos compactos y encontró un disco de Juan Luis Guerra. Nadie había oído gritos ni otros ruidos, posiblemente por la música.

Todos hablaban de Jesse y Shannon Levine y de su agresividad hacia Jaime. A las diez, Percy envió dos coches patrulla a buscar a los hermanos. Los coches fueron a gran velocidad, haciendo sonar sus sirenas en los cruces. El apartamento de los hermanos ocupaba la primera planta del edificio, lo que significaba que podían ver acercarse a la policía desde sus ventanas. Seis policías conducidos por Marcos corrieron escaleras arriba y llamaron a la puerta. No contestó nadie. Abrieron la puerta a patadas. Había comida en la mesa: cuencos con cereales y leche recién vertida. La puerta trasera estaba abierta. La policía bajó a la carrera las escaleras de atrás y salieron al jardín a tiempo de ver a Jesse y Shannon saltando una verja.

Los vecinos se pasaron semanas comentando lo que pasó: la policía del estado atravesó a toda prisa sus patios traseros;

como los Amigos de Sharon Malloy sintonizaban la frecuencia policial, en poco tiempo unos veinte miembros de los Amigos también se sumaron a la persecución de Jesse y Shannon y, como algunos policías iban de paisano y ciertos integrantes de los Amigos sólo sabían que buscaban a dos jóvenes, hubo cierta confusión con respecto a quién era quién. Ladraban los perros. Hubo un disparo de arma de fuego, pero ningún policía reconoció haberlos hecho. Un joven agente fue arrojado al suelo por Russ Fusco y Bud Shiller. Algunos vecinos, al ver gente extraña corriendo por sus patios, llamaron a la policía.

A Jesse lo encontraron finalmente en una choza construida en un árbol que pertenecía a Bobby Hicks, cuya madre daba clases de Lengua en el colegio. Uno de los Amigos vio por casualidad una zapatilla que asomaba por un agujero de la pared de la choza. Desde luego, no sabía que era de Jesse. El Amigo, Don Evans, que trabajaba en el aserradero Aurelius, subió por la escalera. Cuando llegó a la entrada, la persona que había dentro le dio un puntapié que lo hizo caer hacia atrás. Don alcanzó a agarrarse a una rama, pero estaba a más de cinco metros del suelo. El árbol era un viejo arce. Tres policías llegaron corriendo al patio, vieron a Don colgado de la rama y supusieron que era Jesse o Shannon. Don era más o menos de la edad de los hermanos. Le ordenaron que se dejara caer. Don se negó y dijo a los policías que Jesse (o quizás Shannon) estaba en la choza. La policía no le creyó. Don logró subir las piernas para afirmarse con ellas en la rama. Le gritó a la policía y ellos le gritaron a él. Cayó una lluvia de monedas y llaves y su peine de bolsillo sobre los policías. Llegó más gente al patio, incluyendo algunos Amigos que identificaron a Don. Varios fueron a buscar una escalera.

Jesse seguía oculto en la choza del árbol. La policía le gritó, pero él no contestó. Cuatro agentes subieron por la escalera, que en realidad no era más que unas maderas clavadas en el árbol. Cuando el agente que subió primero llegó arriba, Jesse le dio un puntapié en la cabeza. Por suerte, logró agarrarse, pero resbaló y el que subía detrás de él estuvo a punto de caer. La situación parecía no tener salida. La policía le gritaba órdenes a Jesse, aún no identificado, y él no contestaba. Llegaron más policías al patio, amén de otros amigos y gente que vivía cerca. Y también Franklin. Se rompió una estructura de vidrio que protegía unas plantas y un perro negro se puso a correr por entre la gente.

Llegó Marcos para ponerse al mando y ordenó a sus hombres que asaltaran la choza del árbol. Ocho hombres subieron por la escalera. Los dos primeros recibieron patadas de Jesse y uno cayó al suelo. Al tercero lo tiró de la escalera accidentalmente uno de sus compañeros. Cuando los policías consiguieron llegar por fin arriba y forcejeaban con Jesse, se hizo evidente que la choza no soportaría el peso de tantos hombres. Empezó a ceder. Franklin, que llevaba su cámara, tomó varias fotos de los agentes agarrados a las ramas, aunque se le pidió que no las usara en el periódico. Cayeron tablas de la choza al suelo y hubo muchos gritos y alertas.

Jesse se subió a una rama. Entonces llegaron los bomberos con escaleras, que habían llevado a través del patio. Pusieron las escaleras contra el árbol y rescataron a los agentes que habían quedado colgados de las ramas. Entonces Jesse trepó hasta la parte superior del árbol y gritó insultos a la policía.

—Perros falderos de los capitalistas. —Fue uno de los insultos que gritó con sus pelos rubios agitándose en la punta de su perilla.

Un agente llegó hasta él y logró ponerle las esposas en un tobillo. Le ofrecieron a Jesse la opción de bajar o que lo tiraran del árbol. Finalmente bajó, ayudado (no con mucha delicadeza) por varios agentes. Lo metieron en un coche patrulla y lo llevaron al ayuntamiento.

Cuando Ryan volvió a Aurelius desde Potterville hacia la una, Jesse estaba en la cárcel, pero se negaba a hablar. No habían encontrado aún a Shannon. El informe preliminar del forense decía que Jaime Rose había sido ahorcado y apuñalado. Le habían metido el palo de escoba en el recto después de muerto. La policía habló con docenas de personas, pero nadie había visto que sacaran a Jaime de su apartamento o que lo metieran en Volúmenes. Había dejado la peluquería a las seis del día anterior y había ido al asador Aurelius, donde había cenado solo. Eso era todo lo que se sabía.

Ryan tardó una hora en enterarse de los detalles. Habló

con Cookie y luego con Franklin. Vio a Jesse sentado, apesadumbrado, en la celda del calabozo. Recordó que, en el asador Aurelius, Jesse (¿o había sido Shannon?) le había tirado el plato de sopa de tomate a Jaime en el pantalón.

El resto de la tarde Ryan ayudó a dirigir la búsqueda de Shannon. Se instalaron barreras policiales hasta en la autopista estatal. Se registró el apartamento de Jesse y Shannon en busca de pistas que pudieran vincular a los hermanos con el asesinato de Jaime o con las chicas desaparecidas. A las cuatro ya había oscurecido. Llevaron perros policía de Utica, pero había tanta gente tratando de ayudar a encontrar a Shannon que los perros se pusieron nerviosos y no fueron de mucha ayuda. Los Amigos estaban felices de poder hacer algo constructivo. No sé en qué medida la gente pensaba que Shannon podía tener algo que ver con las chicas desaparecidas, pero nadie parecía dudar de que los hermanos habían matado a Jaime. No había, sin embargo, ninguna prueba, más allá de que habían estado molestando a Jaime durante varias semanas. Lo que existía era un gran deseo de que Jesse y Shannon fueran culpables.

A las siete, Ryan se fue a su casa y aparcó el coche en el camino de entrada. No había comido nada desde la mañana y tenía mucha hambre. Abrió la puerta delantera, encendió la luz y fue por el pasillo hasta la cocina. En la mesa había pan. La mayonesa estaba abierta. En un plato había un montón de lonchas de jamón junto con un pedazo de queso. El jamón tenía un olor ligeramente agrio. Entonces advirtió que estaba rota la ventana de la puerta de atrás.

Ryan oyó una voz a su espalda y se dio la vuelta.

—Lamento haber roto la ventana. Se la pagaré. Y también la comida. Me moría de hambre.

Era Shannon. Estaba sentado en la penumbra en el sofá del salón, donde estaba durmiendo. Tenía en el regazo el gato de Ryan, que ronroneaba con fuerza.

—¿Qué haces aquí? —preguntó Ryan. Pensó que *Chief* rara vez ronroneaba cuando él lo cogía.

—He venido a entregarme.

—¿Por qué cosa?

—No lo sé. Por lo que me andaban buscando todos esos policías.

Ryan encendió la lámpara. Shannon llevaba vaqueros y una camiseta gris. Tenía barro en la ropa, por lo que había manchado el sofá. Sus zapatillas embarradas estaban en el suelo.

–Han matado a Jaime Rose –le explicó Ryan.
–No jodas. –El gato saltó al suelo.
–¿Habéis sido vosotros?
–No.
–¿Por qué habéis escapado?
–Usted también escaparía si viera un millón de policías que se le echan encima. ¿Qué íbamos a hacer? ¿Quedarnos quietos? ¿Cómo lo han matado?

Ryan prefirió no contestar a aquello.
–Te tendré que llevar al centro.

Cuando Ryan llevó a Shannon al ayuntamiento sin esposas, el capitán Percy seguía dirigiendo la búsqueda. Ryan advirtió que debía haber llamado, pero le preocupó que una horda de agentes fuera corriendo a su casa. Había una docena de hombres en su despacho, incluyendo mi primo, y se quedaron viendo a Shannon como si fuera rosado y tuviera plumas. Ryan lo llevó a una celda y lo encerró. Jesse estaba en la contigua. Los hermanos se miraron sin hablar.

Ryan se volvió a Percy.
–Esos chicos no han matado a nadie.
–Eso no lo decides tú –contestó Percy.

Más tarde, aquella misma noche, Ryan fue en busca de Barry. No estaba en casa, ni tampoco su madre. Ella estaba cuidando a Sadie. Ryan fue a la universidad, miró en la biblioteca y finalmente decidió ir al apartamento de Aaron.

Eran las nueve y media. Aaron abrió la puerta delantera. Mirando por encima del hombro de Aaron, Ryan vio a Barry sentado en el sofá con un vaso de leche en una mano y un bocadillo en la otra. Tenía una mancha de mantequilla de cacahuete en la mejilla.

Barry estaba asustado.
–Alguien me ha estado buscando –le explicó a Ryan–. Alguien ha llamado a mi casa y cuando he cogido el teléfono no ha contestado.

Ni Barry ni Aaron sabían lo de Jaime. Cuando Ryan se lo

contó, Barry se tiró sobre el sofá. Se quedó un momento así y luego empezó a sacudirse convulsivamente.

–¿Quién lo ha hecho? –preguntó Aaron. Parecía en guardia y miraba a Ryan con desconfianza.

–No lo sabemos –contestó Ryan. Entendía que Aaron sospechara que él había matado a Janice, pero lo sorprendía que también sospechara que él tuviera algo que ver con la muerte de Jaime. Quería decirle a Aaron que él amaba a Janice y que nunca le habría hecho daño, pero la idea de que hubiera una relación entre las muertes de Janice y Jaime empezó a apoderarse de su mente.

–¿Tienes alguna idea de quién puede haberlo hecho, Barry? –preguntó Ryan.

–¿Por qué habría yo de tener alguna idea? –Barry tenía la cara aplastada contra los almohadones.

–Porque quizás esa misma persona quiera matarte a ti.

38

Toda la semana se tuvo la sensación de que la persona responsable de la desaparición de las chicas se estaba volviendo más temeraria, aunque no había modo de saber si era por el deseo de salvarse o de hacerse daño. Pero eso me hizo pensar en el temor de Sadie de que alguien hubiera intentado entrar en su casa el domingo por la noche. Me sentía tentado de atribuirlo simplemente a que estaba nerviosa, porque no quería que fuera verdad. Me decía que era imposible, que nadie trataría de entrar en su casa. Pero el hecho se repitió y esa vez fue más alarmante.

Imagínense lo que significa estar solo de noche en una casa y oír un ruido, una tabla del suelo que cruje o una ventana que se abre. La mente interpreta inmediatamente lo que puede ser: algo inocuo, como el viento o el material de las paredes que se contrae, o algo malo. La persona espera oír otro sonido. Oye encenderse automáticamente la calefacción, el zumbido de una luz, un reloj. Por su mente pasan listas de alternativas. Si se siente culpable o asustada, puede temer lo peor. Si se siente contenta y vive en un lugar que considera seguro (pero ¿qué es seguro?), puede desentenderse y seguir leyendo su libro. Entonces oye otro ruido.

El sábado por la noche, Franklin y Paula salieron a cenar para celebrar su matrimonio, que duraba ya tres días. En principio se iban a encontrar con Ryan y Cookie Evans, pero él tuvo que trabajar. Cookie también se disculpó. Estaba tan perturbada por la muerte de Jaime que tuvo que cerrar el salón de belleza el resto de noviembre. Y se habría ido del pueblo si la policía no le hubiera pedido que se quedara.

Franklin y Paula fueron hasta la posada Colgate, en Hamilton. Franklin dijo que volverían hacia las nueve y media. Vino la señora Sanders y le preparó la cena a Sadie. No estaba claro hasta qué hora se podía quedar, pero acordamos que, si tenía que irse temprano, Sadie vendría a mi casa.

Como de costumbre, la señora Sanders pasó la velada viendo la televisión. A *Shadow* la encerraron en el sótano debido a las alergias de la madre de Barry. Sadie se duchó y luego leyó en su dormitorio, que estaba frente al salón. Por momentos oía la risa de la señora Sanders más fuerte que las risas del público presente en el estudio del programa. A las nueve y media sonó el teléfono.

Sadie pensó que sería su padre, que llamaba para decir que llegaría tarde, pero entonces oyó a la señora Sanders decir:

–¿Quién habla? –Y luego–: ¿Qué quiere decir con que está lastimado? –Sadie salió al vestíbulo en el momento en que la señora Sanders colgaba el teléfono.

–Le ha pasado algo a Barry –dijo ella–. Tengo que irme a casa ahora mismo.

Sadie iba en pijama.

–¿Me visto y voy con usted?

La señora Sanders miró el reloj.

–Tu padre llegará en cualquier momento. Vas a tener que ir a la casa de ese hombre. –Se refería a mí.

La señora Sanders se empezó a poner el abrigo.

–Tenemos que darnos prisa.

Sadie se puso un abrigo encima del pijama y siguió a la señora Sanders al porche. El coche de la señora Sanders estaba aparcado a la entrada.

–Corre y yo te vigilaré desde el coche hasta que llegues.

Sadie estaba en la mitad del patio delantero de los Daniels cuando la señora Sanders empezó a sacar el coche de la entrada. En aquel momento, Sadie oyó ladrar a su perra. *Shadow* seguía en el sótano. La señora Sanders salió a Van Buren Street y se detuvo. Sadie ya estaba entre mi casa y la de los Daniels y le indicó a la señora Sanders que se fuera; entonces la señora Sanders arrancó. Pero Sadie, en vez de venir a mi casa, se detuvo y volvió a la suya. A *Shadow* no le gustaba quedarse sola y Sadie sabía que a mí no me molestaría que trajera a su perra.

Sadie volvió corriendo por el patio delantero de su casa y subió los escalones del porche. Seguramente fue una suerte que no hiciera ruido. La perra seguía ladrando y entonces Sadie pensó que *Shadow* estaba asustada. Los ladridos eran frenéticos. Sadie corrió por el vestíbulo. Cuando estaba a punto de abrir la puerta del sótano y la perra dejó de ladrar, Sadie oyó como golpeteaba la puerta de atrás.

Creyó que era el viento, pero miró a través de la cocina a oscuras y vio la silueta de un hombre contra el cristal. Al principio pensó que podía ser Aaron, pero era demasiado corpulento. *Shadow* volvió a ladrar y Sadie advirtió que el hombre se detenía y alzaba la cabeza. Las manos enguantadas del hombre estaban apoyadas contra el cristal con los dedos muy separados. Su rostro era una mancha oscura redonda entre ellas. Volvió lentamente la cabeza para mirar al interior de la cocina a oscuras.

Sadie temía volver por el pasillo hacia la puerta de delante, dado que estaban encendidas las luces del salón y ella cruzaría la línea de visión del hombre. Temía que, si la veía, el hombre se pondría aún más furioso, que saldría corriendo hacia la puerta de la entrada. Sadie tenía un teléfono en el dormitorio. Llamaría a la policía. Sin embargo, lo primero que hizo fue abrir la puerta del sótano. *Shadow* le saltó encima y luego corrió a la cocina ladrando. Las patas de la perra resbalaron en las baldosas de la cocina.

Sadie corrió al dormitorio y cogió el teléfono pero no daba la señal. La perra ladraba y se lanzaba contra la puerta trasera. Sin dudarlo un momento, Sadie abrió la ventana de su habitación, que daba hacia mi casa. Tendríamos que estar agradecidos a Franklin porque sus muchas ocupaciones le habían impedido ocuparse de poner las contraventanas de invierno. Sadie pasó las piernas por encima del marco y saltó al suelo. En aquel momento saltó *Shadow*, poniendo las patas sobre el alféizar. Sadie tiró de ella. De pronto oyó que se rompía la ventana de la puerta trasera y el cristal caía al interior de la cocina.

Sadie dejó a *Shadow* en el suelo. En vez de quedarse con ella, la perra corrió a la parte trasera de la casa, ladrando nuevamente. Sadie estaba demasiado asustada para llamar a la perra y atraer la atención hacia ella. Se volvió y corrió hacia mi casa.

Hacia las nueve y media yo ya estaba pensando en subir a mi habitación. Me gusta leer en la cama hasta que me viene el sueño. Como no había sabido nada de Sadie, supuse que Franklin ya habría vuelto. Quizá sería más justo decir que me había olvidado del asunto. Seguía leyendo *Posada Jamaica*, de Daphne du Maurier, y su desolación y su clima tormentoso dominaban mi mente.

Sin embargo, cuando oí los pasos de Sadie en mi porche, me levanté rápidamente de la silla. La luz del porche estaba encendida y la vi a través del cristal. Aunque me veía acercarme, llamaba agitada a la puerta. Llevaba un abrigo que le estaba grande y no dejaba de mirar por encima del hombro. Advertí su terror aun antes de abrir la puerta. Me dio un escalofrío.

–¡Ha vuelto! –exclamó–. ¡Lo he visto!

Miré a través del patio a oscuras. No vi a nadie.

–¿Quién? –le pregunté.

–No lo sé –contestó casi con rabia–. Quien quería entrar en la casa.

La llevé al salón y le dije que me lo explicara. Estaba frenética y no quería sentarse. El abrigo a cuadros rojos era de Franklin, y dentro de él Sadie se sentía perdida. Llevaba unas zapatillas viejas de piel de cordero.

Durante la semana yo había pensado en comprar un arma, algo que ya habían hecho muchos de mis vecinos, pero la idea misma de un arma me asustaba, así que no hice nada. La única vez que disparé una fue en la feria del estado, siendo niño, pero supongo que no era un arma real y además fallé. Sin embargo, tenía una linterna, así que salí al porche e iluminé el patio. No oí ningún ruido. La perra había dejado de ladrar. Pensaba llamar a la policía, pero cuando estaba de pie en el porche vi pasar un coche por la calle. Entonces vi que tenía el triángulo naranja en la puerta. Hice señales con mi linterna y el coche, un sedán Mazda color crema, se acercó al bordillo. Lo reconocí antes de que se bajara el conductor. Era Leimbach y estaba solo.

Al principio no me pareció extraño que estuviera allí solo. Me alegré de verlo y atravesé el patio a toda prisa.

–¿Qué pasa? –preguntó Leimbach. Llevaba un abrigo grueso y una bufanda.

Le expliqué que Sadie había dicho que alguien trataba de meterse en su casa por la puerta trasera. Inmediatamente, Leimbach salió del coche y fue hacia la casa. Sadie fue conmigo. Yo aún llevaba mi linterna y, cuando la luz alumbró a Leimbach, advertí que llevaba una pistola en la mano derecha, lo que llaman una automática. Eso me debería haber reconfortado, pero no fue así. Cuando corría, el abrigo se le abría a la altura de las rodillas. Sadie silbó a *Shadow*, pero no hubo respuesta.

Entramos en la casa. Estaba en silencio. Leimbach fue rápido por el vestíbulo, encendiendo las luces a su paso. Nuestras pisadas parecían hacer mucho ruido. La ventana de la puerta de atrás estaba rota. Leimbach trató de esquivar los vidrios, pero algunos se rompieron bajo sus pies. Abrió la puerta. El mosquitero estaba entreabierto. Habían cortado la malla metálica para poder correr el pestillo.

–Voy a llamar a la policía –dijo Leimbach.

Se le veía resuelto y al mismo tiempo alterado. Llevaba la pistola hacia abajo, junto a la pierna. Con su abrigo parecía una persona más corpulenta, y yo pensé en la silueta que Sadie había visto en la puerta de atrás. Leimbach cogió el teléfono de la cocina.

–No da señal.

Leimbach tenía un teléfono en su coche y salió. El viento soplaba más fuerte y hacía frío.

Sadie seguía silbando a su perra.

–¿Dónde está *Shadow*? –preguntó–. No viene.

Después de que Leimbach llamara a la policía, se apresuró a ver por dónde entraba la línea telefónica desde la calle a la casa. Fuimos con él, aunque la buena suerte que hizo que apareciera tan oportunamente empezó a preocuparme. Por otro lado, Leimbach se pasaba horas todos los días patrullando las calles. El hecho de que hubiera aparecido de modo tan fortuito no era motivo suficiente para sospechar de él. Me quedé a su lado y lo alumbré con mi linterna. La línea telefónica entraba por el vértice norte de la casa y recorría la pared que había junto al porche. La habían cortado. El cable de cobre brillaba a la luz de la linterna. Cuando lo vio, Sadie se acercó más.

Dimos la vuelta a la casa y yo subí los escalones de la parte delantera; Leimbach y Sadie venían unos pasos más atrás. Iluminé los rincones oscuros. Me sorprendí pensando que si pasaba algo estaría demasiado asustado para gritar. El porche de Franklin ocupaba toda la parte delantera de la casa. En un extremo había un columpio que colgaba del techo. Oscilaba ligeramente. Había algo en el asiento. Me acerqué unos pasos.

Seguramente hice ruido, porque Leimbach acudió a mi lado enseguida.

–¿Qué pasa?

Temí que se me cayera la linterna.

–Una mano –contesté.

Estaba en el asiento del columpio: una mano delgada, rosada, de mujer. Al principio pensé que era real hasta que vi cómo terminaba la muñeca, con una especie de accesorio: una mano de maniquí.

Leimbach se quedó de pie a mi lado.

–Dios mío –exclamó.

–Esto no estaba aquí antes –aseguró Sadie. Se aferró a mi brazo. Sentí que temblaba de frío.

–¿Dónde está *Shadow*? –preguntó–. ¿Por qué no viene?

No tenía respuesta.

La policía y Franklin y Paula llegaron al mismo tiempo, uno o dos minutos más tarde. Había dos coches patrulla y mi primo era uno de los cuatro agentes que acudieron. Leimbach dijo que alguien había tratado de forzar la puerta de atrás y había roto la ventana. Chuck y dos más corrieron inmediatamente a la parte de atrás. Llevaban linternas y las luces bailaban en los patios oscuros. Intenté decirles a Franklin y a Paula lo que había pasado.

Sadie se aferró a la mano de su padre. El abrigo la convertía en una versión reducida de Franklin. Ya no estaba preocupada por ella, sino por su perra.

–*Shadow* –la llamó–. Ven pequeña. –Y se quedó escuchando.

A los pocos minutos volvió Chuck corriendo. Dijo a los otros policías que llamaran a la comisaría y se comunicaran con Ryan y el capitán Percy. Entonces se dirigió a Franklin, tratando de hablar en voz baja para que Sadie no lo oyera.

–Hay un perro muerto ahí, un cócker. Le han roto la nuca.

Sadie corrió al patio trasero, seguida por su padre. La perra estaba tirada junto a un árbol, a unos cinco metros del patio trasero, una mancha oscura en el suelo. Sadie se tiró sobre la perra, la abrazó y repitió una y otra vez el nombre de *Shadow*. A la perra le salía sangre por la boca y por la nariz y manchó el abrigo y el rostro de Sadie. Franklin la separó suavemente de *Shadow*, la alzó y la llevó a la casa. Sadie tenía la cara pegada al cuello de su padre. Lo seguí al salón.

–¿Dónde está la señora Sanders? –preguntó Franklin.

–Ha tenido que irse –respondí.

Nunca había visto a Franklin tan afligido. Sentado junto a Sadie, no dejaba de acariciarle el pelo. Cogió un trapo húmedo y le limpió la sangre de la cara. Sadie estaba acurrucada en el sofá del salón, llorando. Al cabo de un rato se durmió. Paula la cubrió con una manta y se quedó junto a ella. Traté de ponerme en el lugar de Franklin, estar a punto de perder a su hija porque había tardado en volver. Quizá Franklin y Paula se habían demorado por comer un postre o tomar un segundo café o un coñac. Quizá se quedaron en el coche besándose antes de emprender el regreso a Aurelius y debido a esto Sadie había estado a punto de morir.

En la siguiente hora hubo una gran conmoción al llegar la policía y dar las explicaciones pertinentes. No se encontró ningún rastro de la persona que había intentado entrar en la casa, aunque se buscaron huellas dactilares. También se mandó la perra al laboratorio, ya que *Shadow* pudo haber mordido o rasguñado a quien la mató. Percy le habló de modo particularmente agresivo a Paul Leimbach, preguntándole por qué estaba precisamente en la zona y por qué estaba solo cuando los Amigos generalmente patrullaban de dos en dos y de tres en tres. Leimbach replicó diciendo que a menudo salía solo y que recorría Van Buren Street cuatro veces todas las noches. Percy también le exigió a Leimbach el permiso para llevar su pistola. Leimbach se mostró frío, pero colaboró. La aversión de Percy hacia Leimbach era evidentemente correspondida. La sugerencia de Percy, que nunca formuló de forma explícita, era que el propio Leimbach podía ser el hombre de la puerta trasera. Ryan no intervino, pero estuvo atento, como si quisiera meterse con los ojos en el cerebro de Leimbach.

Aaron llegó a eso de las once. Había oído noticias confusas en el centro y quería asegurarse de que Sadie estaba a salvo. Surgió la cuestión de que la señora Sanders se había ido temprano. Sadie dijo que le había pasado algo a Barry. Ryan repitió esto a Aaron.

–A Barry no le ha pasado nada –contestó Aaron–. Ha estado conmigo todo el rato.

Percy envió a casa de la señora Sanders dos agentes para que averiguaran lo que había pasado con la llamada telefónica. Nuestra ingenuidad era extraordinaria. Nos sorprendió pensar que la persona que había llamado a la señora Sanders podía ser la misma que había intentado entrar en casa de Franklin. Nos soprendía que conociera a Barry y a su madre, y que al parecer nos conociera tan bien. Aunque todo indicaba que aquella persona estaba entre nosotros, nos asombrábamos cada vez que la cuestión se volvía a plantear. ¿Cómo podía ser uno de nosotros? ¿Quién? ¿Un policía? ¿Un vecino?

Al día siguiente, que era domingo, nevó. Me desperté por la mañana con el silencio que produce una capa de treinta centímetros de nieve sobre el suelo. Oí encenderse la calefacción. Veía grandes copos de nieve flotando en el aire fuera de la ventana de mi dormitorio. Entonces me puse a pensar en otros inviernos, los más lejanos que recordaba. Aunque había habido aguanieve la noche de Halloween y algunas neviscas, aquélla era la primera nevada verdadera de la temporada. Y aunque me acercaba a los cincuenta años, me resultaba apasionante. Si hubiera sido lunes y no domingo, habrían suspendido las clases, y lamenté que no fuera lunes. Cuando era niño, solía bajar en trineo por la colina del parque Lincoln, cerca del hospital. Tenía un trineo con cuchillas, de marca Flexible Flyer. Ahora los chicos tienen deslizadores de plástico, aunque a veces todavía se ve algún trineo. Eran las ocho y me preparé al desayuno. Desde la ventana vi un coche patrulla aparcado frente a la casa de Franklin. Por la nieve que tenía encima, supuse que había estado allí toda la noche. La pequeña nube que salía del tubo de escape indicaba que tenía el motor encendido.

El silencio en las calles asustaba. Todo estaba inmerso en el silencio. Ya he dicho que la gente estaba comprando armas. Dado el tiempo que se tardaba en conseguir un permiso para una pistola, muchos compraban rifles. George Fontini tenía una casa de artículos deportivos en Main Street y agotó por completo sus existencias de rifles de caza, incluso los modelos caros. Y vendió una gran cantidad de pistolas. Incluso dijo como broma que había vendido sus ballestas y que pronto pensaba vender sus dardos.

Jesse y Shannon permanecieron detenidos el fin de semana. Negaron tener que ver con la muerte de Jaime, aunque no tenían coartada. El forense dijo que Jaime había muerto entre la medianoche y las cuatro de la madrugada, una hora difícil de justificar para mucha gente. Por otro lado, los informes del laboratorio indicaron que no aparecían huellas de Shannon ni de Jesse en el apartamento de Jaime ni en Volúmenes. No se les acusó de homicidio. De momento, a Jesse se le acusaba de atacar a un agente de la policía y a Shannon de allanar la casa de Ryan.

La pregunta que se hacía todo el mundo era la siguiente. Si Jesse y Shannon no eran los autores del crimen, ¿quién mató a Jaime y por qué? Me resultaba difícil no pensar en lo que había dicho Jaime de la gente que guardaba secretos. Probablemente se lo había dicho a otros. Parecía obvio que lo había matado alguien con quien había tenido relaciones sexuales y que no quería que eso se supiese. La pregunta adicional era si aquella persona tenía algo que ver con las desapariciones. ¿Era la misma persona, que usaba las desapariciones como una cortina de humo? ¿O era una persona distinta?

La policía habló con todas las personas localizables que hubieran conocido a Jaime. También hablaron conmigo. Un detective de la policía estatal vino a mi casa. Era un hombre de paisano llamado Mitchell.

–No sé nada de él –le expliqué–. Me cortó el pelo no hace mucho. Normalmente me lo corto en la peluquería de Jimmy, pero éste había cerrado el negocio una semana para ir de caza.

–¿Quiénes eran los amigos de Jaime?

–No tengo ni idea. Quizá Cookie Evans lo sepa.

Hablamos en el vestíbulo de la entrada. Ni siquiera lo hice pasar al salón y noté que estaba irritado conmigo. No cooperé en nada, pero es que me molestaba mucho que se hicieran ciertos supuestos sobre mi vida.

También interrogaron a Barry. Dijo que conocía un poco a Jaime, pero eso fue todo. Explicó que sentía que alguien lo perseguía también a él, pero no dio ningún motivo razonable del motivo. Como Barry se puso nervioso y tartamudeó, la policía supuso que era un histérico o que mentía para darse aires de importancia. Barry no contó nada de su experiencia con hombres en Aurelius y en cambio sugirió que alguien lo perseguía por ser miembro de Investigaciones sobre la Justicia. Explicó que algunos miembros se habían visto obligados a irse del pueblo. Su mala fortuna, dijo Barry, era que no tenía adónde ir. La policía consideró que Barry se preocupaba demasiado. Parecía tan incoherente que resultaba difícil imaginarse que supiera algo.

La policía tenía la sensación de que se cerraba el círculo. Percy se había guardado sus sospechas para sí mismo, pero ya empezaba a moverse de manera más directa, sobre todo después de que Ryan hubiera hablado con Sheila Murphy. Estaba convencido de que quien había matado a Janice era responsable de las desapariciones y además había matado a Jaime. Y rumiaba lo que había dicho Sheila sobre el «profesional» de Janice. Dos veces hizo llevar a Sheila al ayuntamiento y la interrogó personalmente. E interrogó al doctor Malloy, que juró que nunca se había liado con Janice. Incluso hizo llevar a Donald Malloy, que estaba muy indignado.

–¿Cómo se atreve a sugerir que estuve liado con esa mujer? –dijo–. ¡No era más que una ramera!

El sábado por la noche, después de que alguien hubiera intentado entrar en la casa de Franklin, Percy trajo rápidamente hombres para rastrear la zona. Había un cierto número de casas vacías. No muchas, quizá veinte en todo el pueblo, pero eran casas de gente que se había marchado por miedo. Algunos eran jubilados, que habían ido al sur a pasar el invierno, pero otras eran familias con hijas adolescentes. Pronto se irían otros. En opinión de Percy, las casas vacías podían ofrecer refugio a quien anduviera merodeando por las noches.

Incluso la casa pegada por detrás a la de Franklin, que pertenecía a Maggie Murray, una profesora jubilada, estaba vacía. Cada Año Nuevo se iba a casa de una hermana en Fort Lauderdale, y pasaba allí el resto del invierno. Aquel año se había ido poco después del primero de noviembre. Según Percy, alguien pudo haber aparcado en la entrada de la casa de Maggie para cruzar los patios traseros hasta la casa de Franklin. Ése era uno de los motivos por los que sospechó de Leimbach, cuyo coche apareció tan oportunamente.

Y el domingo tuvo nuevos motivos para sospechar de Leimbach. Dejaron en la comisaría de policía un sobre grande a nombre del capitán Percy. Después, nadie fue capaz de decir de dónde había salido, si lo habían traído con el correo del sábado, aunque no tenía sello, o si lo habían dejado en la puerta y alguien lo había recogido. Continuamente entraban y salían docenas de personas y alguien lo pudo haber cogido y dejado en el escritorio en un gesto de amabilidad.

Cuando el sobre llegó a manos de Percy, ya había estado dando vueltas unas horas. Percy lo abrió de pie junto al escritorio del puesto de guardia. Ryan estaba cerca y vio que Percy daba un respingo. Dentro había un papel con el nombre de «Leimbach» impreso en letras grandes. Las letras estaban escritas con lápices de colores, como si alguien hubiera escrito «Leimbach» diez veces con pastel negro y luego hecho lo mismo con verde, rojo, azul, marrón y amarillo, hasta conseguir que las letras tuvieran varios centímetros de grosor.

39

Después de la desaparición de Meg Shiller, el capitán Percy puso en marcha una serie de estrategias que esperaba que condujeran a la detención del culpable. Por ejemplo, se vigiló de modo subrepticio a diez chicas que se parecían a Sharon y a Meg; todas eran altas y delgadas, y llevaban el pelo largo. Se registraron en ordenadores matrículas de automóviles de media docena de poblaciones, para ver si se podía determinar un patrón o si los números coincidían con los de un centenar de personas que se sabía que estaban en sus coches en el momento de las desapariciones. Y había otros poryectos de los que yo no sabía nada. Aunque eran caros, en las jerarquías superiores se decidió que eso era mejor que pagar el precio de perder a otra chica. Por desgracia, el gasto no sirvió de mucho, al menos en ese sentido.

Una de las iniciativas de Percy incluyó el uso de un señuelo. Trajo a Becky DeMarino, una agente de policía de Corning, de treinta y cinco años y complexión muy pequeña. Vestida con ropa juvenil, se podía pensar que era apenas una adolescente. El plan era que ella pasease por calles retiradas y que hubiera agentes ocultos. Era más complicado y sólo estoy dando una idea muy aproximada del plan. Por ejemplo, sé que Percy tenía una furgoneta con el nombre de una empresa de iluminación pintado en la carrocería, en cuyo interior había un hombre con una radio y dos agentes.

Becky DeMarino llevaba una pistola y un transmisor, por lo que, si alguien le hablaba, se oía la conversación en la furgoneta. Llegó a Aurelius el miércoles 15 de noviembre. El teniente Marcos estaba a cargo de la operación, si se la podía llamar así. Debía comenzar el viernes, pero entonces apareció el cuerpo de Jaime. En consecuencia, no empezó hasta el domingo.

Para los paseos, Becky DeMarino llevaba una parka rosa y arrastraba un trineo de plástico rojo. Con el gorro de esquiar y la bufanda, aparentaba unos doce años. Me dijeron que le habían enseñado a andar como una adolescente, lo que significa que tenía que trazar eses y dar la impresión de que se movía sin finalidad concreta. Ryan dijo que se le habían dado instrucciones de brincar de vez en cuando. De esto se puede inferir el grado de desesperación de la policía. Pese al temor que había en el pueblo, aquel domingo algunos chicos fueron con los trineos al parque Lincoln y Becky debía recorrer las calles de la zona, arrastrando el suyo. Una adolescente andando por la calle, en las sombras de la tarde: quizá nuestro secuestrador se sintiera tentado.

Sin embargo, el problema era nuevamente que mucha gente conocía el plan. La policía también, por supuesto. Así, mientras Becky iba por Walnut Street con su trineo, uno de los coches patrulla de los Amigos se le aproximó. El chófer, creo que era Henry Polanski, quería decirle que se fuera a casa y que estaba dispuesto a llevarla. Con Polaski iba otro hombre en el coche. Evidentemente, advirtieron que Becky no era una adolescente y después de una breve charla siguieron su camino. ¿Entendieron que era policía? ¿Le hablaron a otras personas sobre una mujer que arrastraba un trineo y que parecía de doce años, pero que en realidad tenía más de treinta?

A estas alturas del año, en Aurelius oscurece hacia las cuatro, especialmente cuando ha nevado. Becky iba por el límite del parque, cerca de la colina donde los chicos habían estado deslizándose en trineo desde la mañana. Aunque había árboles, estaban desparramados y los chicos pasaban entre ellos. La acera estaba a unos cincuenta metros de la colina y sólo los trineos más veloces podían deslizarse hasta allí en su descenso. Los chicos habían ido con sus padres o con grupos de amigos. Era tanto el temor de que pudiera pasar algo que ningún niño había ido solo y a muchos ni siquiera se les había permitido ir. Recuerdo un tiempo en el que llegaba a haber cien chicos con trineos en el parque, pero aquel domingo hubo veinte como máximo. Aun así, había gritos y perros que correteaban. Pero después de las tres todos empezaron a irse.

A las cuatro menos cuarto Becky iba por Johnson Street, la calle que bordeaba el parque. Se habían encendido las luces de la calle, aunque aún había suficiente luz para que Becky viera unos seis chicos con sus trineos y sus parkas chillonas, que parecían apagadas en la sombra.

Al llegar a la zona utilizada para deslizarse, vio un trineo verde en la acera, un trineo de plástico barato con una cuerda naranja atada. Se detuvo y en aquel momento oyó gritar a alguien.

—¡Karla! ¡Karla!

Becky se volvió y vio a una mujer bajando la colina a la carrera hacia ella, aunque aún estaba a casi cien metros. La mujer se cayó y se levantó enseguida.

—Karla, ¿dónde has estado?

Becky esperó mientras la mujer corría, andaba al paso y echaba a correr nuevamente. Parecía a la vez enfadada y asustada. Era una mujer más bien joven que llevaba un chaquetón verde hasta medio muslo y un gorro de esquí azul y rojo.

—Karla, te he dicho que subieras inmediatamente la colina.

Entonces, cuando estaba a veinte metros:

—Tu no eres Karla. ¿Dónde está?

La mujer empezó a correr nuevamente.

—Éste es su trineo —dijo. Luego se detuvo, se llevó las manos al rostro y empezó a gritar.

En el camión de sonido, el técnico se arrancó los auriculares de la cabeza. El conductor encendió las luces y se arrimó, con las ruedas patinando en la nieve.

La mujer no dejaba de gritar. Ése fue el momento en que se supo que había desaparecido una tercera chica.

El nombre de la mujer era Louise Golondrini, una madre soltera de treinta años que trabajaba en la fábrica de cables. Tenía un novio, pero en aquel momento él estaba trabajando en una obra en construcción en Florida. Vivía con otra mujer soltera, Pam O'Brien, que tenía un hijo de ocho años llamado Harry. Pam también trabajaba en la fábrica de cables, pero en otro turno. Louise era de Utica y se había mudado a Aurelius hacía dos años, al conseguir el empleo.

Su hija Karla había estado en clase de Ciencias de octavo curso el año anterior. Tenía lo que llaman un trastorno de deficiencia de atención, es decir, miraba soñadoramente por la ventana o dibujaba caballos en el cuaderno. La podría haber suspendido, pero quise ayudarla y la aprobé con una nota baja. Era bonita pero pálida y delgada, y llevaba largo su pelo oscuro. Todas esas chicas de trece y catorce años están en una transición tan evidente que no son casi nada. Eso no es exacto, pero existe la tendencia a fijarse más en lo que se están convirtiendo que en lo que son. Pronto Karla Golondrini se convertiría en nada.

Según la madre, la parka rosa de Becky DeMarino era casi del mismo color que la de Karla. Por eso confundió a Becky con su hija. Habían estado deslizándose con el trineo desde las dos, y Louise Golondrini quería irse a casa, tenía frío y los pies mojados. El coche estaba en el aparcamiento de arriba de la colina. Karla quiso bajar una vez más. Su madre finalmente aceptó, pero dijo que esperaría arriba. Karla se deslizó por la colina y su madre la perdió de vista en la creciente oscuridad. Esperó. Pasaron cinco minutos. Un perro saltaba y ella se distrajo. Entonces empezó a llamar a su hija, desde la cima de la colina. Al no obtener respuesta, empezó a pensar que podría haber pasado algo horrible. Entonces fue cuando bajó corriendo por la nieve. Cuando vio a Becky DeMarino con la parka rosa, sintió un gran alivio. No duró mucho.

Cuando su madre comenzó a gritar, Karla había desaparecido hacía menos de diez minutos. Gracias a la furgoneta de la radio, la policía lo supo enseguida. Una docena de agentes se dispersaron por la colina buscando a Karla. La policía fue a las casas vecinas, mientras los voluntarios buscaban en el barrio. Hacia las cuatro y media había controles en todos los caminos que salían de Aurelius. También se instalaron controles en la autopista y en la carretera 20. Pero, como dijo Chuck Hawley:

–Todos sabíamos que la chica aún estaba en algún lugar de Aurelius.

Louise Golondrini quería quedarse en el parque Lincoln, pero por fin se la convenció de que fuera a la comisaría de policía.

–Mi niña –lloraba.

Llamaron a Roberta Fletcher, la enfermera que trabajaba

para el doctor Malloy. También acudió el doctor Malloy, al igual que su esposa. El doctor trató de darle a Louise un sedante, pero ella no accedió. Ocuparon el despacho del jefe Schmidt. Realmente no había otro lugar donde esperar. Pronto fueron los Shiller. Debió de ser terrible para Louise advertir que ya formaba parte de aquel núcleo de gente.

A las cinco, más de cien personas buscaban a la chica desaparecida. Había estado nevando no muy copiosamente todo el día, pero por la noche empezó a nevar con más fuerza. Llegaron unidades móviles de televisión de Syracuse y Utica, incluso desde Binghamton, y sus luces brillantes centelleaban sobre la nieve recién caída. El parque Lincoln no quedaba lejos de mi casa. Sadie y yo fuimos a mirar. Ella fue quien me dijo que Karla había desaparecido. Yo había estado en casa leyendo el periódico del domingo. Alguien llamó a Franklin y él salió corriendo de la casa. Paula no quería que Sadie saliera, pero después ella fue también. Sadie iba a mi lado y al otro lado iba Paula, como si yo fuera una pared entre ellas. Paula era un poco más alta que yo, mientras que Sadie era un poco más baja. Había bastante nieve en el suelo y me alegré de llevar botas.

La noticia de que había desaparecido una tercera chica nos afectó como si hubiéramos caído enfermos. Era como si las desapariciones no fueran obra de un agente humano, como si nuestro pueblo fuera objeto de una plaga, como las que aparecen en el Antiguo Testamento. La gente se hablaba en susurros. Las caras estaban tensas; algunos lloraban. Parecían encorvados. Las luces azules centelleantes de los coches patrulla aportaban el único toque de color, creando rostros azules, llanto azul. En las casas circundantes observé más rostros apretados contra las ventanas.

–Sé quién era –dijo Sadie–, pero no creo haber hablado con ella.

–Su pobre madre... –repetía Paula.

El silencio era inquietante. Con sus pesados abrigos, sus sombreros y bufandas, la gente que había en la colina se asemejaba más a formas humanas que a seres humanos. Andaban rígidamente, lo que me hizo pensar en los zombis de *La noche de los muertos vivientes*. La policía estaba muy ocupada. Por las radios policiales se oían voces alteradas mezcladas con interferencias. A las seis volvimos a mi casa y yo preparé té.

El capitán Percy tenía una lista de cincuenta personas cuyo paradero quería conocer de la manera más exacta posible. La lista incluía alguna gente a la que nunca he mencionado, así como a Harry Martini, Sherman Carpenter y Henry Swazey. Me incluía también a mí. Uno de los hombres que la policía fue a ver era Greg Dorough, un abogado del pueblo, homosexual, que vivía con un técnico de la empresa farmacéutica de Norwich. Si no se sabía, nada parecía indicar que eran homosexuales. De todos modos, lo desagradable del asunto fue que a Greg lo interrogaron, de eso estoy seguro, sólo porque era homosexual. La visita fue muy breve; la policía quería saber dónde había estado Greg por la tarde. Aun así, una visita es una visita. Cuando vino la policía yo estaba con Sadie, y me sentí aliviado que Paula también se encontrara con nosotros. Si no hubiera sido así, quizás habría oído más comentarios acerca de mi interés por las adolescentes.

La policía también buscó a Paul Leimbach, Donald Malloy, Mike Shiller y otros relacionados estrechamente con las familias de las chicas desaparecidas. A Aaron lo encontraron en su apartamento, con Harriet. Dijo que Harriet y él habían estado trabajando toda la tarde preparando un servicio en memoria de Houari Chihani. Mike Shiller dijo haber estado pescando en el lago helado. Al principio no encontraron a Donald Malloy, pero después Percy advirtió que estaba entre los voluntarios que recorrían el parque en busca de pistas de Karla, y fue uno de los primeros en responder.

Percy averiguó que Paul Leimbach había estado solo en su coche, al parecer patrullando su zona asignada, cuando desapareció Karla. La gente contó luego que Percy había tenido una reacción exagerada, pero parecía que no podía hacer otra cosa, especialmente al haber recibido el papel con el nombre de Leimbach escrito de un modo tan obsesivo. Sea como fuere, llevó a Leimbach a la comisaría de policía y entregó su coche al equipo de laboratorio. Chihani estaba muerto, Jaime Rose estaba muerto, Oscar Herbst seguía en Troy, otros miembros de ISJ estaban fuera del pueblo, Hark Powers estaba en la cárcel, al igual que los hermanos Levine. Ahora que, según cabía suponer, se sabía el paradero de los peores de la comunidad, había que prestar atención a los demás, incluyendo a los mejores.

A Leimbach no se le acusó de nada, pero se le pidió que diera cuenta de sus acciones. Todos fueron amables o trataron de serlo. Estaban en un rincón de la comisaría de policía, dado que Louise Golondrini seguía en el despacho del jefe Schmidt. Chuck Hawley también se encontraba presente. Dijo que Leimbach llevaba pantalón oscuro, jersey oscuro de cuello de cisne y chaqueta oscura. Casi como un miembro de las fuerzas especiales, dijo mi primo. Leimbach afirmó que había estado patrullando por Aurelius con el coche unas tres horas. Durante la primera hora había estado con él Jamie Fendrick, pero luego Jamie tuvo que ir a su trabajo, a empaquetar comestibles en Wegmans. Así que desde las dos y media hasta las cuatro y media, cuando la policía lo fue a buscar, Leimbach había estado solo.

–¿Conocía a Karla Golondrini?
–No, nunca la había visto.
Le enseñaron su foto. ¿La reconocía?
No recordaba haberla visto nunca.
Llevaron a la madre de Karla por si reconocía a Leimbach.
No lo reconoció. Luego preguntó:
–¿Ése es el hombre que se ha llevado a mi niña? –Empezó a gritar y una mujer policía tuvo que llevársela del despacho.
–¿Por qué estoy aquí? –preguntó Leimbach–. Es absurdo.
Ryan sacó el papel con el nombre de Leimbach escrito con una docena de colores. Ryan ya había intentado hacer lo mismo, escribir un nombre, «Janice», repasándolo una y otra vez. Advirtió que quien había escrito el nombre de Leimbach había dedicado al asunto al menos una hora.

–¿Me han arrastrado hasta aquí por esto? –preguntó Leimbach.
–No lo hemos arrastrado –contestó Ryan.
El teniente Marcos añadió:
–Comprenda que debemos investigar todas las posibilidades.

Ryan sabía que todo dependía del coche de Leimbach. Si

aparecía algún rastro de Karla, lo detendrían. Si el coche estaba limpio, quedaría libre, aunque ello no significaría forzosamente que fuera inocente. La policía ya estaba preguntando a los habitantes de la zona supuestamente patrullada por Leimbach si habían visto a éste. Algunos habían advertido un coche con un triángulo naranja en las puertas delanteras, pero no se habían fijado en la marca ni en quién lo conducía.

Un técnico de laboratorio entró en el despacho y habló con Marcos entre susurros.

–¿Ha derramado algo en su coche? –preguntó Marcos.

–He comprado una Coca-Cola y una hamburguesa en McDonald's y se me ha caído un poco de Coca-Cola –contestó Leimbach.

–¿Lo ha lavado con agua?

–He parado en una gasolinera y lo he limpiado con un poco de agua, sí.

–¿Y con el agua ha quitado la Coca-Cola?

–Así es.

A las seis dejaron que Leimbach se fuera a casa.

A la misma hora se encontró una bufanda de lana roja en el rincón noroeste del parque Lincoln. La llevaron a la comisaría de policía y Louise Golondrini la identificó como perteneciente a Karla. La policía acordonó aquella zona del parque y la registró milímetro a milímetro, incluso pasando la nieve por un tamiz. A las dos horas encontraron una pluma, una pluma estilográfica Cross de plata, a unos tres metros de donde se había encontrado la bufanda.

–Estaban entusiasmados con la posibilidad de que fuera del tipo que se llevó a Karla –contó Ryan–. Aunque, por otro lado, podía no ser de él.

El único lugar en el pueblo donde vendían plumas estilográficas Cross era la tienda de artículos de oficina donde trabajaba Florence Martini, Letter Perfect, en Jefferson Street. Se sugirió que la pluma podía pertenecer a su marido, que pronto ya sería ex marido. Le explicó a la policía que había estado en casa la mayor parte de la tarde, pero que había ido a Wegmans a hacer unas compras a eso de las tres.

El teniente Marcos fue a la casa de Martini con la pluma estilográfica. Martini dijo que no era suya, aunque tenía una pluma Cross, de color marrón con los rebordes dorados. Marcos le pidió que se la enseñara. Martini buscó en su escritorio. Tenía el despacho en una habitación de la planta baja. Su esposa se quedó en la puerta.

—No la encuentro —dijo Martini—. Probablemente estará en el colegio.

—¿No te di también una plateada? —preguntó su esposa.

—No —contestó Martini—, nunca me has dado ninguna plateada.

Hacia las nueve, Marcos fue a ver al dueño de Letter Perfect, Noah Frankenmuth, que vivía en Butler Street. Estaba pintando una habitación de la planta de arriba y la visita policial lo molestó. Tenía un perro salchicha llamado *Fritz* que la emprendió con los tobillos de Marcos. Éste temía pisarlo.

—En el ordenador tengo una lista de las personas que han comprado plumas Cross en la tienda. ¿No la podríamos ver mañana?

—No —contestó Marcos.

Fueron a la tienda. Frankenmuth miró en sus archivos de ordenador e imprimió una lista de veinticinco personas que habían comprado plumas estilográficas Cross en los últimos dos años. Cinco de las plumas eran sólo plateadas. Una de las personas de la lista era la esposa de Paul Leimbach, Martha, que la había comprado en febrero.

—Dijo que era un regalo de cumpleaños —recordó Frankenmuth.

Marcos fue a la casa de Leimbach. Iba rápido y, al doblar la esquina, el coche patinaba.

Los Leimbach vivían en una de las casas más nuevas de Myrtle Street, una casa de estilo Cape Cod con una gran ventana que daba al patio delantero. Estaban viendo la televisión.

—Parece la mía —dijo Leimbach—. Por lo menos, yo tenía una plateada. La perdí este verano. Fue un regalo y me desagradó haberla perdido. ¿Dónde la han encontrado?

—No puedo decírselo —respondió Marcos.

Luego Marcos dijo que se sintió tentado de detener a Leimbach en aquel instante, pero se contuvo. Aún no le había dicho al capitán Percy lo que había descubierto, por lo que se dirigió a la comisaría.

Percy no estaba contento.

—Ahora sabe que lo tenemos en el punto de mira —comentó.

Encargó a un hombre que investigara a las otras cuatro personas que habían comprado plumas Cross plateadas. Sin embargo, parecía claro que la pluma encontrada pertenecía a Leimbach, lo que no demostraba que él la hubiera perdido en la nieve. Se envió a dos agentes a hablar con gente de la oficina de Leimbach, para averiguar si había mencionado la pérdida de una pluma estilográfica.

Aquella noche nevó más. La policía dejó de registrar el parque hacia las once y media. Por entonces no había una pulgada de nieve que no hubiera sido pisada. Y Donald Malloy había sido bastante minucioso, pues había llevado a veinte miembros de los Amigos a registrar cien patios traseros. Por todo Aurelius la nieve había sido pisada, convertida en una mezcla fangosa. Pero aquella noche cayeron quince centímetros más. Los patios, las aceras y el parque estaban cubiertos de una nueva capa de nieve. El lunes por la mañana ya no quedaba señal alguna de que había habido una búsqueda.

40

Costaba creer que faltaba sólo una semana para el día de Acción de Gracias. Teníamos muy poco que agradecer. El año anterior, para aquel día, había cocinado un pequeño pavo e invitado a Franklin y Sadie. Ese año no hice planes. Desde luego, no habría clases. Pensé en ir con el coche a Utica y celebrar una cena de Acción de Gracias por mi cuenta, pero eso habría sido como traicionar a mis amigos de Aurelius, como si me divirtiera en secreto.

El martes enterraron a Jaime Rose. Primero pensé en ir al funeral, pero después no lo hice. No quería que me miraran. Por la noche sonaba mi teléfono media docena de veces y cuando atendía no contestaba nadie. Eso me inquietaba e hice cambiar el número. Más tarde supe que también llamaban a otras personas, pero antes creía que era el único.

El funeral fue algo sencillo. Fue Cookie Evans y también unos amigos de Jaime de Nueva York. Fue su madre desde Clinton. Barry también, aunque su madre le había dicho que no fuera. Aaron y Harriet estaban con él. Y hubo algunos que eran completos desconocidos, que acudieron porque a Jaime lo habían matado de una manera horrible. Un policía de paisano hizo una lista de los asistentes. Ryan dijo que cabía la posibilidad de que el asesino asistiera al entierro.

El mismo martes pusieron a Shannon y Jesse en libertad bajo fianza. Nunca los acusaron de nada relacionado con Jaime, sólo de la agresión al policía y del allanamiento de la casa de Ryan, aunque éste creía que se retiraría la acusación. La policía estaba dividida, no sabía si Jaime era víctima de una aventura homosexual que había terminado mal o si su muerte estaba relacionada con la desaparición de las chicas. Esto creó un clima de presión aún mayor sobre la población homosexual de Aurelius. Se interrogó a homosexuales de lugares tan alejados como Norwich. Sin embargo, yo recordaba que Franklin había hablado con Jaime el día en que los Amigos de Sharon Malloy rodearon la casa de Irving Powell. Mucha gente había visto a Jaime y Franklin juntos y acaso alguien se asustó de lo que Jaime pudiera contar. Barry había estado también con ellos.

El capitán Percy prestó mucha atención a la llamada a la señora Sanders el sábado por la noche. Según ella, un hombre le informó de que Barry se había caído en los escalones de delante de su casa y se había roto la pierna. Por eso se fue deprisa a su casa. Alguna gente pensó que la llamada había sido una broma, pero Percy estaba seguro de que la persona responsable de las desapariciones había hecho la llamada. Y, según le recalcó a Ryan, ello indicaba que alguien sabía que Franklin no estaba en casa y también dónde se encontraba la señora Sanders.

Percy también llevó a Aaron al ayuntamiento y lo interrogó en presencia de Ryan. Percy se sentó a un lado del escritorio y Aaron al otro, mientras que Ryan permaneció de pie junto a la puerta. Aaron lo miraba de vez en cuando y, siempre que lo hacía, Ryan pensaba en lo mucho que el muchacho le detestaba.

Percy empezó diciendo que sabía que Aaron había vuelto a Aurelius para descubrir quién había matado a su madre. También sabía que Aaron había interrogado a los vecinos de Janice y que su ataque a Sheila se debió a que ella se negaba a decirle algo sobre Janice. Entonces se quedó mirando a Aaron como si esperara que lo negara.

—Es usted un tipo listo —dijo Aaron.

—No te hagas el gracioso —repondió Percy—. ¿Hablaste con tu madre antes de que la mataran?

—Hablábamos por teléfono unas dos veces por semana.

—¿Dijo algo de los hombres con los que salía?

—A veces decía que había conocido a algún hombre que le gustaba, pero nunca mencionaba nombres.

—¿Tienes idea de quién puede ser este profesional?

Aaron estiró las piernas delante de él y cruzó los brazos sobre el pecho.

—Quizá Tavich... o usted.

–¿Podría ser el doctor Malloy?
–Es posible.
–Pero tus sospechas son más precisas que eso.
–Es posible.
–¿No eres amigo de Sadie Moore? La otra noche casi la secuestran. Al no decirnos lo que sabes, arriesgas su vida.

Aaron desvió la mirada y no dijo nada. Percy le hizo unas cuantas preguntas más a las que Aaron respondió con evasivas. Después lo dejó ir.

–Cree que puede descubrir a esta persona por su cuenta –comentó Percy.

La entrevista había deprimido a Ryan.

–O eso o no confía en nosotros. ¿Usted conoció a Janice?

–¿Me pregunta si estuve liado con ella? Por supuesto que no.

–Era igual de obstinada.

Durante unos días pareció que alguien acechaba a Barry; finalmente eso pasó o quizá Barry estaba equivocado. Afirmó haber oído golpetear la puerta de atrás o sonar el timbre cuando no estaba su madre. Y hubo algo de un coche que había pasado despacio junto a él, pero Barry no recordaba la marca. Azul o color crema, no estaba seguro. Y hubo llamadas telefónicas, alguien que no hablaba. Pero, sin duda, pudo haberlo llamado alguien que no fuera su asesino potencial. Mucha gente recibía llamadas anónimas. Más tarde supimos que miembros de los Amigos de Sharon Malloy hacían llamadas para molestar a personas supuestamente sospechosas. Esto resultó ser una estratagema de Donald Malloy. Afirmaba que si se presionaba a un cierto número de sospechosos potenciales, el culpable podría darse por vencido. Lo que no estaba claro, sin embargo, era si los amigos eran quienes hacían todas las llamadas.

Aaron pensaba que las llamadas a Barry eran importantes y decidió averiguar lo que éste ocultaba, con quién se había liado Barry en el colegio y qué había hecho el hombre que lo había asustado. La policía no sabía nada de esto; tampoco Franklin. Pero Aaron sí, igual que yo, aunque no conocíamos el nombre de la persona. Aaron se llevó a Barry a su apartamento después del funeral de Jaime y lo asustó. Barry explicó que Aaron llegó a darle una bofetada. Barry estaba muy molesto y me habló del asunto poco después.

–Pero ¿qué le has dicho? –pregunté.

–Nada. Me he negado a contarle nada. Sólo le he dicho lo mismo que a ti, que era «un profesional». No creía que Aaron fuera a hacerme daño. Se ha descontrolado por completo.

En aquel momento advertí el significado de ese término en el caso de Aaron, pero se puso realmente violento, y, de resultas de ello, Barry le dijo el nombre del individuo.

El lunes, los padres de diez chicas se llevaron a éstas del Albert Knox. La mayor tenía dieciséis años; la más joven, doce. Todas fueron a quedarse con parientes que vivían en otros pueblos. Ya eran unas quince chicas las que no asistían y sus ausencias eran huecos visibles en nuestras clases. Karla Golondrini tenía pocos amigos, pero muchos conocidos. El lunes hubo más llantos, lo que empeoró con la presencia de los periodistas de la televisión. Incluso se sugirió que el colegio cerrara hasta que se terminara el asunto. Pero Harry Martini argumentó que los jóvenes debían tener un lugar adonde ir. Si iban a clase, por lo menos allí estaban seguros, mientras que, de lo contrario, quién sabe dónde se meterían. Lou Hendricks dijo, lo bastante fuerte para que lo oyera mucha gente, que, dado que el domingo la policía había ido a ver a Harry Martini dos veces, quizá tuviera éste sus propios motivos perversos para querer que las chicas siguieran en clase. Yo y muchos otros pensamos que aquello era injusto. No obstante, advertí que para algunos no lo era.

Nadie pensó mal de las familias que se llevaban a sus hijos del colegio o que se iban del pueblo definitivamente. Estoy seguro de que otros habrían hecho lo mismo, si hubieran podido. En el colegio había menos griterío en los pasillos y menos conversación en el comedor de los profesores. El silencio se extendió también a otros lugares. En Wegmans había menos gente hablando. Los restaurantes estaban casi vacíos, igual que los cines. Los diversos grupos de lectura, de confección, de jardinería y de viaje dejaron de reunirse. Sólo prosperaban los videoclubes y las pizzerías, al menos las que repartían a domicilio.

El miércoles se celebró una misa por Karla en la iglesia evangelista de la Buena Hermandad. Se la llamó misa de esperanza. Acudió mucha gente y el edificio estaba atestado. Louise Golondrini habló de su hija, que adoraba a los perros, coleccionaba muñecas Barbie y quería ser enfermera. Que nunca le hizo daño a nadie, daba de comer a los gatos callejeros y tiraba migas de pan a los pájaros. Que amaba a Aurelius y lo importantes que eran para ella sus amigos. Y que todos rezaran para que volviera sana y salva. Me alegré de no haber ido; no lo habría soportado.

La foto de Karla ocupó su lugar en los postes de teléfono y los escaparates de las tiendas. Alguien advirtió que las tres chicas secuestradas llevaban el pelo largo y, de pronto, muchas chicas se cortaron el pelo bien corto, como si eso fuera a protegerlas.

La policía estaba muy desalentada. Se hicieron registros, se pidió consejo a los expertos. El capitán Percy había perdido buena parte de su aplomo.

–Si tiene alguna idea, cualquier sugerencia, sólo tiene que decírnoslo –repetía a menudo.

Alguien propuso hacer pruebas con detectores de mentiras a ciertas personas. A Percy esto no lo entusiasmaba y alertó de que esas pruebas no eran totalmente fiables, aunque no cerró la puerta a esa posibilidad.

Se encontró a los dueños de las cuatro plumas plateadas. Dos vivían fuera del estado. Uno vivía en Aurelius, pero había ido a pasar el invierno a Florida. El cuarto vivía en Norwich y trabajaba para la empresa farmacéutica. Los cuatro tenían sus plumas. Fue en aquel momento cuando Percy decidió que vigilaran a Leimbach las veinticuatro horas del día. Esto era un secreto celosamente guardado, pero de nuevo resultó difícil guardar secretos. Una vez más se exhortó al capitán Percy a que permitiera realizar pruebas con el detector de mentiras. Se la harían a Leimbach y también a otros.

–Joder –exclamó mi primo–, estaban dispuestos a hacerle la prueba a todo el pueblo.

Entre los Amigos hubo muchas quejas. Donald Malloy dijo que a Percy había que echarlo del pueblo y que trajeran a alguien que supiera hacer las cosas bien. Con respecto a esto, fue muy vehemente. El doctor Malloy aún confiaba en Percy, o al menos no lo criticaba en público. Su hermano, sin embargo, se quejó al alcalde, Bernie Kowalski, exigiéndole que se hiciera cargo de la situación. Y Donald habló con Will Fowler, el administrador de la ciudad, que tenía a su cargo la gestión de los asuntos cotidianos de Aurelius.

–¿Dónde está su sentido de la responsabilidad? –le preguntó a Fowler.

Sin embargo, Fowler apoyaba a Percy. Éste era un profesional, algo que Fowler se atribuía a sí mismo. Eran los aficionados como Donald los que creaban problemas. No es que Fowler dijera esto, pero sí afirmó que eran tiempos difíciles y que todos debían tener paciencia.

El espíritu de unidad del pueblo había desaparecido. Nuestra placidez general era como un tejido que nos habían arrancado y en aquel momento se revelaba lo que siempre había habido debajo: incertidumbre y temor. Los hombres y mujeres que se suponía que debían conducirnos se peleaban entre sí. Se desconfiaba de los mejores tanto como de los peores. Y llegaba el invierno. Cada día teníamos un minuto o dos menos de sol y cada noche las calles estaban casi desiertas: sólo circulaban los policías y los coches patrulla de los Amigos.

Entonces pensaba yo que la persona responsable de las desapariciones se debía de sentir invencible. Éramos juguetes y nada podíamos hacer. Pero bajo su sensación de omnipotencia, ¿cuáles eran sus temores? Había hecho desaparecer a tres chicas y también había estado a punto de llevarse a Sadie. ¿No se preguntaba cuándo sentiría saciado su apetito? Y cuando corría riesgos, ¿era para provocar a la policía o para darles la oportunidad de que lo capturaran?

El miércoles por la tarde, Chuck Hawley tiró sin querer una bolsa de papel del escritorio de Ryan al suelo. Al cogerla, miró a ver si había roto algo. La comisaría de policía estaba llena de gente que iba y venía. Por la mañana, había habido una conferencia de prensa. Después, el jefe Schmidt había tratado de coordinar los esfuerzos con los Amigos. Se quejaban de que los hostigaban, mientras que la policía decía que los Amigos iban demasiado lejos en sus interrogatorios.

En la bolsa de papel había una parka rosa, ropa cuidadosamente doblada y una mano de maniquí encima.

—¡Mierda! —gritó Chuck.

La conmoción que siguió fue una mezcla de vergüenza e incredulidad. Al menos veinte personas se apretujaron en torno a mi primo.

Percy vació el contenido de la bolsa en el escritorio: vaqueros, bragas, blusa, jersey verde, calcetines, parka, mano. Había cincuenta y siete centavos, dos pedazos de chicle marca Juicy Fruit, una gomita recubierta de tela roja, un envoltorio vacío de goma de mascar, una cadena de oro con un corazón que tenía grabadas las palabras «Amigas para siempre», un anillo con forma de dos manos cogidas, y dos hebillas de plástico azul para el pelo. En el fondo de la bolsa había unas botas de nieve rojas y unos mitones rojos. También había un sobre blanco que Percy se metió en el bolsillo.

—Ha estado aquí, en esta habitación —dijo Chuck.

«Con otras doscientas personas», pensó Ryan.

El capitán Percy, el teniente Marcos y el jefe Schmidt discutieron si la entrega de la ropa era un mensaje. Ryan escuchó, pero no intervino. Sin que importara quién tenía razón, él consideraba que el culpable seguía un curso de acción que lo llevaría a descubrirse. A lo mejor estaba horrorizado de sus propias acciones; o perdiendo su cordura; o henchido de orgullo y de una sensación de poder. A Ryan no le interesaba saber por qué se estaba dando a conocer; sólo quería descubrirlo.

El sobre contenía nuevamente una hoja de papel con una lista de palabras mutiladas. «Coño» se había quedado en «ño», «joder» en «er», «mierda» en «da». Las letras desaparecidas se habían borrado con lápiz graso. Percy puso el papel en una mesa, junto a la hoja de papel con el nombre de Paul Leimbach.

—Lo debe de haber hecho el mismo individuo —dijo Ryan—. ¡Qué locura!

—¿Esto significa que Leimbach es inocente? —preguntó Marcos.

—Podría estar acusándose a sí mismo —dijo Percy—. Ha pasado otras veces.

La devolución de la ropa hizo que Percy se decidiera a hacer las pruebas con el detector de mentiras.

—Si hace falta, le haré la prueba a todo el condado —dijo.

Llamó a Albany e hizo planes para empezar lo antes posible.

Los Amigos también dieron un nuevo impulso a sus actividades, desacatando abiertamente la petición de Percy de que no hicieran nada sin informar a la policía de sus planes. Después de la desaparición de Karla, el hecho de que alguien hubiera intentado entrar en la casa de Franklin y que se encontrara una mano de maniquí en el porche produjo particular preocupación. Aunque la policía ya había montado una guardia de veinticuatro horas al día en la casa de Franklin, los Amigos consideraban que se debía hacer más. Donald Malloy anunció que los Amigos tendrían dos hombres frente a la casa. Aún más, Donald sugirió que Franklin debía dejarlos estar dentro. Franklin se negó. Apreciaba su ayuda, pero no quería su casa llena de gente. Donald respondió acusando a Franklin de arriesgar la vida de su hija. Donald y cuatro de los Amigos visitaron la redacción del *Independent* para hablar con él.

Franklin se negó que estuviera poniendo en peligro a Sadie. Donald dijo que la estaba utilizando como carnaza para coger a la persona responsable de los secuestros y poder tener así la primicia antes que los demás periódicos y que la televisión. Franklin y Donald cambiaron duros calificativos antes de que Frieda Kraus les dijera que se estaban comportando como niños. En aquel momento, Mike Shiller entró corriendo en la oficina para anunciar que habían devuelto la ropa de Karla y que el capitán Percy pensaba imponer la prueba del detector de mentiras a todos los habitantes de Aurelius. Eso causó un gran impacto. En todo caso, aquella noche ya había un coche de los Amigos parado frente a la casa de Franklin en Van Buren Street, junto al coche patrulla policial.

Cabe pensar en la aplicación de presión. Una persona actúa porque algo la obliga a hacerlo. Pero ¿es una cosa o la acumulación de muchas cosas? Algunas personas se sentían intranquilas por tener que pasar una prueba con el detector de mentiras. Harry Martini dijo que dimitiría antes de someterse a una prueba así. Incluso llegó a ponerse en contacto con la Unión Americana de Derechos Civiles. Al igual que yo, la mayoría de la gente sólo tenía una idea vaga de lo que era una prueba con el detector de mentiras y algunos lo imaginaban como una inyección de suero de la verdad que los obligaría a confesar sus pecados remontándose hasta su primera infancia. Y la amenaza de la prueba debió de aumentar la presión sobre el responsable de los secuestros. Seguramente se preguntaría si podría eludir la prueba o, en caso contrario, si la superaría sin problemas.

Fue en este período de nuestra mayor ceguera cuando Aaron avanzó decididamente en su investigación privada. Ello se debió en parte a lo que averiguó gracias a Barry, pero también a que sentía que Sadie estaba en peligro. Poco después de que se recibiera la ropa de Karla el miércoles, Aaron consiguió manos de media docenas de maniquíes de la empresa J. C. Penney de Utica. Puso cada mano en una caja de zapatos sobre un almohadón forrado de rojo. En las palmas de las manos puso fotografías de su madre, y en el dorso escribió: «Con amor, Janice». Tapó las manos con papel tisú rosado. Luego envolvió las cajas de zapatos con papel rojo y las ató con cintas rojas. Hizo que Harriet y Barry las entregaran. Parecía adecuado que el trabajo lo hicieran los últimos miembros de Investigaciones sobre la Justicia que quedaban en el pueblo. Llevaron una caja a la oficina de Paul Leimbach; la segunda, a la farmacia Malloy; la tercera, al consultorio del doctor Malloy; la cuarta se la envió a Ryan Tavich, a la comisaría de policía: la quinta a Sherman Carpenter, a la universidad; y la sexta a Henry Swazey, que había sido el abogado de Patrick McNeal y uno de los amantes de Janice. Ryan fue el único que recibió la caja de zapatos en persona.

–¿Qué es esto? –le preguntó a Barry.

–No sé –dijo Barry, sonrojándose. Se dispuso a marcharse.

–Espera –dijo Ryan–, no te irás hasta que sepa lo que es.

Abrió la caja y quitó el papel rosado, dejando al descubierto la foto de Janice y la mano.

–Dios mío –dijo.

–¿Puedo irme ahora? –preguntó Barry.

–¿Quién te ha dicho que entregaras esto?

–No puedo decirlo.

Ryan llamó a Chuck Hawley.

–Encierra a este chico. Una semana en la cárcel le aclarará la cabeza.

Barry habló.

–Ha sido Aaron –dijo–. Aaron me ha obligado a hacerlo.

Ryan estaba tan sorprendido que dejó ir a Barry sin enterarse de si otra gente había recibido cajas.

–Por eso le dijo a Harriet que follara conmigo –dijo en voz alta.

Chuck Hawley creyó haber oído mal.

–¿Cómo? –preguntó.

Ryan no contestó. Pensó que Harriet había salido con él sólo para preguntarle por Janice.

–Su soldado –dijo Ryan.

Al salir de la comisaría de policía, Barry dejó la segunda caja en el consultorio del doctor Malloy. El médico no estaba y Barry se alegró de no tener que dársela personalmente. La tercera caja se la dejó a la secretaria del departamento de Historia de la universidad.

La oficina de contabilidad de Leimbach había quedado a cargo de su socio, Frank Knater, mientras Leimbach se tomaba unos días de permiso. Le dijo a Harriet que llamaría a Leimbach y le diría que había un paquete para él.

–Un regalo, ¿verdad? –dijo Frank.

–Algo así –respondió Harriet.

Entregó la caja de Henry Swazey en su oficina de Main Street, dejándosela a su secretaria. Ella había salido con él, igual que lo había hecho con Sherman Carpenter y Ryan, por lo que prefería no verlo personalmente.

Mildred Porter estaba en la farmacia cuando Harriet dejó el último paquete. La señora Porter dijo que Donald volvería a eso de las seis para hacer preparados.

Al día siguiente, la señora Porter le contó a Franklin lo que había pasado.

–Cuando llegó, le di el paquete y le dije quién lo había traído. Tenía prisa, pero se lo llevó detrás del mostrador. Me preguntó si era importante. Le dije que no sabía nada. Estaba de espaldas a mí. Cuando abrió la caja, todo su cuerpo se puso rígido. Luego, cerró la caja y salió corriendo de la farmacia, llevándosela consigo.

A las siete, Roy Hanna, que estaba de guardia en la comisaría de policía, recibió una llamada de un hombre que se negó a identificarse.

–Paul Leimbach mató a esas chicas –dijo. Luego colgó.

Aurelius no tenía ningún sistema centralizado, como el 911, y no había modo de localizar la llamada. Roy lo notificó inmediatamente al jefe Schmidt. Hubo llamadas parecida a la oficina del *sheriff* de Potterville y al cuartel de la policía del estado. El capitán Percy estaba con el doctor Malloy, en casa de éste. Cuando sonó el teléfono, contestó Frank, el hermano mayor de Sharon.

–¿Qué? –dijo–. ¿Qué?

Puso la mano en el micrófono.

–Alguien dice que el tío Paul mató a Sharon y a las otras chicas –le dijo a su padre.

El capitán Percy cogió el teléfono, pero la comunicación se había cortado.

–¿Era hombre o mujer?

–Hombre.

–¿Has reconocido la voz?

–Estaba en sordina. Podía ser cualquiera.

Los Amigos de Sharon Malloy recibieron una llamada parecida. Leimbach no estaba en su despacho. Sandra Petoski informó a la policía. También llamó a su copresidente, Rolf Porter, a su oficina de asuntos inmobiliarios: éste dijo que iría enseguida. Poco después, cuando Donald Malloy fue a la oficina, le dijo a Sandra que llamara a más voluntarios. Preguntó dónde estaba Leimbach. Sandra no lo sabía.

–Tenemos que encontrarlo –dijo Donald.

Sonaba el teléfono y más gente acudía al local. Al estar la puerta abierta, hacía frío y la gente llevaba nieve embarrada desde la acera al interior. En la calle los coches hacían sonar el claxon.

Donald llevaba el abrigo abierto, y la señora Petoski vio que tenía una pistola sujeta al cinturón.

–Pasa algo –dijo Donald–. Puede ser que Sadie Moore esté en peligro.

Mike Shiller entró en el despacho con otros hombres. Donald le dio a Shiller la caja de cartón con la mano.
–Mire lo que me ha dejado uno de esos chicos marxistas.
Shiller abrió la caja.
–¡Dios mío! –exclamó.
–Vaya a averiguar qué están tramando.
–Ahora mismo, joder –contestó Shiller. Llamó a otros dos hombres–. Vamos –dijo.

Franklin estaba en el *Independent*. Hacia las ocho, Sandra Petoski lo llamó desde la oficina de los Amigos para hablarle de las llamadas relacionadas con Leimbach.

–La gente está muy molesta y Donald ha dicho algo acerca de Sadie.

Franklin salió de la oficina inmediatamente.

Más o menos a esa misma hora tres hombres llegaron a la casa de Barry. La señora Sanders los reconoció como miembros de los Amigos. Les dijo que Barry no estaba allí. Los hombres (uno era Mike Shiller) no le hicieron caso, entraron en la casa y buscaron a Barry. La señora Sanders dijo:

–Espero que se den cuenta de que están infringiendo la ley.
–Eso es lo que usted cree –contestó Shiller.

La señora Sander llamó a la policía, pero comunicaban. Cuando Shillers estuvo seguro de que Barry no estaba en la casa se fue con los otros.

Los vecinos de Harriet dijeron que tres hombres fueron a buscarla también a ella. Quizá fueran los mismos. Harriet no estaba en casa. Los hombres llamaron y uno empujó la puerta con el hombro.

–Creo que habrían forzado la entrada si yo no hubiera salido al pasillo. Me preguntaron quién era y apuntaron mi nombre –explicó el estudiante que vivía al lado.

41

Sadie estaba en su casa con Paula. Como no le gustaba su madrastra, pasaba cada vez más tiempo en su dormitorio. Tenía un pequeño aparato de música y estaba escuchando a un conjunto llamado las Indigo Girls. Paula pensó que el volumen estaba demasiado alto, pero prefirió no quejarse. Estaba en el salón intentando leer. Poco antes de las ocho, llamaron a la puerta con fuerza. Paula se levantó y abrió la rendija. Era Donald Malloy. Llevaba un abrigo grueso y una gorra de mezclilla.

–Sadie puede estar en peligro –dijo–. Tengo que entrar.

–No puede entrar –contestó Paula. Vio a otros hombres en la calle, quizás seis. El coche patrulla de la policía seguía aparcado junto al bordillo de la acera, pero parecía estar vacío. Una hora antes, Aaron la había llamado para contarle que había enviado las seis manos. A consecuencia de ello, desconfiaba de Donald, incluso le tenía miedo.

–¿Está en casa? –preguntó Donald.

Paula quiso cerrar la puerta, pero Donald se lo impidió, empujándola al interior del vestíbulo. Dos hombres siguieron a Donald al interior.

–¡Fuera! –dijo Paula–. No pueden entrar.

–Es por su bien –dijo uno de los hombres.

–¿Ha visto a Paul Leimbach? –preguntó Donald.

–No he visto a nadie. Ahora, váyanse. –Trató de cerrarles el paso, de pie entre ellos y el salón. Habían dejado la puerta abierta y ella oía gritos en la calle.

–¿Dónde está Sadie? –preguntó Donald.

–Está en su dormitorio.

–Compruebe si está allí.

–Por supuesto que está allí. ¡Fuera de esta casa! –En aquel momento, Paula estaba asustada.

–Quiero verlo –dijo Donald.

Paula fue rápidamente al dormitorio de Sadie y llamó a la puerta. No hubo respuesta. Seguía sonando la música. Giró el pomo. Habían echado la llave. Donald la hizo un lado. Paula vio una pistola en su mano.

–¡Déjenla! –exclamó Paula–. Está enfadada conmigo, por eso no abre la puerta.

–¿Qué hizo con la mano que encontró en la galería?

Paula dijo después que los ojos de Donald se le salían de las órbitas, y se apreciaba una línea blanca debajo del iris.

–Se la ha llevado la policía.

–Miente.

–¿Qué diablos le pasa?

–Sadie está en peligro. Tengo que verla.

Donald intentó abrir, sacudiendo el pomo. Luego dio un paso atrás y golpeó fuerte con el hombro contra la puerta. La puerta se abrió de golpe con un estrépito. Donald entró corriendo en el dormitorio de Sadie. La ventana estaba abierta y Sadie se había ido.

En aquel momento, Franklin entró corriendo en su casa para encontrarse con que su hija había desaparecido.

Había dos pares de huellas que atravesaban la nieve en el patio trasero. Las huellas pequeñas debían de ser las de Sadie. El otro par era al menos de un 43 y sin duda eran pisadas de hombre: un par de botas Timberland. A unos cinco metros de la casa, desaparecían las huellas de Sadie, como si el hombre la hubiera alzado. En la acera, las pisadas se perdían en medio de una gran cantidad de otras pisadas, aunque se percibía que iban hacia el oeste, alejándose del centro. El policía del coche patrulla fue a toda prisa calle abajo con un tazón de café y le dijo a Donald y a los demás que se alejaran de las pisadas.

En pocos minutos llegaron tres coches patrulla más a la casa de Franklin con las sirenas a toda marcha. Desde mi porche vi a los hombres saltar de sus coches y correr por la nieve. Uno era Ryan. Cogí enseguida mi abrigo del ropero del vestíbulo.

–¿Quién cree que se la ha llevado? –le preguntaba con insistencia Donald Malloy a Paula.

Ella se quedó junto al bordillo de la acera y miraba calle arriba. Estaba frenética y se negaba a entrar, aunque no tenía abrigo.

—No he oído nada —repetía—, nada.

Franklin quería que le indicaran hacia dónde salir a buscar a su hija. Se volvió hacia Paula, luego fue a la calle y miró alrededor. Se quitaba el sombrero y se pasaba la mano por el pelo. Tenía la expresión de haber sido traicionado, como si hubiera sucedido alguna maldad horrible que no pudiera comprender. Llegó más gente corriendo a la casa. Ryan Tavich hablaba con la policía del estado por la radio. Se oían sirenas a lo lejos. Era increíble que desaparecieran dos chicas en tres días. Cogí un abrigo de mi casa y se lo di a Paula. La idea de que le hubiera pasado algo horrible a Sadie me llenaba de horror.

Donald Malloy estaba igualmente frenético. Iba y venía de la casa a la acera. Había cogido un maletín de su coche y lo llevaba consigo. Con abrigo y sombrero, parecía que llegaba tarde a una cita de negocios.

—No puede ser que haya desaparecido —repetía.

La gente decía toda clase de cosas, por lo que las palabras de Donald no sorprendían. Los coches patrulla iban y venían. La noche era cada vez más fría y el viento hacía volar la nieve por los patios de las casas.

—¿Dónde está? —gritó Franklin con brusquedad.

Paula corrió hacia él y los dos se quedaron abrazados en el patio nevado. Nadie se les acercó.

En aquel momento, una furgoneta Chevrolet de color marrón se arrimó al bordillo de la acera. Era el doctor Malloy. Había escuchado los partes policiales en su radio. Sin apagar el motor, saltó del coche. Miró alrededor y corrió hacia su hermano. Parecía tener muy poco interés en lo que sucedía y en lo que pudiera pasarle a Franklin.

El médico cogió a Donald de la solapa de su abrigo con una mano. Estaban parados en la acera.

—¿Por qué acusas a Paul? —gritó el médico—. ¿Qué sabes?

Yo estaba a unos tres metros. Desde luego, yo no sabía de qué hablaba, pero me impresionó la expresión de su rostro, una mezcla de ira e incomprensión. Donald me daba la espalda y sus hombros parecieron encongerse. Aún llevaba el maletín y sus botas de goma amarillas brillaban en la nieve.

–No he hecho nada –replicó Donald.

Otros se detuvieron a mirar. Ryan dio un paso hacia ellos y luego se detuvo.

–¡Estás haciendo creer a la gente que Paul secuestró a Sharon! –gritó el médico.

Donald apartó a su hermano de un empujón.

–¿Cómo sabes que no fue él?

El médico resbaló, pero recuperó el equilibrio.

–¡Es tu amigo! ¡Sabes que es inocente!

Donald se inclinó hacia delante y susurró algo al médico. Estoy seguro de que pocos lo oyeron.

–Es un idiota –replicó.

En aquel momento, un policía saltó de su coche y fue corriendo hacia Ryan.

–Informan que hay un hombre con una adolescente a cuestas, colina arriba, en el parque Lincoln.

–¡Vamos! –gritó alguien.

El doctor Malloy miró en torno. Seguramente nos había visto antes, pero de golpe advirtió que pasaba algo terrible.

–¿Qué sucede? –preguntó.

–Han secuestrado a la hija de Franklin –le dijo alguien.

Donald corrió a la calle.

–¡Al parque! –gritó. Se subió al coche de uno de los Amigos.

–¡No, esperen! –gritó Ryan. Estaba en la acera con los brazos en alto.

La mayoría de la gente no le prestó atención. Especialmente los Amigos, que fueron rápidamente a sus coches. Franklin corría calle arriba. Malloy se quedó en la acera mirando a su hermano. Un coche patrulla arrancó y sus ruedas resbalaron en el hielo.

Donald gritó desde la ventanilla abierta del coche:

–¡Es Leimbach! ¡Leimbach tiene a la chica!

–¡No! –gritó el doctor Malloy. Fue corriendo hacia su furgoneta.

Mucha gente gritaba, el sonido de los motores de los coches era como un frenesí y sus faros iluminaban las fachadas de las casas y los árboles sin hojas. Me quedé junto a Paula mientras la gente corría a nuestro alrededor en la semipenumbra.

–¡Esperen! –gritó Ryan nuevamente. A continuación, también él corrió hacia un coche.

Pronto no quedó nadie en el patio de Franklin. Vi caras en algunas ventanas. El viento soplaba sobre la nieve pisada.

–Llévame allí –dijo Paula.

Fuimos rápidamente a mi coche.

En el límite del pueblo, el parque Lincoln lindaba con una reserva boscosa de unas treinta hectáreas en la que habían abierto pistas para esquiar. El domingo, la policía había registrado el área de manera muy concienzuda, acordonando zonas y peinando cada palmo de terreno. El miércoles por la noche no había plan. Cuando Ryan llegó al parque, docenas de personas corrían por la nieve. Sólo unos pocos tenían linternas. El hecho, real o supuesto, de que se hubiera visto a alguien cargando a Sadie les hizo perder la cabeza. Se produjeron tres llamadas a la policía de una mujer y dos hombres, y en todas se informó de que había un hombre llevando a cuestas a una chica. Parecía evidente que el hombre era Paul Leimbach, aunque no estoy seguro de que la gente se preguntara por qué pensaba eso. Tenían pasión por querer creer que era alguien específico, y les habían dado el nombre de Leimbach. Sin embargo, había algo más que eso. El nombre lo había dado Donald Malloy. ¡Él sí que estaba en condiciones de saberlo!

Más adelante se dijo que más de doscientas personas, la mayoría hombres, registraban el parque y el bosque contiguo. Debido a la falta de coordinación, a los gritos en la oscuridad y a la sensación de un resultado inminente, hubo muchas falsas alarmas, muchos anuncios de que se había visto a alguien sospechoso, pero eran los que buscaban que se denunciaban unos a otros. Ryan logró controlar a la mayoría de los policías e hizo llevar linternas del departamento de Tráfico. También envió hombres a rodear el área, aunque era tan extensa (más de ciento cincuenta hectáreas) que su número era claramente insuficiente. También pidió el envío de más policías y ayudantes del *sheriff*. Los que tenían radios capaces de sintonizar la frecuencia policial oyeron aquellas llamadas y pronto hubo gente que se dirigió al parque desde todo el pueblo, o al menos eso parecía. Y evidentemente también avisaron a la televisión. Yo fui al parque con Paula y aparqué en Johnson Street. Vimos docenas de personas en la colina, entre los árboles. Las luces se agitaban en la oscuridad. Dejé el motor y la calefacción encendidos. Paula se quedó agarrada a sus rodillas, con los pies sobre el asiento delantero. Llevaba el abrigo pesado que yo le había dado, uno oscuro que mi padre había usado cincuenta años antes. Miraba desde la ventana y no hablaba. De vez en cuando le daba un escalofrío.

Ryan hacía todo lo que podía por coordinar las cosas y estableció un puesto de mando en la esquina del parque, en la confluencia de Johnson Street y Walnut Street. En cuanto a la gente que decía haber visto a un hombre que llevaba a una chica colina arriba, era escéptico, y también lo era acerca de las huellas que se alejaban de la ventana de Sadie. ¿Por qué tenía que ir andando? ¿Por qué no gritó? En todo caso, por el momento no había modo de responder a esas preguntas. La búsqueda se le había ido de las manos. Sin embargo, envió un policía al apartamento de Aaron.

A Ryan le parecía oír gritos procedentes de cincuenta direcciones distintas. Se distinguían luces que bailoteaban y formas vagas. Entonces le llegó el sonido de un disparo de pistola. Envió a varios policías a investigar, y después pidió una ambulancia a la brigada de rescate. Le asustaba el hecho de que hubiera diez horas de oscuridad por delante, por lo que ordenó a dos hombres, no policías, que hicieran una fogata para que la gente se pudiera calentar. Cuando oyó dos tiros más, echó a correr colina arriba.

Franklin había corrido al parque por su cuenta. Estaba a cuatro manzanas de su casa. Llevaba una linterna y subió a toda prisa a la cima de la colina, resbalando en la nieve, cayendo y poniéndose de pie. Por los gritos, creyó que habían encontrado a Sadie y corrió hacia el lugar de donde provenía el ruido. De este modo, se encontró internándose en el parque. Oía gritos delante y también detrás. Pasaba gente corriendo, pero nadie sabía nada o como mucho decía cosas como «¡la han visto por allí!». Dos hombres le dijeron que habían avistado a Leimbach. Franklin llevaba botas de media caña y se le metía nieve en los pies. Se le quedó prendido el sombrero en una rama y lo perdió. La bufanda inglesa se le enganchaba en todo. Resbalaba y tropezaba en la nieve, que en algunos lugares tenía más de treinta centímetros. Si no podía encontrar a Sadie, quería correr hasta desmayarse. Y cuando cayó se lastimó, hasta el dolor lo hizo sentirse bien, porque era una prueba de la pureza de sus intenciones, de la intensidad de su esfuerzo. Lo mejor era exigirse, correr lo más rápido que pudiera, aturdir su cerebro con el esfuerzo físico, antes que tener ideas que no lo llevaban a otra cosa que a sentir remordimientos.

Franklin había superado la cima de la colina y había entrado en el área boscosa donde se oían más gritos. Las ramas le arañaban la cara. Gritó el nombre de su hija pero no hubo respuesta. Entre los árboles no había tanta nieve, pero sí ramas y troncos caídos. Se protegía la cara con el brazo. De pronto, tiró de la bufanda y la arrojó al suelo. Delante de él no veía más que el haz de luz de su linterna. Cuando su pie quedó atrapado entre dos ramas caídas en el suelo y cayó hacia delante, fue como si alguien le hubiera agarrado el tobillo derecho. Tropezó con un tronco y se desplomó pesadamente en la nieve, dejando caer su linterna. Le entró nieve en la espalda, por debajo de la camisa. El dolor de su tobillo era como un fulgor brillante. Se quedó tirado en la nieve respirando con esfuerzo y sintiendo náuseas. Después recuperó la linterna y trató de ponerse de pie. Cayó inmediatamente. El tobillo no soportaba su peso. Lo sentía como cuando se lo había torcido jugando un partido de baloncesto, hacía unos años. Tenía el estómago descompuesto danzando ante sus ojos. Se quedó acostado en la nieve y enderezó lentamente la pierna. Después de levantarse otra vez, Franklin se agarró de una rama y se apoyó en su pierna izquierda. Todo aquello le desagradaba terriblemente: la nieve, sus botas, él mismo. El dolor de su tobillo era como un dolor merecido. Trató de ver si el tobillo soportaba su peso, pero dolía demasiado y no podía sostenerse. Se aferró al árbol y trató de no dejar caer la linterna.

Aparte de que se trataba del bosque, Franklin no tenía idea de dónde se encontraba. Fue saltando de árbol en árbol.

–¡Eh! –gritó. Intentó arrancar ramas para usarlas como muletas y finalmente encontró una rama seca. Le quitó las ramitas pequeñas y la golpeó contra el tronco de un árbol para acortarla. La rama quedó de una longitud de un metro treinta y se curvaba en un extremo. Se apoyó en la rama y empezó a avanzar cojeando.

A los diez minutos, Franklin llegó a una pista de esquí. Había ido a esquiar con Sadie allí otros inviernos y sabía que había refugios para los esquiadores. Giró a la izquierda y comenzó a avanzar por la pista, aunque no sabía si iba hacia el final del bosque o se internaba en él. No podía apoyarse en el tobillo y temía apoyarse demasiado en la rama rota. Cayó dos veces. Lo desesperaba que el dolor lo distrajera de la búsqueda de su hija. Entonces oyó un disparo a su espalda. Se detuvo y trató de atisbar entre los árboles. Su linterna parecía estar apagándose.

Unos trescientos metros más adelante, Franklin descubrió un refugio, aunque tardó diez minutos más en llegar hasta él. Entretanto oyó dos disparos más. La camisa de Franklin estaba empapada de sudor; sus calcetines, húmedos por la nieve. Se metió dentro del refugio, derrumbándose en el banco que ocupaba todo el largo de la pared del fondo. Dejó la rama rota a un lado. Por lo menos ya no estaba a merced del viento. Había una estufa; pero él no llevaba cerillas. Apagó la linterna. A continuación se sentó en el banco, se inclinó hacia delante y comenzó a darle un masaje a su tobillo.

Varios minutos más tarde Franklin vio una linterna en la pista. La luz bailoteaba entre los árboles.

–¡Eh! –gritó. Intentó ponerse de pie, pero volvió a caerse.

Alguien apareció en la entrada del refugio y lo iluminó con su linterna.

–¿Quién es usted? –preguntó una voz.

–Franklin Moore –dijo Franklin, parpadeando.

–El tipo del periódico, ¿verdad? Están buscando a su hija.

–Así es. ¿Quién es usted?

–Martin Farmer. ¿Qué hace aquí?

Franklin no reconoció el nombre y no veía nada tras la luz de la linterna del hombre.

—Me he torcido el tobillo —respondió Franklin.
—¿Y no puede andar? Qué mala suerte...
—¿Me puede ayudar?
—Desde luego, les diré que está aquí. —El hombre se iba.
—¡Espere! —dijo Franklin.

Encendió su linterna. La cara de Farmer era una forma vaga. Franklin distinguió una gorra de caza de color rojo oscuro y un abrigo rojo de lana.

—Yo no puedo llevarlo a cuestas —señaló Farmer—. Tengo mal la columna. Voy a buscar más gente. Qué raro haberlo encontrado. —El hombre desapareció.

Franklin se recostó contra la pared y puso el pie en el banco. Le dolía hasta el menor movimiento. En el reloj vio que eran las diez. Apagó la linterna. El aire se sentía húmedo, como si fuera a nevar nuevamente. El viento sonaba entre los árboles como un quejido.

Alguien corría por la pista. Franklin lo llamó.
—¡Oiga, ayúdeme!

La persona siguió corriendo. ¿Se equivocó? ¿Era sólo el viento?

Unos cinco minutos más tarde Franklin oyó a otra persona, el sonido de pies que corrían. Empezó a gritar, pero luego oyó que lo llamaban.

—Franklin, Franklin. —Era una voz aguda.
—¡Aquí! —gritó Franklin.

Apareció una figura en la entrada. Franklin la iluminó con su linterna. La luz se había debilitado tanto que apenas podía divisar las piernas oscuras y las botas amarillas.

—Aquí está —dijo la voz. Era Donald Malloy.
—Me he torcido el tobillo —explicó Franklin. Se sentía muy contento de verlo. Empezó a relajarse.

—Eso me han dicho —contestó Donald. Se sentó pesadamente y Franklin sintió que el banco se hundía. Donald llevaba una linterna e iluminó brevemente el rostro de Franklin haciéndolo parpadear y desviar la mirada. Acto seguido, la apagó, convirtiéndose en una forma indefinida bajo el débil haz de luz de la linterna de Franklin.

—Están ahí fuera —dijo Donald—. Corriendo por todas partes.

–¿Qué se sabe de Sadie? –preguntó Franklin.
–Otra chica –dijo Donald con un suspiro.
–Dios mío. Es mi hija.
Donald se apoyó en la pared. Su respiración hacía un sonido ronco, como de madera aserrada.
–Yo no he tenido hijos –dijo.
Franklin trató de verlo en la oscuridad. Donald debía de estar exhausto de tanto correr.
–¿No hay rastro de ella? –preguntó Franklin–. Tengo que salir de aquí.
–En alguna parte tiene que haber algún rastro –respondió Donald–. Pero no aquí. Todo está llegando a su fin.
–¿Qué quiere decir?
–Todo terminará pronto. Quizás esta noche, o mañana.
–¿Qué han sido esos disparos? –preguntó Franklin.
–He sido yo –contestó Donald. Sacó la pistola, la enseñó y la dejó en el banco, a su lado–. Eran señales.
–¿A quién hacía señales?
Donald no contestó. Todavía jadeaba. La luz de Franklin se reflejaba en el cañón de la pistola.
Un instante después, Donald preguntó:
–¿Por qué no me entrevistó?
Franklin pensó que había oído mal.
–¿Para el periódico?
–Podría haberle dicho muchas cosas.
–Usted dijo que no quería que le entrevistara.
–Entonces no estaba preparado.
–Iba a intentarlo de nuevo.
Donald se enderezó y le dijo entre dientes.
–Debería haberlo intentado usted antes. –Al inclinarse contra la pared, la gorra de mezclilla se le había deslizado sobre la frente. Franklin observó que Donald aún llevaba consigo el maletín. No entendía que alguien llevara un maletín en el bosque. Advirtió que pasaba algo malo.
Donald cogió la rama que Franklin había estado usando como bastón. La tiró bruscamente a la oscuridad. Franklin la oyó estrellarse contra un árbol, al otro lado de la pista. Iba a hablar, pero guardó silencio. El viento hacía chocar las ramas.
–No necesitará eso –dijo Donald.

42

Paul Leimbach estaba en el cuartel central de policía del estado, en Potterville, examinando fotos de acusados de abusos a menores, cuando llegó por la radio el aviso de que Sadie Moore había desaparecido. Desde luego, tenía permiso del capitán Percy para ver las fotos, y éste sabía dónde estaba. Leimbach salió del despacho y corrió hacia su coche. Cuando salía del pueblo oyó por la radio que habían avistado a un hombre llevando a una chica a la cima de la colina de Lincoln Park. Llamó a su esposa desde el teléfono de su coche.

–Te han estado llamando –dijo ella–. Incluso han venido ha buscarte a casa.

Leimbach creyó que se refería a gente de los Amigos. Habían quitado la nieve de la carretera, pero en algunas curvas había hielo. Aunque iba rápido, lo adelantaron seis coches patrulla de la policía estatal, camino de Aurelius, con las luces lanzando destellos.

Llamó a Sandra Petoski, a la sede de los Amigos.

–Pasa algo malo –le explicó ella–. Se están diciendo muchas cosas. Es mejor que vayas a la comisaría de policía.

Leimbach tenía una pistola en el escritorio de su despacho, así que fue allí primero. Sobre el escritorio había una caja de zapatos envuelta en papel rojo con su nombre escrito en ella. Cogió la caja de zapatos junto con su pistola y volvió al coche a toda prisa. Camino del parque Lincoln abrió la caja de zapatos y encontró la mano y la foto de Janice McNeal. Estaba demasiado oscuro para leer lo que decía en el dorso, pero la mano le produjo un escalofrío. No entendía por qué se la habían mandado. Sabía que habían mencionado su nombre en relación con las desapariciones y que la policía estaba enterada de su breve relación con Janice, pero nada de eso tenía sentido para él. Aparcó en Johnson Street, frente al parque, y se bajó del coche. En el cruce con Walnut vio una fogata y hombres de pie alrededor. Había ocho o nueve coches patrulla con sus luces azules centelleando. Se apreciaban luces en movimiento en la colina. Se oían gritos de hombres. Se distinguían figuras oscuras corriendo entre los árboles. El viento hacía volar la nieve sobre el suelo. Leimbach se paró bajo el farol de la calle y se abotonó el abrigo. Se metió la pistola en el bolsillo. Finalmente se puso los guantes.

Antes de haber avanzado más de tres metros, oyó que lo llamaban a gritos. Dos hombres corrieron hacia él. Se les sumaron otros. Mirando hacia la colina, vio que otros hombres se detenían y luego iban hacia él. Diez, quince hombres. Su actitud lo sobresaltó. Al principio sintió casi orgullo, como si reconocieran su capacidad de conducción. Entonces le llamó la atención lo rápido que corrían los hombres y la ira de sus voces.

Leimbach reconoció a Mike Shiller, que corría delante de los otros. Dio un paso hacia él.

–Mike –empezó a decir. Advirtió la mueca violenta en el rostro del otro.

–¡Cabrón! –gritó Shiller.

Leimbach levantó la mano, pero Shiller no se detuvo. Saltó hacia delante, chocando con su cuerpo contra el pecho de Leimbach y tirándolo hacia atrás, por lo que cayeron a la nieve. Se acercaron más hombres corriendo. Leimbach alzó el brazo para defenderse, pero Shiller lo golpeó en el rostro. Dos hombres cogieron a Leimbach por las solapas del abrigo y lo arrastraron hacia la calle. Leimbach trató de coger la pistola de su bolsillo, pero los guantes no le permitían sentir el gatillo. Alguien le dio un puntapié y la pistola se disparó, con una explosión que sonó como una bofetada. Leimbach rodó en la nieve, retorciéndose y agarrándose la pierna. Media docena de linternas lo alumbraron y, bajo su luz, la nieve se volvió de color rojo. Todo el mundo quedó en silencio.

Otros más corrieron hacia el grupo formado en torno a Leimbach. Ryan estaba entre ellos. Oyó a alguien gritar, pero no advirtió que era Leimbach hasta que atravesó el grupo de hombres.

–¿Quién le ha disparado? –preguntó Ryan. Empujó a Mike

Shiller a un lado. Le faltaba el aliento y estaba furioso con todos.

—Se ha disparado él mismo —dijo Shiller.

—Ha sido un accidente —dijo otro hombre.

—Ha tratado de suicidarse —dijo un tercero.

—Ojalá se muera —añadió Shiller.

Ryan arrancó parte de la tela de los pantalones de Leimbach, por encima de su rodilla.

—Traigan esa ambulancia aquí —ordenó.

La ambulancia de la brigada de rescate estaba aparcada a unos cien metros, en la esquina. Varios hombres gritaron y la ambulancia empezó a acercarse.

Shiller sujetó la linterna mientras Ryan aplicaba un torniquete hecho con un pañuelo. La ambulancia subió a la acera, con su luz roja pintando los rostros de los hombres.

—Es el que secuestró a las chicas —dijo Shiller.

Ryan se quedó agachado junto a Leimbach, que parecía apenas consciente.

—No tienen pruebas.

—Entonces las conseguiremos —añadió Shiller—. Están en su casa.

—Si las hay —señaló Ryan—, la policía las encontrará.

—Venga, joder, están tardando demasiado —dijo Shiller.

En aquel momento, uno de los hombres que había junto al Mazda de Leimbach gritó:

—¡Mirad lo que tenía en el asiento delantero!

Media docena de linternas enfocaron al hombre que sostenía una mano de maniquí con las uñas rojas brillantes. Durante un instante nadie habló.

—¡Vamos! —gritó Shiller.

—¡Vayamos a la casa de Leimbach! —gritó otro.

Shiller y dos hombres comenzaron a dirigirse hacia la calle. Otro se separó del corrillo que había en torno de Leimbach y se unió a ellos, y luego otro y otro.

—¡Esperen! —dijo Ryan. Pero los hombres corrían ya hacia los coches; se oyó un chirrido cuando las ruedas de la ambulancia empezaron a girar en la nieve. Leimbach soltó un gemido—. ¡Traigan una camilla ahora mismo! —gritó Ryan.

La casa de los Leimbach, en Myrtle Street, estaba a oscuras, salvo por una luz sobre la puerta delantera y otra atrás, junto al garaje, donde había un aro de baloncesto. Martha y sus hijos se habían ido a casa del doctor Malloy. Mike Shiller y los demás llegaron a la casa en tres coches. Eran ocho. Más tarde, Fritz Mossbacher, un cartero que trabajaba con Shiller, le contó al capitán Percy lo que pasó.

–No había nadie en la casa y Mike fue atrás. Estaban cerradas todas las puertas con llave. Mike cogió una piedra, rompió la ventana de la puerta lateral y nos permitió entrar. Era como si supiera exactamente lo que iba a hacer.

Mike Shiller creía que en la casa de Leimbach había pruebas. Quizás algún tipo de arma. Acaso cloroformo. Tal vez la funda de almohada que llevaba Meg para recoger dulces la noche de Halloween y que no había aparecido con su ropa.

–Donald nos dijo que Leimbach siempre hacía tonterías con Sharon –explicó Mossbacher–. Bromas, cosquillas... Decía que Leimbach no dejaba de tocarla. Mike no tenía dudas de que Leimbach era el culpable. Y además estaba lo de la pluma estilográfica y las llamadas telefónicas. Después apareció la mano en el coche. Así que lo destrozamos todo. Buscamos en el sótano y en las otras habitaciones. No nos preocupó demasiado lo que rompíamos.

Sin embargo, no encontraron nada. Se sobresaltaron al encontrar ropa de adolescente, pero era de la hija de Leimbach. La casa estaba muy ordenada. Los platos, guardados; la ropa, en perchas o cajones; había un montón de periódicos en el contenedor azul de reciclado. En vez de abandonar la búsqueda, los hombres se enfadaron.

–Mike repetía que el hecho de que no encontráramos nada no significaba una puta mierda –explicó Mossbacher.

Así que los hombres destrozaron la casa. Estoy seguro de que esto significaba algo más que la certeza de que Leimbach era culpable. También estaban las semanas de frustración y de no saber nada, de furia acumulada. Los hombres se sentían mal y tensos. Estaban listos para desahogarse con cualquier cosa, y fue casi por casualidad que esa cosa resultara ser la casa de Leimbach.

–Empezaron a tirar los platos –contó Mossbacher–. Bueno, yo también lo hice. Un tipo destrozó el horno de microondas, otro empezó a tirar todo lo que había en la alacena, comida, lo que fuera. Mike y Charlie Potter tiraron la nevera por las escaleras del sótano haciendo un ruido tremendo. Tenía una cama de agua; uno de los tipos le clavó algo y el agua empezó a caer desde la primera planta, una verdadera catarata. Tiraron la cama de uno de los chicos por la ventana. Los tipos se reían. Algunos realmente se despacharon a gusto; llegaron a romper incluso el televisor. Se convitió en algo perverso.

Le preguntaron a Mossbacher si Shiller les dijo que hicieran eso.

–Lo hicimos todos. No hizo falta que nadie nos lo dijera.

Por suerte, un vecino llamó a la policía y también por suerte había alguien en la comisaría para recibir la llamada. Chuck Hawley, y él y otros dos agentes fueron y obligaron a Shiller y a los demás a salir de la casa.

–¡Deberían estar de nuestra parte, no con él! –gritó Shiller–. ¿No tienen hijos?

Chuck tenía a Shiller cogido del brazo y éste se soltó. Había unas veinte personas junto al bordillo de la acera. A cada lado de la entrada delantera de la casa de Leimbach había una hilera de piedras blancas tapadas a medias por la nieve. Shiller se inclinó, cogió una piedra y la tiró a la gran ventana delantera.

–La ventana se hizo añicos –explicó Mossbacher–. Casi estalló. Delante de la casa había un seto que quedó cubierto de vidrios. Las cortinas se agitaban en el viento. Era un desastre. Chuck Hawley se enfureció. Le puso las esposas a Mike. Y no tuvo demasiada delicadeza al arrojarlo al asiento de atrás del coche patrulla.

Más tarde, cuando ya todo se sabía, se vio como algo paradójico que al mismo tiempo que Mike Shiller y los demás destrozaban la casa de Leimbach, el doctor Malloy había ido a la casa de su hermano. Estaba solo y tuvo que entrar por una ventana de atrás. Al día siguiente el médico dijo que no entendía por qué Donald había empezado a acusar a Paul Leimbach, que los dos siempre habían sido amigos. No entendía por qué su hermano obraba así, y esperaba encontrar alguna razón de su conducta. Y quizá tuviera otras sospechas,

sospechas casi no expresadas, aunque más tarde lo negó. Pero ¿quién podía saber si aquella negación era totalmente sincera? Evidentemente, el doctor Malloy había estado muy a menudo en casa de su hermano, pero casi nunca subía a la primera planta y nunca había estado en el altillo.

Franklin se puso el bloc de notas sobre la rodilla porque Donald Malloy quería verlo. La luz de la linterna de Franklin ya estaba muy apagada. No veía bien y su pluma escribía mal a causa del frío. Pero escribió lo que pudo. No quería irritar a Donald. En la oscuridad apenas discernía la silueta del hombre que había junto a él. Donald hizo que Franklin escribiera cosas básicas de su vida: su nacimiento en Rochester, los años que había trabajado en Buffalo, los años de su matrimonio fracasado.

–Alguien ha hecho algo que me ha dolido –dijo Donald. Su voz era tensa, como si a duras penas evitara gritar.
–¿Qué pasó?
–Alguien me ha mandado una mano, una mano en una caja de zapatos. Había una foto de Janice. Y detrás de la foto de Janice habían escrito «Con Amor». La ha traído esa chica marxista.
–¿Harriet Malcomb? –Franklin se preguntó si podía creer alguna cosa de Donald.
–¿Recuerda los ojos de Janice? Yo detestaba sus ojos.
–¿Era una broma?
–Eso me ha molestado –dijo Donald–. No era una mano verdadera. Sólo una mano de maniquí. La caja venía atada con una cinta.
–¿Se la ha dado a la policía?
–¿Por qué la ha mandado? –preguntó Donald, más a sí mismo que a Franklin. Se movió en el banco, que se sacudió ligeramente–. Debe de ser la mano que encontraron en su casa, la mano que era para Sadie. No pudo ser una broma. –Hizo una pausa, luego habló enfadado–. ¿Por qué no escribe esto?
–Lo estoy haciendo –dijo Franklin, escribiendo el nombre de Harriet en la oscuridad.

—¡No me mienta! —gritó Donald.

Se quedaron sentados en silencio, salvo por la pesada respiración de Donald. Éste tenía la pistola en el regazo.

—El que me mandó esa mano sabe que estoy protegiendo a alguien. Es mi deber. Hasta mi madre me decía eso. Es una suerte que esté muerta y que no lo vaya a saber nunca. ¿Tiene idea de lo terrible que ha sido esto?

Franklin movió la pierna y sintió dolor en el tobillo.

—¿A quién está protegiendo?

—¿No ve quién es el culpable? —dijo Donald, alzando la voz—. ¡No sea tan estúpido!

—¿Quién es? ¿Leimbach?

—¡Leimbach es un imbécil! —La voz de Donald era casi un chillido.

—¿Es su hermano? ¿Allen?

—Me avergüenzo de él.

—¿Allen secuestró a su propia hija? —Franklin tenía miedo del hombre que permanecía sentado junto a él.

—La gente cree que es muy bueno. Doctor esto y doctor lo otro. Mi madre lo protegía y yo también. Pero es un animal. Es como una fruta podrida.

—Nadie lo sabía —dijo Franklin. Deseaba ver la cara de Donald, pero apagó la linterna. Mejor guardarla para después, cuando la necesitara de verdad.

—¿Cómo puede escribir sin luz? —preguntó Donald.

—Ya casi no tiene pilas.

—Aquí tiene la mía. —Donald encendió su linterna y la puso en el banco. Su luz poderosa atravesó la pista hacia los árboles sin hojas. Franklin observó que Donald tenía en el rostro una sonrisa vaga y petulante—. Mi hermano es listo —prosiguió Donald—. Yo sí lo sabía todo, por supuesto. Siempre he estado enterado de sus malos hábitos.

—La prueba del detector de mentiras lo descubrirá —dijo Franklin, tratando de que su voz sonara algo más neutra posible.

—Allen quiere hacerme daño —prosiguió Donald—. Logrará que en las pruebas salga que fui yo quien lo hizo todo.

—Pero usted lo ha estado protegiendo.

—Yo siempre fui el hermano bueno —señaló Donald—. Me

esforcé mucho. Lo encubrí una y otra vez. ¿Por qué me mandó la mano a mí? ¿No entendió que era Allen?

—¿Su hermano tuvo relaciones con Janice McNeal?

—Por supuesto —contestó Donald, alzando la voz—. No entiende nada, ¿verdad?

—Cuéntemelo.

—No es una historia bonita. —Donald se calló.

Franklin esperó a que Donald hablara. Oía gritos a lo lejos. La luz brillante hacía refulgir las botas amarillas de Donald.

—¿Me puede ayudar a bajar la colina? —preguntó Franklin.

—Un momento —contestó Donald—. Me está dando prisa. ¿Por qué no escribe lo que le digo?

—Lo estoy haciendo —respondió Franklin, y escribió unas palabras en el bloc de notas—. ¿En la caja había una mano de hombre o de mujer?

Donald cogió su pistola y se volvió con violencia.

—¡Me está tocando los huevos! —Golpeó a Franklin con la pistola en un lado de la cabeza. Franklin se deslizó del banco y trató de protegerse la cabeza con las manos—. ¿No ve que le puedo matar? —gritó Donald.

Franklin se frotó la cara. La tenía entumecida por el frío y no sentía nada. Se arrodilló en el suelo.

Donald le dio un puntapié.

—¡Siéntese aquí y haga lo que tiene que hacer!

Franklin se subió al banco arrastrándose. Con la linterna de Donald buscó el bloc y la pluma. Le dolía el tobillo con cualquier movimiento. Cuando encontró la pluma y el bloc se volvió a sentar.

—Usted no me cae bien —dijo Donald—. Nunca me ha caído bien. Me alegré cuando murió su esposa.

Franklin le quitó el barro a su pluma. Trató de hablar tranquilamente, sin revelar su cólera.

—Bien —dijo—, hábleme de su hermano y Janice.

—Esa mujer le hacía sufrir —respondió Donald después de otra pausa.

—¿De qué modo?

—Le hacía daño con la mano —dijo Donald entre susurros—. Se la apretaba y le hacía daño.

—Creía que a él le gustaba —dijo Franklin para provocarlo.

—No. Eso es mentira.
—¿Qué sucedía?
—Ella le metía la mano en el pantalón y le sacaba la polla. Entonces tiraba de ella y se la estrujaba. Decía que le gustaba verla disparar. Él detestaba eso.
—Entonces ¿por qué lo permitía?
—Porque en parte estaba enfermo. Ya se lo he dicho.
—Pero siguió viéndola.
Donald seguía susurrando.
—Eso era por su enfermedad.
—¿Mató a Janice? —Franklin se dio cuenta de que le sangraba la cara. Se limpió la mejilla con la manga.
—Cuando lo apretó de nuevo, Allen la agarró por el cuello. La apretó igual que lo apretaba ella, pero la estranguló hasta que dejó de hacer ruido.
—¿Y qué hay de la mano?
—Las manos siguen sus propios deseos. Una mano es limpia y la otra sucia. Él cogió la mano sucia.
—¿Tiene la mano todavía?
—Por supuesto. Están todas juntas.
Franklin tuvo un escalofrío. Donald estaba encorvado hacia delante y hablaba con voz tranquila. Franklin veía la pistola junto a la pierna de Donald, pero tenía miedo de cogerla.
—¿Y qué pasó con Sharon? —preguntó Franklin—. ¿Ella también era sucia?
—Tenía pensamientos sucios —contestó Donald.
—¿La tocó?
—¡Yo nunca la toqué! —Entonces, con voz más baja, añadió—: Allen tocaba a todas las chicas.
—¿Fue Allen quien encontró a Sharon en la carretera?
—Se le había roto la bicicleta y él se detuvo. Ya la había tocado antes y tenía miedo. Le preguntó si iba a contarlo. Ella no le contestó. Él no quería tocarla, pero ella lo obligó. Ella quería enseñarle el vello púbico. Él temía que ella fuera a contarlo. Era amiga de Sadie Moore. Podía contárselo a Sadie; incluso a Aaron. Éste iba haciendo preguntas sobre su madre. Así que Allen le pidió que le prometiera que no lo contaría, pero ella no contestó. Entonces él le tapó la boca. Ella trató de gritar y él no la dejó. Le tuvo tapada la boca. Cuando Sharon era pe-

queña, era muy bonita, pero había dejado de serlo. Era demasiado mayor. Sharon hizo que él la tocara y cuando él la tocó, ella fingió que era culpa de él. Y a él le quedó el olor del pelo femenino en los dedos. Le dejó la mano manchada. Ella crecería y se la menearía a los hombres, como hacía Janice. Mi hermano quería salvarla. Quería convertirla en capilla.

A lo lejos alguien tocó el silbato.

—No está escribiendo —dijo Donald, enfadado.

—Sí estoy escribiendo —replicó Franklin—. Esto es taquigrafía. Después lo reconstruiré. ¿Y qué pasó con la mano de Sharon?

—No entiende usted nada. —Donald bajó la voz—. Es culpa de la mano. Le gusta menear y apretar. Muerde. La mano come. Está cubierta de orina y mierda, y cosas peores. Le gusta tocarlas, revolcarse en esas cosas.

—¿Qué hizo su hermano?

Donald se rió con tranquilidad.

—Ya sabe lo que hizo.

—¿Le cortó la mano?

—Es la manera de deshacerse de la mugre. La mano izquierda es la mala. Tenía que limpiarlas, limpiar a todas las chicas.

—¿Y la mano de Meg? —preguntó Franklin.

—Todas las manos están juntas.

Hubo un ruido hueco y, horrorizado, Franklin vio que Donald golpeaba el lado del maletín.

—¿Están ahí? —susurró Franklin.

Donald hizo una especie de chasquido con la lengua.

—¿Se las enseño?

Franklin trató de no pensar en el maletín, pero su mente se negaba a concentrarse en otra cosa.

—¿Por qué Meg y Karla? —insistió Franklin.

—No eran mejores —contestó Donald—. Fueron a la farmacia. Mi hermano vio cómo eran. Tenían pensamientos sucios. Les asomaban los pechos, las tetitas. Yo las veía. Se reían y coqueteaban. Enseñaban las piernas. También querían cogérsela a los chicos. Además, Sharon se sentía sola. Allen tenía que encontrarle compañía, chicas que fueran tan malas como ella. Chicas que tuvieran pelo. Pero él no quería hacerles daño, sino hacerlas mejores.

–¿Cómo las secuestró?
–En su coche. Se les acercaba, las cogía y las metía atrás.
–¿Por qué no corrían?
–¿Por qué iban a hacerlo? El coche tenía triángulos naranja en las puertas. Era un Amigo.
–¿Y Sadie también? –Franklin casi no pudo pronunciar su nombre. Su inmensidad lo llenó de tristeza.
–Ella es mala. Fue a la farmacia. Se lastimó y tuve que tocarle la pierna. Aaron estaba con ella e hicieron preguntas. Pero ella sólo fingía haberse lastimado. En realidad, quería que le tocara la pierna. Llevaba un anillo con una paloma. Se volvería mala por culpa de Aaron. Éste quería que fuera como Janice.
–¿Allen no se la ha llevado?
–Lo ha intentado. No quiero hablar de eso.
No era exactamente esperanzas lo que empezó a tener Franklin, sino más bien la sensación de que había un espacio abierto ante él y que Sadie lo ocupaba.
–¿De modo que él no se ha llevado a Sadie?
Donald alzó la voz.
–¡He dicho que no quería hablar de eso!
Hizo una pausa y, cuando volvió a hablar, lo hizo en voz baja.
–Las chicas se quieren entre sí y aman su mugre. ¿Ha visto cómo sonríen? No creerá usted que son sonrisas de verdad, ¿eh? Allen creía que nadie lo sabría. Creía que sólo lo sabía mi madre. Pero es malo. Tenía una hija mala ¿no? Y ella lo aprendió de él. Ahora mi hermano ha construido una capilla con tres chicas. Se podría creer que están muertas, pero no es así. Se mueven y brillan. Centellean bajo la luz. Se han eliminado todas las palabras sucias. ¿Sabe que hay números buenos y números malos? Todos los números buenos las protegen. Mi hermano reza allí. Quiere ser mejor, pero la maldad le llega hasta el fondo. Ni siquiera se podría eliminar con cuchillos. Debería contárselo a la policía. Pero es mi hermano. Se supone que he de quererlo.
–¿Qué pasó con Jaime Rose? –preguntó Franklin, mientras escribía el nombre de Janice en su bloc de notas.
–Era como Janice. Esta gente tiene caras que son máscaras.

Sonríen y parecen felices. Fingen que les caes bien. ¿Sabe lo feo que es el cráneo cuando se quita la piel? Entonces se ven los dientes. Ésa es su verdadera cara. Mi hermano arregló las cuentas con él. De eso no hay duda. Jaime metió la mano en los pantalones de Allen. Le apretó la polla y lo iba a contar a todo el mundo. Allen no podía permitir que eso sucediera: por eso se lo llevó al salón de belleza. Ese nombre es casi gracioso. ¡Un salón de mugre, un salón de coños!

–¿Y Barry?

–Oh, pronto morirá. Él lo contó después de que yo le explicara que no debía hacerlo, que eso estaría muy mal. Hay que enseñarle a quedarse callado. Mi hermano lo arreglará. Él es bueno para arreglar las cosas.

–Pero Allen es peligroso.

Donald se rió.

–Oh sí, es muy peligroso.

–Hay que detenerlo.

–Estoy de acuerdo. Se ha ensuciado, se ha ensuciado mucho. –Donald hizo una pausa–. Hace frío, pero no mucho, ¿no le parece? Una vez que Allen ya no esté y los demás se hayan ido, entonces las cosas irán mejor. No tenemos mucho tiempo. ¿No es espantoso esto de ir siempre corriendo? Hemos de hacer que las cosas se tranquilicen. La gente le tiene miedo a la muerte, pero es un error. La muerte es muy tranquila. Las chicas están ahí la mar de quietas. A veces creo que están rezando.

–Debería hablar con la policía.

Donald se rió.

–No creerán que fue él. Porque él siempre pareció el bueno. Le iba muy bien en el colegio. Pero yo lo miraba cuando dormía, cuando apretaba los dientes. Lo miraba cuando él no se daba cuenta.

–Debería hablar con Ryan Tavich.

–Usted trata de engañarme –dijo Donald.

–No –replicó Franklin–. Soy su amigo.

–Finge que escribe, pero no escribe nada. –Donald le quitó a Franklin el bloc de la rodilla y lo iluminó con su linterna. En el papel había garabatos, letras a medias.

–¡Se está burlando de mí! –gritó Donald, tirando el bloc a la nieve.

—Lo tengo todo en la cabeza –contestó Franklin–. Lo escribiré después.
Donald hizo un ruido con la boca.
—Puedo hacer que me crea.
—Le creo. –Franklin estaba desesperado–. Lo recuerdo todo. –Oyó un chasquido y luego otro cuando se abrieron los cierres del maletín.
—¡Mire! –gritó Donald.
Franklin se alejó, ayudándose de su pierna buena. Donald tenía la linterna en la mano y algo horrible en la otra. Franklin se echó hacia atrás. Acto seguido, saltó fuera del refugio, arrastrándose de lado e impulsándose nuevamente hacia delante con su pierna buena para cruzar la pista. Chocó con un árbol y se cayó sobre su estómago. Empezó a arrastrarse por la nieve. El haz de luz de la linterna de Donald pasó sobre él. Franklin se arrastró entre los árboles. Pasó por encima de un tronco y se derrumbó.
—Me alegro de que hayamos tenido esta charla –dijo Donald. La luz iba y venía sobre Franklin, pero no se posaba sobre él–. Sadie es un bonito nombre. Estoy seguro de que la encontraremos.

43

Donald salió del bosque por el aparcamiento. Había llegado un furgón del Ejército de Salvación de Utica, y una mujer que llevaba un uniforme oscuro ofrecía tazas de café. A los demás, Donald debía de parecerles uno más que andaba buscando en el bosque. No se detuvo, sino que cruzó el aparcamiento hacia la colina. Era el camino más corto hacia el pueblo.

Ryan lo vio bajando la colina. O más bien vio a un hombre llevando un maletín y sus botas amarillas. Sabía que era Donald. Donald corría de una manera peculiar, inclinado y sin enderezar las piernas, lo que hacía pensar a Ryan en un animal. De la linterna de Donald salía una cuña de luz hacia la nieve que había delante de él. Ryan estaba con Chuck Hawley y avanzaba por la colina hacia Aaron, que al parecer acababa de llegar. Ryan creía que Aaron sabría algo de Sadie. Entonces Ryan se detuvo y se volvió hacia Donald.

–Ése es Donald Malloy –dijo Chuck.

–¡Eh! –gritó Ryan. Comenzó a correr hacia Donald. Quería preguntarle qué había dicho el doctor Malloy y tenía curiosidad por el maletín. Pretendía ver qué había dentro.

Donald se detuvo en la colina. Apagó su linterna y se la metió en el bolsillo del abrigo. Se quedó frente a Ryan, sujetando el maletín delante de él con las dos manos. Llevaba la gorra echada hacia atrás. Allí, en la parte superior de la colina parecía un gigante. Al acercarse, Ryan vio que Donald sonreía. Ryan lo iluminó con la linterna y vio que sacaba la mano derecha de detrás del maletín. Al principio, cuando Ryan vio la pistola de Donald, creyó que se equivocaba. Aquello hizo que se demorara un instante. Saltó cuando Donald disparó. Sintió una especie de patada. La linterna voló por el aire. Se oyó otro disparo. Ryan cayó en la nieve y rodó. Trató de coger su pistola, pero ninguno de sus músculos le respondía.

Aaron estaba en la mitad de la ladera cuando oyó el disparo. Vio caer a alguien, pero no sabía que era Ryan. Entonces se produjo un segundo disparo. Empezó a correr colina arriba. Delante de él, Chuck Hawley, atento a Donald, sacaba su pistola de la funda.

–¡Donald! –gritó Chuck. Luego disparó: una, dos, tres veces.

Donald Malloy se volvió y corrió otra vez hacia arriba. Había árboles y Donald se ocultó tras ellos. Se detuvo para disparar colina abajo. Aaron veía hombres junto a la fogata que se tiraban al suelo. No se le ocurrió que podía recibir un disparo. Vio a Chuck corriendo hacia el hombre tirado de espaldas en al nieve. Aaron corrió tras él. La linterna del hombre seguía encendida y estaba parada en la nieve como una antorcha. La cuña triangular de luz parecía llegar a las nubes. Fue cuando llegó junto a la linterna y miró sobre el hombro de Chuck cuando Aaron advirtió que el otro hombre era Ryan Tavich.

–Mierda –repetía Chuck–. Mierda. –Estaba agachado en la nieve junto a Ryan, que se retorcía en el suelo.

Aaron cogió la linterna y corrió colina arriba tras Donald, que acababa de llegar a la cima. Delante se oían gritos. Aaron resbaló, pero recuperó el equilibrio. Cuando llegó al aparcamiento vio hombres que corrían hacia él. Quizá fueran veinte. No veía a Donald.

–¿Es Leimbach? –gritó alguien.

–¿Dónde está Donald Malloy? –preguntó Aaron. Veía el furgón del Ejército de Salvación y a la mujer, que lo miraba fijamente. Varios agentes habían sacado sus pistolas. La gente se movía en todas direcciones.

Un hombre lo cogió del brazo, alguien a quien no había visto nunca.

–¿Quién ha muerto? –gritó el hombre.

Aaron hizo un gesto señalando hacia abajo y se soltó. Corrió hacia el bosque. Un pequeño cartel mostraba la imagen de un esquiador de campo a través y una flecha. La linterna de Aaron lo iluminó. Pensó en Donald Malloy corriendo por la pista delante de él. Sabía que Donald había tenido una relación con Barry Sanders. Ahora sabía que Donald había matado a su madre. Un profesional, así se describía a sí mismo. Aaron deseaba causarle daño con tanto ardor que sentía un gusto metálico en la boca. Corría tan rápido que resbalaba y una vez se cayó.

Aaron corrió por la pista, iluminando a ambos lados para asegurarse de que no se le perdiera alguna huella que señalara hacia el interior del bosque. Estaban las huellas paralelas de los esquís y, sobre ellos, otras más profundas. Empezó a temer que Donald no estuviera delante, que se le hubiera escabullido. Aaron se detuvo a escuchar. Más adelante alguien gritaba.

–¡Eh! ¡Socorro!

Aaron no reconoció la voz, pero empezó a avanzar con celeridad, sin llegar a correr. Temió que fuera un truco, pero no veía ningún motivo para que alguien lo intentara engañar. Imaginaba que Donald se le escapaba y lo tremendo que sería eso. Comenzó a nevar y los copos flotaban en el haz de luz de su linterna.

–¡Eh! ¡Socorro!

Antes de ver la figura que había de pie en la pista, Aaron ya reconoció la voz de Franklin. Se le ocurrió que Franklin era su cuñado y soltó una mueca, no de disgusto sino de algo parecido al desconcierto.

–¡Socorro! –gritó Franklin. Vio acercarse la luz de Aaron.

Aaron enfocó la linterna sobre la cara de Franklin, de modo que éste tuvo que darse la vuelta. Estaba de pie apoyado en una sola pierna. Como un pato, pensó Aaron.

–Franklin –dijo.

Franklin levantó una mano para protegerse los ojos de la luz. Con la otra, se agarraba a un árbol.

–¿Aaron? Me he torcido un tobillo. No puedo andar.

Aaron se acercó.

–Donald Malloy le ha disparado a Ryan –explicó.

–Dios mío. ¿Le ha matado? Franklin tuvo que sujetarse al árbol con las dos manos para no caer.

–Creo que no. Malloy volvió corriendo al bosque.

–Va buscando a Sadie. Tenemos que encontrarlo –dijo Franklin presa del pánico.

–No la encontrará. –Aaron le quitó la luz de la cara a Franklin–. La tengo yo.

Aaron había llevado a Sadie al motel Aurelius. Harriet estaba con ella. Lo había hecho para protegerla. Esperaba que la entrega de las manos obligaría al asesino a descubrirse, pero primero quería asegurarse de que Sadie estuviera a salvo. Y entonces pensó en hacer que su desaparición pareciera un secuestro. ¿Eso no haría que el culpable pensara que alguien invadía su territorio criminal? Después de enterarse de la breve relación de Barry con Donald y de cómo éste había asustado a Barry, Aaron tuvo la certeza casi absoluta de que Donald había matado a su madre y secuestrado a las chicas. Pero no estaba totalmente seguro. Quería hacer que el responsable actuara, que se revelara públicamente para que no hubiera duda de su culpa.

–Pero alguien vio que la llevaban a cuestas por el parque. Llamaron a la policía. ¿Realmente está a salvo?

–Es lo que acabo de decir. –Aaron se sentía enfadado con su cuñado.

–Tienes que ayudarme a bajar la colina.

–Tengo que encontrar a Malloy.

Franklin cogió a Aaron del brazo y casi perdió el equilibrio.

–Aaron, aquí arriba me moriré. Me estoy congelando.

–Es el que mató a mi madre. –La voz de Aaron era inexpresiva, como si diera un informe meteorológico.

Franklin se quedó en silencio. A continuación dijo:

–Lo sé.

–Hijo de puta –dijo Aaron soltándose.

Franklin cayó en medio de la pista y dejó escapar un gemido. Aaron se quedó quieto, con la luz enfocando a Franklin. Ninguno de los dos habló. Franklin trató de sentarse. Su abrigo de piel de cordero estaba cubierto de nieve. También tenía nieve en el pelo.

Aaron pensó en dejarlo. Pensó en Franklin convertido en un bloque de hielo que se rompería en mil pedazos.

Aaron cogió a Franklin de la muñeca.

–Arrástrame –dijo. Franklin se levantó sobre su pierna izquierda y Aaron lo cogió por la cintura.

–Pon tu brazo sobre mi hombro.

Franklin se colgó del hombro de Aaron y dio un salto hacia delante. Iban despacio, pero se movían.

—Yo iba a matar a Ryan —dijo Aaron—, pero no estaba seguro.

Tardaron diez minutos en salir del bosque. No vieron a nadie, pero cuando llegaron al borde del parque se encontraron con dos agentes del estado. El furgón del Ejército de Salvación se había ido. Los agentes ayudaron a Franklin a bajar la colina. Aaron los miró mientras se iban, con las luces agitándose. Pensó en que había dejado escapar a Donald y trató de convencerse de que era lo mejor. Pensó en Donald compareciendo ante un tribunal y en que no era castigo suficiente.

Donald Malloy sólo atravesó un extremo del bosque y pronto salió otra vez a la calle. Le debió de parecer divertido pensar que la policía buscaba en el bosque mientras él corría por el callejón que comunicaba Juniper Street y Spruce Street. Llevaba la pistola en una mano y el maletín en la otra. Tenía un abrigo marrón oscuro que le llegaba más abajo de las rodillas. Había perdido la gorra. Por la calle pasaban coches, pero el callejón estaba vacío. En el último mes había llegado a conocer todos los callejones y patios traseros de Aurelius.

Donald entró por el patio de Barry Sanders; a continuación esperó junto a una esquina de la casa, para asegurarse de que no hubiera nadie cerca. Volvía a nevar. Esperó un par de minutos a que se despejara la calle. Seguramente sabía que la policía lo buscaba y que repetían su nombre en todas las radios. Cruzó la verja y anduvo pesadamente por el porche. Llamó a la puerta con fuerza. Cuando la señora Sanders entreabrió, Donald empujó con el hombro, apartándola y entrando en el vestíbulo.

—¿Dónde está su hijo? —preguntó. Tenía nieve en el pelo rojizo.

—Fuera de aquí —dijo la señora Sanders— Salga de mi casa.

Donald le dio un fuerte golpe en un lado de la cara con la pistola y ella cayó hacia atrás.

—¿Dónde está Barry? ¿Dónde está? —Su grito era casi un chillido.

—No está en casa. —La señora Sanders se arrodilló tocándose la cara ensangrentada.

—Miente. ¿No sabe lo malo que es?

—No está aquí –repitió la señora Sanders. Trató de levantarse.

Donald la golpeó nuevamente con la pistola y ella cayó de rodillas.

—¿No sabe que es malo mentir? La pueden castigar. ¿No sabe que yo soy el encargado del castigo? –Se arrodilló junto a ella. Cogió una pequeña llave de su bolsillo y abrió el maletín. Los dos brillantes cierres saltaron hacia arriba.

La señora Sanders se puso a chillar.

Donald cerró el maletín y corrió al salón.

—¡Barry! –gritó–. Aquí estoy.

Barry estaba arriba. Se encerró en el cuarto de baño. Donald debió de oírlo porque subió las escaleras corriendo. La señora Sanders siguió gritando. Barry pensó que estaba herida y quiso ayudarla, pero tenía demasiado miedo. Se escondió en la ducha y corrió la cortina. Apretó los ojos y deseó desaparecer.

—¡Barry, eres un mal muchacho! –gritó Donald. Golpeaba las puertas de las habitaciones en las que entraba–. ¡Voy a limpiarte! ¡Te convertiré en una capilla!

Barry saltó de la ducha y corrió a la ventana. Donald intentó abrir la puerta del cuarto de baño y encontró que estaba cerrada con llave.

—Barry, no quiero hacerte daño. Tienes que sanar, curarte.

Barry trató de abrir la ventana del cuarto de baño, pero estaba atascada. La ventana daba al tejado del porche lateral.

—Abre la puerta, Barry, y sólo te haré un poco de daño. –Donald dio con todo su peso contra la puerta; se resquebrajaron los paneles de madera. Gruñó y le dio puntapiés a la puerta, rompiendo el panel inferior, por lo que Barry distinguió su gran bota amarilla.

En el cuarto de baño había un taburete en el que su madre se sentaba a veces a cepillarse el pelo junto al espejo. Barry lo cogió y rompió el vidrio de la ventana.

—¡Barry! –chilló Donald–. ¡Tendré que hacerte daño de verdad!

De nuevo se lanzó con todo su peso contra la puerta, pero ésta no cedió. Se lanzó una tercera vez y después disparó a través de la madera. Las balas rebotaron en el lavabo.

—¡Barry, eres muy malvado!

Pero Barry ya estaba en el tejado del porche. Fue a gatas hasta el borde y miró hacia abajo. La altura era de unos cinco metros... Se sentó en el borde con los pies colgando. El viento le daba frío. Trató de decidirse a saltar, pero no pudo. Entonces oyó que se abría de golpe la puerta del cuarto de baño cuando Donald volvió a lanzarse contra ella. Mirando por encima de su hombro, vio la figura inmensa de Donald trastabillando al entrar. Barry saltó. Cayó con las rodillas dobladas. Rodó a un costado, dolorido, pero logró ponerse en pie.

—¡Barry! —gritó Donald. Tenía medio cuerpo fuera de la ventana. La nieve le caía sobre la cara.

Barry corrió.

Donald no saltó. Bajó rápidamente las escaleras y salió por la puerta delantera. La señora Sanders se había escondido en la cocina y oyó que la puerta se cerraba de golpe. Donald cruzó a la carrera el patio en dirección al pueblo. Seguía las huellas de Barry, pero se le perdieron al llegar a la calle. A esas alturas Barry ya estaba en la manzana siguiente, atravesando un patio trasero que daba al callejón.

Donald corrió por los patios delanteros hacia el centro. Sus huellas en la nieve formaban una línea recta. No estaba claro adónde iba. Más tarde, algunos sugirieron que iba a la comisaría de policía. Otros, que iba al local de los Amigos, donde estaba aparcado su coche. Varias personas lo vieron atravesar sus patios corriendo. Decían que iba encorvado, como si siguiera un rastro. Contaron que parecía enorme, con su abrigo abierto y flotando en el viento. Mencionaron el maletín, que golpeaba contra su pierna.

Sheila Murphy estaba de pie en la entrada de la taberna de Bud. Su único cliente era Tommy Shepherd, que estaba borracho, y ella fue hasta la puerta a mirar la nieve. Se preguntaba dónde estarían todos. Entonces vio a un hombre corriendo por el centro de la calle, medio encorvado. «como si fuera oliendo un rastro», comentó. Advirtió que era Donald. La calle estaba cubierta de nieve mezclada con barro, pero seguía nevando con intensidad.

Entonces Sheila vio una furgoneta que iba por la calle, detrás de Donald. Cuando las luces de sus faros la deslumbraron, entornó los ojos. Los faros iluminaron a Donald y el conductor frenó con brusquedad, haciendo que el vehículo se deslizara de lado hasta que las ruedas traseras dieron en el bordillo.

El conductor abrió la puerta y se apeó. Cogió lentamente un rifle del soporte que había encima del respaldo del asiento. Se movía sin prisa. Dejó abierta la furgoneta y las luces encendidas. Los copos de nieve parecían inmensos a la luz de los faros. Sheila no veía la cara del hombre; nevaba demasiado. Gritó al interior del bar:

–¡Eh, Bud, hay un tipo con un rifle! ¡Llama a la policía!
–Entonces Sheila salió a la calle, frotándose los brazos con las manos a causa del frío.

Donald Malloy cruzó Main Street corriendo hacia el ayuntamiento y el monumento a la Guerra de Secesión, donde el soldado de bronce estaba en posición de firmes, con el mosquete y la bayoneta calada. En el obelisco estaban los nombres de los ciudadanos de Aurelius que habían luchado en la guerra. Los nombres de los que habían muerto estaban destacados con estrellas de bronce. La nieve parecía formar una espiral en torno del monumento.

Donald paró junto a éste para recuperar el aliento. Fue entonces cuando el hombre de la furgoneta alzó el rifle. El disparo produjo un ruido apagado, amortiguado por la nieve. Donald se tambaleó, empezó a caer, y después se agarró a la pierna del soldado de bronce. Se volvió hacia el hombre que le había disparado. Dio un paso adelante y empezó a hablar. El hombre mantuvo el rifle levantado, como si se preparara para disparar de nuevo. Donald se detuvo y quedó inmóvil. Luego negó con la cabeza, más para despejarse que como señal de desacuerdo.

Con la nieve haciendo remolinos en torno a él, se quedó junto al monumento. La cabeza parecía hundírsele en los hombros, convirtiéndolo en una figura gruesa y rectangular, embutida en su enorme abrigo.

–Tenía forma de ataúd –contó después Sheila.

Entonces Donald se dio la vuelta y echó a andar por la acera. No avanzaba en línea recta. El hombre del rifle apuntó. Pudo haberle volado la cabeza a Donald, pero no disparó.

Por el contrario, bajó el rifle y echó a andar detrás de él por la calle. Y Sheila lo siguió.

Donald fue tambaleándose unos metros y cayó de rodillas. Tiró la pistola, que se deslizó por el suelo nevado. Se inclinó hacia delante y su frente quedó apoyada en la nieve. Se quedó así un instante. Entonces, sin prisa, buscó en sus bolsillos y cogió una llave. La metió en la cerradura del maletín. Los cierres saltaron hacia arriba con un pequeño destello de luz. Abrió y sacó lo que Sheila al principio le pareció un pedazo de metal cuadrado. La luz se reflejaba en su superficie. Sheila advirtió que era un cuchillo de carnicero. Donald lo levantó sobre su hombro. Su mano y su antebrazo izquierdos estaban apoyados en la acera cubierta de nieve. Sostuvo el cuchillo en alto sobre su cabeza. Cuatro coches se detuvieron junto al monumento; uno era un coche patrulla. De repente, Donald bajó el cuchillo hacia su muñeca con fuerza. Todo el cuerpo se arqueó y la cabeza se le dobló hacia atrás. Se quedó mirando fijamente hacia arriba. Sus botas amarillas saltaron. La nieve se llenó de sangre. Volvió a alzar lentamente el cuchillo y lo hizo descender sobre su muñeca. Y aún una tercera vez. Sheila gritó. La mano de Donald rodó por la nieve. Un arco de sangre salió con fuerza de su muñeca, enrojeciendo la nieve. Donald se puso de pie con gran esfuerzo, dejando caer el cuchillo.

–¡Malloy! –gritó alguien.

Donald no lo oyó. Cogió suavemente la mano cortada, le quitó la nieve frotándola contra su abrigo y la puso en el maletín. Cerró la tapa. Sheila oyó el chasquido del cierre. De la muñeca seguía manando sangre sobre la nieve. Donald se enderezó y dio un paso para alejarse de los hombres que bajaban de los coches. Su brazo sin mano se bamboleaba rociando sangre. Los hombres empezaron a avanzar hacia él. Donald dio otro paso. Luego se detuvo, su cuerpo osciló levemente, miró arriba, a los copos blancos a la luz del farol de la calle y cayó de frente, dando la cara en el suelo, desparramando gotas rojas en un semicírculo sobre la nieve recién caída.

Los hombres que se acercaban por la calle avanzaron deprisa, pero el doctor Malloy llegó primero. Se acercó al maletín y abrió la tapa con el cañón del rifle. Había cuatro manos sobre un almohadón plano, sujetas con una goma. Había una quinta mano, la de Donald, encima de ellas. A diferencia de la de Donald, las otras manos apenas parecían humanas. Sus dedos estaban contraídos, como si trataran de coger algo, una pelota o un soplo de aire. La mano más antigua tenía un color marrón oscuro y un aspecto esquelético, y la piel parecía cuero. Las uñas estaban pintadas de un rojo apagado. La mano más reciente aún retenía algo de color de la carne. Parecía una mano juvenil. Las otras dos estaban retorcidas y secas: manos de mono. La piel de las muñecas se había arrugado y formaba una especie de cenefa. La mano de Donald estaba rosada y parecía absurdamente saludable en comparación con las otras. Estaba encima de éstas como un tubérculo blando. La sangre que salía del muñón manchaba el terciopelo rojo del almohadón.

Allen Malloy se quedó mirando las manos mientras se acercaban los otros hombres.

–¿Qué es? –preguntó Sheila Murphy–. ¿Qué es? –Avanzó para poder ver.

–Doctor Malloy –dijo uno de los hombres. Era el capitán Percy.

El médico se dio la vuelta, quitándose la nieve de la cara. Parecía sorprendido de ver a los demás. Le entregó el rifle a Percy.

44

Así estaban: tres chicas muertas sentadas, erguidas, en sendas sillas de respaldo recto. La de catorce años estaba en el centro. Era media cabeza más alta que las otras dos. Las dos de trece años estaban a los lados de la otra. Las tres tenían el pecho cruzado por una cuerda en forma de equis que pasaba sobre sus hombros, bajaba hasta la cintura y se sujetaba detrás. Las tres estaban descalzas y tenían los tobillos atados a las patas de las sillas.

Donald Malloy había sellado el altillo, había quitado la puerta y el marco y había puesto una plancha de conglomerado en la abertura. Luego había cubierto la pared con papel pintado, para que nadie pudiera advertir desde el pasillo de la planta superior que allí había habido una puerta. El papel era azul claro con pequeños ramilletes de flores azul oscuro. Los ramilletes estaban rodeados de cadenas de flores amarillas que formaban dibujos en diagonal, parecidos a los de la tela metálica.

El doctor Malloy fue quien descubrió la entrada secreta en el armario cuando llegó aquella noche más temprano y fue el primero en entrar en el altillo. Había tirado la plancha de conglomerado para que la policía pudiera subir por las escaleras. La había golpeado con fuerza, descargando el pie con ira, con lo que se hizo añicos y los pedazos volaron al pasillo. Después había ido en busca de Donald.

Chuck Hawley fotografió el altillo para el departamento de policía. Dice que no necesita ver las fotos, que ya sabe lo que muestran. Dice que tiene la imagen presente todo el tiempo: tres chicas muertas, atadas a tres sillas de respaldo recto.

En el parque Lincoln levantaron un monumento a las tres chicas. Fue inaugurado en primavera. Una losa de obsidiana de tres metros de alto y uno de ancho, con los nombres de las chicas y las fechas inscritas en los cuatro costados. Cuando lo inauguraron, acudió medio pueblo; yo fui también. Bernie Kowalski pronunció un discurso. El padre Murphy, de la iglesia de Saint Mary, también habló: un discurso bastante largo que a la gente le costó entender. Nada de lo que dijeron mejoró las cosas. Hablaron del horror que habíamos vivido, pero no arreglaron nada. A los padres de las chicas muertas los invitaron a hablar, pero ninguno lo hizo. Ralph Shiller dijo que estaba contento de que todo se hubiera terminado, pero no quería hablar a una multitud. Paul Leimbach estaba allí, andando con un bastón. Mike Shiller también estaba, con algunos amigos de Correos, el mismo grupo que había destrozado la casa de Leimbach. Cabía esperar que se sintieran culpables, pero no fue así. A mí me parecía que seguían enfurecidos, como si su cólera fuera ya una parte de ellos y no pudieran deshacerse de ella. El padre de Karla era un tipo de California que ni siquiera había visto nunca a su hija. Aún así, vino hasta el pueblo. Mi colega Lou Hendricks dijo que era el más afortunado de los padres de las chicas muertas, pero muchos pensaron que eso era demasiado cínico.

Aaron McNeal no estuvo. Por entonces ya se había ido del pueblo. Franklin fue con Sadie y Paula, entre ambas, cogido de la mano de las dos. Estaba muy elegante, con su traje de mezclilla oscura. Paula llevaba un vestido oscuro y su pelo negro brillaba. Era abril, pero ya hacía bastante calor y había narcisos. Ryan Tavich estaba allí con Franklin, pero también se iría pronto. Finalmente se estableció en algún lugar del oeste.

Algunas personas tenían demasiados recuerdos, había demasiadas cosas que querían olvidar. Se hacía difícil quedarse en Aurelius. El doctor Malloy y su familia volverían a Rochester. El hecho de que Allen matara a su hermano era, para nuestro pueblo, algo demasiado tremendo, dispararle al propio hermano por la espalda con un rifle. Y Franklin le contó a la gente que Donald había acusado a Allen como si hubiera sido el doctor Malloy y no Donald el asesino de las chicas. Para alguna gente, todo el asunto seguía siendo un misterio. Desconfiaban del doctor Malloy. ¿Cómo podía ser médico en esas condiciones? Incluso se hablaba de Paul Leimbach. Y algunos aprobaron el heho de que Mike Shiller hubiera destrozado la casa de Leimbach. Dijeron que Mike había hecho lo correcto en aquel momento. En relación con esto hubo muchas discusiones, incluso palabras duras. La desconfianza no se desvaneció de manera tan fácil. Sólo volvió a quedar oculta. Yo tenía la sensación de que seguiría para siempre, de que no podríamos volver a vernos de otro modo que a través de ese filtro, de una lente color sospecha. Por eso, lo que dijo Bernie Kowalski acerca de dejar todo eso atrás era una gran mentira. Como si aquella gran piedra negra aplastara las sospechas, las metiera bajo tierra; pero las cosas no eran así.

Basta pensar en Ryan, que se iba del pueblo. Creo que Ryan trataba de cortar el hilo que lo ataba al lugar, trataba de olvidar a Janice, a las chicas muertas. El disparo de Donald le había dado en el hombro. Ahora, cada vez que mueva ese hombro, se acordará de nosotros. No puede dejar Aurelius atrás. Irá con él a donde vaya. Y a Aaron le pasará lo mismo. La tumba de su madre está aquí y su hermana está aquí. Cuando se siente junto a una ventana y deje vagar la mente, siempre tendrá presente Aurelius. Aunque lo deteste. Todas estas personas que tratan de seguir adelante con sus vidas tendrán estos recuerdos que los arrastrarán hacia atrás. Y Franklin, cuando se despierte por la noche, oirá la voz atiplada de Donald en la oscuridad hablándole una vez más de la mugre. Estoy seguro de que ya le ha sucedido. Estoy seguro de que por la noche se vuelve hacia Paula y se aferra a ella.

Para mí, al menos, el trabajo es el mejor remedio. Es algo en lo que puedo confiar: una rutina diaria, acciones repetidas que puedo imaginar que son por el bien común. Doy más clases. Tengo mis aficiones. Paso más tiempo con mis alumnos. A veces parece que pienso en ellos como seres sexuados más a menudo que en el pasado. No es que los quiera tocar. Pero pienso en Donald hablando con Franklin en el bosque. Si uno pudiera ver el fondo de un ser humano, ¿qué deseos encontraría? ¿Y qué deseos se ocultan bajo mi camisa blanca y mi pajarita, tras mi aspecto civilizado?

Donald Malloy vivió con sus deseos mucho tiempo. ¿Quién sabe cuánto luchó contra ellos? Debía de verlos en su rostro cada vez que se miraba al espejo. Más tarde supimos que cuando vivió en Buffalo había manoseado a una adolescente en su farmacia. Había cogido la mano de la muchacha y se había frotado los genitales con ella. Ella se lo contó a sus padres y éstos le pidieron explicaciones. Les rogó que no lo denunciaran. Prometió a los padres de la joven que vería a un médico. Dijo que se iría de la ciudad. Les suplicó que no echaran a perder su trabajo. Nadie lo sabía, ni siquiera el hermano de Donald. Los padres de la muchacha no dijeron nada hasta que apareció la noticia de su muerte en los periódicos. ¿A cuántas adolescentes había manoseado? ¿Qué horrible placer le producían estas experiencias? Y cuando mató a Janice McNeal, ¿qué placer encontró?

Qué obsesivo debió de volverse aquel placer para que corriera cada vez más riesgos... ¿Es posible que esa voz esté en todos nosotros pero en la mayoría permanezca muda? Cuando ayudo a un chico de décimo curso en sus deberes de Biología y siento el calor de su cuerpo junto al mío, el calor de su mejilla, ¿no siento la llamada de ese placer? Evidentemente, no hago nada. Me alejo o mando al chico otra vez a su pupitre, pero a veces tengo fantasías. En mis sueños hago cosas que no debería. No obstante, soy un buen hombre. Me respetan. Nunca haría nada malo. Pero ¿no es mi temor uno de los motivos por los que vivo solo? ¿Qué hacen los demás con su temor? ¿Sueñan?

Pienso en mis vecinos. Veo a los hombres que miran a las muchachas por la calle. O veo como hombres y mujeres por igual observan a los jóvenes deportistas del colegio. ¿Qué deseos reprime esta gente en su interior? ¿Es bueno fingir que no tenemos esos sentimientos?

Y el lugar en el que Donald hacía el culto de la limpieza... Sin duda no soy el único que piensa en Donald, en su altillo, en su capilla. ¿No habrá otros que se pregunten cómo se sintió al entregarse a sus deseos?

Las tres chicas fueron enterradas poco antes del día de Acción de Gracias. Sus familias decidieron hacer un servicio religioso conjunto en la iglesia de Saint Mary. Delante de la iglesia había ataúdes idénticos y, lógicamente, la iglesia estaba llena. Vino gente de la televisión y los periódicos de todo el país. Franklin dijo que era un zoológico. Una multitud fue también al cementerio Homeland. No hubo discursos y el funeral fue lo más sencillo posible. La montaña de flores se llevó luego al hospital y a un hogar de ancianos. Estoy seguro de que muchas fueron a parar a la basura.

También hubo un acto de homenaje a Houari Chihani. Al final hubo muchos homenajes de este tipo. Para los vivos, por supuesto. ¿Qué interés tendrían los muertos en tales cosas? Aaron y Harriet organizaron el servicio religioso por Chihani a primeros de diciembre. Lo hicieron en la iglesia unitaria, pensando que ésa sería la menos inaceptable para Chihani. En efecto, el salón fue poco más que un lugar de reunión social. Estuvieron todos los miembros de Investigaciones sobre la Justicia. Los estudiantes pagaron una placa que pusieron en el pasillo del departamento de Historia de la Universidad de Aurelius. En ella estaban el nombre de Chihani, las fechas de su nacimiento y muerte, y la palabra *Profesor*. Eso fue todo. Estoy seguro de que, pasado un tiempo, la gente ya no tenía la menor idea de su significado.

A Donald Malloy lo enterraron en el cementerio de Homeland. Su lápida no tenía ni treinta centímetros de ancho y era muy baja. Llevaba su nombre (D. Malloy) y las fechas. Algunos no querían que lo enterraran en Homeland, como si la presencia de su cuerpo pudiera corromper a los muertos bien amados. Sé que se planteó la cuestión en la reunión del ayuntamiento. Pero entonces ya lo habían enterrado, y desenterrarlo y llevarlo a otra parte habría dado mala prensa.

El doctor Malloy, Ryan Tavich y el capitán Percy fueron al funeral de Donald. Fueron los únicos. Desde luego, el doctor Malloy lo ocultó lo más posible. Ryan lo arregló con Ralph Belmont, el dueño de la funeraria, con quien había salido a jugar al baloncesto los jueves por la noche. La gran mayoría de la gente se enteró del funeral cuando ya se había celebrado. Y el doctor Malloy lo demoró hasta diciembre, hasta después de que enterraron a las tres chicas, un día de lluvia y granizo por la tarde. Nadie quería que aparecieran las unidades móviles de la televisión. Ya estábamos cansados de la fama. Y no es que al funeral le faltara misterio. Un pequeño enigma. El cuerpo de Malloy estuvo en el depósito de la funeraria Belmont. Todo el mundo sabía que estaba allí. El cuerpo había sido preparado y la mano cortada estaba a su lado. El ataúd cerrado se hallaba en una unidad refrigerada, que tenía una puerta cromada grande, como las de los restaurantes.

En la primera semana de diciembre, cuando llegó el momento del funeral de Donald, Ralph Belmont abrió el ataúd y advirtió que la mano no estaba. Al principio pensó que quizá no se había fijado bien e inspeccionó con cuidado el ataúd. Pero la mano no estaba. Entonces se dio cuenta de que alguien la había cogido. Se lo dijo a Ryan, de quien era amigo, pero no al doctor Malloy, y esperaba que éste no quisiera ver el cuerpo de su hermano. Pero Allen no tenía ningún deseo de volver a ver la cara de su hermano. Y probablemente sólo fue al funeral por un sentido del deber. En realidad, esto no es así. Quería ver a Donald enterrado y cubierto con dos metros de tierra en un rincón de Homeland bien alejado de las tres chicas. Quería que su hermano quedara enterrado y olvidado.

Ryan trató de averiguar qué había pasado con la mano, pero fue circunspecto. No quería que se supiera que la habían robado. Sabía que algunos dirían que no la habían robado. Dirían que se había escapado, usando los dedos como pequeños pies. La gente cree todo tipo de tonterías. De modo que Ryan hizo algunas preguntas, y al no poder descubrir dónde estaba la mano, decidió callar. Lo curioso es que madame Respighi, antes de irse de Aurelius, afirmó que a Donald le habían enterrado sin su mano, aunque nadie le creyó. Dijo que veía la mano de Donald flotando en un frasco junto a otros frascos. La gente se rió de ella.

Sin embargo, ella creía en sus visiones o lo que fueran. Hizo caso omiso de sus críticos, se encogió de hombros y cogió el autobús de Utica o quizás el de Syracuse.

Sin duda, no era difícil robar la mano. La puerta trasera de la funeraria nunca estaba cerrada con llave, ni tampoco la unidad refrigerada. Ralph Belmont siempre estaba con Franklin y Ryan la noche de los jueves, aunque no volvieron a jugar a baloncesto hasta que Ryan mejoró del hombro. La tapa del ataúd de Donald no estaba atornillada. La esposa de Belmont estaba en el otro extremo de la casa. ¿Y qué se podía robar de una funeraria?

El rostro de Donald muerto era tan inexpresivo como una rodilla gorda. Su pelo delgado estaba peinado con un fijador. No parecía dormido. No parecía estar esperando. Su cuerpo era simplemente una cáscara, una vaina. Todos sus malos pensamientos habían desaparecido. Su capilla de la muerte, borrada de su cerebro. Sólo tuve que levantar la tapa, coger la mano, ponerla en una bolsa de plástico y bajar la tapa. Llevaba una linterna, por supuesto.

Mi colección de especímenes biológicos está ahora sobre mi escritorio: mis *punkis* en escabeche. Las ranas, la rata, la víbora, los ojos de vaca, el feto de cerdo, el feto humano con los ojos cerrados. Ya no los enseño a mis alumnos. Me hacen compañía de un modo melancólico. Me pregunto qué pueden haber visto los ojos de vaca y qué pudo haber sido, de haber vivido, el feto humano. La mano izquierda de Donald Malloy es ahora parte de la colección, un poco más oscura en su frasco con formol. Está en el centro, el lugar de honor entre el feto de cerdo y el feto humano. Para mí es un recordatorio de lo que siempre está ahí, de los deseos de la gente, de los deseos ocultos. Miro la mano de Donald nadando en líquido. Lo considero mi profesor privado. Mi propia academia. Me instruye. A estas alturas, la mano derecha y el cuerpo de Donald se han podrido, pero la mano izquierda está a salvo. Aunque la muñeca tiene un corte irregular, las venas, las arterias, los tendones y los músculos están visibles, y también el hueso, desde luego. A veces lamento no poder enseñársela a mis alumnos, por que hace que todo se entienda con mucha claridad. Trato de imaginar lo que sintieron esos dedos y me asusto, las nucas de tres chicas, su ternura.

Donald Malloy cuidaba mucho de sus manos. Recuerdo lo rosadas que parecían cuando me atendía en la farmacia, las cutículas cuidadas, las uñas limadas. A veces incluso usaba un esmalte transparente. Ahora los dedos apuntan hacia abajo, la muñeca apunta hacia la parte superior del frasco. No tiene muchos pelos en el dorso; unas pocas docenas de pelos cortos y rojizos. Los dedos están curvados; los nudillos aparecen hinchados y gruesos en el formol. El pulgar se extiende hacia fuera como si pretendiera salir. El hueso de la muñeca brilla. Y las uñas, con qué cuidado habían sido recortadas...

Título de la edición original: *The Church of Dead Girls*
Traducción del inglés: Gabriel Zadunaisky,
cedida por Emecé Editores, S. A.
Diseño: Winfried Bährle
Ilustración: Óscar Lombana

Círculo de Lectores, S. A. (Sociedad Unipersonal)
Travessera de Gràcia, 47-49, 08021 Barcelona
www.circulolectores.com
3 5 7 9 0 0 0 6 8 6 4 2

Licencia editorial para Círculo de Lectores
por cortesía de Emecé Editores, S. A.
Está prohibida la venta de este libro a personas que no
pertenezcan a Círculo de Lectores.

© Stephen Dobyns, 1997
© Emecé Editores, S. A., 1999

Depósito legal: Na. 1214-2000
Fotocomposición: Fotoletra, S. A., Barcelona
Impresión y encuadernación: RODESA (Rotativas de Estella, S. A.)
Navarra, 2000. Impreso en España
ISBN 84-226-8310-5
N.º 27409